DES

VIES VOLÉES

Direction éditoriale : Stéphane Chabenat
Édition : Charlotte Sperber
Traduction : Jeanne Heneug
Conception graphique et mise en page : Soft Office
Conception graphique de la couverture : Richard Augustus / photographie : © Arcangel Images.

HÉROÏNES
NISHA ET CAETERA

sont publiées par les Éditions de l'**Opportun**
16, rue Dupetit-Thouars
75003 Paris
www.editionsopportun.com

PATRICIA GIBNEY

DES VIES VOLÉES

Pour Aidan,
Un vrai soldat, un gardien de la paix.
Mon mari, mon ami
Repose en paix.

Prologue
Kosovo, 1999

Le garçon aimait le calme du ruisseau qui coulait à mi-chemin entre sa maison et celle de sa grand-mère. Malgré le grondement de l'eau qui s'écoulait en contrebas, tout était calme aujourd'hui. Pas de coups de feu ni de bombardements. En trempant le seau dans l'eau de source, il jeta un coup d'œil autour de lui pour s'assurer qu'il était seul. Il crut entendre une voiture au loin et regarda derrière lui. De la poussière s'élevait de la route sinueuse. Quelqu'un arrivait. Il souleva le seau, renversant l'eau. Les bruits de freins et de voix l'incitèrent à courir.

Alors qu'il approchait de la maison, il lâcha le seau et tomba sur le sol, s'allongeant sur le ventre. Des graviers déchirèrent sa peau nue.

Il avait laissé sa chemise accrochée à un clou rouillé qui dépassait d'un bloc de béton, là où il travaillait avec Papa. Ils essayaient de réparer les dégâts causés par les obus sur la maison de sa grand-mère. Le garçon savait que c'était inutile, mais Papa avait insisté. À 13 ans, il savait qu'il ne fallait pas discuter. Quoi qu'il en soit, il était heureux de passer une journée avec lui, loin des bavardages de sa mère et de sa sœur.

Il rampa sur la chaussée poussiéreuse, coudes et genoux fléchis, jusqu'aux longues herbes broussailleuses de la lisière. Il n'était qu'à quelques mètres de sa maison, mais il aurait pu se trouver à un kilomètre de là.

Il écouta et entendit des rires, puis des cris. Mama? Rhea? Non!

Il supplia le soleil qui brillait dans un ciel sans nuages. Sa seule réponse fut une chaleur brûlante sur sa peau.

D'autres rires rauques résonnèrent. Des soldats ?

Il avança. Des hommes criaient. Que pouvait-il faire ? Papa était-il trop loin pour l'aider ? Avait-il son fusil sur lui ?

Le garçon avança en rampant. Il écarta les longues herbes brunes, puis s'appuya entre deux poteaux à la clôture.

Une Jeep verte avec une croix rouge était ouverte. Quatre hommes en uniforme. Des uniformes de soldats. Des fusils en bandoulière dans le dos. Les pantalons tombaient autour des chevilles. Les fesses nues en l'air, en train de remuer. Il sut ce qu'ils faisaient. Ils avaient violé la sœur de son ami qui vivait au pied de la montagne. Puis ils l'avaient tuée.

Luttant contre ses larmes inutiles, il regarda. Mama et Rhea criaient. Les deux soldats se levèrent et réajustèrent leurs vêtements tandis que les deux autres prenaient leur place. D'autres rires éclatèrent.

Serrant les dents sur son poing, il étouffa ses sanglots. Shep, son chien, aboya bruyamment, tournant autour des soldats de façon hystérique. Le garçon se figea, puis sursauta, faisant craquer sa dent de devant contre sa mâchoire, alors qu'un coup de feu retentissait dans la montagne. Il poussa un cri involontaire. Des oiseaux s'élancèrent des arbres clairsemés, se mélangèrent, puis s'envolèrent dans toutes les directions. Shep resta immobile dans la cour, sous la balançoire de fortune, un pneu que Papa avait installé sur une branche lorsqu'ils étaient petits. Ils étaient encore des enfants, mais ils ne jouaient plus sur la balançoire. Depuis la guerre.

Une dispute éclata entre les soldats. Le garçon tenta de comprendre ce qu'ils disaient, mais ne put détourner son regard des silhouettes nues, couvertes de poussière, encore vivantes, dont les cris n'étaient plus que des gémissements étouffés. Où était Papa ?

Il regarda, comme hypnotisé, les hommes enfiler des gants de chirurgien. Le plus grand sortit une longue lame d'acier d'un fourreau ancien attaché à sa hanche. Un autre fit de même. Le garçon était figé par la terreur. Il vit le soldat s'accroupir derrière sa mère et la traîner contre sa poitrine. L'autre homme attrapa Rhea, âgée de 11 ans. Du sang coulait le long de ses jambes et le garçon réprima l'envie de chercher des vêtements pour couvrir sa nudité. Pleurant des larmes silencieuses, il se sentait impuissant et inutile.

L'homme leva son couteau qui brilla au soleil avant de l'abaisser pour trancher Rhea de la gorge au ventre. L'autre fit de même avec Mama. Les corps se convulsèrent. Le sang jaillit et gicla sur les visages des agresseurs. Des mains gantées s'enfoncèrent dans les cavités et arrachèrent les organes, le sang dégoulinant le long de leurs bras. Les deux autres soldats se précipitèrent avec des caisses en acier. Les corps tombèrent sur le sol.

Les yeux écarquillés par l'horreur, le garçon vit les soldats placer rapidement les organes de sa précieuse maman et de sa sœur dans les caisses, puis rire lorsqu'ils les refermèrent. L'un d'eux sortit un marqueur de sa poche et écrivit négligemment sur le côté du conteneur, tandis qu'un autre se tournait vers Rhea et lui donnait un coup de pied. Son corps trembla. Le soldat regarda directement vers la cachette du garçon. Retenant son souffle, le regard rivé sur lui, le garçon ne ressentit plus aucune terreur. Il était prêt à mourir et se leva à moitié, mais l'homme retourna vers ses camarades. Ils mirent les caisses dans la Jeep, montèrent à bord et, dans un nuage de pierres et de poussière s'élevant vers le ciel, redescendirent la route de montagne.

Il ne sut pas combien de temps il était resté là avant qu'une main ne se pose sur son épaule et ne l'étreigne. Il plongea son regard dans une paire d'yeux au cœur brisé. Il n'avait pas entendu la course effrénée ni les cris frénétiques. La vision des corps éventrés de Mama et de Rhea s'était gravée dans son esprit comme une photographie. Et il savait que cette image ne s'effacerait jamais.

Papa l'entraîna vers les corps. Le garçon fixa les yeux de sa mère. Il implora la mort. Papa sortit son pistolet, tourna le visage de sa femme vers l'argile chaude et lui tira une balle dans la nuque. Son corps fléchit. Il se figea.

Papa pleura, de grosses larmes silencieuses, et se fraya un chemin vers Rhea. Il lui tira également dessus. Le garçon savait qu'elle était déjà morte. La balle n'était pas nécessaire. Il tenta de le crier à son père, mais sa voix se perdit au milieu du tumulte.

«Je devais le faire!», s'écria Papa. «Pour sauver leurs âmes.» Il tira les deux corps, puis Shep, dans la maison. D'un pas décidé, il vida à la hâte un jerrycan d'essence à l'intérieur et y jeta une torche allumée avec des roseaux secs. Ramassant son arme, il la brandit en direction du garçon.

Aucun mot d'effroi, aucun mouvement. Pourtant, le garçon resta immobile jusqu'à ce qu'il vît le doigt de son père, taché de sueur, trembler sur la gâchette. D'instinct, il se mit à courir.

Papa cria: «Sauve-toi! Cours, mon garçon. Ne t'arrête pas de courir.»

En regardant par-dessus son épaule, il vit Papa tourner l'arme vers son propre front ridé et appuyer sur la gâchette avant de tomber en arrière dans les flammes. Celles-ci s'élevèrent avec un bruit sourd de froissement, semblable au craquement des arbres qui tombent.

Depuis la clôture, le garçon regarda la vie qu'il avait connue brûler aussi ardemment que le soleil dans le ciel. Aucune aide ne vint. La guerre avait poussé tout le monde à se débrouiller seul et il supposait que ceux qui vivaient dans les autres maisons le long de la route se cachaient, terrifiés, attendant leur tour. Il ne pouvait pas leur en vouloir.

Au bout d'un certain temps, le soleil se coucha et les étoiles de la nuit scintillèrent dans le ciel, comme si de rien n'était. Sans même une chemise sur le dos, il entreprit la longue marche solitaire vers le bas de la montagne.

Il ne savait pas où il allait.

Il n'avait nulle part où aller.

Il s'en fichait.

Il marcha lentement, un pied devant l'autre, les pierres roulant sous les semelles en caoutchouc souple de ses sandales. Il marcha jusqu'à ce que ses pieds saignent. Il marcha jusqu'à ce que ses sandales se désintègrent à l'image de son cœur. Il continua à marcher jusqu'à ce qu'il atteigne un endroit où il ne ressentirait plus jamais la douleur.

Vendredi soir,

8 mai 2015 - Ragmullin

Chapitre 1

C'est l'obscurité qui l'effrayait le plus. L'incapacité à voir. Et les sons. Des bruits légers, puis le silence.

Elle se mit sur le côté, tenta de se hisser en position assise, puis se laissa glisser sur le sol. Elle abandonna. Un bruissement. Un grincement. Elle cria et sa voix fut renvoyée en écho. Elle sanglota, serrant ses bras autour de son corps. Sa fine chemise en coton et son jean étaient trempés de sueur froide.

L'obscurité.

Elle avait passé trop de nuits comme celle-ci dans sa propre chambre, à écouter les rires de sa mère et des autres dans la cuisine, en contrebas. Maintenant, elle se souvenait de ces nuits comme d'un luxe. Car ce n'était pas vraiment l'obscurité. Les lumières de la rue et la lune projetaient des ombres à travers des rideaux minces comme du papier, donnant vie aux murs. Ses meubles anciens étaient droits comme des statues dans un cimetière faiblement éclairé. Ses vêtements, entassés sur une chaise dans un coin, avaient parfois semblé se soulever, car les phares des voitures qui passaient dans la rue brillaient à travers les rideaux. Et elle pensait qu'il faisait sombre ? Non. L'endroit où elle se trouvait maintenant était le véritable sens de l'expression « obscurité totale ».

Elle regretta de ne pas avoir son téléphone, avec toute sa vie dedans, ses cyber-amis sur Facebook et Twitter. Ils pourraient peut-être l'aider. Si seulement elle avait son téléphone.

Si seulement.

La porte s'ouvrit, la lueur du couloir l'aveuglant. Les cloches d'une église carillonnaient au loin. Où était-elle ? Près de chez elle ? Les cloches s'arrêtèrent. Un rire aigu retentit. La lumière s'alluma. Une ampoule nue oscilla dans le courant d'air et elle aperçut la silhouette d'un homme. Reculant contre le mur humide en faisant glisser ses talons nus sur le sol, elle sentit qu'on tirait sur ses cheveux et qu'une douleur pinçait chacun de ses follicules capillaires. Elle s'en fichait. Il pouvait la rendre chauve, tant qu'elle rentrait chez elle en vie.

— S'il vous plaît…

Sa voix ne ressemblait pas à la sienne. Elle était aiguë et tremblante et n'avait plus rien à voir avec son habituelle assurance d'adolescente.

Une main rugueuse la tira vers le haut et ses cheveux s'enroulèrent autour de ses doigts. Elle plissa les yeux pour essayer de se faire une idée de la situation. Il était plus grand qu'elle, portait une cagoule grise tricotée, percée de deux fentes par lesquelles regardaient des yeux hostiles. Elle devait se souvenir de ces yeux. Pour plus tard. Quand elle serait libre. Une poussée de détermination se fraya un chemin dans son cœur. Redressant la colonne vertébrale, elle lui fit face.

— Quoi ? aboya-t-il.

Son haleine putréfiée lui retourna l'estomac. Ses vêtements sentaient comme l'abattoir situé derrière la boucherie de Kennedy, sur Patrick Street. Au printemps, de petits agneaux succombaient aux balles, aux couteaux ou à tout autre moyen qu'ils utilisaient pour les tuer. Cette odeur. La mort. L'odeur écœurante qui s'accrochait à son uniforme tout au long de la journée.

Elle frissonna lorsqu'il approcha son visage. Maintenant, elle avait de quoi être encore plus effrayée que par le néant noir. Pour la première fois de sa vie, elle ressentit l'envie de voir sa mère.

— Laissez-moi partir ! cria-t-elle. Je veux rentrer chez moi. À la maison. S'il vous plaît.

— Tu me fais rire, petite.

Il se pencha vers elle, si près que son nez couvert de laine toucha le sien et que son haleine malade suinta à travers les mailles du tricot.

Elle essaya de reculer, mais il n'y avait nulle part où aller. Elle retint sa respiration, essayant désespérément d'éviter de vomir, tandis qu'il lui saisissait l'épaule et la poussait vers la porte.

— La deuxième étape de ton aventure commence, dit-il en riant tout seul.

Son sang ne fit qu'un tour lorsqu'elle se mit à boiter dans le couloir stérile. Des plafonds hauts. De la peinture écaillée. Des radiateurs géants en fonte dont les ombres suspendaient ses pas hésitants. Une haute porte en bois bloqua sa progression. Une main glissa autour de sa taille, attirant son corps contre le sien. Elle se figea. Il se pencha et poussa la porte.

Forcée d'entrer dans une pièce, elle glissa sur le sol mouillé et tomba à genoux.

— Non, non…

Elle se retourna frénétiquement. Que se passait-il ? Qu'est-ce que c'était que cet endroit ? Des fenêtres recouvertes de plexiglas empêchaient la lumière du jour de pénétrer. Le sol était recouvert d'un plastique épais et humide, et les murs étaient striés de ce qu'elle pensa être du sang séché. Tout l'invitait à courir. Au lieu de cela, elle se mit à ramper. À quatre pattes. Tout ce qu'elle pouvait voir devant elle, c'étaient ses bottes, maculées de boue ou de sang, ou des deux. Elle lui fit face en faisant pivoter son corps.

Il retira la cagoule. Les yeux qu'elle n'avait vus qu'à travers des fentes étaient maintenant complétés par une fine bouche aux lèvres roses. Elle le regarda fixement. Son visage était une toile vierge prête à accueillir l'horreur.

— Redis-moi ton nom, demanda-t-il.

— Qu'est-ce que vous voulez dire ?

— Je veux t'entendre le dire, grogna-t-il.

En apercevant le couteau dans sa main, elle glissa sur le plastique imbibé de sang avant de s'effondrer devant lui. Cette fois, elle accueillit l'obscurité. Alors qu'elle s'enfonçait au cœur des petites étoiles qui scintillaient derrière ses yeux, elle murmura : « Maeve. »

Premier jour

Lundi 11 mai 2015

Chapitre 2

Ils recommençaient. Fort et joyeux. Alto et ténor en compétition, étourneau et pigeon ramier. Des fientes d'oiseaux tombèrent devant la fenêtre ouverte, manquant de peu la vitre.

— Merde, dit Lottie Parker, son juron préféré, dont l'ironie ne lui échappa pas.

Elle ferma la fenêtre, rendant la pièce encore plus chaude et sans air, mais elle pouvait encore les entendre. Elle se laissa tomber sur la couette humide. Une nuit de plus à transpirer. Elle aurait 44 ans le mois prochain, au moins encore six ans, espérait-elle, jusqu'à l'âge où elle pourrait mettre cela sur le compte de la ménopause. Ce devait donc être la chaleur excessive.

Ses yeux étaient secs à cause du manque de sommeil et l'alarme de son téléphone se mit à sonner.

Il était temps d'y aller. L'heure de travailler.

Lottie Parker se demanda comment elle allait s'en sortir aujourd'hui.

* * * * *

— Où sont mes clés? cria-t-elle dans l'escalier, une demi-heure plus tard.

Pas de réponse.

Huit coups de cloche retentirent dans la cathédrale située au centre de Ragmullin, à huit cents mètres de chez elle. Il était tard. Elle vida le contenu de son sac à main sur la table de la cuisine. Lunettes de soleil, indispensables; portefeuille, vide; tickets de caisse, trop nombreux; carte bancaire, cause perdue; téléphone, allait sonner d'une minute à l'autre; Xanax... Au secours. Pas de clés.

Elle ouvrit une plaquette et avala un comprimé, alors qu'elle s'était promis de ne pas retomber dans ses vieilles habitudes. Qu'importe, elle était restée éveillée une bonne partie de la nuit et avait besoin d'une dose de quelque chose. Cela faisait des mois qu'elle n'avait pas touché à une boisson alcoolisée, alors une pilule était la meilleure chose à faire. Peut-être même encore mieux. Elle se versa un verre d'eau.

L'escalier grinça. Quelques secondes plus tard, Chloé, sa fille cadette, entra en trombe dans la cuisine.

— Il faut qu'on parle, Mère.

Elle appelait Lottie «Mère» juste pour la contrarier.

— Nous avons besoin de parler. Mais pas maintenant, dit Lottie. Je dois aller travailler. Si jamais je retrouve mes clés.

Elle fouilla dans les objets posés sur la table. Carte d'identité, brosse à cheveux, crème solaire, pièce de deux euros. Pas de clés.

— C'est tout ce que tu as à dire?

— Bon sang, Chloé, laisse-moi un peu de répit. Je t'en prie.

— Non, Mère. Je ne le ferai pas. Sean se comporte comme un zombie, Katie n'est... pas elle-même, je suis un désastre, et tu deviendras une folle à la minute où tu retourneras au travail.

Lottie regarda sa fille d'un air impuissant et se tut, craignant de ce que cette dernière pourrait dire. Ces jours-ci, tout ce qu'elle disait semblait entraîner la jeune fille de 16 ans dans une bouderie ou une crise de colère. Et Chloé n'en avait pas fini.

— Tu dois faire quelque chose. Cette famille est en train de s'effondrer, et que fait la très importante Mme l'inspectrice? Elle retourne au travail.

Chloé ramena ses cheveux blonds indisciplinés en arrière, les empila sur sa tête et les enroula en un chignon. Ils dépassaient par endroits et des mèches lâches encadrèrent son visage. Lottie s'apprêta à les lisser, mais Chloé s'éloigna.

— J'essaie, dit Lottie en s'affaissant sur une chaise.

Elle avait passé les derniers mois à essayer de reconstruire sa famille après la tragédie qui l'avait frappée alors qu'elle tentait de résoudre sa dernière affaire. Elle pensait que les choses s'étaient améliorées.

À quel point peut-on se tromper?

— Mamie viendra plus tard pour préparer le dîner quand Sean et toi rentrerez de l'école. Elle gardera un œil sur Katie aussi. Qu'est-ce que je peux faire de plus? Tu sais, je dois travailler. Nous avons besoin d'argent.

— Nous avons besoin de toi.

Que pouvait-elle répondre à cela? Adam aurait su quoi dire, pensa-t-elle, se remémorant le don de son défunt mari pour trouver les mots justes. Mais il ne reviendrait jamais. En juillet, cela ferait quatre ans qu'il était mort et qu'elle se débattait, tant bien que mal, sans lui.

Chloé ramassa son sac à dos d'écolière.

— Et je déteste cette ville de merde. Quel espoir ai-je de m'en sortir un jour? Elle claqua la porte d'entrée en sortant.

— Tu veux que je t'emmène? cria Lottie.

Pas de clés. Et puis merde! Elle allait devoir aller au travail à pied. En passant la main sur la table, elle fit tomber le contenu de son sac à main sur le sol. La sonnette de la porte d'entrée retentit. Elle se leva d'un bond et courut dans le hall.

— Qu'as-tu oublié? demanda-t-elle en ouvrant la porte.

Ce n'était pas Chloé.

Chapitre 3

La jeune fille était vêtue d'un pull-over bleu marine malgré la chaleur du matin.

L'observant à une bonne quinzaine de mètres derrière elle, il évalua ses longues jambes. Elles n'étaient pas musclées, mais merveilleusement minces. Ses cheveux blonds flottant au-dessus de sur sa tête en un chignon désordonné la faisaient paraître plus grande et plus mince. Elle avait une poitrine généreuse pour une adolescente, sous son uniforme scolaire ample. Il le savait parce qu'il l'avait vue porter un T-shirt moulant à manches longues au Danny's Bar le week-end dernier. Passant inaperçu dans le tumulte des corps chauds vidant des pintes dans le royaume de la bière, il s'était approché assez près pour effleurer le V de son dos, juste au-dessus de ses fesses. Il avait retiré sa main rapidement alors qu'il aurait aimé s'attarder, suivre sa colonne vertébrale sous le coton léger, descendre plus bas. Ce soir-là, ses cheveux étaient lâchés, longs et volumineux, quelques mèches se nichant dans la courbe de ses seins. Chaque détail était enregistré et stocké dans son esprit, pour qu'il puisse y revenir chaque fois qu'il le souhaitait.

Maintenant, elle marchait lentement et il devait se tenir à plusieurs pas derrière elle. Elle remonta Gaol Street et s'engagea dans Main Street. L'école se trouvait à dix minutes de marche de là.

Il se força à se concentrer sur l'objectif final. Elle devait être sauvée. Car il savait pourquoi elle portait des manches longues. Bientôt, elle scruterait le fond de ses yeux, suppliant qu'on la délivre de sa souffrance.

Il sourit avec satisfaction et la suivit dans la rue, observant sa façon de balancer son sac à dos d'une épaule à l'autre. Elle devait avoir très chaud maintenant, trop chaud. Perdu dans ses pensées, il manqua de ne pas la voir s'arrêter et se retourner.

En baissant la tête, il la dépassa.

Il continua à marcher. À un rythme normal. L'avait-elle remarqué ? Il jeta un coup d'œil par-dessus son épaule pour voir pourquoi elle s'était soudainement arrêtée. Peut-être l'avait-elle senti. Le reconnaîtrait-elle comme un dangereux Lucifer ou un ange gardien ? Il le saurait bien assez tôt.

Il traversa ensuite la rue du Vieux Port, évitant les quelques filles qui bavardaient aux portes de l'école. Il longea la rive du canal et observa paresseusement un essaim de mouches planant au-dessus des eaux stagnantes. Il vit une ombre brune et élancée se dissimuler dans les profondeurs : était-ce un prédateur à la recherche d'une proie ? Il savait que des brochets menaçants évoluaient dans ces eaux, avec leurs grandes bouches béantes, prêts à capturer et à dévorer les truites et les brèmes imprudentes.

Son excitation était tempérée. Pour l'instant.

Son petit poisson lui avait échappé. Pour l'instant.

Mais il continuerait à rôder dans l'ombre, attendant de saisir sa chance. Comme le brochet à la gueule ouverte, il pouvait se montrer patient.

Chapitre 4

Lottie s'éloigna de la porte d'entrée.

La jeune femme qui se tenait sur la marche était une inconnue. Un foulard de soie blanche entourait sa tête, un hijab encadrait son visage décharné. Un petit garçon lui tenait fermement la main. Il fixa Lottie de ses yeux bruns effrayés. Une veste en plastique craquelé de couleur crème par-dessus un chemisier en coton et un jean ne dissimulait pas la maigreur de la femme. Lottie remarqua que, malgré la chaleur accablante, elle portait de lourdes bottes marron.

— Puis-je vous aider? demanda Lottie avec lassitude.

— *Zonje.*

— Sonja?

La jeune femme secoua la tête.

— *Zonje*… Madame… Elle haussa les épaules.

— Oh! *Zonje* veut dire « madame ». Je comprends maintenant.

Lottie s'avança et referma la porte d'entrée derrière elle.

— Écoutez, je ne peux pas m'arrêter. Je suis pressée, je dois aller travailler.

La femme ne bougea pas. Lottie soupira. Il ne manquait plus que ça. Ensuite, le commissaire Corrigan lui hurlerait au téléphone de se rendre au travail. La femme était-elle en train de mendier?

Elle pensa aux pièces qu'elle avait sorties de son sac. Elles pourraient peut-être faire l'affaire.

— *Ju lutem*… s'il vous plaît.

La femme la regarda d'un air implorant, avec un accent anglais approximatif mais doux.

— Je n'ai pas d'argent, dit Lottie.

C'était presque vrai. *Peut-être plus tard*, pensa-t-elle. Ce n'était pas vrai.

En secouant la tête, la jeune femme prit le petit garçon dans ses bras.

— S'il vous plaît, aidez-moi, dit-elle.

— Attendez ici, dit Lottie en soupirant.

De retour à l'intérieur, elle ramassa une pièce de monnaie qui gisait sur le sol. Lorsqu'elle se retourna, la femme se tenait derrière elle. Dans sa cuisine.

— Bon sang! Qu'est-ce que vous faites? Lottie tendit les deux euros. Tenez, prenez ça. Elle fit un signe de la main en direction de la porte d'entrée.

Refusant l'argent, la jeune femme sortit une enveloppe froissée de la poche de son jean, qu'elle tendit à Lottie. Celle-ci secoua la tête refusant de la prendre.

— Qu'est-ce que c'est? demanda-t-elle. Est-ce que c'est un de ces billets qu'il faut acheter?

La matinée allait de mal en pis.

La femme haussa les épaules et le petit garçon gémit. Sentant son instinct se réveiller, Lottie prit une chaise et invita la femme à s'asseoir. Ce dernier grimpa sur ses genoux et nicha sa tête dans l'écharpe de soie.

— Que voulez-vous ? demanda Lottie en ramassant ses affaires éparses et en les remettant dans son sac.

Elle envoya alors un message au sergent détective Boyd pour l'informer de son retard et lui demander de la remplacer. Une pointe de culpabilité la démangea. Elle n'avait pas eu le temps de s'occuper de sa fille tout à l'heure et voilà qu'elle recevait une inconnue. Mais quelque chose lui disait d'écouter ce qu'elle avait à dire.

La femme parla rapidement dans une langue que Lottie ne comprit pas.

— Eh, allez moins vite, dit-elle. Quel est votre nom ?

Elle secoua la tête et haussa les épaules. Cela rappela Chloé à Lottie. Quel âge avait cette femme ? En la regardant de plus près, elle pensa qu'elle pouvait avoir entre 16 et 20 ans. Elle ne semblait pas plus âgée qu'une jeune fille.

— Je suis Lottie. Et vous ?

Des yeux d'un brun profond l'interrogèrent un instant avant que leurs taches noisette ne s'éclaircissent, illuminant son visage.

— Mimoza.

La jeune fille sourit, ses dents blanches scintillant sous le soleil matinal qui traverse la fenêtre.

On arrive enfin à quelque chose, pensa Lottie.

— Milot. La jeune fille désigna le garçon.

— Alors, Mimoza et Milot, dit Lottie. Que me voulez-vous ?

Elle devrait peut-être offrir du thé. Non, elle voulait se débarrasser d'eux le plus vite possible. Son téléphone sonna. Boyd. Elle jeta un coup d'œil au message.

Tu es carrément en retard.
Corrigan est sur le sentier de la guerre.

Rien de nouveau.

Sean, son fils de 14 ans, entra dans la cuisine.

— À qui appartient ceci ? demanda-t-il en brandissant un lapin en peluche en lambeaux, aux oreilles longuement mâchouillées.

Milot tendit la main et saisit le jouet. Sean ébouriffa les cheveux du garçon.

— Qu'est-ce qui ne va pas, mon pote ? Il s'accroupit et lui demanda : pourquoi pleures-tu ?

Se serrant contre la poitrine de Mimoza, l'enfant pinça sa lèvre inférieure avec sa lèvre supérieure tandis que ses petits doigts glissaient de haut en bas sur l'étiquette usée du lapin.

— Peux-tu jouer avec lui quelques minutes ? demanda Lottie. Avant que tu ne partes pour l'école ? Chloé est déjà partie.

Sean acquiesça et fit rebondir une balle d'une main à l'autre.

— Tu veux jouer au ballon ?

L'enfant chercha l'approbation de sa mère du regard et celle-ci acquiesça. Milot glissa de ses genoux et suivit Sean à travers la porte de derrière pour entrer dans le jardin. Lottie les suivit des yeux. Elle n'avait pas entendu son fils dire autant de choses depuis un mois. Elle sourit à la jeune fille par-dessus la table. Peut-être que la laisser entrer dans sa maison avait tout de même été utile après tout.

— Fils ? demanda Mimoza.

— Oui, dit Lottie.

— Milot, mon fils, dit-elle.

Elle a l'air trop jeune pour avoir un enfant, pensa Lottie.

— J'ai peu anglais. C'est difficile expliquer à vous. Facile pour moi écrire dans ma langue.

Elle lui tendit l'enveloppe.

Lottie y jeta un coup d'œil. Celle-ci était scellée, avec des mots étrangers écrits à l'extérieur.

— Comment suis-je censée savoir ce que cela signifie ?

— Trouvez Kaltrina. Aidez Milot et moi à échapper. S'il vous plaît, vous aidez ? dit la jeune fille.

— Kaltrina ? Qui est-ce ? Échapper à quoi ?

— Je peux pas dire plus. J'écris un peu. Vous lire ?

— Bien sûr. Quelqu'un vous menace-t-il ? Où habitez-vous ? Qu'est-il arrivé à cette Kaltrina ?

La jeune fille montra l'enveloppe.

— Tout là. Désolé, ce n'est pas anglais. J'ai peur.

— Comment savez-vous qui je suis? Pourquoi n'avez-vous pas appelé la police… le poste de police?

La jeune fille haussa les épaules.

— C'est pas sûr. Vous aidez?

Lottie soupira.

— Je vais voir si je peux trouver quelqu'un pour le traduire pour moi. C'est tout ce que je peux faire pour l'instant.

Elle jeta un coup d'œil à l'horloge. Elle allait être très en retard pour son premier jour de travail après presque quatre mois d'absence.

Son attention fut attirée par la jeune fille qui s'était levée rapidement et appelait le garçon. Sean le conduisit dans la cuisine. Le petit garçon avait les joues rouges. Mimoza sourit à Sean, prit son fils par la main et se dirigea vers la porte d'entrée. Celle-ci se referma derrière elle avec un léger déclic.

— As-tu appris quelque chose de lui? demanda Lottie.

Sean haussa les épaules.

— C'est un excellent petit lanceur de balles.

Il se dirigea vers l'escalier et le réconfort de sa chambre.

— Dépêche-toi, Sean. Tu vas être en retard à l'école. Et ne réveille pas Katie.

Lottie ramassa son sac en secouant la tête d'un air exaspéré, y fourra l'enveloppe de Mimoza, puis remarqua ses clés accrochées au crochet de la porte. Elle les prit et sortit sous le soleil matinal.

Alors qu'elle faisait marche arrière avec sa voiture pour sortir de l'allée, elle aperçut Mimoza et son fils qui marchaient jusqu'au bout de la rue. Avant qu'ils ne tournent au coin, une fille de petite taille les rejoignit, liant son bras à celui de Mimoza.

Arrivée à l'embranchement de la rue principale, Lottie jeta un coup d'œil autour d'elle et remarqua une voiture noire qui s'éloignait du trottoir, à grande vitesse. Elle se faufila pour sortir de la circulation et disparut. Quelqu'un avait-il attendu ses mystérieux visiteurs ?

Alors que la circulation s'interrompit, elle manœuvra pour s'insérer dans la file des conducteurs matinaux, tout en pensant à Mimoza et à son fils. Comment l'autre fille s'intégrait-elle dans le tableau ? La lettre expliquerait peut-être tout.

Chapitre 5

Il faisait trop chaud pour porter un pull, mais Chloé était dans un tel état qu'elle n'avait pas trouvé sa chemise d'uniforme à manches longues. Elle se résigna à transpirer toute la journée dans ce lourd vêtement de laine.

S'arrêtant devant le parking de Dunne's Stores, elle essuya la transpiration qui perlait sur son front et songea à sécher les cours. Un homme la frôla et elle se rendit compte qu'il la regardait de travers, mais elle n'y prêta pas plus attention. Le nœud d'anxiété dans sa poitrine menaçait d'exploser. Après quelques respirations profondes, elle continua à monter la colline en saluant d'autres filles au passage, le sourire aux lèvres.

Arrivée au pont qui enjambe le vieux port, elle jeta un coup d'œil, presque nonchalant, sur l'eau vert foncé du canal, et se rendit compte qu'elle ne pouvait pas affronter l'école. Elle savait qu'elle devait être en classe, car les examens approchaient à grands pas, mais elle ne pouvait pas le faire. Pas aujourd'hui.

Le nœud dans sa poitrine se dénoua lentement tandis qu'elle se hâtait le long du chemin de halage, loin de l'insouciance et de l'effervescence incessantes de la bande qui traînait à la porte de l'école. Elle marcha les yeux fermés jusqu'à ce qu'elle atteigne le petit pont qui reliait le canal à la rivière. Son père lui avait un jour expliqué que la rivière était appelée « la réserve » parce qu'elle apportait de l'eau douce du Lough Cullion pour réalimenter le canal. Mon Dieu, son père lui manquait tellement.

Tournant à gauche, elle longea la berge pendant quelques minutes avant de s'asseoir sur l'herbe haute, admirant la profondeur et la hauteur des roseaux. Elle ouvrit son sac à dos, puis prit dans sa trousse à crayons une lame de rasoir enveloppée dans un tissu blanc et doux.

Elle savait que la vie pouvait être cruelle. Ils avaient perdu leur père et, il y a quelques mois, Sean avait failli perdre la vie. Son jeune frère ne serait plus jamais le même, terni par les souvenirs de ce qui lui était arrivé, à lui et à Jason, le petit ami de Katie, dans cette chapelle maudite. Katie aussi était abîmée, même si elle essayait de paraître normale, Chloé savait que ses cicatrices étaient profondes.

Katie en voulait-elle à leur mère ? Chloé espérait que non, mais elle ne pouvait pas se débarrasser de l'impression que Lottie était en quelque sorte fautive. Elle n'avait pas réagi assez rapidement à l'époque pour sauver les garçons, et Jason était mort.

Chloé avait l'âme d'une réparatrice, mais elle se sentait désormais impuissante. Elle ne pouvait pas réparer sa famille. Elle ne pouvait pas non plus se réparer elle-même. Elle ne pouvait rien réparer. Elle tourna et retourna la lame dans sa main.

Levant le visage vers le soleil, elle laissa les rayons chauffer sa peau avant de relever sa manche. Choisissant une zone sans marque, elle enfonça le morceau d'acier tranchant dans sa peau encore jeune. Une entaille lente. Pas trop superficielle, pas trop profonde.

La vue du sang rouge vif, d'abord bouillonnant, puis coulant sur sa peau pâle, l'apaisa. Entaillant un peu plus profondément, elle ressentit la douleur, lutta contre les larmes et s'effondra dans l'herbe sèche.

Les roseaux bruissèrent. Elle se redressa et regarda autour d'elle, mais le silence régnait toujours. Elle avait l'impression que quelqu'un l'observait, bien qu'elle ne vît personne. Elle rabattit sa manche, rassembla ses affaires et les fourra dans son sac. Se faisait-elle des idées ? N'était-ce que le bruit des campagnols qui cherchaient leur nourriture dans les roseaux ? Sous la chaleur, elle frissonna et s'engagea sur le chemin de gravier, se demandant où elle pourrait se cacher pour la journée.

En consultant son téléphone, elle posta le hashtag #cutforlife sur Twitter. Le sentiment que quelqu'un l'observait ne la quittait pas. Elle attacha son sac à dos en bandoulière et se mit à courir.

Chapitre 6

La chaussée était étroite ce qui rendait la tâche difficile, mais au moins il s'agissait d'une rue à sens unique. Sur le côté droit, les logements de trois étages projetaient une ombre mince, détournant les rayons du soleil matinal.

Il était arrivé en retard au travail et devait donc rattraper le temps perdu avant la venue du patron. De nouvelles canalisations d'eau avaient été posées vendredi et, au fur et à mesure que les travaux avançaient dans la rue, certaines portions avaient été recouvertes d'un macadam provisoire, tandis que d'autres parties avaient été légèrement saupoudrées d'argile recouverte d'une tôle de fer. « Rapide et simple », avait dit le patron. Personne ne verrait la différence. Ils étaient maintenant revenus pour reprendre le matériau temporaire, verser le remplissage permanent sur les tuyaux et poser le macadam sur la rue.

Il enfonça le marteau-piqueur dans l'argile, travaillant aussi vite que possible, malgré la chaleur dégagée par la machine. Alors que la saleté se soulevait pour ensuite se redéposer, un éclair bleu, un peu plus loin dans la tranchée, attira son attention. Il s'arrêta pour essuyer une perle de sueur à l'intérieur de ses lunettes de protection, puis éteignit la machine. Il la laissa de côté, souleva sa protection oculaire en plastique et regarda fixement. S'agissait-il d'une sorte d'animal ? Il n'avait pas le temps de déterminer cela.

C'est alors qu'il aperçut une peau pâle et une mèche de cheveux noirs. Mettant un genou à terre, ses bottes de sécurité le fixant au sol glissant, il creusa l'argile. La couronne d'un crâne émergea de la terre sombre. Il ne pensa ni à la médecine légale, ni à la police ni à quiconque souhaitant préserver le sol. Avec fébrilité, il enleva encore de la terre.

Andri Petrovci n'était pas un homme craintif. Il avait vu beaucoup de corps, des gens affamés, massacrés et brûlés dans son pays. Il n'aurait pas dû être choqué par celui-ci, mais quelque chose dans la peau d'albâtre, légèrement tachetée de vert par la décomposition, et dans les cheveux noirs comme le jais, le fit frissonner. Ce qui déclencha le souvenir d'un moment qu'il avait essayé d'oublier.

Une fois le visage débarrassé de la dernière trace d'argile, Petrovici s'assit sur le monticule de terre, ignorant les klaxons, les cris incessants et la frustration grandissante des automobilistes bloqués par le panneau « stop/go » à trente mètres de là.

La victime avait les yeux fermés et la bouche serrée dans une petite moue. L'étoffe de coton bleu, qui l'avait d'abord alerté, était enroulée autour de son cou gracile.

Des cris de colère retentirent dans son esprit.

— Stupide Polack ! cria un homme, en se penchant par la fenêtre de sa voiture. Retourne d'où tu viens.

Stupide Irlandais ignorant. Il n'était pas polonais. Serrant les poings, il se frappa le front.

Les portières des voitures claquèrent et des pas retentirent sur le goudron brûlant. Il faisait trop chaud pour un mois de mai. Une canicule, disaient les prévisionnistes. Il était accoutumé à la chaleur. Il était habitué aux corps. Il avait l'habitude de la violence. Mais cette fille, gisant ici dans un sol non consacré, abandonnée en contrebas de la rue animée, lui rappelait une autre fille, morte depuis longtemps. Celle-là n'était pas morte depuis longtemps. Malgré un début de décomposition, il l'imaginait aussi fraîche que les pétales de fleurs de cerisier qui flottaient depuis les arbres sur la chaussée, et se dissolvaient dans le macadam. Il pensait avoir laissé tout cela derrière lui. Mais il savait que la mort ne connaissait pas de frontières. Elle vous suivait comme votre ombre.

Il observa à nouveau le visage impassible de la jeune fille et se demanda un instant si ses yeux étaient bleus.

Chapitre 7

Il faisait plus chaud à l'intérieur du commissariat qu'à l'extérieur. L'inspectrice Lottie Parker étira son long corps mince et lissa son chemisier en coton blanc. Aucun signe indiquant que les ouvriers étaient sur le point de terminer son bureau n'était visible. Elle allait devoir s'incruster encore un peu plus dans le bureau général.

Lorsqu'elle ouvrit la porte, elle pénétra dans l'environnement familier. Elle déposa son sac sur le sol à côté de son bureau et jeta un coup d'œil à l'horloge. Il était neuf heures passées. Elle avait un retard d'une heure. Ce n'était pas la reprise qu'elle espérait. Aucun signe du commissaire Corrigan. C'était un soulagement.

— J'aurais juré que j'avais laissé du désordre, dit-elle en levant la tête pour regarder le bureau bien rangé.

Une nouvelle tasse en céramique ornée de coquelicots rouges peints à la main contenait ses stylos.

Elle se tourna vers le sergent détective Mark Boyd et arrondit la bouche en guise de question non posée.

— Tu pourrais au moins me remercier, dit Boyd en se retournant sur sa chaise, les yeux bruns pétillants de bienvenue.

Sa chemise épousait parfaitement sa maigre silhouette. Il n'y avait pas la moindre goutte de sueur, il était toujours impeccable.

— Comment vais-je retrouver mon mot de passe?

Elle posa son téléphone portable sur le bureau et bascula le clavier sous lequel elle rangeait habituellement le post-it.

— Il faut que tu t'en souviennes.

— Ah, très bien, dit-elle. Merci pour ton aide, Boyd.

Les cheveux noirs de Boyd, mouchetés de gris acier, étaient plus courts qu'avant. Son visage était toujours aussi fin et affamé, et ses oreilles légèrement décollées. Lottie ouvrit un tiroir. Les dossiers étaient alignés et classés par couleur. Cela ne faisait que quelques mois qu'elle était partie et déjà sa manie de la propreté s'était emballée.

— Bienvenue, inspectrice. Il imita un salut militaire. Tu m'as manqué aussi.

Après avoir refermé le tiroir avec un bruit ınutile, elle alluma l'ordinateur, plongée dans ses pensées, tentant de se souvenir de son mot de passe. Elle n'arrivait déjà pas à s'en souvenir au bout de quatre minutes, alors encore moins au bout de quatre mois. Tentant de faire la conversation tout en cherchant, elle demanda :

— Comment vas-tu depuis… »

— La blessure s'est cicatrisée rapidement, dit Boyd. Mentalement ? Je suis toujours aussi dérangé.

— Je croyais que j'étais la seule à l'être. Mot de passe ?

— Sous la tasse.

Elle tapa le code.

— Merci.

— Comment ça se passe à la maison ?

— Sean est retourné à l'école. Enfin, il y va presque tous les jours. C'est un combat permanent. Il voit un thérapeute, ajouta-t-elle en passant une main dans ses cheveux fraîchement coupés.

— Tu devrais en voir un aussi, répondit Boyd à Lottie tout en haussant les épaules.

— Tu es aussi bon que n'importe quel thérapeute, Dr Phil.

— Mon deuxième prénom. Boyd rit avant de reprendre son masque solennel. Plus sérieusement, Sean est un bon garçon, mais il a beaucoup souffert.

— Oui, c'est vrai. Mais je pense que les adolescents sont plus résistants que nous, les adultes.

Elle espérait qu'il ne poserait pas de questions sur Chloé et Katie. Elle n'avait pas envie de parler de ses enfants et de leurs problèmes; elle voulait juste se consacrer à son travail. Elle avait déjà pris suffisamment de congés.

Elle espérait que Sean et les filles se débrouilleraient sans elle toute la journée. Mais elle ne pouvait pas rester à la maison plus longtemps. Les derniers mois avaient lentement érodé ses capacités de résilience. Il y avait des limites à ce qu'elle pouvait faire en matière de conseils, de lessive et de cuisine. Au moins, elle avait réussi à faire perdre aux enfants l'habitude de manger de la malbouffe et des plats à emporter. Aujourd'hui, elle voulait revenir en douceur à la vie de bureau. Oser se lancer. Retrouver confiance en elle.

— Un corps a été retrouvé dans Bridge Street.

Le sergent détective Larry Kirby passa la tête par la porte, suivi une seconde plus tard par son corps massif. Sa chemise à carreaux était roulée jusqu'aux coudes et des perles de transpiration coulaient sur son large front. Il repoussa sa tignasse touffue et s'arrêta en voyant Lottie.

— Bon sang, patronne. Bon retour parmi nous, haleta-t-il.

— Des sandales ? Lottie regarda ses orteils chaussés de blanc.

— La goutte, dit Kirby.

— Des chaussettes blanches avec des sandales ?

— Vous m'avez manqué aussi, patronne.

— Où est Lynch ? demanda Lottie.

L'inspectrice Maria Lynch était l'autre membre essentiel de son équipe.

— Sur place. Les ouvriers qui travaillent sur la nouvelle conduite d'eau ont découvert le corps d'une femme. Le premier jour de votre retour, vous êtes accueillie avec cette révélation macabre. Boyd sourit en suivant Kirby jusqu'à la porte.

Lottie soupira. Prenant quelques dossiers soigneusement classés dans le tiroir, elle les éparpilla sur le bureau et renversa quelques stylos. Maintenant, elle se sentait vraiment chez elle.

Elle prit son sac et y glissa son téléphone portable, apercevant l'enveloppe de ses visiteurs matinaux. Cela pouvait attendre.

Elle sortit derrière ses inspecteurs. Elle avait du pain sur la planche.

Le goudron suintait du sol. La chaleur du matin brûlait les bras nus et faisait ressortir les taches de rousseur sur les visages pâles. Après avoir traversé le pire hiver depuis le début des relevés météorologiques, Lottie pensa qu'ils étaient peut-être sur le point de connaître le plus chaud des étés. Elle sortit de la voiture climatisée et se retrouva couverte de sueur. Elle chaussa ses lunettes de soleil et se félicita d'avoir appliqué de la crème solaire sur sa peau claire.

— Tu as mis ta crème solaire? demanda-t-elle.

— Ouais. Boyd verrouilla la voiture et s'installa à côté d'elle.

Elle lui jeta un coup d'œil latéral. Était-il désinvolte avec elle? Il avait mis ses lunettes de soleil, et elle ne pouvait donc pas lire dans ses yeux. Leur histoire personnelle avait tendance à interférer avec leur courtoisie réciproque. Peut-être était-ce parce qu'il n'était plus inspecteur par intérim, mais simple sergent détective, maintenant qu'elle avait repris le travail.

Alors qu'ils approchaient du cordon extérieur, des policiers en uniforme redirigèrent la circulation vers la rue à sens unique, provoquant des embouteillages dans toute la ville. Les esprits s'échauffaient aussi vite que le soleil dans le ciel et le chemisier de Lottie était déjà trempé. Elle jeta un nouveau coup d'œil à Boyd, qui était toujours aussi élégant dans sa chemise en coton et son pantalon bleu marine. Il n'avait même pas desserré sa cravate. Comment réussissait-il à paraître si frais? Elle secoua la tête. Elle n'y comprenait rien.

La rue se rétrécit. Les véhicules pris dans l'embouteillage avant la mise en place des déviations tentaient de faire marche arrière, provoquant ainsi un nouvel engorgement. La découverte d'un corps n'a rien arrangé.

Ils se faufilèrent sous le ruban de balisage de la scène de crime, dans Bridge Street, une rue étroite qui passait devant le stade de football, enjambait la rivière, contournait le centre commercial, puis se rétrécissait lorsqu'elle rejoignait l'artère principale. Au bout du pont, les feux de signalisation clignotaient. À gauche, le

Barrett's Pub, aux fenêtres condamnées et à la peinture abîmée par les intempéries, puis un cul-de-sac. À droite, des appartements, vestiges des années fastes, dont certains avaient leurs fenêtres barricadées de planches de bois. Avait-elle traversé cette période favorable comme une somnambule ? Non, elle n'avait pas connu la période faste. En regardant l'immeuble poussiéreux de trois étages, elle se dit qu'elle était peut-être pas si mal lotie. Mais ces appartements lui posèrent immédiatement un problème : elle devait questionner de nombreuses personnes. Ces interrogations pouvaient prendre des jours.

Elle jeta un coup d'œil autour d'elle, à la recherche d'un système de vidéosurveillance. Une caméra cassée pendait par ses fils au mur au-dessus de la porte arrière du pub. L'inspectrice Maria Lynch, dont les longs cheveux clairs étaient attachés en queue-de-cheval, était postée dans le cordon où une tranchée partiellement creusée bordait l'impasse. Trois hommes en gilet de chantier haute visibilité, un casque de sécurité de travers, fumaient des cigarettes ensemble, à l'angle de la rue. Des policiers en uniforme prenaient des notes. Lottie détourna les yeux du groupe, se rendant compte que Lynch s'était approché d'elle et parlait.

— … jeune femme.

— Quoi ? demanda Lottie qui essaya tant bien que mal de se concentrer.

Lynch continua de lire son carnet.

— Nous attendons l'arrivée de la police scientifique avant de pouvoir procéder à l'excavation complète du corps. La médecin légiste de l'État a été prévenue.

Elle referma son carnet. Avec cette circulation, Dieu sait combien de temps il lui faudra pour arriver.

Lottie se dirigea vers la tente temporaire érigée au-dessus de la tranchée. Même à l'extérieur, elle pouvait sentir l'odeur de la pourriture et de la décomposition.

— Il fait trop chaud pour laisser un cadavre ici longtemps, dit-elle en se frayant un chemin parmi les outils abandonnés.

— Il fait trop chaud pour les vivants, dit Boyd, en jetant un coup d'œil par-dessus le bord de la tranchée. Putain de merde !

— Quoi ? demandèrent ensemble Lottie et Lynch.

— Mes chaussures, dit-il en retirant son pied du goudron collant.

Lottie attendait avec impatience l'arrivée de la police scientifique. Elle voulait voir à quoi ils avaient affaire. Elle jeta un nouveau coup d'œil au groupe d'hommes au coin de la rue. L'un d'eux s'excusa, fit un pas de côté et alluma une autre cigarette.

— Qui est-ce ? demanda-t-elle en désignant l'homme.

Lynch consulta ses notes.

— Andri Petrovci. Il a déterre le corps. Il a failli la tuer une deuxième fois avec son marteau-piqueur. Il a manqué la tête de quelques centimètres. Un éclat de couleur dans l'argile l'a arrêté.

Lottie détourna les yeux lorsque Petrovci la surprit en train de la fixer. Elle ne put s'empêcher de remarquer que son visage était criblé de vieilles cicatrices, allant du lobe de son oreille gauche à sa lèvre inférieure.

Reportant son attention sur la tente, elle dit :

— Je vais m'approcher, pour voir.

Elle sortit des gants de protection de son sac. Alors qu'elle se dirigeait vers la tente, elle jeta un coup d'œil par-dessus son épaule à Petrovci qui se tenait au coin de la rue et elle se mit à frissonner. Elle se demanda comment un regard pouvait contenir autant de douleur.

La lumière jaillit à l'intérieur de la tente lorsque Lottie l'ouvrit. Lynch lui avait fourni les vêtements de protection nécessaires : gants, masque pour le nez et la bouche et des couvre-chaussures. Des plaques d'acier avaient été posées afin de préserver la scène de crime.

Prenant soin de ne rien déranger, elle s'accroupit dans l'espace confiné, remarquant d'abord le visage de la victime : des sourcils foncés. Une mèche de cheveux noirs retombant sur un front lisse. Aucun signe de lutte. Les yeux clos, la fine peau des paupières déjà boursouflée par les premiers signes de putréfaction. Un clou d'argent à une oreille. Avait-elle perdu l'autre ? C'était ce qui touchait le plus Lottie. Peu importait le nombre de victimes qu'elle rencontrait ou le nombre de corps qu'elle voyait, c'étaient les petites choses comme celles-ci qui les rendaient humains.

— Étranglée ? demanda Boyd en se penchant à côté de la victime. Il avait lui aussi revêtu un équipement de protection. Il vaut mieux attendre la médecin légiste.

— Et puis merde, dit Lottie en balayant une mèche sombre du front de la victime. Mon Dieu, ce n'est qu'une enfant.

— J'estime qu'elle a entre 18 et 20 ans, dit sobrement Boyd.

Un cri soudain les fit sursauter tous les deux.

— Sortez de ma scène de crime !

Jim McGlynn, chef de l'équipe de la police scientifique, se tenait à l'entrée de la tente et les regardait fixement.

— Ravie de vous voir aussi, dit Lottie, qui se rendit compte qu'à chaque fois qu'elle voyait McGlynn, c'était en tenue de protection.

— Sortez immédiatement, tous les deux !

— Nous n'avons rien touché ! rétorqua Lottie sur la défensive.

— Vous devriez pourtant le savoir, inspectrice.

Il la dépassa et commença à installer son matériel.

Boyd s'éloigna rapidement. Lottie se recula pour le laisser faire son travail. McGlynn l'ignora tandis qu'il œuvrait. Elle se taisait, juste au cas où il aurait besoin d'aide. Lorsqu'il eut fini de photographier, il se mit à balayer lentement la croûte d'argile qui recouvrait la poitrine de la victime. Le col d'un vêtement bleu apparut.

Le claquement de talons hauts sur le trottoir avertit Lottie de l'arrivée de Jane Dore. La médecin légiste enfila rapidement ses vêtements de protection et ôta ses talons de 10 centimètres. Elle glissa ses pieds dans une paire de mocassins et les recouvrit de surchaussures. Lottie se mit sur le côté, dominant l'autre femme. Elles échangèrent des salutations tandis que la médecin légiste rejoignait McGlynn.

— Jeune femme. Aucune fissure ni de marque d'étranglement n'est détectée sur le corps de la défunte, déclara Dore en passant ses doigts le long de la gorge de la victime, après avoir évalué la scène de crime.

McGlynn brossa méthodiquement le reste de l'argile sur le cadavre. Peu à peu, le corps entier apparut. Depuis l'endroit où elle se trouvait, Lottie remarqua que les vêtements étaient faits en étamine. Les boutons défaits de son haut révélaient des seins marqués par d'innombrables veines bleues.

Un petit monticule saillait sous sa cage thoracique.

Elle sentit sa bouche s'ouvrir.

— Elle était enceinte.

L'air suffocant se refroidit instantanément autour d'elles. Lottie sentit sa peau moite se couvrir de frissons.

— Ce n'est peut-être que de la décomposition, avertit Jane.

— Je ne pense pas, dit Lottie, et elle savait que Jane ne le pensait pas non plus. Depuis combien de temps est-elle morte ?

— La décomposition est plus lente lorsque le corps n'est pas exposé aux éléments. Mais il a fait exceptionnellement chaud. Deux jours, je dirais. La rigidité cadavérique a quitté le corps, donc je dirais qu'il y a plus de quarante-huit heures. J'en saurai plus quand je l'aurai emmenée à la Maison des Morts.

La Maison des Morts, où la médecin légiste de l'État effectuait ses autopsies, était la morgue rattachée à l'hôpital de Tullamore, à quarante kilomètres de Ragmullin.

— Elle a été tuée ici ?

— Je dois d'abord déterminer la cause du décès, inspectrice, dit formellement Jane. Mais au vu du sol et de l'endroit, je doute que ce soit là qu'elle ait été tuée.

— Tenez-moi au courant.

— Bien sûr.

Sous un soleil de plomb, Lottie sortit de la tente, et se dépêcha d'enlever ses vêtements de protection, les jeta dans un sac de preuves marron et appela Maria Lynch.

— Demandez l'aide des policiers pour faire les interrogatoires. Quelqu'un a dû voir le corps être enterré. Elle jeta un coup d'œil vers les fenêtres ombragées des logements. Soyez minutieux, et je veux que ces ouvriers contractuels soient au commissariat dès que possible pour faire leur déposition.

— Oui, inspectrice, dit Lynch, qui s'occupa de donner des ordres aux policiers rassemblés.

— Voyez si le Barrett's Pub dispose d'un système de vidéosurveillance en état de marche, dit Lottie d'un air amusé, en regardant la caméra cassée qui pendait par ses fils. Et Kirby, demandez à quelqu'un de fouiller ces poubelles.

Elle désigna les vide-ordures qui bordaient l'allée, la puanteur des déchets en décomposition se mêlant à l'odeur de la tente.

Kirby acquiesça.

— Les quarante-huit premières heures sont cruciales, dit Lottie, et je crois que nous les avons déjà perdues.

Chapitre 8

De retour au commissariat, Lottie rejoignit Boyd dans la salle d'interrogatoire n° 1. Tout est aussi sombre et étouffant que dans son souvenir. Il n'y a pas de fenêtre ni d'air conditionné. Et les rénovations n'étaient toujours pas terminées.

Il y aurait beaucoup de personnes à interroger dans cette affaire et cela pourrait prendre des jours. Elle voulait commencer par questionner les hommes qui travaillaient sur le chantier.

Andri Petrovci était maintenant assis à la table fixée au sol par des boulons, ses gros doigts serrés en poings et les yeux baissés. Fatigue ou peur ?

— Alors, M. Petrovci, d'où venez-vous ? demanda Lottie.

Elle voulait commencer tout de suite.

— Je du Kosovo, précisa-il d'une voix profonde et pénétrante.

— Depuis combien de temps êtes-vous en Irlande ?

— Je viens pour travail, dit-il. Peut-être un an, peut-être plus.

— Vous êtes resté à Ragmullin pendant tout ce temps ?

— Oui… Non.

— Vous semblez incertain, dit Lottie.

— J'arrive. Je travaille à Dublin. Puis je viens à Ragmullin.

Lottie sourit tandis qu'il se débattait avec la prononciation de sa ville. Elle se battait avec sa ville, quel que soit le nom qu'on lui donnait.

— Pourquoi Ragmullin ?

— Le boulot. Travaux de canalisation d'eau.

— Où habitez-vous maintenant ? Cela allait prendre une éternité se dit-elle.

— Hill Point. Une petite chambre.

Lottie connaissait bien le quartier. Hill Point se composait d'une série d'immeubles d'habitation, construits en forme de croissant, longeant le canal et la voie ferrée. On y trouvait quelques magasins, une crèche et un cabinet médical. Un complexe bas de gamme qui essayait d'être haut de gamme, mais qui échouait lamentablement. Elle se concentra sur Andri Petrovci.

— Le corps de la jeune fille que vous avez découvert, savez-vous quelque chose sur elle ?

— Non.

— Parlez-moi de la tranchée que vous creusiez. Quand ce travail a-t-il commencé ?

— Il y a trois jours, nous posons tuyaux. Remplir… comment vous dites… temporairement. Aujourd'hui, revenir pour réparer.

— Réparer ?

— Remettre rue en place. Comprendre vous ?

— Je pense que oui, dit Lottie.

— Alors personne n'a travaillé sur ce chantier depuis vendredi ? demanda Boyd.

— Je sais rien.

— Vous pouvez nous dire autre chose ?

— Je sais rien, dit Petrovci en baissant la tête.

D'autres questions plus approfondies ne révélèrent rien d'intéressant pour l'enquête. Lottie sentit une frustration familière monter en elle.

— Consentez-vous à ce qu'on vous prélève un échantillon d'ADN ? Juste pour vous inclure ou vous exclure de notre enquête. *C'était probablement un exercice inutile*, pensa-t-elle. Il avait déjà contaminé le corps.

Il avait l'air sur la défensive.

— Pourquoi ? Je rien faire de mal.

— C'est juste la procédure. Il n'y a pas de quoi s'inquiéter.

— Je sais pas. Plus tard. D'accord ?

— Je préfère en finir, M. Petrovci.

— Je vois pas raison pour ça. Mais d'accord.

Lottie demanda à Boyd d'organiser le test buccal : un simple écouvillon permettant de prélever l'ADN à analyser. Boyd acquiesça et relut sa déclaration à Petrovici.

— Vous êtes libre de partir. Pour l'instant, déclara Lottie. Nous avons vos coordonnées et il se peut que nous ayons besoin de vous reparler.

Boyd éteignit le matériel d'enregistrement et se mit à sceller les DVD. Lottie suivit des yeux Petrovci qui se dirigeait vers la porte. Il avait de larges épaules et des muscles tendus sous son gilet haute visibilité.

Il tourna la tête.

— Une petite… dans l'argile. Trop jeune pour mourir.

Il ouvrit la porte, sortit et la referma silencieusement derrière lui.

Lottie regarda Boyd qui haussa les épaules.

— Je m'occupe du prochain, dit-il, et il suivit Petrovci à la porte.

Lorsqu'ils eurent interrogé tous les travailleurs du site, le commissaire Corrigan passa la tête par la porte et dit :

— Mon bureau, tout de suite !

Lottie le suivit, observant la lumière scintiller sur son crâne chauve. Elle se demanda combien de fois il devait se raser pour conserver une telle brillance. Dans le bureau des enquêtes, un frisson lui parcourut l'échine alors qu'elle se remémorait sa dernière affaire. Même pièce, autre meurtre. Un tableau d'affichage présentait une photographie de la victime portant un masque mortuaire. Un croquis sommaire de l'endroit où le corps avait été retrouvé ainsi qu'une grande carte de la ville étaient épinglés sur un second tableau. Des officiers étaient occupés à téléphoner et à rédiger des rapports sur les enquêtes de porte-à-porte en cours.

Le commissaire Corrigan se passa la main sur la tête, remonta ses lunettes sur son gros nez et déclara :

— Inspectrice Parker, vous êtes l'enquêtrice principale de cette enquête.

Elle fixa ses yeux. L'un de ses yeux était rouge et à moitié fermé. *Une infection ? Espérons qu'elle ne soit pas contagieuse.*

— Merci, Monsieur.

L'expérience lui avait appris à ne rien dire devant lui. L'habitude de dire ce qu'il ne fallait pas l'avait trop souvent mise dans le pétrin.

— Mais tout ce qui concerne la presse passe d'abord par moi, prévint-il. Pas de gaffe comme la dernière fois, n'est-ce pas ?

— Je veux aller droit au but, Monsieur. Maria Lynch travaille sur le registre des emplois et Boyd va revoir les transcriptions des interrogatoires que nous venons de mener.

— Kirby ? Où en est-il ?

— Je vous le dirai bientôt. Dès que je l'aurai trouvé, ajouta-t-elle en silence.

— Vous connaissez mon point de vue sur ce genre d'affaires. Le district de Ragmullin s'en occupe. Pas besoin que la ville soit impliquée. Mais après l'énorme gaffe que vous avez faite sur votre dernière affaire, je ne suis pas sûre de pouvoir les empêcher de s'en mêler longtemps. Alors terminez vite. Sans foire d'empoigne. D'accord ?

— Bien sûr, Monsieur.

Elle ne put s'empêcher de se demander ce qu'il avait dans l'œil. Mme Corrigan avait-elle perdu son sang-froid et l'avait-elle frappé ?

— Et arrêtez de me regarder comme ça.

Lottie soupira. Tant pis pour sa première journée tranquille.

Kirby était assis à son bureau, parcourant une liasse de transcriptions d'entretiens avec les habitants des appartements, un pied posé sur une pile de dossiers.

— Je vous cherchais, dit Lottie en fronçant le nez.

— Vous m'avez trouvé. Il glissa rapidement ses orteils dans la sandale. J'étais sur le point d'apporter tout cela dans le bureau des enquêtes.

— Le pub au coin de la rue où le corps a été trouvé est-il équipé d'un système de vidéosurveillance ?

— Devinez, patronne.

— Les caméras ne fonctionnent pas ?

— C'est exact. Kirby se gratta le haut du crâne. Pourquoi se donner la peine d'installer tout cet équipement et ne pas l'entretenir ensuite ? Ça me dépasse.

— Et il n'y en a pas non plus dans les appartements ?

— Non.

— Qu'en est-il de la vidéosurveillance de la ville à cet endroit ? demanda-t-elle avec espoir. Il y a quelque chose ?

— Des réductions budgétaires ? Je ne sais pas, mais la moitié des caméras ne fonctionnent pas. Quoi qu'il en soit, elles ne sont que dans les rues principales.

— Super.

Lottie essaya de ne pas laisser transparaître sa déception, mais c'était peine perdue.

Elle passa l'après-midi à lire tous les rapports que ses détectives lui avaient transmis. Boyd faisait de même, tout en rangeant par intermittence des stylos en ligne droite sur son bureau. Mais il n'y avait aucun indice sur l'identité de la jeune fille, ni sur celle de l'homme qui l'avait assassinée et enterrée sous les rues de Ragmullin.

À seize heures quinze, le téléphone de Lottie sonna. Jane Dore, la médecin légiste. Lottie écouta attentivement avant de couper l'appel.

— Jane a préparé le rapport préliminaire.

— Pas de mouche sur elle, dit Boyd.

— Tes jeux de mots me surprennent parfois.

Lottie secoua la tête et prit son sac.

— Je vais à Tullamore.

— Tu as besoin que je…

— Non, je n'ai pas besoin que tu viennes avec moi. Je sais conduire. Continuez à passer au crible tous les documents. Je veux connaître le nom de la victime.

— Je ne peux pas le faire apparaître comme par enchantement.

— Trouve juste qui c'était.

— Oui, patronne. Pourquoi dois-tu faire tout ce chemin jusque là-bas ? Elle ne peut pas envoyer le rapport par e-mail ?

— Tu ne peux pas te concentrer sur ton travail et me laisser faire le mien ?

Lottie passa son sac sur l'épaule et se dépêcha de quitter le bureau avant de perdre son sang-froid. Elle se dirigea vers la voiture, espérant que la climatisation ne tomberait pas en panne. Le hasard aurait bien fait les choses.

Chapitre 9

— Qu'est-ce que vous avez dit? demanda Lottie.

— Un coup de feu, répéta la médecin légiste.

— Impossible! Lottie secoua la tête, consternée.

— Ce n'est que préliminaire pour l'instant, dit Jane Dore, toujours aussi professionnelle que sèche.

— Les résultats préliminaires suffisent pour l'instant, dit Lottie.

Elle avait souffert de la chaleur durant les quarante kilomètres de trajet jusqu'à Tullamore. Au moins, il faisait frais dans la Maison des Morts. Ici, on était à mille lieues du paysage qu'elle avait vu le long de la route. Il y avait des arbres verts à la croissance luxuriante, des accotements fleuris de boutons-d'or et l'un des nombreux lacs du Midland scintillant au loin sous un soleil de plomb. C'était avant l'autoroute, les véhicules qui roulaient à toute allure et les vapeurs de diesel dans l'air. Maintenant, elle aurait été ravie que cette odeur huileuse contribue à dissiper l'odeur pestilentielle qui y régnait.

Elles s'assirent sur des tabourets chromés près d'un banc. Derrière eux, la victime était allongée sous un drap sur une table en acier.

— Entrée par le dos. Aucune blessure de sortie. Les rayons X révèlent la présence d'une balle logée dans une côte. Je vais l'envoyer au laboratoire pour qu'elle soit examinée par les experts en balistique.

— On lui a tiré dessus. Merde, dit Lottie. Je ne me souviens pas de la dernière fois où nous avons eu une fusillade à Ragmullin.

— J'ai trouvé ce qui ressemble à une morsure sur sa nuque. J'ai prélevé de la salive et pris des empreintes. Je vous enverrai les images.

— Pourriez-vous obtenir de l'ADN à partir du prélèvement?

— Pas sûr. Il était très propre. Attendons de voir.

— Des traces d'agression sexuelle?

— Des traces de déchirure vaginale. C'est donc probable, mais pas concluant.

— Rien sur ses vêtements?

— Rien. Je pense qu'elle a été déshabillée avant qu'on lui tire dessus. La blessure est très nette. Elle a peut-être été lavée.

— L'impact de la balle? L'a-t-il lavée après l'avoir abattue?

— Il est propre. Il a été lavé. J'ai également prélevé des échantillons sous ses ongles. Cela pourrait donner des résultats. Mais n'y comptez pas trop.

— Pourquoi l'a-t-il déshabillée, tuée, lavée, puis rhabillée? Lottie secoua la tête. À quoi avait-elle affaire?

— C'est peut-être un amoureux de la police scientifique.

— Qui est-elle, Jane?

— C'est votre travail, Lottie. Tout ce que je peux vous dire, c'est qu'elle avait entre 16 et 20 ans et qu'elle était enceinte au moment de sa mort. Compte tenu de la chaleur intense que nous avons connue et de la vitesse de décomposition du cadavre, j'estime qu'elle a été assassinée il y a deux jours, trois au maximum.

Lottie repensa à la déclaration de Petrovci. Ils avaient creusé la tranchée il y a trois jours. Cette fille avait-elle été enterrée après cela et gisait-elle sous la rue depuis lors?

— Alors, elle n'a pas été tuée à l'endroit où nous l'avons trouvée?

— La lividité du corps suggère qu'elle a été déplacée après sa mort. L'endroit où elle a été trouvée n'aurait pas permis au tueur de la déshabiller, de la tuer, et cætera. Elle a certainement été tuée ailleurs. Il y a aussi quelque chose d'autre.

Jane descendit de son tabouret, dirigea Lottie vers la table d'autopsie et retira le drap du corps.

— Vous voyez cette cicatrice? Elle montra un arc de cercle autour de la hanche gauche de la victime, de l'abdomen jusqu'au dos.

— Je la vois, dit Lottie, sans quitter des yeux le vide béant où la médecin légiste avait retiré le fœtus.

— La suture est très soignée, dit Jane.

— Qu'est-ce qui lui est arrivé?

— Elle a subi une ablation chirurgicale d'un rein.

— Pourquoi?

— Peut-être l'avait-elle donné à un membre de sa famille? Je ne sais pas.

— L'opération était-elle récente?

— J'en saurai plus quand j'aurai fait d'autres examens. Pour l'instant, j'estime que l'opération ne remonte pas à plus d'un an. C'est tout ce que je peux dire en attendant que je m'y remette.

— Et la grossesse ? demanda Lottie. À quel stade en était-elle quand elle est morte ? Peut-on prélever de l'ADN sur le fœtus ?

Elle se demanda si elle avait affaire à un père réticent qui brandit une arme ou à un crime passionnel. Son instinct lui dit qu'il s'agissait de tout autre chose. Elle se fiait à son pressentiment. La plupart du temps.

Jane se dirigea vers une deuxième table. Lottie la suivit. Après avoir pris une profonde inspiration, elle se prépara. Elle n'était pas dégoûtée et regarder des corps ne la dérangeait pas. Mais un bébé à naître ? C'était différent.

— Voici son bébé. Elle avait environ dix-huit semaines d'aménorrhée au moment de la mort. C'est une fille.

Jane tira lentement le drap vers l'arrière. Lottie sursauta à la vue du plus petit bébé qu'elle ait jamais vu, recroquevillé sur le côté, sur l'acier froid. Elle ravala ses larmes et se calma. Jetant un coup d'œil de côté, elle remarqua que Jane s'essuyait hâtivement les yeux. Depuis qu'elle connaissait Jane Dore, la médecin légiste n'avait presque jamais laissé transparaître d'émotion.

— J'ai fait beaucoup d'autopsies au cours de ma vie, mais ça… c'est monstrueux… La voix de Jane s'éteignit dans l'air brut de la Maison des Morts.

— Parfois, je me dis qu'il n'y a plus rien qui puisse me surprendre, continua Lottie, mais il y a toujours une horreur de plus à découvrir, dit Lottie en rangeant les rapports dans son sac.

Elle se détourna, ramassa les rapports et les rangea dans son sac.

— Trouvez celui qui a fait ça, dit Jane, d'une voix douce et plate.

Lottie ne répondit pas. Mais elle quitta Jane dans la Maison des Morts avec une détermination nouvelle pour retourner à Ragmullin. Tout en conduisant, elle ne voyait que le petit bébé avec son pouce miniature dans sa petite bouche. Elle ne pensait pas pouvoir un jour chasser cette image de sa mémoire.

En consultant le rapport préliminaire du médecin légiste déposé sur le bureau de Boyd, Lottie pensa qu'il avait l'air aussi hagard qu'elle.

— Nous avons ratissé tout le quartier, le pub, les appartements, partout. Personne n'a rien vu, dit-il.

— Typique de Ragmullin.

Elle s'assit à son bureau, et se remémora l'affaire de la fin du mois de décembre qui s'était prolongée jusqu'en janvier. Une ville où personne n'avait rien vu, très peu avaient dit quelque chose et ceux qui l'avaient fait n'avaient jamais dit toute la vérité.

— Qu'est-ce que Jane avait à dire ? Boyd prit le rapport.

— La victime a bien été tuée par balle.

— Quoi ? Par balle ? C'est grave, Lottie.

— Je sais.

Les crimes commis avec des armes à feu étaient peu nombreux, voire inexistants à Ragmullin. *Ce n'est pas comme dans les villes*, pensa-t-elle, où les crimes de gangs sont généralement perpétrés avec des pistolets.

— Elle était enceinte au moment de sa mort.

— Bon sang !

— Et, encore pire, on lui a enlevé un rein par voie chirurgicale.

— Mon Dieu ! J'espère que c'était consenti.

— Difficile de le savoir pour l'instant... Jane doit encore terminer l'autopsie.

— Enceinte, blessée par balle et un rein en moins. Cette fille a vécu des horreurs, dit Boyd en se grattant la tête, l'air perdu.

— La victime a été déshabillée avant d'être abattue, puis on a lavé la blessure et on l'a rhabillée.

— Pourquoi quelqu'un ferait-il une chose pareille ? C'est de la folie.

— C'est de la folie. Quelqu'un correspondant à sa description figure sur la liste des personnes disparues ? demanda Lottie en masquant un bâillement.

Sa première journée avait été bien plus mouvementée qu'elle ne l'avait imaginé.

— Rien qui corresponde à notre fille. Mais si elle avait plus de 18 ans, je doute qu'elle soit déjà sur la liste de toute façon.

— Elle est morte depuis deux jours, peut-être trois. Elle était enceinte de dix-huit semaines. Elle manque à quelqu'un, quelque part. Le père de son enfant, par exemple.

— Peut-être qu'elle n'a rien dit à personne. La grossesse pourrait être le résultat d'une aventure d'un soir.

— Ou bien elle entretenait une relation avec un homme marié, quelque chose a mal tourné et il l'a tuée.

— Nous pourrions publier la photo post-mortem.

— Tu as vu son visage. Nous ne pouvons pas exposer de la chair en décomposition dans l'espace public. Elle prit le rapport de la médecin légiste des mains de Boyd et le parcourut. Pas encore, en tout cas.

— C'était juste une idée, dit-il.

— Une idée stupide.

Elle savait qu'il avait envie de répliquer, mais le sérieux de leur discussion ne le justifiait pas.

— Jane note ici que, d'après la structure osseuse de la fille, elle pourrait être d'Europe de l'Est, peut-être d'origine balkanique.

— Comment peut-elle dire ça?

— Elle a étudié l'anthropologie.

— Alors, la victime était-elle en situation irrégulière? demanda Boyd. Cela rendrait l'identification encore plus difficile.

— Elle pourrait être une réfugiée ou une demandeuse d'asile, répondit Lottie. Ils ont des papiers.

Elle se souvint du tollé soulevé il y a quelques années lorsque le ministère de la Justice avait loué l'ancienne caserne de l'armée. Elle avait été transformée en centre d'accueil direct pour les demandeurs d'asile. « Une tempête dans une tasse de thé », avait dit sa mère. Tout s'était calmé.

— Cela vaut la peine de vérifier, dit Boyd.

— Mets-le sur la liste des choses à faire demain.

— Bien sûr.

— Nous devons réinterroger Petrovci. Mais d'abord, je dois organiser une réunion d'équipe avant que tout le monde ne quitte le bureau.

Chapitre 10

Il était plus de huit heures lorsqu'elle rentra enfin de son travail. Le silence qui régnait l'accueillit. Sa mère, Rose Fitzpatrick, qui s'occupait des enfants, était partie depuis longtemps. Lottie se dit qu'ils avaient tous bien réussi à s'éviter les uns les autres ces derniers temps.

— Quelqu'un est là ? cria-t-elle en montant les escaliers.

Pas de réponse.

En entrant dans la cuisine, elle poussa un long gémissement. L'évier était rempli de verres et d'assiettes. Le retour à la normale après son congé sabbatique avait commencé. Mais au moins, sa famille avait été nourrie. À une époque, Rose aurait laissé la maison étincelante de propreté. Lottie se demanda ce qu'elle avait bien pu faire pour provoquer ce changement.

— Quelqu'un sait-il comment laver une tasse dans cette maison ?

Pas de réponse. Elle se parlait à elle-même. Encore une fois.

Tout était anormalement calme. Prise de panique, elle se précipita dans l'escalier et entra dans la chambre de son fils.

— Qu'est-ce qu'il y a ? demanda Sean en retirant ses écouteurs.

Il tapota rapidement sur le clavier de son ordinateur et l'écran s'éteignit sur la photo d'une plage ensoleillée.

— Je suis rentrée, dit Lottie, sentant le soulagement inonder ses joues.

— Alors ?

— Comment s'est passée ta journée ?

— Ennuyeuse, comme d'habitude.

Le garçon replaça ses écouteurs et attendit qu'elle parte.

Tirant la porte derrière elle, elle se demanda si elle n'aurait pas dû vérifier ce qu'il faisait sur l'ordinateur. Elle passa alors la tête par la porte de Katie. Sa fille aînée semblait dormir. Lottie la quitta pour jeter un coup d'œil dans la chambre de Chloé. Chloé était assise à son petit bureau, des écouteurs dans les oreilles et une pile de livres scolaires devant elle. Lottie lui fit un signe de la main.

Sans même lever la tête, Chloé répondit : « J'étudie. »

La laissant seule, Lottie redescendit pour voir s'il restait quelque chose dans les placards à cuisiner. Il n'y avait rien.

Elle se laissa tomber sur le fauteuil et remarqua que la peinture s'écaillait au-dessus de la cuisinière. La maison aurait bien besoin d'un coup de neuf. Elle baissa les yeux pour ne pas voir la graisse qui s'accumulait et formait une constellation de petits points noirs le long du mur, juste en dessous du plafond. La journée l'avait vidée de son énergie. Peut-être qu'un peu de sommeil lui rendrait la force de s'attaquer à ce chantier. Elle ferma les yeux.

Chloé verrouilla la porte de sa chambre, enroula soigneusement ses écouteurs, rangea ses livres et sortit de l'armoire son casque à réduction de bruit. La fenêtre ouverte laissait entrer une brise nocturne qui glissait doucement sur sa peau pendant qu'elle naviguait sur l'application Spotify de son téléphone.

Après s'être enfuie du canal, elle avait passé la majeure partie de la journée à la bibliothèque, à écouter de la musique et à regarder par la fenêtre. Vers seize heures trente, elle était rentrée chez elle en flânant, sachant que sa grand-mère serait déjà partie.

Une boule d'angoisse lui enserra la poitrine et elle peina à reprendre son souffle. Elle aurait voulu dire à sa mère ce qu'elle ressentait. Cette peur sourde, cette impuissance qui menaçait de submerger chacune de ses pensées. Mais à chaque tentative, les mots restaient bloqués. Et il n'était pas question de parler à Lottie maintenant qu'elle était de retour au travail. Quant à Katie, Dieu seul savait ce qu'il se tramait dans sa tête depuis le meurtre de Jason. Elle refusait de retourner à l'université et passait ses journées seule, enfermée dans sa douleur.

En observant la coupure fraîche sur son bras, Chloé se demanda comment réagirait sa mère si elle apprenait cela. La panique la saisit et elle s'efforça de contrôler sa respiration. Inspirer. Expirer. Inspirer. Expirer. Elle avait besoin de la lame. Oui, la douleur physique avait au moins le pouvoir de noyer un instant ses pensées qui la torturaient.

Un message d'alerte s'afficha sur l'écran de son téléphone. Elle appuya dessus. Un nouveau message sur #cutforlife. Elle l'ouvrit et entra sur le forum, poussant un soupir de soulagement. Elle n'aurait pas besoin d'utiliser la lame ce soir.

* * * * *

Faire un jogging à minuit dans une rue déserte alors qu'un tueur est dans les parages, n'était pas son idée la plus judicieuse, mais, après s'être réveillé de sa sieste dans le fauteuil, Lottie avait besoin de prendre l'air pour s'éclaircir les idées.

Des pas délibérés, méthodiques, comptés dans sa tête. Son iPhone était équipé d'un compteur de pas, mais elle ne voulait pas s'embêter à le configurer. De toute façon, elle avait entendu dire que cela consommait de la batterie. Le téléphone niché dans son soutien-gorge, elle ralentit le pas dans la montée qui menait aux bureaux du conseil du comté. Elle respira par à-coups. *Pas en forme*, pensa-t-elle, alors qu'elle faisait du jogging tous les jours en dehors de son travail.

En haut de la rue, elle tourna à droite puis s'arrêta net. Figée, elle retint son souffle et se retourna d'un coup. Son corps se mit à trembler et son cœur battait la chamade. Il n'y avait personne. Lentement, elle se remit à trottiner. *Je me fais des idées*, pensa-t-elle.

Les lundis soir étaient calmes à Ragmullin. Même la station de taxis devant le Danny's Bar était d'une tranquillité désolante : un chauffeur solitaire, adossé à son taxi, fumant une cigarette, l'air absent.

Incapable de se débarrasser du sentiment d'être suivie, elle renonça au raccourci par le parc de la ville, et se dirigea plutôt vers Friars Street. Là, le duo de moines en bronze, semblait monter la garde.

Le jogging ne lui permettait pas de se vider la tête. Les images du corps de la jeune fille se décomposant sous la rue et du petit bébé sur la table en acier inoxydable de la Maison des Morts occupaient tout son esprit.

Du coin de l'œil, elle aperçut Bridge Street sur sa gauche. Elle remarqua que les rubans de la scène de crime pendaient mollement, bloquant la rue. Elle traversa la rue déserte pour se tenir devant la limite imposée par les rubans.

Au coin de la rue, la tente de la police scientifique semblait flotter dans l'air, solitaire et lugubre. Un policier en uniforme se tenait à côté d'une voiture de police garée à l'entrée des appartements. Il la salua. Lottie lui répondit d'un signe de tête, les mains sur les hanches, reprenant son souffle.

— La nuit est calme ? demanda-t-elle.

Il haussa les épaules.

— Qu'en pensez-vous ?

Elle savait qu'il fallait veiller le site jusqu'à ce que tout soit vérifié. N'importe qui pouvait intervenir. Le tueur pouvait même revenir, même si elle supposait qu'il était plus que probablement loin de Ragmullin à ce stade. Du moins, elle espérait qu'il ne traînait pas en ville, prêt à frapper de nouveau. Mais où qu'il soit et quel qu'il soit, elle l'attraperait. L'image de la petite fille à naître fit jaillir la colère dans son cœur. Personne ne s'en sortirait avec ce meurtre.

Elle se retourna, certaine que quelqu'un s'était approché de son épaule.

— Avez-vous vu quelqu'un juste là ? demanda-t-elle au policier.

— Non, inspectrice, je n'ai rien vu.

— D'accord, merci.

Décidant qu'elle avait eu sa dose d'atmosphère oppressante pour la soirée, elle passa devant le collège non éclairé et prit la direction de la maison. L'idée d'une douche fraîche et d'un lit accueillant stimula ses membres fatigués.

Elle sentait que la situation lui échappait. Son esprit lui faisait imaginer le pire.

Chapitre 11

La chambre était trop petite pour autant de personnes. Deux lits superposés, un casier et une armoire sans porte. Le plancher était usé et nu, la peinture craquelée et des toiles d'araignée envahissaient les coins poussiéreux du plafond.

Face à Mimoza Barbatovci, deux filles dormaient profondément, leurs doux ronflements brisant le silence. Elles avaient enlevé leurs vêtements, les laissant tomber sur le sol étroit au milieu de la pièce, et s'étaient glissées nues sous les draps fins, pour s'endormir aussitôt.

L'ampoule éteinte oscillait doucement au-dessus de la tête de Mimoza. Ici, la nuit ne venait pas aussi vite que dans son pays d'origine. Les soirées s'éternisaient dans un lent crépuscule.

Se recroquevillant sur la couchette du bas, elle soigna son bras qui saignait. La peau était déchirée en deux points au-dessus du coude. Elle n'aimait pas qu'il la morde. C'était toujours douloureux, mais cette fois-ci, il avait fait couler du sang. Avec un peu de chance, elle n'attraperait pas de maladie à cause de sa salive putride. Il avait fait en sorte qu'elle souffre pour être partie ce matin. Et maintenant, il avait pris la pauvre Sara, qui n'avait fait qu'essayer de l'aider, elle et le petit Milot. Tant pis si elle avait fait une pipe à l'agent de sécurité à l'entrée. Au moins, elle pouvait sortir. Mais les autres l'avaient poursuivie quand même. Ils avaient dû la suivre. Ou suivre Sara. Savaient-ils vraiment où elle était allée ? Elle espérait que non. Et maintenant, Milot et elle étaient de retour ici. Incarcérés. Elle aurait dû s'enfuir quand elle en avait l'occasion. Mais où aurait-elle pu aller ? Ce qui était fait était fait. Elle n'avait rien dit. Elle espérait que Sara en ferait autant.

La douleur la démangeait entre les jambes. Elle avait beau se récurer, elle était sûre qu'il restait quelque chose qui se nourrissait de ses entrailles. Elle essaya d'ignorer la douleur et pensa à d'autres choses qui la préoccupaient.

Cela faisait des jours qu'elle n'avait pas vu Kaltrina. Personne ne voulait lui dire où son amie était partie. Il se passait des choses terribles dans cet endroit, Mimoza le savait. La plupart des gens avaient trop peur pour prononcer un mot, mais Kaltrina avait parlé. Et maintenant, elle avait disparu. Tout ce qu'elle pouvait espérer, c'était que la détective l'aide. Elle avait pensé qu'il était trop dangereux d'aller au poste de police, comment faire pour qu'ils la croient ? Alors elle avait pris le risque d'aller à l'adresse, celle inscrite sur le papier qu'il lui avait donné avec le badge. Avant qu'il ne l'abandonne dans son pays. Cela lui paraissait une éternité et elle ne voulait pas penser à lui maintenant.

La porte s'ouvrit et Sara entra en boitant. Elle s'immobilisa au centre de la pièce, telle une statue. Mimoza sentit l'odeur horrible et tenace qui émanait de la jeune fille – la même qui, quelques heures plus tôt, s'accrochait encore à sa propre peau. Sara avait été punie. Punie pour l'avoir aidée.

— Ne pleure pas, dit-elle en se redressant sur son coude, grimaçant de douleur.

Sara serra les bras autour d'elle et regarda par la fenêtre, des larmes perlant sur son visage.

— Viens, couche-toi près de moi.

Mimoza tendit la main et saisit celle de la jeune fille. Elle était trempée de sueur. Sara se tourna et s'allongea à côté d'elle.

En la berçant, Mimoza prit soin de ne pas réveiller son fils, qui était calé contre le mur dans son lit. Elle apaisa Sara comme elle l'avait fait plus tôt avec son petit garçon.

Sara fut secouée de sanglots jusqu'à ce qu'ils finissent par s'éteindre, mais son corps continuait de trembler. Mimoza écouta en silence sa respiration irrégulière jusqu'à ce que la jeune fille sombre enfin d'un sommeil agité.

Milot remua, murmurant.

— Chut, dit-elle.

Le drap bruissa sous ses mouvements. Doucement, elle passa un doigt sur son front et lui murmura une douce berceuse à l'oreille. Elle l'aimait tellement que son corps en frissonnait. Il était tout ce qui lui restait au monde. Et il avait été entraîné avec elle dans ce long et pénible voyage. Était-ce sa faute si ce voyage s'était transformé en un cauchemar tortueux? C'était son fils et, si elle avait commis une erreur, elle la réparerait.

— Où tout cela va-t-il finir? marmonna-t-elle dans sa langue maternelle.

Sans réponse à sa question, le sommeil la fuyait. Elle était encore éveillée quand elle entendit la porte s'ouvrir. Alors que Sara était traînée sur le sol, Mimoza tenta de la rattraper. Des mains rugueuses et familières la repoussèrent violemment et Sara fut entraînée dans le couloir en hurlant. Lorsque la porte claqua, Mimoza berça son fils en larmes, priant silencieusement pour un peu de miséricorde.

S'il vous plaît, ne les laissez pas faire du mal à mon Milot.

Chapitre 12

De ses mains gantées, il souleva la tôle et la glissa sur le côté de la tranchée. À l'aide d'une pelle, il creusa rapidement l'argile meuble. Lorsque la fosse fut suffisamment profonde pour ce qu'il avait en tête, il parcourut la courte distance qui le séparait de sa camionnette blanche.

Les panneaux temporaires «Men at Work» qu'il avait installés aux deux extrémités de la rue étroite quelques minutes plus tôt garantissaient un travail sans interruption. Il était quatre heures du matin, et Ragmullin dormait paisiblement. Les vibrations intermittentes des voitures le long de Main Street ne l'inquiétaient guère. Personne ne s'engageait sur cette rue. À sa gauche, des entrées de magasins, derrière lui et à sa droite, une cour de démontage de voitures. Plus loin, un petit immeuble d'appartements à moitié vides. Tous semblaient sans vie, au cœur de la nuit.

Après avoir jeté un rapide coup d'œil autour de lui pour s'assurer qu'il n'était pas vu, il déverrouilla les portes arrière, descendit une étroite rampe et en sortit une large brouette recouverte d'un morceau de toile vert foncé.

Se frayant un chemin dans l'obscurité jusqu'au trou, il retira la toile et fit basculer la brouette. Le corps tomba sur le sol. Il l'étendit et commença à pelleter l'argile sur celui-ci. Sa peau pâle s'assombrit à chaque pelleté de terre. Lorsqu'il eut terminé, il remit la couverture de fer en place aussi silencieusement que possible, même s'il était sûr que personne ne pouvait l'entendre.

Il vérifia une dernière fois les alentours avant de soulever la toile et de la placer sur la brouette, puis il remonta rapidement la rue jusqu'à sa camionnette. Quand tout fut à l'intérieur, il poussa la rampe et alla chercher les panneaux. De retour dans la camionnette, il se mit à sourire tout en s'éloignant. Il se rapprochait de plus en plus de sa cible.

Travail accompli.

Kosovo, 1999

Il ne savait pas combien de jours il avait marché, ni combien de temps il était resté allongé dans les buissons. Mais son pantalon était souillé et ses pieds saignaient. Il regarda le ciel qui s'assombrissait et écouta les nombreux camions qui passaient sur le vieux chemin de terre. Pourquoi ne pouvait-il pas se souvenir? Pourquoi son esprit était-il plein de trous noirs?

— Eh, mon jeune gars, qu'est-ce que tu fais là?

Il n'avait pas entendu le camion s'arrêter. Il se recroquevilla sur lui-même et se prépara à recevoir le coup de feu. Peut-être que cela résoudrait tout pour lui. Sentant une main le saisir par l'épaule, il glapit comme un chien sans défense.

— N'aie pas peur. Tu es en sécurité avec nous.

Un léger vent se leva, soufflant une brise fraîche sur son torse nu.

Il comprenait un peu l'anglais. Il l'avait appris à l'école. Cela semblait si loin. L'homme portait un uniforme militaire. Un autre soldat le regardait depuis la cabine de leur gros camion vert.

— Tu es perdu, mon fils?

Il l'avait appelé fils. Mais il n'était le fils de personne. Tout le monde était mort.

En levant les yeux vers le soldat, le garçon fut surpris. Il avait le visage de papa. Avant que papa n'ait… avant la guerre.

Le soldat jeta un coup d'œil à son camarade. « On l'emmène?»

— OK, mais vite! On roule depuis la Macédoine. Je suis crevé.

— Allez, viens.

Le soldat souleva le garçon et le chauffeur le hissa dans la cabine. Assis entre les deux, le garçon se serra les coudes, se faisant aussi petit que possible.

— Tu as faim ?

Il acquiesça.

— Prends un paquet de chips. On me les a envoyés de chez moi.

Le garçon souhaitait que le soldat s'arrête de parler. Il ouvrit le sachet et commença à grignoter. Il était affamé. Depuis combien de temps n'avait-il pas mangé ? Encore un trou noir.

— Tu ne parles pas beaucoup, dit le soldat. Mange. Nous serons bientôt à la ferme des poulets.

Le garçon fit ce qu'on lui demandait.

Deuxième jour

Mardi 12 mai 2015

Chapitre 13

Les oiseaux chantaient un air que seuls eux semblaient comprendre. La lumière de l'aube passait à travers la fente entre le rebord de la fenêtre et le store. Un rayon traversait le lit, comme un couteau d'acier.

Lottie tapota son oreiller et écoutait. Les deux pigeons ramiers commençaient leur harmonie au bout de son jardin. *Un café au lit serait le bienvenu*, pensa-t-elle. Il y avait des chances que cela se produise. Adam avait l'habitude de laisser une tasse à côté d'elle, de poser ses lèvres sur son front et de fermer doucement la porte en partant travailler. Mais cela faisait maintenant presque quatre ans qu'il était mort et qu'elle n'était plus que la compagne de ses souvenirs.

Au fur et à mesure que les secondes s'égrenaient dans sa conscience, la solitude oppressante revenait l'envelopper, aussi lourde que ses pensées. N'était-il pas temps pour elle d'oublier Adam ? Tout le monde semblait penser qu'elle aurait dû retrouver son état normal. Mais à présent, sa vie ressemblait à une photographie en noir et blanc, se dégradant en sépia avec le temps, et elle luttait pour trouver de la couleur à y injecter.

Elle enfonça son poing dans la couette et serra les dents pour empêcher les larmes de couler. Cela ne servait à rien. Elle en voulait encore à Adam et à ce fichu cancer, d'être mort et de l'avoir laissée seule avec trois enfants à élever. De ne pas lui avoir laissé le temps de lui demander ce qu'il voulait qu'elle fasse du reste de sa vie sans lui à ses côtés. De ne pas avoir été plus forte face à son chagrin. « Dieu te maudit, Adam Parker », s'écria-t-elle à haute voix.

Rejetant la couette, elle bondit hors du lit, fuyant ses pensées confuses, et se précipita sous la douche. Tandis que l'eau s'écoulait dans le siphon, elle se rendit compte que son attitude n'était pas la bonne. *Reprends-toi*, femme, gronde-t-elle, et c'est ce qu'elle fit. Elle était plus forte que ses souvenirs. Elle devait l'être.

« Lottie la forte, c'est moi », dit-elle au miroir embué.

Elle se sécha et s'habilla, prête à affronter tout ce que la journée lui réservait. C'est alors qu'elle se rendit compte qu'elle était en retard. Une nouvelle fois.

* * * * *

— Tu es en retard, dit Boyd en refermant brutalement un tiroir de l'armoire.

Les dossiers empilés glissèrent sur le sol.

— C'est vrai ? J'aurais juré que j'étais *très* en retard.

Lottie s'assit à son bureau et alluma son ordinateur.

— Qui es-tu maintenant? Ma mère?

— Comment va ta mère?

— Boyd, tu sais très bien qu'il ne faut pas faire ça.

Elle glissa son sac à main sous son bureau et souleva la tasse peinte de coquelicots pour retrouver son mot de passe.

— Des nouvelles?

— Pas encore d'identification de la victime, dit-il en ramassant les dossiers et en les classant par ordre alphabétique.

— Tu n'arrêtes jamais? demanda Lottie.

— Quoi?

— De tout remettre en ordre, dit-elle en attendant que son ordinateur s'allume.

— Ce n'est pas parce que tu es «Lottie la désordonnée» que nous devons tous l'être.

Il rangea les dossiers dans le tiroir.

— Boyd, tu veux bien t'asseoir, pour l'amour du ciel!

— D'accord, d'accord.

— Je voulais te dire quelque chose. Hier matin, j'ai reçu la visite d'une jeune femme et d'un petit garçon.

— De quoi parles-tu?

Boyd se tenait debout, un dossier dans chaque main.

Il s'était passé tellement de choses la veille que Lottie avait complètement oublié la venue de la jeune fille et la lettre jusqu'à ce matin. Elle prit l'enveloppe dans son sac et en sortit une page pliée.

— C'est écrit dans une langue étrangère, dit-elle en la tendant à Boyd.

Il la prit.

— Comment suis-je censé comprendre ce qu'il y a d'écrit?

— Nous devons la faire traduire.

— Pourquoi devons-nous faire cela?

Elle l'ignora et jeta un coup d'œil dans l'enveloppe, surprise de voir quelque chose coincé au fond. Elle s'apprêtait à le retirer lorsque le commissaire Corrigan surgit comme une apparition à la porte.

Corrigan ouvrit la bouche pour parler, mais avant même qu'il ne puisse prononcer un mot, Lottie dit:

— Oui, Monsieur, j'arrive.

Elle remit l'enveloppe dans son sac.

Assis derrière son bureau, le commissaire Corrigan déclara:

— Jamie McNally est de retour en ville.

— Quoi? Boyd est au courant? demanda Lottie tout en s'asseyant sans y être invitée. *Merde*, pensa-t-elle. Il y a quelques années, Jackie, la femme de Boyd, l'avait quitté pour McNally, un petit voyou bien connu des services de police. Aux dernières nouvelles, le couple résidait en Espagne.

— Je ne sais pas, dit Corrigan en enlevant ses lunettes pour se frotter frénétiquement son œil douloureux.

Lottie grimaça en le regardant.

— Ça va le rendre fou.

— Inspectrice, vous et moi savons que le sergent Boyd ne perd jamais son calme. C'est le plus posé du commissariat.

— Dois-je lui dire ? demanda Lottie.

Si McNally était revenu à Ragmullin, elle se demandait si Jackie était revenue aussi. Comment Boyd réagirait-il ? Elle n'aimait pas s'attarder sur cette question.

— Je me fiche de savoir qui le lui dira, mais nous devons découvrir pourquoi McNally est de retour et ce qu'il prépare.

— Je vais mettre Kirby sur le coup, Monsieur.

— Faites-le.

— Quand est-il arrivé ?

— Nos renseignements indiquent mercredi de la semaine dernière.

Corrigan replaça ses lunettes sur l'arête de son nez, mais son doigt chercha sous le verre pour continuer à frotter.

Lottie tressaillit.

— Quoi ? demanda-t-il.

— Je crois que vous devriez voir un médecin pour votre œil, Monsieur le commissaire.

— Vous commencez à me taper sur les nerfs ! Je dois déjà écouter les conneries de ma femme. Je n'ai pas envie d'en entendre autant de votre part, vous comprenez ?

— Oui, Monsieur.

— Et mettez quelqu'un aux trousses de McNally.

— C'est comme si c'était fait.

Après avoir demandé à Kirby de trouver tout ce qu'il pouvait sur les allées et venues de McNally, Lottie s'affala à son bureau et commença à lire les rapports d'enquête accumulés. Il était temps de parler à Boyd. Jackie n'était peut-être pas revenue, mais devait-elle considérer McNally comme un potentiel suspect dans l'affaire ? Il avait des antécédents. Certes, pas de meurtre à sa connaissance, mais un casier tout de même. Qu'est-ce qu'il pouvait bien faire à Ragmullin ?

— Toujours pas de résultat sur la liste des personnes disparues. Aucune correspondace avec notre fille. Personne ne lui ressemble, dit Boyd en tapant rageusement sur son clavier.

— Elle manque à quelqu'un, quelque part, dit Lottie.

Son T-shirt lui collait à la peau, une goutte de sueur perlait entre ses seins et l'armature de son soutien-gorge lui brûlait les côtes. Le malaise qu'elle avait ressenti plus tôt dans la matinée revint comme un coup de poignard dans la poitrine. Elle inspira profondément plusieurs fois. Rien n'y fit. Sa vision se brouilla. *Oh, mon Dieu*, pensa-t-elle. *Je dois être forte. Je peux gérer cette merde. Et puis merde.*

Elle ouvrit son sac et dézippa la petite poche intérieure. Sa pilule d'urgence s'y trouvait. Sans hésiter, elle déchira la feuille d'aluminium, l'avala rapidement, puis attrapa la bouteille d'eau de Boyd pour chasser le goût crayeux. Elle lui rendit la bouteille, sans dire un mot.

— Garde-la, dit Boyd en lui faisant signe de s'éloigner.

Elle savait qu'il l'avait vue prendre la pilule, mais elle ignora son regard chargé de jugement.

— Des nouvelles de la balistique?, demanda-t-elle, bien consciente que cela pouvait prendre des semaines.

— Non.

Soupirant, elle remarqua que Boyd avait déposé la lettre sur son bureau. Les mots étrangers semblaient la narguer. D'où venaient cette fille et son fils? Et comment pouvait-elle les aider?

— Je pense que nous devons trouver cette Mimoza. Elle a parlé de la disparition de son amie, il est donc possible qu'elle sache qui est la victime.

— C'est une sacrée déduction.

Elle lui montra la lettre.

— As-tu réussi à la traduire?

— Désolé, je n'ai pas essayé.

— Pas de souci, dit-elle, et elle commença à taper les mots dans Google Translate.

Cela n'avait aucun sens. Elle se leva et fouilla dans la pile de papier sur le bureau de Boyd.

— Eh, je les ai triés, dit-il en essayant de les mettre hors de sa portée.

— Je cherche juste le numéro de téléphone de l'homme qui a trouvé le corps. Andri machin chose.

Elle continua à feuilleter les rapports, ouvrant des dossiers, laissant des pages gondolées et en désordre.

— Petrovci ?

— Oui, lui.

— Pourquoi veux-tu l'appeler ? N'est-il pas un suspect ? Je pensais que nous allions l'interroger à nouveau aujourd'hui.

— Il a trouvé le corps, c'est tout. Ah, le voilà.

Boyd secoua la tête.

— J'espère que tu ne vas pas faire ce que je pense que tu vas faire.

— Tu me connais trop bien, Boyd.

— Je suis sérieux. C'est…

— Un suicide professionnel ? Je sais. Mais regarde les choses de cette façon. S'il a quelque chose à voir avec le meurtre, la lettre pourrait l'effrayer et le pousser à avouer. Ou quelque chose comme ça.

Elle hésita un instant avant de taper le numéro sur son téléphone. Elle ne savait pas exactement pourquoi mais elle tenait à voir la réaction de Petrovci en lisant cette lettre. Raison ou pas, elle devait aller jusqu'au bout.

Boyd remit ses dossiers en ordre avec fracas.

— Tu es en mission kamikaze. Deuxième jour de travail, Lottie. Deuxième jour. Ne fais pas ça.

Elle l'ignora et écouta la sonnerie avant d'être brutalement coupé.

— Suicide, marmonna-t-il.

— Tais-toi, dit-elle, le regard fixé sur l'écran.

Chapitre 14

Andri Petrovci, accompagné de son patron Jack Dermody, chargea la camionnette de matériel et se dirigea vers Columb Street. L'équipe chargée de la circulation était arrivée en retard et maintenant les véhicules avançaient au ralenti, englué. Il leur fallut une bonne demi-heure pour atteindre la nouvelle excavation.

Cette pose de tuyaux, menée au coup par coup pour calmer les commerçants, avait le don d'exaspérer les automobilistes qui ne savaient jamais où surgirait la prochaine excavation. Selon Petrovci, les entrepreneurs ressemblaient à des mauvaises herbes poussant sur une pelouse bien entretenue: indésirables et toujours dans le chemin. Alors qu'il vérifiait les feux de signalisation temporaires au carrefour de la rue principale, son téléphone vibra. Numéro inconnu, il coupa l'appel et glissa son téléphone dans la poche de son pantalon. Lorsqu'il releva les yeux, un petit homme rondouillard se précipitait vers lui.

— Eh, toi! Qu'est-ce que tu fais? dit l'homme au visage rouge, dont les cheveux roux brillaient au soleil.

En se retournant, Petrovci le regarda, puis haussa les épaules. Il continua à marcher, frôlant l'homme qui ne lui arrivait qu'à l'épaule. L'homme lui saisit brusquement le coude.

— Un problème? demanda Petrovci.

— Comment les camions vont-ils accéder à ma cour? L'homme lui indiqua le dépôt du démonteur de voitures. Bob Weir, c'est moi, et c'est mon affaire.

Petrovci écarta les doigts potelés de l'homme de son bras et se dirigea vers le chantier. Il connaissait Bob Weir du Cafferty's Bar. Il en avait pris plein les oreilles alors qu'il essayait de siroter sa Guinness en paix. Sa voix avait fini par lui gâcher ce moment, alors il avait laissé sa pinte sur le comptoir et était rentré chez lui. *Le racisme était monnaie courante à Ragmullin*, conclut-il. Mais, ici, ce n'était que des mots. Dans son pays d'origine, il avait été confronté au racisme avec le canon d'un AK-47.

Alors qu'il ramassait ses outils, son téléphone vibra à nouveau. Cette fois, il répondit au lieu d'écouter les vociférations de Weir au barrage routier.

La lettre reposait sur la table en formica vert devant Andri Petrovci, accompagnée d'une assiette de frites. Des tasses de café noir trônaient devant Lottie et Boyd.

Lottie ne quitta pas des yeux le crâne rasé de l'ouvrier.

— Reconnaissez-vous la langue qui est écrite?

Il avait accepté de la rencontrer dès qu'elle lui avait assuré qu'ils resteraient près du chantier. Le Malloca Café, au coin de la rue, était calme malgré l'heure du déjeuner. Louis, le propriétaire, se tenait derrière le comptoir et les regardait fixement. Il devait probablement reprocher aux entrepreneurs de nuire à son commerce.

Boyd, assis les bras croisés, fronçait les sourcils. Elle aurait dû venir seule – elle savait qu'il n'approuvait pas ce plan, mais sa ténacité avait fini par avoir raison d'elle.

— Je occupé, dit Petrovci. Patron, pas content.

— M. Petrovci. Dites-nous simplement ce que dit la lettre. Le sergent Boyd va tout noter. Ensuite, vous pourrez retourner au travail, dit Lottie.

Il prit la lettre dans ses mains.

— Pas signée.

— Non, dit-elle sèchement.

Elle n'était pas prête à lui dire d'où elle venait.

Il scrutait la page. Elle le scrutait à son tour. Des doigts épais aux ongles cassés et noir de crasse trahissaient une vie difficile. Derrière de longs cils sombres, ses yeux marron semblaient habités par une douleur sourde. Ses joues creusées laissaient deviner la faim, ou peut-être était-ce sa nature. Puis il y avait cette cicatrice. Un frisson d'inquiétude glissa le long de l'échine de Lottie et son sourire se noya dans un océan de doutes. Était-ce une erreur de l'impliquer? Boyd le pensait. Elle, elle espérait que non. Sa dernière affaire lui avait valu suffisamment d'ennuis pour qu'elle évite de répéter les mêmes erreurs.

— La lettre est albanais, dit-il.

— Pouvez-vous la lire? demanda Lottie.

Il haussa les épaules.

— S'il vous plaît, insista-t-elle.

— La personne qui écrit le mot pas libre de partir. Veut votre aide. Retrouver amie disparue, Kaltrina. Aider à s'échapper.

Lottie se pencha en avant, gardant ses yeux dans les siens.

— S'échapper? De quoi?

— Je sais seulement ce qui est dit. Cette amie Kaltrina, pas vue depuis quelques jours.

Lottie se retourna et regarda Boyd. Kaltrina pourrait-elle être leur fille morte ?

— Autre chose ? demanda-t-elle.

Petrovci secoua la tête.

— Besoin de votre aide. C'est tout.

Il poussa la page vers Lottie.

— Je peux aller maintenant ?

— Attendez, il doit y avoir autre chose. Cette Kaltrina, était-elle enceinte ?

Son regard s'assombrit.

— Vous dire ce qui est écrit.

Face à son air impassible, Lottie insista :

— Pouvez-vous nous dire où vous étiez ce week-end et ce que vous faisiez ?

— Vous arrêter moi ?

— Je pose juste quelques questions.

Lottie sentit les yeux de Boyd la transpercer. Elle fit comme si de rien n'était.

Petrovci répondit :

— Moi, chez moi. Seul. D'accord ? Je vais maintenant.

— Nous aurons besoin de vous interroger de nouveau. Ne quittez pas la ville.

Petrovci se leva et fit signe à Boyd de s'écarter de son chemin. En se redressant, Lottie remarqua qu'il dépassait Boyd d'une bonne tête alors que ce dernier mesurait déjà un mètre quatre-vingt-dix. Il quitta la pièce, son gilet haute visibilité flottant dans la brise provoquée par la porte battante.

Elle vit Boyd qui la regardait observer Petrovci. Il secoua lentement la tête.

— Quoi ? dit-elle d'un ton sec.

— Une grosse erreur. Grosse erreur. Il rangea son carnet dans la poche de son pantalon. Tu ne devrais pas interroger un suspect dans un putain de Fish and chips. Et tu n'avais pas le droit de lui montrer cette lettre. Tu n'as rien appris de lui, et si cette Mimoza avait vraiment des ennuis ? Tu y as pensé ? Peut-être que ton ouvrier du bâtiment est la source de ces problèmes. Tu dois t'arrêter et réfléchir avant d'agir.

Il partit, laissant Lottie payer la note.

Une erreur ? Merde.

— Je me demande si notre fille assassinée n'est pas cette Kaltrina disparue, dit Lottie en marchant derrière Boyd, essayant de faire la conversation.

Elle le rattrapa alors qu'il passait sa veste d'une épaule à l'autre. La rue était encombrée de véhicules immobilisés. La poussière des travaux routiers tourbillonnait dans l'air, le bruit des engins lourds saturait l'atmosphère, faisant grimper la température au-delà des limites d'un baromètre à mercure.

— La lettre ne mentionne pas qu'elle est enceinte, donc ta supposition est aussi bonne que la mienne.

Boyd déplaça à nouveau sa veste.

— Je ne fais pas de suppositions.

— Mais tu demandes de l'aide à des suspects potentiels.

— Laisse tomber, Boyd.

— D'accord, mais quand Corrigan aura vent de l'affaire, je ne veux pas être pris dans la tourmente.

Il la devança.

— Comment être sûr que le corps est bien celui de cette Kaltrina ?

Elle le rattrapa.

— Jusqu'à présent, personne n'a été porté disparu. Personne n'a été enlevé.

— Il faut que je trouve Mimoza pour en savoir plus.

— Lottie ?

— Quoi ?

— N'implique pas ce Petrovci. Nous ne savons rien de lui.

— Il a lu la lettre pour nous, non ?

— Tu n'as aucune idée de ce qu'il y a vraiment dans cette lettre. Il aurait pu dire n'importe quoi.

— Je vais la faire traduire, dit-elle. Comme il se doit, cette fois.

— Ne fais pas la même erreur que la dernière fois...

— Oh, mon Dieu, tu fais vraiment le disque rayé.

Ils tournèrent au coin de la rue. La cathédrale à double flèche s'élevait devant eux, majestueuse. Pour la plupart des habitants de Ragmullin, le meurtre commis à la fin du mois de décembre n'était peut-être plus qu'un lointain souvenir. Mais Lottie, elle, ne pouvait pas l'oublier. Cet événement avait déclenché une série d'effets en chaîne : il avait dévoilé son secret de famille concernant son frère disparu depuis longtemps, Eddie, et au fil de ces nombreuses erreurs, elle avait failli perdre son fils. Un frisson lui parcourut l'échine.

— Tu vas bien ? lui demanda Boyd.

Serrant les bras contre son corps, Lottie se débarrassa de son inquiétude et se précipita dans le commissariat. Elle ne pouvait s'empêcher de penser qu'elle avait commis une erreur de jugement en impliquant Andri Petrovci.

Chapitre 15

De retour au bureau, assise à sa table de travail et plongée dans les différents rapports sur le meurtre, Lottie leva les yeux pour voir Kirby qui peinait à franchir la porte, une grosse pastèque serrée contre sa poitrine, des gouttes de sueur perlaient sur son visage, coulant de ses cheveux broussailleux et mal coupés.

— Il pleut ? demanda Boyd.

— Vous êtes si drôles aujourd'hui, se moqua Kirby en déposant la pastèque sur son bureau.

Elle se mit à rouler. Il la rattrapa avant qu'elle ne s'écrase sur le sol.

— C'est pour quoi faire ? demanda Lottie.

— J'ai pensé qu'on pourrait faire une partie de football. Quelqu'un parmi vous, les génies, sait comment découper ce truc ?

— Cherche sur Google, répondirent ensemble Lottie et Boyd.

— Bande d'enfoirés, dit Kirby.

Détournant son attention de Kirby, parti à la recherche d'un couteau, Lottie déclara :

— Quand on trouvera Mimoza, on lui montrera une photo de la fille morte.

Boyd reposa une série de transcriptions d'entretiens sur son bureau sans lui répondre.

— Je me disais, patronne, que la victime pourrait être l'un de ces demandeurs d'asile, dit Kirby, qui revenait de la cantine en brandissant un couteau à pain. Ils sont logés dans les casernes de l'armée et sa disparition n'a peut-être pas encore été signalée. Il se pencha vers Lottie et chuchota: aucun signe de McNally.

Elle le remercia d'un signe de tête.

— Nous nous posions la même question hier soir. Pourquoi penses-tu qu'elle aurait pu résider là-bas?

— Elle n'a été portée disparue par personne, n'est-ce pas?

Kirby se mit à disséquer la pastèque posée sur son bureau.

— Non, dit Lottie. Donc, elle n'est probablement pas du coin, et nous avons également vérifié la liste nationale des personnes disparues.

— Il y a quelques mois, les médias avaient fait grand bruit à propos des logements dans la caserne de l'armée, expliqua Kirby. Surpopulation ou quelque chose du genre.

Le jus de la pastèque éclaboussa soudainement.

— Lorsque la caserne a fermé, tout le monde craignait qu'elle ne soit envahie par des sans-abri, poursuivit-il, des pépins coincés dans sa chevelure en bataille. Les protestations se sont multipliées lorsque le ministère de la Justice a installé le camp.

— Le camp? Kirby, tu es la personne la plus politiquement incorrecte que je connaisse.

— Vous voyez ce que je veux dire, répliqua Kirby tout en aspirant le jus du fruit.

— Nous n'avons aucune preuve que la victime vienne de ce… comment ils appellent ça? dit Lottie.

— Un centre de prise en charge directe. Nous n'avons aucune idée de l'endroit d'où elle vient.

Kirby offrit une tranche de pastèque à Boyd, qui la refusa en secouant la tête.

Lottie saisit quelques mots sur son ordinateur.

— Le site internet du ministère de la Justice indique que le responsable du centre de prise en charge directe est Dan Russell, un ancien officier de l'armée. Il est intéressant de noter que le centre de Ragmullin est l'un des derniers projets d'externalisation du gouvernement, dit-elle tout en poursuivant sa lecture.

— C'est expérimental, dit Boyd. Dieu seul sait à quoi cela ressemble.

— À un camp de concentration. C'est ce que j'ai entendu dire.

Kirby engloutit un morceau de fruit, des gouttes s'échappant de ses lèvres flasques. Il n'y a que des femmes et des enfants. Les hommes sont dans un autre centre quelque part à Longford ou Athlone. Les familles sont séparées.

Lottie ignora leurs commentaires.

— Rendons visite à M. Russell, dit-elle à Boyd, pressée de fuir Kirby et sa détestable façon de se nourrir.

— Je me demande si Russell connaissait ton Adam, dit Boyd.

Chapitre 16

La caserne de Ragmullin, construite en 1817, n'avait guère changé en près de deux siècles. Lottie et Boyd entrèrent par une porte située à côté de l'entrée principale et présentèrent leur carte d'identité à un agent de sécurité. Devant eux, l'ancien poste de garde était désert et la prison, où le général MacEoin, chef de l'IRA, avait été retenu prisonnier pendant la guerre civile, paraissait, elle aussi, abandonnée. L'agent de sécurité leur indiqua la direction à suivre. Lottie et Boyd suivirent le chemin pavé qui les mena jusqu'au bâtiment marqué « Bloc A », situé à côté d'une petite chapelle.

En montant les escaliers qui menaient au bureau de Russell, Boyd demanda :

— Ça va, Lottie ?

— C'est un peu étrange, mais ça va.

Elle frappa à la porte, une sensation d'étouffement montant dans sa gorge.

« Entrez », ordonna-t-on de l'intérieur.

Une fois les formalités expédiées, Lottie s'installa face au bureau et détailla Dan Russel. Il était la quintessence de l'image de l'ancien militaire : costume gris ardoise, cravate noire et chemise blanche immaculée. Sans perdre de temps, elle posa une photo de la jeune fille morte sur le bureau. Elle n'avait aucun scrupule à lui montrer une image post-mortem.

Russel y jeta un rapide coup d'œil.

— Je ne la connais pas.

Sa voix était aussi tranchante que son apparence. Il leva les yeux de la photo pour regarder Lottie. Il avait les yeux bleu marine et était plus âgé qu'elle ne l'avait cru – probablement la fin de la cinquantaine, avec une moustache bien taillée au-dessus d'une lèvre supérieure fine.

— Je suis très occupé, inspectrice, dit-il. Vous comprenez que j'ai dû réorganiser ma journée pour vous recevoir?

— Oui, et merci. J'apprécie, dit Lottie brusquement.

Dis-moi si tu connais la fille de la photo et je serais débarrassée de tes cheveux noirs et lisses, pensa-t-elle.

— Vous êtes sur une fausse piste. Un sourire chatouilla le bord de sa lèvre supérieure.

— Pardon?

— Qu'est-ce qui vous fait penser que cette personne est d'ici?

Lottie compta les photos accrochées au mur derrière lui. Dans les situations stressantes, elle comptait les choses. Cela lui permettait de respirer. Cela lui venait d'un traumatisme de son enfance, elle l'avait alors utilisé comme mécanisme d'adaptation.

— Reconnaissez-vous la fille morte? C'est tout ce que je demande, dit-elle enfin.

— Elle est morte? Sa lèvre s'affaissa.

Le choc? Il savait sûrement qu'il s'agissait d'une photo post-mortem.

— Oui, elle est morte, dit Lottie. Assassinée.

— Et c'est moi que vous appelez en premier ? Les yeux de Russell se rétrécirent.

— Je ne pense pas qu'elle soit originaire d'ici et il est possible qu'elle soit une réfugiée ou une demandeuse d'asile, car elle n'a pas encore été portée disparue. Nous avons pensé que vous pourriez la reconnaître comme quelqu'un ayant pu passer ici et...

— Je dois vous arrêter là, inspectrice.

Il leva la main comme si elle n'était qu'un simple soldat sous ses ordres. Laissez-moi vous expliquer. Ce centre accueille des personnes désespérées qui fuient la guerre dans leur propre pays d'origine. Syrie, Afrique, Afghanistan... Peu importe. Elles viennent de nombreux pays en crise. Elles restent ici le temps que leurs documents soient traités. Pendant cette période de transition, elles ont accès à de la nourriture et à un abri jusqu'à ce que nous trouvions des solutions à leur situation.

Il prit une inspiration et souffla. Je ne voudrais pas avoir l'air de perturber votre enquête, mais honnêtement, je suis sidéré que vous ayez l'audace d'insinuer que l'une de nos détenues pourrait être cette jeune fille assassinée.

Lottie le laissa fulminer, jetant un regard vers Boyd. Ce dernier haussa un sourcil perplexe. Des détenues ?

— Est-ce une prison ? demanda-t-elle.

— Non. C'est un centre de prise en charge directe. Je pensais l'avoir expliqué. C'est une initiative du gouvernement, gérée par mon entreprise.

— Une entreprise privée ? demanda Lottie.

— *Woodlake Facilities Management.* Renseignez-vous.

Lottie se hérissa.

— Je veux seulement savoir si vous savez qui est cette victime.

— Je ne la connais pas. Je suis désolé.

Il fit glisser la photo sur le bureau.

— Puis-je faire le tour des bureaux pour poser des questions? Lottie se lança. Quelqu'un pourrait la reconnaître.

— Ce ne sera pas nécessaire, dit Russell.

Il reprit la photo.

— Je vais la garder et me renseigner. Si je découvre quoi que ce soit, je vous contacterai.

— Merci. Autre chose: connaissez-vous quelqu'un du nom de Kaltrina?

Son regard s'écarquilla légèrement.

— Non. Le devrais-je?

— Je posais juste la question.

Ne s'attendant pas à en obtenir davantage, Lottie lui tendit tout de même sa carte. Malgré la chaleur étouffante qui régnait en dépit d'un vieux ventilateur, la pièce sembla soudain glaciale.

Russell se leva. Lottie également.

Boyd resta assis, se mordillant l'intérieur de la lèvre.

— Qu'en est-il du nom Mimoza? Ça vous dit quelque chose?

Lottie lui donna un discret coup de pied, mais c'était trop tard. Elle ne manqua pas le regard furtif qui traversa le visage de Russell, semblable à la fuite rapide d'une queue-de-rat. L'instant d'après, il dévoila un sourire éclatant, toutes dents blanches dehors.

— Il y a beaucoup de gens qui résident ici, dit-il. Mon travail consiste à superviser l'établissement. C'est un endroit très fréquenté et je n'ai pas beaucoup de contacts directs avec les détenues.

Encore ce mot. Lottie était persuadée qu'il avait reconnu le nom de Mimoza.

Avant qu'elle ne puisse lui poser d'autres questions, Russell poursuivit :

— Ils viennent de nombreux pays, mais malheureusement, la plupart d'entre eux se ressemblent, alors je ne peux pas dire que je sais de qui vous parlez. Désolé.

— Alors nous devons parler à quelqu'un qui sait, dit Lottie avec fermeté.

— Non, inspectrice.

Il la regarda d'un air sévère.

— Je vais vérifier pour vous.

Silencieusement, elle s'avoua vaincue. Pour l'instant. Elle essaierait d'obtenir elle-même une liste de noms. Ils devaient être enregistrés dans une base de données. Faisant signe à Boyd de partir, elle descendit les escaliers derrière lui et sortit sous un soleil de plomb.

À l'extérieur, Lottie se demanda pourquoi ils n'avaient pas vu de gens s'affairer autour de la caserne.

— C'est étrangement calme, dit-elle. Tu crois que tout le monde est enfermé dans sa chambre ?

— J'en doute, dit Boyd, mais Russell est un dur à cuire.

— Si des indices suggèrent que la jeune fille morte était une résidente, nous obtiendrons un mandat de perquisition.

Ils traversèrent The Green, autrefois un marché animé de bétail et de moutons, devenu aujourd'hui un raccourci vers le centre-ville. L'étendue herbeuse était bordée de maisons en terrasse délabrées datant des années 1950. Les petits jardins clôturés par des grilles rouillées paraissaient entretenus mais dépourvus d'humanité. Il faisait bien trop chaud pour que les résidents âgés s'aventurent à l'extérieur. Lottie ne leur en tenait pas rigueur.

— J'espère que Russell est dans le pétrin jusqu'au cul, dit-elle.

Ils traversèrent la rue au bord de la verdure et se dirigèrent vers la passerelle du canal.

— Pourquoi ?

— Il appelle les habitants des « détenus ». Il se prend pour qui, un directeur de prison ?

— Il connait le nom de Mimoza, c'est évident.

— Oui, Boyd, et si elle est ici, j'espère que tu ne lui as pas posé de problème.

— S'il la connaît, pourquoi ne l'a-t-il pas avoué ?

— Il y a quelque chose qu'il ne nous dit pas. Je le sens.

Boyd se pencha sur le pont et alluma une cigarette.

— Tu en veux une?

— Oui, mais j'ai arrêté.

— Encore?

— Oh, tais-toi et allume-m'en une.

Lottie inspira et resta sur le pont à contempler les eaux vertes en contrebas. Un homme marchait sur le chemin de halage bordé de cerisiers en fleurs, avec un chiot husky tenu en laisse. Il le salua et il lui rendit son salut.

— Qui est-ce? demanda Boyd.

— Je n'en ai aucune idée.

Ils fumèrent leurs cigarettes en silence.

— Pourquoi n'as-tu pas demandé à Russell s'il connaissait Adam? finit par dire Boyd.

— Je ne lui aurais pas donné cette satisfaction, le salaud.

Elle tira une longue bouffée sur sa cigarette.

— Je vais demander à Lynch de vérifier ce qu'il en est de Russell.

* * * * *

Lorsqu'il fut assuré que les détectives s'étaient bien éloignés des portes d'entrée, Dan Russell passa un coup de fil.

Trois minutes plus tard, un homme aux dents de travers se tenait dans son bureau.

Russell lui dit :

— Fatjon, la police locale est venue me voir. Ils ont découvert le corps d'une fille. Cela vous concerne-t-il ?

— Je ne sais rien à propos d'un corps.

— Bien. Trouve ce que cette salope de Mimoza a fait et veille à ce qu'elle ferme sa grande gueule.

Fatjon dit :

— Elle a quitté l'enceinte hier matin. Elle a soudoyé un des gardes avec son joli petit cul.

Il rit. Russell lui jeta un regard noir.

— Tu l'as retrouvée ? Où est-elle allée ? A-t-elle dit quelque chose à quelqu'un ?

— Nous l'avons trouvée avec cette fille qu'elle fréquente, en train de se promener de l'autre côté de la ville. Je lui ai parlé. Je l'ai menacée d'emmener son fils.

— J'avais demandé une opération discrète et qu'est-ce que j'obtiens ?

Russell se leva brusquement et fit les cent pas sur le parquet de son bureau.

— Putain d'Arabes incompétents.

— Ce ne sont pas des Arabes.

— Ce sont des putains d'abrutis, voilà ce que c'est.

Russell poursuivit sa marche.

— Monsieur?

— Passez-la au grill à nouveau. L'un des inspecteurs a mentionné son nom. Elle a fait ou dit quelque chose. Si elle refuse de vous parler, envoyez-la à Anya. Quelques jours avec ses jambes autour d'un cochon de Ragmullin en rut et au dos couvert de boutons pourraient la faire changer d'avis.

— Je croyais qu'on nous avait dit de la garder pour…

— Ne posez pas de questions!

Russell cessa de faire les cent pas et se tint debout face à l'homme aux dents tordues.

— Je ne fais confiance à personne, dit-il les narines dilatées. Même pas à vous.

Fatjon garda le silence.

— Je veux des résultats, dit Russell.

— Oui, Monsieur.

Fatjon se retourna pour partir.

— Aujourd'hui.

— Monsieur? Le garçon? Qu'est-ce que je vais faire…

Russell pivota sur ses chaussures vernies à bout pointu.

— Je me fiche de la façon dont vous vous y prenez, mais vous avez intérêt à ce qu'il reste tranquille. Et en sécurité. C'est un ordre. Faites ce qu'il faut, sans discussion.

— Oui, Monsieur.

Une fois Fatjon parti, Russell lissa sa moustache, ramassa la photo de la jeune fille morte, la déchira en deux et glissa les morceaux dans la déchiqueteuse située sous son bureau.

Lorsque sa respiration retrouva son calme, il regarda la carte. « Inspectrice Parker ». Il savait qu'il devait stopper cette fouineuse. Il avait trop à perdre pour la laisser tout gâcher maintenant. Il effleura la carte et s'interrogea sur le nom. Parker… Avait-elle un lien avec le sergent Adam Parker ou était-ce une simple coïncidence ?

Chapitre 17

— Alors, à qui avez-vous marché sur les pieds cette fois-ci, inspectrice Parker?

Lottie se tint devant le commissaire Corrigan.

— Monsieur?

— J'ai reçu un appel du ministère de la Justice, la RIA.

— L'IRA?

— Ne jouez pas au plus malin avec moi, inspectrice. L'Agence d'accueil et d'intégration. Apparemment, vous avez contrarié leur coordinateur ici, à Ragmullin, un certain Dan Russell.

— Vraiment? Je pensais avoir été très polie, Monsieur.

— Qu'est-ce que vous manigancez, au juste?

— Il semble que lorsque je marche sur des orteils, les coupables se plaignent en sautillant et en criant.

— Mais qu'est-ce que vous racontez?

Lottie prit une grande inspiration avant de parler.

— Je n'ai donné à M. Russell aucune raison de contacter le service, ce RIA. De toute façon, il gère le centre comme une entreprise privée. Une nouvelle initiative, d'après ce qu'on m'a dit.

— Qu'avez-vous fait, inspectrice?

— Je lui ai montré une photo de notre victime. Je voulais savoir si elle venait de son centre, comme il l'appelle.

— Pourquoi, pour l'amour de Dieu, pensez-vous qu'elle vient de là ?

— Personne n'a signalé la disparition de notre fille morte. Aucun enlèvement n'a été signalé. Aucune observation. Rien du tout. Si elle n'est pas d'ici, j'ai pensé, par intuition, qu'elle était peut-être arrivée illégalement, ou qu'elle était peut-être demandeuse d'asile. Si c'est le cas, le centre d'accueil direct est l'endroit logique pour poser des questions.

Lottie hésita à parler à Corrigan de la visite de Mimoza, mais décida qu'il était déjà suffisamment irrité pour ne pas en rajouter.

— Une intuition ? Un de vos pressentiments ? Ces foutues choses qui nous ont mis, vous et moi, dans le pétrin la dernière fois. Allez-y doucement, inspectrice, très doucement. Je vous ai déjà sauvé la mise, mais je ne suis pas sûr de pouvoir le faire à nouveau. S'il vous plaît, gardez vos pieds fermement de votre côté de la table.

Corrigan était un homme bon, mais Lottie savait qu'il y avait une limite à ce qu'on pouvait lui faire encaisser. Et elle lui en avait déjà fait supporter pas mal.

— Des nouvelles de McNally? demanda-t-il.

Lottie n'avait pas eu d'autres nouvelles de la part Kirby.

— Pas encore. Je vais m'en occuper.

— Faites-le. Maintenant. Et trouvez notre tueur.

Libérée de ses obligations pour le moment, Lottie voulait découvrir tout ce qu'elle pouvait sur Russell. Maintenant qu'il s'était plaint d'elle, elle l'avait dans sa ligne de mire.

De retour à son bureau, elle commença à rédiger le procès-verbal de Dan Russell. Elle détestait la paperasse, mais c'était une responsabilité essentielle de son travail.

— Ce type m'a tapé sur les nerfs, marmonna-t-elle, incapable de se concentrer.

Passant la tête par-dessus son ordinateur, Maria Lynch demanda :

— Qui ? Le commissaire Corrigan ?

— Lui aussi. Mais je parle de Dan Russell. Il dirige le centre de prise en charge directe dans l'ancienne caserne de l'armée.

Lottie avait du mal à s'entendre parler au-dessus du bruit de la photocopieuse. L'endroit n'était jamais calme.

— J'ai entendu des rumeurs à propos de ce centre, dit Lynch en défaisant sa queue-de-cheval et en passant ses doigts dans ses longs cheveux.

— Quel genre de rumeurs ?

Lottie était intéressée. Elle ne savait pas grand-chose sur les demandeurs d'asile ou les réfugiés de Ragmullin.

— Mon mari, Ben, vous savez qu'il enseigne les langues à l'Institut Athlone ?

— Bien sûr.

— Certains des étudiants diplômés enseignent l'anglais aux réfugiés et aux demandeurs d'asile de temps en temps. Ils ont dit à Ben que cet endroit était géré comme un camp de prisonniers. Elle enroula ses cheveux dans une pince.

— Dan Russell semble outrepasser ses fonctions. Vérifiez ses antécédents, s'il vous plaît.

Lottie se leva et se dirigea vers le bureau de Lynch.

— Bien sûr.

— Et pourriez-vous me rendre un service? Lottie brandit une copie de la lettre de Mimoza. J'ai besoin d'une traduction.

— Qu'est-ce que c'est?

— Il m'a été remis hier par une jeune femme effrayée qui a débarqué chez moi. Elle parlait très peu l'anglais et je ne peux pas être sûr de l'exactitude de la traduction d'Andri Petrovci.

— Vous l'avez montré à Petrovci? Lynch leva les yeux, incrédule.

— Je l'ai fait.

— Pensez-vous que c'était judicieux?

Ne vous y mettez pas également, pensa Lottie.

— Judicieux ou pas, c'est ce que j'ai fait.

— J'espère que le commissaire Corrigan ne découvrira pas que vous avez impliqué un suspect dans une affaire sans rapport avec le meurtre.

— Il ne le fera pas si personne ne lui dit rien.

Lottie fixa directement le visage confiant de Lynch.

— Et si vous lui dites, je le saurai, continua-t-elle, parce qu'elle était sûre que Boyd ne la dénoncerait pas. Elle lui remit la lettre, puis partit à la recherche de Kirby.

Chapitre 18

Les cloches de la cathédrale carillonnèrent quatre fois au loin.

Tirant Milot derrière elle, Mimoza traversa la cour en direction de la cuisine. Le garde posté à la porte lui fit un signe de la main en guise de salut et sourit. Un haut-le-cœur la saisit. Hier, elle avait fait ce qu'il fallait. Parfois, il faut vendre son âme au diable et prier pour qu'il vous la rende en location.

Chassant ce souvenir d'un revers de pensée, elle poussa la porte et s'engouffra à l'intérieur.

Des mouches bourdonnaient dans la cuisine. À travers les fenêtres, le soleil irradiait sur les femmes assises aux tables de bois. La vaisselle s'entrechoquait sur les plateaux, et les conversations n'étaient qu'un murmure sourd. Mimoza aperçut Sara, assise seule à une table, et se dirigea vers elle.

— Qu'est-ce que tu manges ? demanda-t-elle tout en faisant monter Milot sur ses genoux.

Il était à peine seize heures, bien trop tôt pour le dîner. Mais si tu ne mangeais pas maintenant, tu devais attendre le petit-déjeuner. Et elle avait faim.

Les épaules osseuses de Sara se contractèrent tandis qu'elle faisait tourner sa fourchette autour d'une masse de spaghettis gluants. Ses yeux étaient trop grands pour son petit visage sombre, et ses cheveux nattés tourbillonnaient autour de son cou fin. Elle aspirait les pâtes filandreuses dans sa bouche. Soudain, Mimoza n'eut plus faim.

Le bavardage à la cantine s'arrêta et se transforma en silence lorsque la porte vitrée au bout de la pièce s'ouvrit et que deux agents de sécurité se dirigèrent vers la table de Mimoza. Son corps se mit à trembler et elle serra ses bras autour de Milot, l'attirant contre sa poitrine pour le protéger.

Les hommes s'arrêtèrent. L'un d'eux lui saisit l'épaule, la hissant sur ses pieds. Elle s'accrochait toujours au petit garçon. La panique menaçait de l'étouffer. La main de l'homme se resserra sur son épaule. Des frissons glacés traversèrent la boule de feu qui faisait rage dans son cœur. D'un seul geste, il dégagea ses mains du garçon et l'entraîna au loin.

Milot cria et l'autre garde le poussa vers Sara.

Regardant par-dessus son épaule, Mimoza s'écria :

— Sara ! Occupe-toi de lui.

Elle vit son fils donner des coups de pied violents pour tenter de la rejoindre. Le garde l'attrapa par le bras, le tira en arrière et l'assit fermement sur les genoux de Sara.

Elle entendit ses cris longtemps après avoir été emmenée à travers la cour et jetée dans une pièce en béton, sans fenêtre.

Allongée dans l'obscurité, Mimoza étouffa ses larmes et essaya de comprendre ce qui se passait. Se sentant nue sans son fils à ses côtés, elle écouta parce qu'elle ne voyait rien. Des pas s'approchèrent, le mince filet de lumière qui se glissait sous le bas de la porte s'assombrit lorsque quelqu'un passa devant. Les pas s'estompèrent. Elle s'efforça d'entendre. Pas de circulation, pas d'oiseaux. Un silence de mort. Rien n'imprégnait les murs solides.

Elle était allongée sur le sol, avec pour seule compagnie les battements de son cœur.

L'homme aux dents tordues frappa du poing sur la table.

— Je ne demande qu'une chose, dit-il aux deux hommes devant lui, et vous la foutez en l'air.

— Vous avez dit d'amener cette sorcière Mimoza pour qu'elle soit interrogée.

— Je l'ai dit, mais pas devant une cantine pleine et un garçon qui hurle. Maintenant, elles ont toutes vu. Comment puis-je la faire disparaître ? Il y a trop de témoins. Vous êtes des imbéciles.

Les deux gardes restèrent muets.

— Amenez-la dans la salle d'interrogatoire sans faire d'esclandre.

— Oui, Monsieur.

Fatjon fit les cent pas dans la pièce et s'arrêta devant les hommes.

— Et faites quelque chose pour le garçon. Je l'entends crier d'ici.

Les deux hommes partirent rapidement.

Où était passée cette salope de Mimoza hier ? À qui avait-elle parlé ? Il fallait qu'il le sache, et vite. Le plan de grande envergure ne pouvait pas être mis en péril à ce stade – pas par une pute pleurnicharde accompagnée de son morveux. Il n'avait plus le droit à l'erreur. Mais connaissant son patron, quelqu'un paierait pour les erreurs déjà commises.

Fatjon découvra ses dents qui se chevauchaient en regardant son reflet dans la fenêtre. Il devait s'assurer que ce n'était pas lui.

Mimoza entendit des bruits de pas. La porte s'ouvrit, apportant l'éclat des lampes fluorescentes. Des mains rugueuses l'agrippèrent et la poussèrent vers l'extérieur.

Elle monta des marches en béton et suivit un couloir aux murs de briques nues, faiblement éclairé par de simples ampoules suspendues. Cinq portes défilèrent. Ils s'arrêtèrent vers la sixième. Les gardes la poussèrent dans une pièce identique à la précédente. Une table au plateau rouge et deux chaises lui rappelèrent la cuisine vide de sa mère, il y avait une éternité. Elle chassa ces souvenirs avant qu'ils n'entament sa détermination à être forte. Elle devait penser à Milot maintenant. Se tenant droite, elle espéra que sa posture lui insufflerait de la bravoure.

L'homme aux dents tordues se tenait au centre de la pièce.

Il commença à marcher autour d'elle, si près que lorsqu'il se déplaçait son odeur s'accrochait à sa peau.

— J'emmène Milot en ville. Une glace. Il veut de la glace.

Ses yeux la scrutaient alors qu'elle essayait de contenir sa peur.

— À sept heures du matin, hein ? La vérité ! cria l'homme, une dent accrochant la lumière. Dis la vérité !

— C'est ce que je fais…

Il la poussa sur une chaise. Une lampe posée sur la table lui éclaira le visage.

— Regarde-moi.

Il donna un coup de poing sur la table. La lampe trembla. Mimoza en fit autant.

— Je ne peux pas vous voir.

La luminosité l'aveuglait. La transpiration coula le long de son nez. *Sois forte*, se supplia-t-elle silencieusement.

Un autre homme était assis de l'autre côté de la table. Elle ne l'avait pas entendu entrer. Elle ne pouvait pas bien le voir à cause de la lumière de la lampe. Ses mains étaient posées sur le formica. Reconnaissait-elle ces mains ? Quelque chose de familier ? Elle n'arrivait pas à réfléchir avec la lumière qui l'éblouissait. Lorsqu'il bougea la tête, son menton mal rasé s'avança vers elle.

— Qui êtes-vous ? demanda-t-elle alors qu'il poursuivait sa veille silencieuse.

— Qui je suis ne te concerne pas.

Il s'exprimait dans sa langue maternelle.

— Je vous ai dit où j'étais allée, dit-elle.

Cette voix… Elle lui semblait familière. Mais d'où ?

Elle s'enfonça un peu plus dans la chaise rigide lorsqu'il se leva et passa derrière elle. D'un geste brusque, il installa une chaise à côté d'elle et s'y assit. Son pantalon de toile était à quinze centimètres de ses genoux.

Il tendit la main et passa un doigt sur sa joue. Elle tressaillit. Le simple contact de sa peau fit accélérer son sang dans ses veines. Elle était sûre qu'il pouvait voir son cœur cogner contre ses côtes.

Sa main passa derrière sa nuque et enroula ses cheveux en un nœud serré. Une douleur aiguë lui monta au crâne lorsqu'il resserra sa prise, rapprochant son visage du sien. Elle sentit l'aigreur de son haleine. La bile lui remonta dans la gorge et elle lutta pour ne pas vomir. Elle ne pouvait toujours pas voir son visage.

— Je n'aime pas être contrarié.

Sa salive atterrit sur ses lèvres, ses joues. Elle s'efforça de relever les paupières et de faire redescendre la nausée qui était de plus en plus forte.

— Je n'aime pas les menteuses.

D'un coup sec, il la relâcha et elle retomba sur la chaise.

— Je ne t'aime pas.

Et c'est alors qu'elle vomit, un jet droit sur sa chemise.

Elle reçut la gifle sur la mâchoire et un coup sur le front alors qu'elle s'affaissait sur le sol, crachant un liquide âcre de sa bouche.

— Tu es une salope, dit-il. Je vais te faire souffrir. Je ferai souffrir ton fils.

— Non, s'il vous plaît, non…

La chaleur se répandit dans son corps.

— Pas Milot. Ne le touchez pas.

Trois paires de bottes noires s'alignèrent sur le sol en béton, puis s'élevèrent pour lui frapper le ventre. Elle accepta la douleur si cela pouvait sauver son fils. Elle accueillit les étoiles qui tourbillonnaient derrière ses paupières, reconnaissante de voir disparaître ce visage familier qu'elle n'arrivait pas à oublier.

Et enfin, elle accueillit le soulagement de l'obscurité.

Chapitre 19

Lottie leva les yeux de son ordinateur et sourit à Boyd. Il pencha la tête sur le côté et elle remarqua le léger retroussement de ses lèvres, signe qu'une question lui trottait en tête.

— Je viens juste de le remarquer… Tu te laisses pousser la barbe ? demanda-t-elle.

Sa barbe douce, parsemée de gris, était assortie à ses cheveux coupés.

— Aucune loi ne l'interdisait la dernière fois que j'ai vérifié, répondit-il, et il retourna à son travail, détournant ses yeux noisette des yeux verts inquisiteurs de Lottie.

Elle ne le laissa pas s'en tirer de cette manière.

— Quelqu'un t'a-t-il dit que cela t'irait bien ?

Elle remarqua que Boyd rougissait. Y avait-il une femme dans sa vie ? Elle n'y avait pas songé.

— Vous êtes jalouse, inspectrice Parker ?

Il se leva et se dirigea vers son bureau. Elle s'adossa à sa chaise et l'étudia. Le soleil éclairait furtivement son visage.

— Cela m'importe peu, que ce soit dans un sens ou dans l'autre, mentit-elle en se détournant.

Elle tapota bruyamment sur son clavier.

— Tu vas le casser.

— Va te faire voir, Boyd.

— Tu *es* jalouse, dit-il en faisant pivoter sa chaise pour qu'elle lui fasse face.

— Si je savais de quoi être jalouse, je le serais peut-être, mais comme je ne sais rien, comment puis-je être jalouse ?

— La reine des énigmes de Ragmullin, dit-il en riant et en faisant tourner sa chaise.

Elle tapa du pied sur le sol, stoppant le mouvement de la chaise, et se leva.

— Eh bien, ai-je raison ? Est-ce qu'il y a une femme qui te dit de te faire pousser des poils sur le visage ?

Pendant un instant, elle crut lire de la tristesse, en lettres capitales, dans ses yeux. Puis il haussa les épaules, retourna à son bureau et recommença à aligner ses dossiers, déjà parfaitement rangés.

— Tu me brises le cœur, Lottie Parker. Tu le sais bien. Tu ne t'intéresses à moi que si…

— Que si quoi ?

Soudain, il fit trop chaud dans le bureau.

— Que si je suis complètement bourrée ? lança-t-elle, la voix tremblante d'indignation et les joues en feu.

— Désolé, ce n'est pas ce que je voulais dire. C'est juste que je ne sais jamais où j'en suis avec toi.

— Comme je l'ai déjà dit…

— Quoi ?

— Va te faire voir, Boyd.

— C'est ça.

Il plaça les dossiers dans le tiroir de son bureau et s'en alla.

Lottie regarda les chaises vides et le bureau tout aussi vide. Était-elle jalouse ? De quoi ? Ou de qui ? Boyd n'avait rien admis. Et pourquoi le ferait-il ? Il ne lui devait rien. *Je deviens folle*, pensa-t-elle. *Je deviens folle à lier.*

Boyd repassa la tête par la porte.

— Nous avons un appel, dit-il en lui faisant signe de la tête.

— Quoi ? Lottie ne bougea pas d'un iota.

— Il pourrait s'agir d'une scène de crime.

Elle donna un dernier coup sur le clavier avant de se précipiter à sa suite. Barbe ou pas, elle comprit qu'elle avait besoin de Boyd. Quoi qu'il arrive, elle avait besoin de lui comme ami.

Après avoir contourné les travaux d'adduction d'eau dans la rue étroite à l'extérieur du dépôt du démonteur de voitures, Lottie et Boyd se dirigèrent vers les portes d'entrée. Accueillis par le propriétaire, Bob Weir, ils empruntèrent un chemin de gravier bordé de voitures cabossées empilées sur cinq niveaux, dont le métal meurtri scintillait au soleil.

Lottie renifla l'air qui empestait l'huile et le caoutchouc brûlé. Elle dégagea son T-shirt de son jean et fit circuler l'air contre sa peau moite.

— Par ici, dit Weir en se glissant sous une plate-forme de véhicules démontés.

Elle se demanda s'ils n'auraient pas dû porter des casques de protection. Aucun ne leur avait été proposé. Boyd et elle durent se plier en deux pour passer sous la plate-forme.

— Là-bas, dit Weir en indiquant le coin le plus éloigné de la cour.

Le sol du dépôt sembla vibrer sous leurs pieds lorsqu'un train reprit sa course sur la ligne de Sligo. Guidée par l'index dodu de Weir, Lottie balaya le sol du regard jusqu'à ce que ses yeux s'arrêtèrent sur une flaque sombre comme figée dans le gravier. Elle tendit instinctivement la main pour retenir Weir.

— Le conseil municipal ne m'a pas laissé le démolir, dit-il.

Lottie le regarda avec étonnement.

— Le mur. Je voulais en reconstruire un, un vrai. Celui-là est ancien, il s'écroule et se désintègre par endroits. Je le trouvais dangereux. Mais un planificateur à la con m'a dit que c'était du patrimoine ou une autre connerie dans le genre. Cela m'a coûté une fortune pour le stabiliser. Et, malgré ça, il y a encore assez de trous et d'ouvertures pour en faire un putain de raccourci vers la gare et Hill Point Flats là-bas.

Elle comprit ce qu'il sous-entendait : un accès facile pour les soirées cidre… ou pour les meurtriers. Espérant qu'il ne leur faisait pas perdre leur temps, elle le dépassa d'un pas vif et se dirigea vers la flaque. Le goudron suintait sous ses pieds et s'accrochait aux gravillons déjà incrustés dans ses semelles. Elle s'accroupit près de la flaque et enfila une paire de gants. En trempant son doigt dans le liquide, elle examina la couleur rouille et fit signe à Boyd de s'approcher.

— Du sang, dit-il en énonçant l'évidence. Comme d'habitude.

— Il pourrait s'agir d'un animal, dit-elle.

Elle porta le bout de son doigt à son nez, renifla et sentit une odeur métallique.

— J'ai fait venir une société de lutte contre les nuisibles il y a seulement quelques semaines, protesta Weir, le visage aussi rouge que ses cheveux.

Lottie se redressa et enjamba la flaque, les yeux rivés sur le mur qui s'étirait derrière elle. Cela ne fait aucun doute : quelqu'un pourrait facilement escalader ces pierres rongées par le temps.

— Je vous l'avais bien dit, n'est-ce pas ? dit Weir en souriant.

— C'est vrai. Lottie se tourna vers lui. Merci d'avoir appelé.

— J'ai pensé que c'était mon devoir, vu que, hier, vous avez trouvé une fille assassinée.

— Il se peut que cela ne mène à rien, mais je dois traiter cela comme une scène de crime pour le moment.

Elle se tourna vers Boyd.

— Nous devons évacuer le dépôt. Immédiatement.

Boyd prit son téléphone et appela des renforts et l'équipe de la police scientifique.

— Vous n'êtes pas sérieuse ? dit Weir, l'air de regretter d'avoir fait ce signalement.

— Je suis très sérieuse. Cet endroit est-il fermé à clé la nuit?

Cela ne changeait pas grand-chose, pensa-t-elle. L'accès était facile, en haut et par-dessus le mur.

— C'est fermé à clé et une camionnette de sécurité passe toutes les cinquante minutes environ. Vous ne le pensez peut-être pas, inspectrice, mais ce dépôt a de la valeur.

Weir se frotta le visage d'une main encore couverte de graisse.

— Je n'en doute pas.

Elle contourna la flaque. Elle fit glisser ses doigts le long des vieilles pierres, admirant le savoir-faire des bâtisseurs d'autrefois.

— Dix-neuvième siècle, d'après ce qu'on m'a dit, dit Weir.

— Boyd? appela Lottie. Je pense qu'il s'agit d'un impact de balle. McGlynn devra le voir. Et obtenir des combinaisons pour nettoyer l'endroit. Ah, pour l'amour de Dieu! Weir faisait les cent pas en tournant en rond.

— C'est mon entreprise. Vous ne pouvez pas faire ça!

— Je peux et je le fais, dit Lottie. Vous aussi. Dehors!

Tandis que le propriétaire du dépôt s'éloignait dans la cour en marmonnant, Lottie désigna le mur.

— Est-ce un impact de balle?

Boyd inspecta la marque.

— C'est possible. Il pourrait s'agir de notre première scène de crime.

— Notre victime a toujours la balle à l'intérieur d'elle.

— Il a peut-être raté son premier tir.

— Nous laisserons les agents de la police scientifique faire une empreinte du trou et creuser pour voir s'il y a une balle à l'intérieur.

— Tu sais ce que cela pourrait signifier d'autre, Lottie ?

— Oui, il y a un autre corps quelque part.

Ils restèrent sur place jusqu'à ce que Jim McGlynn et son équipe apparaissent, en tenue, des caisses de matériel à la main.

— Dehors, tous les deux, ordonna McGlynn. Vous contaminez ma scène.

— Nous ne savons pas s'il s'agit d'une scène de crime et ce n'est peut-être pas le cas.

Lottie se détourna.

— Vous êtes bien placée pour le savoir, inspectrice. Combinaisons de protection ou évacuez les lieux.

Boyd la tira par le coude.

— Viens. Il n'y a rien d'autre à faire ici.

Lottie ne pouvait qu'être d'accord.

— Du sang et un impact de balle. Alors, où est le corps ?

Lottie se rinça les mains sous le robinet de la cuisine de fortune. Boyd alluma la bouilloire et s'appuya contre le mur, les bras croisés, pour l'observer. Elle se sécha les mains.

— Alors ?

Il haussa les épaules.

— Il doit y avoir un lien avec la fille de la morgue, d'une façon ou d'une autre.

— J'espère que c'est le cas, sinon on risque de se retrouver avec une deuxième victime.

— Il n'y a pas de corps là-bas, du moins pas à ma connaissance.

— Une fois que la zone aura été fouillée – chaque voiture et chaque débris de voiture – on trouvera peut-être d'autres preuves.

Lottie prit deux tasses et y versa du café à la cuillère.

— Pas de lait, dit Boyd en secouant une brique vide.

— Il y a certainement quelque chose là-bas.

— Pas de lait, c'est sûr.

— Pas de lait, répéta Lottie. Au dépôt de Weir. Il est facilement accessible, malgré sa soi-disant sécurité.

— Et alors?

— C'est le terrain idéal. Une décharge. Ou une scène de crime.

— C'est en plein centre-ville. Comment quelqu'un pourrait-il y vider une arme à feu? On aurait entendu la détonation à un kilomètre à la ronde.

— Il suffit de choisir le bon moment. Par exemple, lorsqu'un train entre ou sort de la gare – tu as entendu le vacarme. Et si l'arme est équipée d'un silencieux, ce n'est qu'un bruit sourd.

— La balistique tranchera.

— Et nous avons besoin du groupe sanguin.

Lottie regarda le café noir dans sa tasse.

— Toujours pas d'identification de notre victime ?

— Toujours rien.

Elle sirota le liquide brûlant, réconfortée par la proximité de Boyd, même s'il affichait un visage grave. Elle jeta un coup d'œil à sa montre et décida qu'il était temps que la journée se termine.

— Je rentre chez moi. Je vais télécharger quelques fichiers sur une clé USB et les étudier à la maison.

— Toujours aussi prompte à enfreindre le règlement ?

— Oui, dit-elle.

— Besoin d'aide ? demanda-t-il, un sourire en coin.

— Tu n'abandonnes jamais, n'est-ce pas ?

Il sourit ironiquement.

— J'y arriverai, Lottie. Crois-moi.

Et tandis qu'elle versait son café dans l'évier, elle le crut. Juste le temps d'un instant.

Chapitre 20

Pour une fois, la maison était bien rangée. Katie et Sean avaient déjà mangé et regardaient quelque chose de bruyant et de sanglant sur Netflix. Chloé s'était réfugiée dans sa chambre. Trop fatiguée pour insister, Lottie respecta son silence. Elle se fit frire un râble et un œuf.

Après avoir mangé, elle sortit son ordinateur portable, inséra la clé USB et ouvrit le rapport d'autopsie de Jane Dore. La jeune fille inconnue aurait-elle pu être tuée dans la cour de Bob Weir ? Elle aurait aimé avoir les rapports de la balistique et les résultats de l'ADN, mais elle savait que cela pouvait prendre des jours, voire des semaines. À moins que Jane réussisse à tirer quelques ficelles, comme elle en avait l'habitude.

Elle parcourut le rapport et se concentra sur les éléments marquants :

victime enceinte ; sous-alimentée ; sexuellement active ; organes et cerveau sans anomalies apparentes ; marques de morsure sur le cou ; empreinte moulée ; prélèvements effectués ; rein gauche retiré chirurgicalement ; sutures nettes et précises ; on suppose qu'il s'agit d'un professionnel de la santé ou au moins d'un chirurgien ; victime âgée de 18 à 25 ans ; probablement originaire d'Europe de l'Est ou des Balkans d'après sa structure osseuse.

Lottie referma l'ordinateur portable et relut ses notes manuscrites. Quelle était l'histoire de la jeune fille ? Quel motif pouvait-on avoir pour la tuer ? Quand avait-elle subi l'ablation du rein et pourquoi ? Le tueur savait-il qu'elle portait un enfant ? Était-ce l'enfant du tueur ?

Tant de questions sans réponses. Elle devait retracer la vie de la jeune fille pour trouver les résultats. Difficile à faire alors qu'elle n'avait même pas de nom. Peut-être faudrait-il rendre publique la photo du masque mortuaire. Une perspective peu réjouissante. Surtout si cela signifiait qu'elle devrait parler à « Monsieur Amabilité » lui-même, le journaliste de télévision, Cathal Moroney. Elle pourrait peut-être confier cette tâche à Corrigan. Ce serait plus prudent.

Épuisée et incapable de penser clairement, elle rangea ses affaires et monta se coucher. Elle s'arrêta devant la chambre de Chloé, frappa à la porte et attendit.

— Va-t'en ! répliqua Chloé de l'autre côté de la porte.

— Tu as dit qu'il fallait qu'on parle. Je suis là maintenant.

Lottie garda la main sur la poignée, sans l'ouvrir.

— Tu vas bien ?

— Je suis fatiguée. Bonne nuit.

Moi aussi, pensa Lottie.

— Bonne nuit aussi, dit-elle. On se parle demain matin.

Elle alla dans sa chambre et s'allongea sur le lit, se demandant si elle était une mauvaise mère de ne pas avoir insisté pour parler à sa fille. *Non*, pensa-t-elle, cela ne ferait que provoquer une dispute. Elle finit par s'endormir sous les pleurs de Chloé qu'elle entendait dans la chambre voisine à la sienne.

Chapitre 21

L'homme bougea légèrement dans les longues herbes sèches où il était allongé depuis une heure et demie. Il ajusta ses lunettes de vision nocturne, porta ses jumelles vers la fenêtre, puis reprit sa position immobile.

La voie ferrée se trouvait à un mètre derrière lui, mais cela ne l'inquiétait pas. Le prochain train ne devait pas arriver avant six heures du matin.

Au-dessus de lui, les étoiles scintillaient, les lampadaires projetant une lueur jaunâtre dans le ciel nocturne. Il ignora son environnement. Rien n'existait, si ce n'est-elle. Grâce aux stores relevés et les rideaux à demi tiré, il avait une vue dégagée sur l'intérieur. La lumière était éteinte, mais grâce à son équipement de haute technologie, il distinguait nettement la silhouette élancée, étendue sur le lit.

Chaque mèche de ses cheveux blonds lui envoyait des décharges électriques dans le corps. L'éclat lisse de son visage, le mouvement régulier de sa poitrine – il enregistrait tout, archivait chaque image pour pouvoir les revivre plus tard.

Il ne voulait pas être excité. Ce n'était pas l'objet de sa croisade. Il n'était pas la tempête, non, il était le calme après la tempête. Il lui apporterait la paix. Elle lui apporterait la paix.

Mais son corps refusait d'obéir à sa volonté. Il se tortilla, inconfortable. L'excitation dans son entrejambe rendait la position intenable. Il se figea. Personne ne s'aventurait ici à quatre heures quarante-sept du matin. Ni sur le canal ni le long de la voie ferrée. Lentement, il baissa ses jumelles et tourna la tête, tombant nez à nez avec un renard aux yeux brillants. Il rit. L'animal s'éloigna d'un bond.

C'était un signe. Il était temps d'en rester là pour cette nuit. Il rangea son matériel, passa son sac en bandoulière et s'éloigna d'un pas rapide sur le sentier. Sa main enfoncée dans son pantalon, ses doigts fébriles. Il savait qu'il n'y avait qu'un seul moyen de se débarrasser de ses démons.

Peut-être devrait-il avancer la date, pensa-t-il en poussant de petits gémissements de plaisir à chaque respiration.

Lorsque sa porte apparut au coin de la rue, avant même de l'atteindre, il jouit – une décharge violente et irrépressible.

Cette nuit, il dormirait.

* * * * *

La capuche qui recouvrait la tête de Mimoza empestait le vomi. Elle savait qu'elle était dans le coffre d'une voiture. Le trajet avait été court. Quand le moteur fut coupé, elle eut la certitude qu'ils étaient encore en ville.

S'il vous plaît, faites-en sorte que Milot soit bien soigné. Peu importe ce qu'ils me font, faites que mon fils aille bien, implora-t-elle silencieusement dans l'obscurité. Elle crut sentir l'odeur de son shampoing habituel à la pomme. Sa poitrine se contracta sous l'effet de la panique. Elle devait être forte. Pour Milot.

On la tira hors du coffre et elle monta quelques marches avant de franchir une porte ouverte. Lorsqu'on lui arracha la capuche de la tête, elle comprit que l'odeur de vomi venait d'elle. Il avait coulé et durci le long de son menton et sur sa poitrine. Elle respira lentement et rapidement en essayant de se calmer.

Une grande femme se tenait devant elle, les bras croisés. Les pieds, chaussés de talons aiguilles, dégageaient une autorité brutale. Mimoza s'efforça de s'agenouiller. La femme portait une robe rouge qui moulait les plis de sa chair, un mamelon dépassant, sans gêne.

— Debout ! dit la femme dans la langue de Mimoza.

— Me laver ? demanda Mimoza en se levant, vacillante.

— Ne parle pas à moins qu'on ne te le demande.

La gifle lui fendit la peau sous l'œil. Alors qu'elle basculait en arrière, des mains rugueuses la rattrapèrent, celles de l'homme aux dents tordues. Il parla rapidement à la femme, puis s'éloigna, sans un regard.

Mimoza comprit aussitôt. Elle connaissait cet endroit et elle savait ce qu'on attendait d'elle. Elle y avait déjà été, forcée d'y être.

Elle suivit la femme à travers un hall recouvert de motifs démodés et monta un escalier sans moquette. En haut, quatre portes. Trois arboraient des bracelets de perles en plastique accrochés à leurs poignées. La femme ouvrit celle qui n'en avait pas et conduisit Mimoza dans une minuscule salle de bains. Une musique douce s'échappait du plafond.

— Tu pisses. Deux minutes.

— Me laver ? osa-t-elle encore.

— Parle encore une fois et tu seras punie. Deux minutes.

La femme partit, tirant la porte derrière elle et fermant à clés.

Mimoza enleva ses vêtements souillés et s'assit sur les toilettes. Du sang mélangé à de l'urine s'écoula de son corps, accompagné d'une douleur atroce – rappel de la violente agression sexuelle qu'elle avait subie de l'homme aux dents tordues.

Malgré sa douleur, sa détresse et sa honte, une seule pensée persistait : elle était enfermée dans une prison et son fils dans une autre.

— Milot, dit-elle à voix haute. Si tu savais à quel point je m'en veux…

Kosovo, 1999

Les moustiques ne lui laissaient aucun répit. Toute sa vie, ils l'avaient harcelé. Il resserra la moustiquaire autour de sa tête et balaya l'air de sa main. Rien n'y fit. Il n'arrivait pas à dormir. Allongé sur une couchette dans l'un des cantonnements des soldats, il écoutait le bourdonnement des insectes, les dents serrées. Ils avaient été gentils avec lui, l'avaient autorisé à rester avec eux. À condition qu'il reste tranquille jusqu'à ce qu'ils aient le temps de prévenir leur commandant.

Il pensait qu'il devait être trois heures du matin, mais il n'en était pas sûr. Il entendait une multitude de souris s'agiter tout autour de lui. Il les détestait. Il espérait qu'elles ne franchiraient pas son rideau. Il avait plus peur de la vermine que d'être tué. S'il voulait survivre par ses propres moyens, il allait devoir apprendre. Lire, écrire et transporter des seaux d'eau ne l'aiderait pas. Que lui réservait l'avenir ? Pas grand-chose, pensa-t-il. Pas grand-chose du tout.

La porte s'ouvrit et le soldat qui lui avait donné le paquet de chips entra.

— Tu ne dors pas ?

Le garçon secoua la tête.

— Le médecin t'examinera demain matin. Où comptais-tu aller, d'ailleurs?

Le garçon haussa les épaules. Il ne pouvait pas répondre parce qu'il ne le savait pas. Il n'était jamais allé plus loin que son propre village. Il pouvait peut-être dire qu'il allait à Pristina. Il y trouverait peut-être du travail. Il était grand et pouvait donc prétendre avoir plus de 13 ans.

Il leva les yeux vers le soldat. Il avait des yeux bleus et une mèche de cheveux blonds sur le front.

— Pristina, dit le jeune garçon.

— Quel est ton nom? lui demanda le soldat.

Le garçon resta silencieux.

— Voici une bouteille d'eau. Bois, puis dors un peu. Demain matin, je devrai informer le capitaine de ta présence. Il décidera de ce qu'il faut faire.

Le garçon but une gorgée d'eau et ferma les yeux. Une calme obscurité s'installa, et il s'endormit avec le bruit des souris affamées et des moustiques bourdonnants.

Troisième jour

Mercredi 13 mai 2015

Chapitre 22

C'était agréable de sentir sur ses lèvres le rouge à lèvres de Katie – le sien ne valait plus rien et était réduit à une tache cassée au fond d'un vieux tube – et de passer un peigne dans ses cheveux. Elle appréciait d'être de retour au travail. Elle se sentait à nouveau vivante. Une pointe de culpabilité perça cette sensation : fuir sa famille et les ennuis qu'elle lui causait n'était pas digne d'une bonne mère, n'est-ce pas ? Peut-être pas. Mais il fallait avancer. Elle devait encore parler à Chloé.

Elle glissa le rouge à lèvres dans son sac, puis se retourna. Sean entra dans la cuisine.

— Tu as quelque chose à manger ? demanda-t-il en ouvrant le réfrigérateur.

— Tu t'es levé tôt, dit Lottie. Il y a des céréales dans le placard.

Sean pressa une brique de lait et la secoua.

— Cela sera peut-être suffisant, dit-il, et il alla chercher un bol et la boîte de céréales.

— Tu es très élégant aujourd'hui.

Ces derniers temps, les échanges avec Sean étaient toujours tendus. Elle espérait que les séances avec le thérapeute l'aideraient à s'ouvrir davantage. Faire face à ce qu'il avait vécu en janvier n'avait pas été simple. Lottie savait qu'il avait besoin de temps pour redevenir lui-même, mais elle n'était pas sûre que Katie ait besoin de la même chose. La jeune fille s'était repliée sur elle-même et avait l'air mal en point. Lottie connaissait la mécanique du deuil, mais, face à sa propre fille, les mots lui manquaient.

— Toujours le même uniforme pourri, répondit-il en grignotant. J'ai simplement pris une douche.

— Il doit y avoir une fille.

— Maman, c'est dégoûtant.

Lottie sourit. Il avait beau boire son lait à la bouteille et manger ses céréales comme un enfant, il semblait lui échapper. Ses cheveux blonds tombaient sur ses yeux bleus, autrefois plein d'éclat, aujourd'hui voilés par une fatigue trop forte pour son âge. Elle se retint de s'approcher de lui pour lui passer la main dans les cheveux et se contenta de poser la main sur son bras.

— Je te verrai ce soir. Passe une bonne journée à l'école.

— Maman ! Comment peut-on passer une bonne journée à l'école ?

Sur le chemin du commissariat, Lottie songea à son enquête. Elle ne pouvait pas avoir de certitudes dans son métier. Et maintenant, une jeune fille était morte, assassinée avec son bébé à naître. C'était à elle de traquer le monstre qui avait fait ça. Et ensuite, seulement ensuite, elle pourrait retrouver un peu de paix. Et redevenir pleinement une mère.

Lorsque Lottie entra dans le bureau, Lynch se leva d'un bond, agitant une feuille comme un drapeau.

— J'ai demandé à l'un de nos techniciens, vrai prodige des langues, de jeter un coup d'œil à la lettre.

Lottie s'assit, sa bonne humeur s'évaporant.

— Rien de différent par rapport à ce que Petrovci nous a dit?, demanda-t-elle.

— En gros, c'est la même chose. Une certaine Kaltrina semble avoir disparu et l'auteur de la lettre demande de l'aide pour s'échapper.

— De quoi donc veut-elle s'échapper?

— Vous savez ce que je pense?

Lynch écarta ses cheveux de son visage.

— Que la Kaltrina mentionnée dans la lettre pourrait être notre victime. Mais aucune disparition récente ne correspond à sa description.

— J'en ai parlé brièvement avec Ben hier soir, ajouta Lynch, sans rien révéler de confidentiel, bien sûr. Il pense que nous devrions vérifier si la jeune fille venue chez vous figure dans le système de prise en charge directe. Et Kaltrina aussi. Les chiffres ont explosé ces derniers mois, avec l'arrivée massive de réfugiés en Europe. Elles pourraient venir de là.

— Ce ne sont pas des insectes, Lynch, dit Lottie d'une voix sèche.

Kirby leva la tête de son coin, un cigare non allumé à la bouche.

— Le gouvernement n'est pas en mesure de loger ses propres citoyens, alors les migrants…

Lottie lui lança un regard glacial.

— Vous savez très bien que ce genre de propos est inacceptable. Et si vous comptez allumer ce cigare, sortez immédiatement de ce bureau !

— Désolé, patronne.

Kirby se leva sans discuter et quitta la pièce. Lottie serra les poings, secouant légèrement la tête.

— Il ne fait que dire ce que les autres pensent, murmura Lynch.

— Justement. Je peux me passer de ce genre d'attitude. Et vous n'êtes pas sans savoir que les associations de défense des droits humains condamnent fermement ce type de langage. Soyez plus prudente, Maria.

Lottie soutint le regard de sa collègue. Ce fut Lynch qui baissa les yeux la première.

— Quoi qu'il en soit, Ben m'a dit que son département finançait des traducteurs pour travailler avec les réfugiés et les demandeurs d'asile.

— Il y en a dans les casernes ?

— Aucune idée.

— Vous pouvez vous renseigner ?

— Je vais essayer.

— Bien. Avez-vous déjà fouillé le passé de Dan Russell ?

— J'y travaille. Lynch cliqua sur quelque chose sur son ordinateur. Attendez une minute, jetez un coup d'œil à ceci.

Lottie contourna rapidement son bureau en désordre, accrochant son jean au coin d'un classeur. Elle se pencha sur l'écran.

— Rapport de personne disparue. Lynch tapota son stylo. Signalé tard hier soir.

Lottie lut rapidement.

Maeve Phillips, 17 ans. Possiblement disparue depuis le week-end dernier, selon sa mère, mais signalée seulement maintenant.

Elle sentit le sang refluer de ses joues.

— Je me demande si…

— Si elle est notre inconnue ?

— Ou si elle est liée à Frank Phillips.

— Qui ? demanda Lynch.

— Le criminel. Il s'est barré en Espagne il y a quelques années.

Lynch grimaça.

— J'espère qu'elle n'est pas liée à cette ordure.

— Donnez-moi l'adresse, que j'aille parler à la mère. Où est Boyd ?

— À vos ordres.

Boyd entra dans le bureau. Il posa sa veste sur le dossier de sa chaise, retroussa ses manches et s'assit.

— Qu'est-ce qu'il y a ? demanda Lottie en haussant un sourcil. Boyd n'était jamais en retard. Jamais.

— Rien. Je n'arrivais pas à dormir à cause de la chaleur. Et quand j'ai enfin réussi à fermer l'œil à cinq heures, impossible de me lever à temps.

— Ce qu'il te faut, c'est une femme, lança Lynch.

— Vous avez peut-être raison, répondit Boyd, un sourire fatigué aux lèvres.

— Taisez-vous, tous les deux, trancha Lottie.

Elle rangea le rapport de disparition dans son sac et attrapa Boyd par le coude.

— Je crois que tu as besoin d'air frais.

Chapitre 23

Les paupières de Mimoza s'ouvrirent. Elle n'avait aucune idée de l'endroit où elle se trouvait. Son corps lui faisait mal et sa tête battait au rythme de la souffrance. Elle était nue, allongée sur un matelas recouvert de draps rêches, fixant le plafond.

Elle ramena ses jambes contre sa poitrine, posa son menton sur ses genoux comme le faisait Milot quand il boudait. Puis les souvenirs envahirent brutalement sa conscience et une vague de désespoir menaça de l'engloutir.

Pour ne pas sombrer, elle observa la pièce. Un casier, une lampe à abat-jour rouge et un ours en peluche avec un nœud papillon bleu, assis tristement sur la surface en bois lustré. Un lavabo, une serviette sombre accrochée au mur. De lourds rideaux fleuris fermés recouvraient une fenêtre. Les roses de velours gaufrées sur le papier peint semblaient lutter pour s'échapper de leurs ronces.

Elle se leva difficilement et chercha ce qu'il pouvait y avoir dans l'armoire à sa droite. Celle-ci ne contenait que des déshabillés en nylon rouge et noir. Rien d'autre.

Elle retomba sur le lit et se demanda ce qu'ils avaient fait de Milot. Comment pourrait-elle survivre sans son fils ? Si seulement elle était sûre qu'il était en sécurité, peut-être pourrait-elle supporter la vie à laquelle elle avait été condamnée. La réalité l'assaillait aussi brutalement que les bottes qui l'avaient frappée. Elle espérait que Sara pourrait s'occuper de Milot jusqu'à ce qu'elle s'échappe de ce trou.

Il faisait chaud, mais sa peau se couvrit de chair de poule. Ce n'était pas la première fois. Le centre, les coups, les viols, les cris étouffés. À Pristina, les mêmes horreurs. Secourue, puis abandonnée, enceinte.

Elle avait voulu dénoncer. Mais Kaltrina l'avait avertie : tout était étouffé. Personne ne la croirait. Son seul espoir restait cette lettre. Celle qu'elle avait donnée à cette inspectrice.

Elle s'allongea sur l'oreiller en mousse et écouta les bruits de la vie quotidienne au-delà de son espace confiné. Un train qui roulait sur des rails au loin, les cris joyeux des enfants dans une cour de récréation loin en dessous d'elle, et le lent bourdonnement de la circulation. Était-elle encore à Ragmullin ? Elle ne le savait pas et s'en fichait. Elle ne se préoccupait que de Milot. Elle repensa à la grande policière et pria pour qu'elle n'ait pas jeté sa lettre à la poubelle. Mais elle savait que c'était probablement le cas.

Les mains tremblantes recouvrant ses yeux, voulant donner de la force à son corps, Mimoza se prépara à ce qui se trouvait derrière la porte, à ceux qui la franchiraient, à ce qu'ils étaient sur le point de lui faire subir. Oui, elle était prête pour tout cela. Mais elle devait d'abord savoir si son fils était en sécurité.

Une clé tourna dans la serrure et la porte s'ouvrit.

— Debout, dit la femme de la veille.

— Où est mon fils ?

— Pour toi, il est mort. Pour nous, c'est un petit atout. Qui sais, peut-être qu'un de nos clients aime les voyous ? Maintenant, à la douche !

Mimoza se laissa conduire dans une salle de bains au bout d'un couloir étroit. Sous la douche, l'eau froide martelait ses côtes meurtries. Elle se mordit la lèvre afin de ne pas crier.

La femme était-elle en train de guetter derrière la porte ? Elle commença à l'imaginer, un œil collé à la fente, contre le bois de l'entrée.

— Regardez autant que vous voulez, cria Mimoza, même si l'eau assourdissait sa voix.

Puis, elle sentit une main, grasse, molle et implacable. Elle fut traînée au sol, les genoux râpant la céramique. Elle ferma les yeux tout en se répétant en silence : *je serai forte.*

* * * * *

Andri Petrovci se réveilla tard. Il était neuf heures vingt. Il avait oublié de mettre l'alarme.

Son patron, Jack Dermody, allait le descendre. Il sortit lentement du lit, la tête lourde. Il frotta son crâne rasé d'une main tremblante. Encore une nuit de cauchemars agités.

Il se passa une main sur le crâne, sa paume était moite. Il ouvrit le robinet et l'eau, froide et brute, éclaboussa son torse. Il se pencha et s'aspergea le visage pour chasser les souvenirs de la nuit. Il se brossa les dents, s'habilla mécaniquement, sans penser.

Avant de sortir, il jeta un œil à son appartement si bien rangé. Chaque chose était à sa place. C'était le seul endroit où il contrôlait encore quelque chose.

Il ferma la porte. En silence.

Chapitre 24

Lottie connaissait bien Mellow Grove. Sa dernière affaire l'y avait conduite à plusieurs reprises. Elle regardant autour d'elle et conclut que quelqu'un au conseil municipal avait dû avoir un drôle de sens de l'humour lorsqu'il l'avait baptisé ainsi.

La maison des Phillips était la dernière d'une rangée de mitoyennes, adossée à un terrain de football. Le crépi, jadis crème, avait viré au brun sale, rongé par la pluie et le vent. Les rideaux restaient tirés.

Elle poussa le portail rouillé. La pelouse n'était pas entretenue et haute, comme un champ oublié.

— Un coup de tondeuse ne serait pas de trop, dit Boyd.

Lottie sonna à la porte. Elle allait répondre quelque chose quand elle remarqua que la porte était entrebâillée.

Elle poussa doucement celle-ci. Le sol était recouvert d'un lino vert et gris moucheté, presque blanc au centre. Sur la droite, un escalier étroit disparaissait sous une multitude de manteaux surchargeant la rampe. La lumière était allumée, probablement depuis la veille, baignant le couloir d'une couleur blafarde.

Elle fit signe à Boyd de la suivre et lança d'une voix claire :

— Allô ? Il y a quelqu'un ?

Un raclement de gorge étouffé lui répondit. Elle frappa, puis se permit d'entrer.

— Mme Phillips ? Je suis l'inspectrice Parker et voici le sergent Boyd. Pouvons-nous nous entretenir un moment, s'il vous plaît ? dit-elle en tendant sa carte.

La femme assise à la table acquiesça et, une cigarette entre les doigts tachés de goudron, leur fit signe de s'asseoir.

Sur le chemin, Lottie avait essayé d'imaginer quel type de mère pouvait avoir attendu près de cinq jours pour signaler la disparition de son adolescente. La réponse se trouvait maintenant devant elle.

La cuisine baignait dans la poisse. Des mouches tournaient autour d'un abat-jour en plastique. L'odeur de légumes pourris remontait d'un placard sous l'évier, saturant l'air déjà bien étouffé. La vaisselle débordait de l'évier, incrustée de restes desséchés.

— Alors, avez-vous trouvé le petit chariot ? demanda Mme Phillips tout en versant une bonne quantité de vodka dans un verre. Elle avala une grande gorgée, rota, puis reposa le verre, sa main tremblante trahissant l'habitude.

— Vous n'avez signalé la disparition de votre fille qu'hier soir, dit Lottie en comptant jusqu'à trois pour tenter de retenir sa colère. Pourquoi ce délai ? Pouvez-vous me donner des détails, Mme Phillips ?

— Appelez-moi Tracy. Des détails ? Quels détails ?

Les mots se bousculaient dans sa bouche.

— Quand avez-vous vu Maeve pour la dernière fois ?

Lottie lutta contre l'envie de trouver un chiffon pour essuyer la table. Elle garda les bras fermement croisés, bien décidé à ne pas toucher la saleté.

— Mon mari, ce salaud…

— Qu'en est-il de lui ? Maeve est-elle avec lui ?

Lottie l'espérait, pour que l'affaire puisse être classée sans qu'il soit nécessaire d'entrer à nouveau dans ce taudis. Elle était sûre d'avoir vu quelque chose ramper autour de la corbeille à pain posée sur le comptoir.

— J'en doute, dit Tracy, mais tout est de sa faute. Il m'a quittée quand Maeve n'avait que 7 ans. Cela fait dix ans que je suis seule avec elle. J'ai fait de mon mieux. J'ai travaillé dur pour bien élever cette fille et comment me remercie-t-elle ?

Ses yeux s'embuèrent tandis qu'elle avalait plus d'alcool.

— Elle est partie. Elle s'est enfuie. Petite salope ingrate… Le hoquet effaça le reste de ses paroles.

— Où puis-je trouver votre mari ? demanda Lottie.

— Dans un bordel de Malaga, je suppose.

Le père de la jeune fille était donc le criminel qui avait fui le pays. Cela n'allait pas être facile. S'efforçant de rester concentrée sur Tracy Phillips, Lottie avait les yeux constamment attirés par le chaos qui les entourait. Une casserole dégorgeait de haricots congelés sur le bord de l'évier. Et les bouteilles… Elle compta onze bouteilles vides sur le comptoir en granit gris. Cinq bocaux de sauce pour pâtes à moitié pleins, dont un débordant de mégots de cigarettes. *Bolognaise et cigarettes ne font décidément pas bon ménage*, songea-t-elle. Plissant le nez devant l'odeur acide, elle ramena son regard sur la femme à la mâchoire fine.

Alors qu'elle observait Tracy à travers le nuage de fumée, une secousse ébranla Lottie. C'était comme regarder, à travers un miroir déformé, l'image de ce qu'elle avait, elle-même, failli devenir dans les mois qui avaient suivi la mort d'Adam. Ivre à midi, fonctionnant dans le vide, les jours s'effondrant autour d'elle comme la cendre tombant de la cigarette de Tracy.

On l'avait tirée du gouffre, mais elle savait que Tracy, elle, était précairement perchée sur l'échelon le plus bas de l'existence. Qui la sauverait? Certainement pas Maeve, si elle avait effectivement fui cette vie en ruine.

— Elle n'a jamais été absente aussi longtemps auparavant, dit Tracy en allumant une autre cigarette à partir de celle qu'elle tenait déjà dans la main. Elle écrasa cette dernière dans un pot de sauce ouvert. Parfois, elle reste avec des amis. N'importe où est mieux qu'ici. C'est ce qu'elle dit. Elle balaya la cuisine de la main, laissant traîner des cendres un peu partout. Elle était censée être de retour à l'heure qu'il est.

— Quand l'avez-vous vue pour la dernière fois? demanda Lottie qui sentait sa patience s'effilocher aussi vite que sa pitié.

— Vendredi matin. Elle est allée à l'école. Elle est en année de transition. Elle a dit qu'elle passait la nuit avec... Emily ou une autre copine. Parfois, elle s'absente plus longtemps, alors je ne m'inquiétais pas vraiment.

Trop ivre pour s'en soucier, pensa Lottie. Chaque mot arraché à Tracy lui coûtait plus qu'un interrogatoire.

— Nous sommes mercredi, pour l'amour de Dieu! Pourquoi avoir attendu hier soir pour signaler sa disparition?

— J'avais besoin de faire des courses.

Tracy baissa les yeux, regardant ses mains qui tremblaient.

— Quoi ? s'exclama Boyd.

Tracy se leva en vacillant et ouvrit un placard. Il était vide. Lottie remarqua que la femme portait un pyjama en coton bon marché et des tongs en plastique à deux euros. Elle avait l'air d'avoir 60 ans, mais n'en avait probablement pas plus de 40. Ses cheveux noirs étaient une masse de graisse emmêlée, des dreadlocks irrégulières et involontaires, comme Amy Winehouse sans l'eye-liner. En décomposition.

— Votre fille fait normalement les courses pour vous ? demanda Boyd.

— Oui, j'étais à court… de choses.

De vodka probablement, pensa Lottie. Quelqu'un avait dû lui acheter le demi-litre qui se trouvait sur la table. Elle doutait que Tracy Phillips ait l'énergie de s'habiller pour aller faire les courses. D'ailleurs, il était fort probable qu'elle se soit aventurée dehors en pyjama.

— Vodka ? ricana Boyd.

Lottie lui lança un regard noir. Tracy détourna le visage et se laissa retomber sur sa chaise. Elle était épuisée. Abîmée.

— Vous avez essayé d'appeler Maeve ? s'emporta Boyd. Je suppose qu'elle a un téléphone portable ?

Tracy éteignit sa cigarette dans le bocal plein, en alluma une autre et avala sa vodka en regardant Boyd par-dessus le bord.

— Vous pensez que je suis une alcoolique bonne à rien, n'est-ce pas ? C'est vrai. Mais j'ai fait de mon mieux pour cette fille et maintenant j'en suis réduite à ce… ce désordre.

Elle but encore un peu et leva les yeux. En tout cas, l'école m'a appelée hier soir. C'est comme ça que j'ai su qu'il se passait quelque chose. Quoi qu'il arrive à la maison, ma Maeve va à l'école.

Une nouvelle inspiration profonde et un nuage de fumée les entoura.

— Je l'appelle toutes les cinq minutes. Son téléphone est mort. Je ne sais pas où elle est.

Lottie s'attendit a beaucoup de larmes. Il n'y en eut aucune. Tracy Phillips avait probablement épuisé son quota depuis longtemps.

— Avez-vous une photo de Maeve ?

Tracy lui tendit son téléphone. Lottie vit le visage pâle encadré de longs cheveux noirs sur l'écran d'accueil fissuré. Un minuscule piercing en diamant ornait son nez. Il pouvait s'agir de la jeune fille décédée. Elle le montra à Boyd. Il acquiesça.

— Je peux me l'envoyer sur mon téléphone ? demanda Lottie.

— Allez-y.

— Maeve s'est-elle fait enlever un rein ? demanda Boyd.

— Seigneur ! Pourquoi me demander ça ? Non, bien sûr que non.

— Nous sommes en train d'établir un profil, dit rapidement Lottie, en vérifiant qu'elle avait bien reçu la photo. Autre chose, dit-elle. Je dois vous poser la question. Maeve pourrait-elle être enceinte ?

Les yeux de Tracy se levèrent à travers le brouillard de la fumée de cigarette.

— Espèce de salope! Ce n'est pas parce que je suis en dessous de ta classe que tu peux penser que ma fille ouvre ses jambes à n'importe qui. Tu peux aller te faire foutre avec tes sales questions!

Lottie resta calme.

— Je ne porte aucun jugement. Je cherche juste à comprendre. Chaque détail peut compter.

Tracy avala sa boisson et fit un signe de tête résigné.

— Pour répondre à votre question, je ne sais pas.

— Je peux voir sa chambre? demanda Lottie tout en priant pour que celle-ci soit plus ordonnée que le désordre ambiant. Elle a un ordinateur?

— Un portable, dit Tracy en montrant l'escalier. Sur sa porte, il est écrit « Défense d'entrer ». Pas très originale, ma Maeve.

— Elle a un petit ami? demanda Lottie.

— Si c'est le cas, elle ne me l'a pas dit.

— Alors vous n'êtes pas sûre?

— Comment pourrais-je l'être? Quelle mère peut l'être hein?

En effet, pensa Lottie, en suivant Boyd hors de la cuisine étouffante et en montant les escaliers.

La chambre contrastait brutalement avec le reste de la maison: pas propre mais vivable. *Comme toute chambre d'ado normale*, pensa Lottie. Des bas de survêtement retournés, ainsi qu'une collection de sous-vêtements, jonchaient le sol. Un lit simple, une couette crème unie jetée en arrière comme si la jeune fille venait de la replier. Une coiffeuse débordant de tubes et de flacons de parfums. Du maquillage, toutes les nuances d'ombres à paupières et d'eye-liners.

— Vingt-sept, murmura Lottie.

— Vingt-sept quoi ? demanda Boyd.

— Flacons de vernis à ongles. Cette fille aime ses ongles.

Elle continua à compter. Cinq parfums et six sprays pour le corps. Une odeur de fleurs flottait dans l'air. Lottie inspecta une boîte. « Impulsion, Fleurs de forêt ». Elle en vaporisa.

— Vaporise-moi ça dans la cuisine, dit Boyd.

Des vestes pendaient au dos de la porte, Des jeans étaient éparpillés sur le sol. Lottie parcourut les cintres dans l'armoire. Des chemises d'écolier, des jupes et quelques chemisiers. Tout au bout, une robe, suspendue dans une housse transparente zippée, semblait incongrue. Elle la sortit et la montra.

— Chic pour une fille de 17 ans.

Boyd haussa un sourcil devant le vêtement qui se balançait dans la main de Lottie.

— Les jeunes de 17 ans ont des goûts inhabituels, dit-elle en pensant aux vêtements multicolores de ses propres filles. Elle ouvrit la pochette en plastique.

— Waouh, dit Boyd en s'approchant.

Le tissu sortit de l'emballage, soie bleue, corsage clouté, col licou.

— Cent cinquante euros, lut Lottie en inspectant l'étiquette qui pendait à la taille.

— Comment a-t-elle pu se payer ça? demanda Boyd tout en parcourant la chambre du regard.

— Peut-être que quelqu'un la lui a offerte.

— Ou qu'elle l'a volée.

— Boyd, tu ne connais même pas cette fille. Comment peux-tu faire une telle affirmation?

— J'ai vu la mère.

Lottie secoua la tête.

— Maeve avait peut-être un petit boulot. Je demanderai à sa mère quand nous redescendrons.

Elle arracha l'étiquette, la glissa dans un petit sac de preuves en plastique qu'elle rangea dans sa poche et remit la robe dans l'armoire.

Elle trouva l'ordinateur portable sous un oreiller sur le lit. C'était un modèle bon marché, en cours de chargement.

— Dangereux, dit-elle en le débranchant de la prise.

Elle rangea le petit ordinateur dans son sac.

— Tu ne peux pas juste le prendre, dit Boyd.

— Je vais demander à la mère.

Sur une chaise recouverte de vêtements, elle repéra une pile de livres de poche. Coincée au milieu, Lottie remarqua une carte qui dépassait. Une carte d'anniversaire. « Pour Maeve, je t'aime. Papa ».

— Son père est toujours en contact avec elle, dit-elle, pensive.

— Je pense qu'elle est avec lui, dit Boyd en fermant bruyamment un tiroir. Moi aussi, je m'envolerais bien pour fuir ce taudis.

— Ce taudis, comme tu l'appelles, c'est sa maison et c'est probablement préférable à une vie de criminel avec son père.

Pourquoi défendait-elle Tracy ?

— Allez, dit-elle en plaçant la carte dans un autre sac de preuves en plastique, juste au cas où. Je veux interroger Tracy sur cette robe.

Lottie donna un coup de coude à Tracy Phillips.

— Quoi ? Qu'est-ce que vous voulez ? grogna Tracy. Oh… c'est vous. Toujours là ?

— Je peux prendre l'ordinateur portable de Maeve pour y jeter un coup d'œil ?

— Pourquoi le voulez-vous ?

— Juste pour faire une vérification. Ça pourrait nous dire où est Maeve.

— Je suppose que je ne peux pas dire non.

— Il y a une robe neuve dans son armoire. Une idée d'où elle vient ?

Tracy se redressa, son regard passant de Lottie à Boyd.

— Une robe ? Elle a dû l'acheter.

— Elle est chère. Où a-t-elle trouvé l'argent ? C'est son père qui la lui a payée ? A-t-elle un travail à temps partiel ?

Tracy sembla avoir du mal à comprendre ce que disait Lottie.

— Elle n'a pas de travail, mais peut-être que je ne connais pas très bien ma fille.

— Il faut que je parle à ses amies.

— Quels amis ?

— Les amis de Maeve. Vous avez des noms ?

— Emily… quelque chose. Elle travaille à l'hôtel Parkway après l'école.

— Voulez-vous que j'affecte un agent de police pour rester avec vous ? demanda Lottie.

— Je me débrouille très bien toute seule.

Tracy reposa sa tête sur ses bras croisés sur la table graisseuse et s'endormit rapidement.

En fermant la porte derrière eux, Lottie se demanda combien de temps il faudrait à Tracy Phillips avant de se consumer entièrement.

Chapitre 25

Lottie déposa l'ordinateur portable de Maeve au poste pour qu'il soit analysé et demanda que le téléphone de la jeune fille soit tracké. Elle n'était pas sûre que Maeve ait réellement disparu, mais ils pouvaient au moins faire un appel à témoins dans les médias. Quelqu'un pourrait savoir où elle se trouve.

Elle imprima la photo de son téléphone et l'agrandit à la photocopieuse. Elle la compara à la photo du masque mortuaire de la victime du meurtre et plissa les yeux pour voir s'il y avait des similitudes.

— Elle n'a pas subi d'ablation du rein, dit Boyd en se tenant à ses côtés.

— C'est ce que dit sa mère. Mais de toute façon, je ne pense pas que Maeve soit notre fille morte.

Lynch arriva, une feuille à la main.

— C'est tout ce que j'ai pu trouver sur Dan Russell. Ce n'est pas grand-chose. Cela mentionne son service à l'armée, sa date de départ et l'année où il a créé sa société, *Woodlake Facilities Management*. Rien de remarquable.

— Nous verrons bien, dit Lottie. Pouvez-vous aussi jeter un coup d'œil à ceci ?

Elle tendit à Lynch l'étiquette de la robe. Vérifiez le code-barres pour voir s'il y a un moyen de tracer sa provenance.

— Compris.

Attirant Lynch sur le côté, hors de portée de voix de Boyd, Lottie dit :

— Allez voir les gars du nouveau bureau de lutte contre le trafic de drogue et le crime organisé et essayez d'établir où Frank Phillips se cache. Je dois lui parler de sa fille.

En retournant à son bureau, elle se demanda si Jamie McNally avait quelque chose à voir avec Frank Phillips. Si c'était le cas, Kirby le découvrirait. Le fait que McNally soit de retour en ville semblait être une trop grande coïncidence. Une fille avait été assassinée et une autre avait disparu. Elle n'aimait pas les coïncidences. Ses réflexions s'interrompirent alors qu'elle parcourait les quelques données sur Dan Russell. Quelque chose avait attiré son attention. Elle saisit son sac et se dirigea vers la porte.

— Je vais revoir Russell.

— Tu veux que je t'accompagne ? proposa Boyd.

— Non. Toi tu continues à éplucher les informations sur Maeve Phillips. Fais circuler sa photo dans les médias et vois ce que donne l'analyse de son ordinateur. Replonge-toi dans les auditions du meurtre. Vois si tu peux trouver quelque chose qui m'aurait échappé. Prends de quoi déjeuner. Je serai de retour dans moins d'une heure.

Kirby l'arrêta à l'embrasure de la porte.

— J'ai appelé la société de sécurité que Bob Weir emploie pour effectuer des contrôles nocturnes lorsque son chantier est fermé.

— Et ? Lottie mit son sac à l'épaule.

— Ils ne font qu'un passage une nuit sur deux. D'après leurs registres, il n'y a rien à signaler.

— Très bien. Donc quiconque est au courant des nuits où la camionnette ne patrouille pas, a le champ libre pour faire ce qu'il veut ?

— La fouille de la cour est terminée. Rien d'autre n'a été trouvé.

— Poursuivez avec la balistique sur l'impact dans le mur et voyez s'ils ont déjà quelque chose sur la balle de la fille morte.

— Ce sera fait.

Kirby se poussa pour permettre à Lottie de partir, qui sortit avant que quelqu'un d'autre n'arrête sa progression.

* * * * *

Montrant sa carte de police, elle demanda à voir Dan Russell. L'agent de sécurité la laissa passer par la porte principale et téléphona à Russell pour lui annoncer son arrivée.

Cette fois-ci, elle prit le temps de regarder ce qui l'entourait. Une place déserte, autrefois utilisée pour le transport de l'armée, était flanquée sur trois côtés de blocs d'hébergement et de bureaux de quatre étages. Une cuisine aux murs de verre longeait sa gauche. Elle semblait vide. À sa droite se trouvaient la chapelle et le gymnase. Adam lui avait raconté que deux hommes avaient été exécutés derrière la chapelle en 1921, les impacts de balles dans le mur rappelant une période volcanique de l'histoire irlandaise. Elle espérait que c'était bien de l'histoire ancienne. Elle n'avait pas envie d'y trouver des impacts de balles récents. Cette pensée la ramena brusquement au présent et à la scène de la cour de Weir. En regardant autour d'elle, un sentiment d'inquiétude s'installa dans sa poitrine. Qu'est-ce qui lui échappait ?

Elle entra dans le bloc A, monta les escaliers en bois et frappa à la porte de Russell.

— Inspectrice Parker. Que puis-je faire pour vous ?

Russell la fit entrer et lui sourit.

Trop gentil pour être sincère, pensa Lottie. Elle devait être prudente.

— M. Russell…

— Appelez-moi Dan, l'interrompit-il. Et asseyez-vous, s'il vous plaît.

Elle le dévisagea, se demandant ce qu'il pouvait bien mijoter. Puis, elle s'assit en face de lui.

— J'ai bien peur d'avoir fait chou blanc avec la photo de la jeune fille morte. Elle n'est pas d'ici. Je suis désolé de ne pas pouvoir vous aider.

Sa déclaration ne la surprit pas, mais ce changement d'attitude, oui. Il s'excusait, vraiment.

— Et l'autre fille dont nous avons parlé, Mimoza ? Quelqu'un la connaît ? demanda-t-elle.

— Rien à signaler non plus, je suis désolé.

Lottie insista une dernière fois.

— Et cette fille ? La reconnaissez-vous ?

Elle posa la photo de Maeve Phillips sur son bureau. Ce n'était pas gagné, mais cela valait la peine d'essayer.

Il y jeta un coup d'œil.

— Non. Le devrais-je? Est-elle morte elle aussi?

— J'espère que non.

Repensant à la vérification des antécédents qu'ils avaient effectuée, elle décida d'aller droit au but.

— Vous avez quitté l'armée en 2010. J'aurais pensé qu'après avoir atteint le rang de commandant, vous auriez cherché à atteindre les échelons supérieurs de l'armée. Pourquoi êtes-vous parti?

Il se leva, contourna le bureau et s'assit sur le bord, à quelques centimètres d'elle. Elle ne bougea pas.

Se penchant vers elle, il lui murmura:

— Qu'est-ce que ça peut bien vous faire?

Il était si près d'elle qu'elle pouvait sentir son bain de bouche à la menthe.

— J'ai juste trouvé ça étonnant.

— Vous avez consulté mon CV?

— Simple curiosité.

Elle soutint son regard, indifférente à ses yeux inquisiteurs. Pourquoi êtes-vous parti?

— J'en avais assez de la vie militaire. J'avais envie de nouvelles aventures. Alors j'ai créé ma société, *Woodlake Facilities Management,* et j'ai décroché ce travail.

— Vous n'avez pas effectué d'autres missions à l'étranger après le Kosovo. Pourquoi ?

— Pourquoi cela vous intéresse-t-il ?

— Je me demandais juste.

— En parlant du Kosovo, votre nom, Parker, ça me dit quelque chose.

— Mon défunt mari y a servi à la fin des années 1990. Vous l'avez peut-être rencontré.

Soudain, Lottie se surprit de vouloir entendre parler d'Adam, malgré ses réticences à l'égard de Russell.

— J'ai rencontré beaucoup de militaires au cours de mes voyages, vous savez.

Il se leva et se dirigea vers le mur de photos, passant de l'une à l'autre. Elle savait qu'il ne les regardait pas vraiment. Il était en train de réfléchir à ce qu'il voulait lui dire. Le salaud.

Il se retourna et se tint droit, les pieds bien ancrés.

— J'ai quitté l'armée depuis un moment. Mais maintenant que j'y pense, je me souviens de lui. Grand, bien bâti. Un bon soldat.

— C'était un soldat brillant, confirma Lottie.

— Oh oui, je pourrais vous dire une ou deux choses sur lui. Peut-être pourrions-nous discuter autour d'un café ? Un dîner peut-être ?

— Vous plaisantez ! dit Lottie, surprise.

— Pas le moins du monde. Je suis très sérieux. Je pense que vous devriez dîner avec moi.

Son intonation sonnait comme une menace.

— Je mange très peu.

D'où lui venait cette réponse ? Elle-même en fut surprise.

— Est-ce que je vous mets mal à l'aise ? demanda Russell tout en retournant s'asseoir à son bureau.

— Pas du tout. *Mais vous jouez à des jeux stupides avec moi*, pensa-t-elle. Pourquoi ne répondez-vous pas à mes questions et ne me parlez-vous pas d'Adam ?

— Je n'ai aucun problème à répondre à vos questions, dit-il en souriant. Je vous l'ai dit, je ne connais pas la fille morte et je ne connais aucune Mimoza. Je suis déçu que vous ayez décliné mon invitation à dîner, mais je dois poursuivre mon travail. Autre chose ?

— En fait, oui. Avez-vous un interprète qui travaille ici ?

— Oui, nous en avons un. George O'Hara. Un jeune homme très talentueux.

— Il est attaché à l'Institut Athlone ?

— Non, il est indépendant.

— Vraiment ? Merde.

Elle voulait avoir l'occasion de parler à quelqu'un qui n'était pas employé par Russell.

— C'est beaucoup moins cher.

— J'aimerais le rencontrer.

— Pourquoi voulez-vous faire ça?

— J'ai peut-être du travail pour lui. J'ai le temps de le rencontrer maintenant s'il est dans le coin.

Russell plia les doigts et la regarda.

— Ah. Malheureusement, il ne sera pas là avant vendredi.

— Je le rappellerai à ce moment-là, alors.

Cela pourrait valoir la peine de rencontrer ce George O'Hara. Peut-être obtiendrait-elle plus de résultats avec lui qu'avec Russel.

Ce dernier se mordillait l'intérieur de la lèvre avec un air fourbe et sournois. C'est ainsi qu'elle le décrirait si on le lui demandait. Ou alors, elle se faisait des idées. Peut-être la chaleur lui montait-elle à la tête.

En ouvrant la porte, elle se retourna:

— S'il se passe quelque chose d'illégal ici, je vous garantis que je finirai par le découvrir.

Russell se mit à rire et Lottie nota combien cette réaction pourrait effrayer quelqu'un qui ne se doutait de rien. Mais pas elle. Tout chez lui sonnait faux. Ce rire ne faisait que renforcer sa certitude: il cachait quelque chose.

Une fois dehors, elle comprit ce qui l'avait mis mal à l'aise depuis son arrivée. L'endroit était désert. Pas d'enfants qui couraient. Aucune femme. Rien que le silence.

Elle franchit la grille de sortie avec détermination et reprit le chemin du commissariat. Au pont du canal, elle jeta un coup d'œil vers le bas et réprima une envie ridicule de marcher pieds nus dans les pétales de fleurs de cerisier qui recouvraient le sentier d'un tapis rose pâle. Elle avait envie de se débarrasser de la sensation de malaise qu'elle avait ressentie à la caserne. Russell avait-il insinué qu'il y avait quelque chose qu'elle devait savoir au sujet d'Adam ?

De l'autre côté du bloc, dissimulé dans l'ombre, un homme observait. Il se courba et tapota la tête du chien pour qu'il se tienne tranquille.

La détective allait être un problème. Mais pas s'il agissait vite. Il devait juste accélérer son travail et il s'en sortirait. Mais à partir de maintenant, il allait falloir la surveiller de très près.

Chapitre 26

Trois ans plus tôt, Jackie Boyd avait quitté la vie du sergent détective Mark Boyd. Ses talons aiguilles claquaient sur le sol tandis qu'elle franchissait la porte d'entrée, ses longs cheveux noirs se balançant derrière elle avec détermination.

Et maintenant, il la regardait, bouche bée, s'engouffrer dans *Books and Things*. Elle n'avait jamais lu un livre de sa vie. Elle n'avait rien fait d'autre que de se plaindre de tout ce qui passait dans son champ de vision. Elle était belle, non pas d'une manière discrète, mais d'une beauté extravagante. Et il avait été un tel imbécile qu'il n'avait pas été capable de la retenir.

Elle avait aimé l'excitation et le danger et il supposait que c'était pour cela qu'elle avait filé en Espagne avec son amant : Jamie McNally, soupçonné de trafic de drogue et de Dieu sait quoi encore. « Tu es tellement ennuyeux », avait-elle dit lors d'une de leurs disputes avant son départ. Et elle avait probablement raison. Mais il l'avait aimée et avait fait ce qu'il pouvait avec le peu qu'il avait, poussant ses économies jusqu'à leur limite pour un mariage dans le putain de château d'Ashford. Le mariage avait coûté si cher qu'ils n'avaient pas pu se permettre d'acheter une maison par la suite. Son deux-pièces n'était pas suffisant pour Jackie. Elle avait passé la plupart de ses week-ends à Dublin à faire la fête avec ses amis, pendant qu'il restait seul à Ragmullin… jusqu'à ce qu'elle parte sans se retourner avec ce « McNally Face-de-rat ».

Boyd avait gardé cette rupture secrète pendant un certain temps, mais Ragmullin, malgré sa taille, était encore assez petite pour qu'on ne puisse pas passer discrètement du statut de marié à celui de célibataire. Humilié et ridiculisé, avec une menace d'envergure sur ce scandale, il avait compté sur le soutien de ses proches collègues de travail. Il y avait eu une enquête sur son association supposée avec McNally, mais rien n'avait été prouvée. Ce n'était pas lui qui avait fréquenté un criminel. Extérieurement, il accepta les gifles sur ses épaules, intérieurement, il tenta de reléguer Jackie dans son passé. Extérioriser sa colère sur son vélo, en pédalant comme un fou, ne l'aidait pas à se sentir mieux, mais cela atténuait le vide dans son cœur. Un vide dans lequel il avait tenté, en vain, d'attirer Lottie Parker. Mais elle l'avait enjambé comme une flaque d'eau après la pluie et avait dansé autour du bord, se mouillant parfois un peu les pieds, mais ne sautant jamais à pieds joints.

Et maintenant Jackie était là. De retour. Cheveux coupés si courts que son cou ressemblait à celui d'un cygne. Il s'arrêta net. Pourquoi était-elle revenue à Ragmullin ? Et surtout… où était passé McNally ?

Il la regarda sortir du magasin, ouvrir un paquet de cigarettes, laissant la cellophane s'envoler dans la brise légère. D'un geste nerveux, elle alluma une cigarette et inspira profondément. Elle descendit la rue et tourna à droite, en direction de l'hôtel Brook. Boyd ne put s'empêcher de la suivre, incapable de résister.

Dans le salon de l'hôtel, il la vit assise dans une alcôve. Appuyé contre un pilier, il l'observa à distance. *Elle avait dû passer les dernières années au soleil*, pensa-t-il. Elle avait changé. Elle avait beaucoup changé. Sa peau ressemblait à un vieux sac à main en cuir brun et ses yeux semblaient ternes et sans vie. Mais elle avait gardé une silhouette parfaite.

Elle leva les yeux et leurs regards se croisèrent. Pas de sourire. Boyd pensa faire demi-tour, mais ne le fit pas. Il monta les marches en bois, veillant à ne pas glisser, et s'assit sur un tabouret en face d'elle.

— Bonjour, Marcus.

Boyd grimaça. Jackie ne l'avait jamais appelé Mark, son prénom de naissance. C'était trop commun, avait-elle dit, avant de le rebaptiser « Marcus ». Il détestait ce nom.

— C'est Boyd pour tout le monde maintenant, dit-il. Comment vas-tu, Jackie ?

— Je vais bien, dit-elle en posant le menu sur la table.

Il remarqua que ses doigts s'agitaient. En manque de nicotine ou simplement nerveuse ?

— Qu'est-ce qui te ramène à Ragmullin ? Si tu m'avais prévenu, je t'aurais déroulé le tapis rouge.

— Le sarcasme ne t'a jamais convenu.

Boyd mit un chewing-gum dans sa bouche et mâcha bruyamment.

— Alors, tu vas me le dire ?

— Rien à voir avec toi, si tu veux tout savoir.

La serveuse arriva avec un bloc-notes.

— Juste un café, dit Jackie. Quelque chose m'a coupé l'appétit.

— Rien pour moi, dit Boyd.

Il se pencha en arrière et se souvint juste à temps qu'il était assis sur un tabouret. Ses genoux lui faisaient mal. Pouvait-il se risquer à s'asseoir sur le siège à côté d'elle ? Pas question. Il devrait peut-être se tirer d'ici, loin de sa future ex-femme.

Il dit ironiquement :

— Il fait trop chaud pour vous en Espagne?

— Qu'en penses-tu, sergent détective Boyd? Un de mes amis m'a dit que tu n'avais pas été promu inspecteur. J'en suis désolé. Ta réputation a-t-elle été entachée par mes indiscrétions?

Elle croisa lentement ses longues jambes, sa robe légère glissant sur sa cuisse. Inutile de répondre à cette provocation. Un sourire se dessina sur son visage. Elle savait comment le blesser, appuyer là où ça fait mal.

Boyd secoua la tête.

— Alors, tu as laissé McNally sur un transat quelque part?, demanda-t-il.

— Tu poses toujours autant de questions? Je ne suis toujours pas obligée d'y répondre. À moins que tu ne veuilles m'arrêter?

— Tu aurais dû rester sous le rocher où il t'a entraînée. Je n'ai pas besoin de te voir ici.

— C'était un pays libre, la dernière fois que j'ai vérifié.

— Je ferais mieux d'y aller.

Il se leva.

— Je ne t'ai pas invité.

— Reste en dehors de mes affaires.

Il s'éloigna avant que sa rage, gonflée comme de la lave, ne déborde en quelque chose qu'il regretterait plus tard.

— Marcus ?

Il s'arrêta sur la dernière marche de l'alcôve.

— Restes en dehors de mon chemin, toi aussi.

— Garde McNally hors de ma vue, lui répondit-il, et tu n'entendras pas parler de moi.

Il quitta l'hôtel et se dirigea vers le Cafferty's Bar. Il avait besoin d'une pinte avant d'affronter Lottie.

Jackie Boyd savait qu'elle avait pris un risque en revenant à Ragmullin. Mais elle avait voulu venir et, après beaucoup de cajoleries et quelques compromis au lit qu'elle aurait préféré éviter, Jamie avait fini par céder. Elle savait qu'il y avait de fortes chances qu'elle rencontre Marcus et, quelque part dans son subconscient, elle avait pensé qu'il pourrait être en mesure de l'aider. Ses pensées furent interrompues par l'arrivée de Jamie devant elle.

— C'est le sergent détective Boyd que j'ai vu partir comme Batman ? se moqua-t-il.

— Il est sorti de nulle part, dit-elle en prenant la tasse de café des mains de la serveuse qui s'était posée à ses côtés.

— J'espère que vous n'avez pas fait de bêtises dans mon dos.

— Je n'y peux rien si des gens que j'ai connus me tombent dessus.

Elle sut qu'elle en avait trop dit à la seconde où les mots quittèrent ses lèvres.

— Tu lui as parlé là ?

— Il m'a dit bonjour. Je lui ai dit d'aller se faire voir. Il est parti.

Elle espérait que Jamie la croirait. Elle ne voulait pas de dispute. Pas ici. Pas en public.

— Alors, comment ça s'est passé ? dit-elle rapidement, pour changer de sujet.

— J'appellerai la maison plus tard. Je vais voir si je peux trouver quelque chose. Si tu as terminé, allons-y. Je ne veux pas qu'on me voie ici.

Elle se demanda pourquoi il était sorti dans un lieu public s'il ne voulait pas être vu. Mais ce n'était ni le moment, ni l'endroit. Elle déposa la somme exacte sur la table, jeta un dernier regard au café à peine entamé et se leva.

Jamie la serra contre lui avec force et la guida vers la sortie.

— Approche-toi encore une seule fois de ton ex et tu auras affaire à moi. Compris ?

Puis, il lui mordit doucement le lobe de l'oreille. Un geste intime, mais empreint de menace.

— Bien s-sûr, Jamie, bégaya-t-elle. Bien sûr.

Chapitre 27

Lottie leva les yeux lorsque Boyd se glissa dans le bureau peu après quinze heures.

— Déjeuner liquide? demanda-t-elle, le ton moqueur.

— Laisse tomber. Pour une fois, grogna-t-il.

— Qu'est-ce qui t'arrive?

Elle remarqua qu'il avait l'air inhabituellement débraillé, sa chemise en coton était trempée de transpiration.

— Je t'ai dit de laisser tomber.

— Comme tu veux.

Elle savait bien qu'il était impossible d'atteindre Boyd lorsqu'il était dans cet état.

Parcourant ses notes sur Maeve Phillips, elle envisagea de confier le dossier à une autre équipe afin d'améliorer son profil. Elle avait déjà beaucoup à faire sur son bureau. Elle n'était pas près de découvrir l'identité de la jeune fille assassinée, il n'y avait aucun résultat dans la cour de Weir, aucun signe de Mimoza et de son fils. Mais elle ne pouvait pas ignorer le fait qu'une jeune fille avait disparu.

— Tu ne bois jamais à l'heure du déjeuner d'habitude.

Elle ne put s'en empêcher. Boyd se comportait tellement différemment qu'il en était presque quelqu'un d'autre.

Il soupira et finit par lâcher :

— Jackie est de retour.

Alors, c'était ça. Si quelqu'un pouvait pousser Boyd à boire, c'était bien Jackie. Pourquoi n'avait-il pas divorcé ? Il devait encore avoir des sentiments pour elle. Si elle avait été Boyd, ce serait un couteau, pas une étincelle. Mais elle ne l'était pas, et Boyd avait le cœur tendre. *Merde*, pensa-t-elle, j'aurais dû le prévenir à propos de McNally. Maintenant, elle se sentait vraiment mal.

— Tu l'as vue ?

— Je l'ai rencontrée, en fait.

— Qu'est-ce que ça veut dire ? Son amant était-il avec elle ? demanda-t-elle sans réfléchir.

Kirby n'avait toujours pas trouvé de trace de Jamie McNally. Boyd pourrait peut-être obtenir des informations sur l'endroit où se trouve le criminel par l'intermédiaire de Jackie.

— Attends un peu. Tu savais que McNally était de retour ? dit-il.

— Je suis désolée... Je ne voulais pas te le dire avant d'en être sûre. Le commissaire Corrigan avait appris qu'il était rentré en Irlande mercredi dernier. Kirby essaie de le localiser. Jusqu'à présent, il n'a rien trouvé.

Merde, elle en faisait des tonnes.

— Alors... tu ne sais pas si McNally est avec elle ?

— Pour être honnête, Lottie, je ne sais pas et j'en ai rien à foutre.

— Foutaises !

— Ah, laisse-moi tranquille. Je ne veux pas revenir là-dessus.

— Pourquoi? Ne fais pas l'imbécile. Il y a trois ans, Jackie t'a brisé le cœur et a failli te faire perdre ton travail.

— Je n'ai pas pu lui donner ce qu'elle voulait. C'est de ma faute.

— Oui, pour l'avoir épousée en premier lieu.

— C'était mon choix.

— Et tu as toujours le choix. Ne t'approche pas d'elle.

— Lottie?

— Oui?

— Occupe-toi de tes affaires.

— D'accord.

Lottie céda. Pour l'instant. Elle aurait peut-être dû prévenir Boyd du retour de McNally. Mauvais jugement de sa part? Non, elle avait essayé de le protéger.

— Pourrais-tu m'indiquer où nous pourrions obtenir une liste des résidents de l'établissement de Dan Russell? demanda-t-elle.

Elle savait que Boyd allait avoir besoin d'être occupé par une tâche prenante pour ne pas se laisser sombrer.

— Je vais voir avec le ministère de la Justice. Mais si l'établissement est externalisé, je ne suis pas sûr qu'ils puissent nous aider.

— Essaye quand même.

Avec un soupir, Boyd acquiesça.

— Ils ont un traducteur indépendant au centre de prise en charge directe. George O'Hara… commence-t-elle.

— N'y pense même pas.

— D'accord, céda Lottie. À propos de la robe que nous avons trouvée dans la chambre de Maeve Phillips, ajouta-t-elle. D'après le code barre, Lynch a découvert qu'elle n'était disponible qu'en ligne. Elle est en train de vérifier auprès de la société. Avec un peu de chance, nous pourrons retracer la transaction.

Boyd se redressa.

— Nous n'arriverons jamais à la tracer.

— Sois optimiste, veux-tu. Il y a suffisamment de pessimistes dans le coin pour que tu n'en deviennes pas un, dit-elle tout en tapant d'un coup ferme sur son bureau.

— J'ai quelque chose !

Maria Lynch les interrompit en tirant une page de l'imprimante. La robe a été achetée chez Dinkydress le 1er avril. Payée par carte de crédit. Ils ne disent pas à qui appartient la carte, mais elle a été livrée par coursier à Maeve Phillips, 251 Mellow Grove, le 5 avril.

— Elle a eu cette robe pendant plus d'un mois et ne l'a jamais portée. Je me demande pourquoi elle a été achetée. Des cartes de crédit à son nom ? demanda Lottie en lisant la page.

— Elle n'a même pas de compte en banque, dit Lynch.

— Quelqu'un l'a achetée pour elle. Peut-être un petit ami. Voyez si vous pouvez obtenir de la société qu'elle divulgue son nom.

— Comment?

— Inventez quelque chose. Je pense que celui qui a acheté cette robe pourrait être le mystérieux petit ami de Maeve. Si nous trouvons ce petit ami, nous pourrons trouver Maeve. Nous devons nous concentrer sur le meurtre de la femme retrouvée sous la rue.

— Je vais donc confier cette affaire de personne disparue à quelqu'un d'autre? demanda Lynch.

— Non. Nous devons en faire une priorité absolue. Il faut savoir si Maeve Phillips a un passeport, et je veux parler à son amie, Emily. Je dois être sûre que la disparition de Maeve n'est pas liée au meurtre.

— C'est peu probable, n'est-ce pas? dit Boyd.

— Touche du bois, dit Lottie.

— Tant qu'il ne s'agit pas d'un objet en bois surmonté d'une croix en laiton, dit Kirby, levant la tête de derrière une montagne de paperasse.

— C'était tout sauf drôle.

Lottie se passa la main dans les cheveux et se demanda si Kirby n'avait pas raison.

Emily Coyne était bavarde et pleine de vie. Lottie la rencontra à l'hôtel Parkway, où elle travaillait l'après-midi, après l'école.

S'asseyant sur une chaise en face des deux détectives, les yeux d'Emily pétillaient d'excitation à travers des lunettes à monture rose. Les reflets auburn de ses cheveux bouclés scintillaient chaque fois qu'elle tournait la tête, ce qui était fréquent.

— Merci d'accepter de nous parler, dit Lottie.

La jeune fille la dévisagea.

— Oh, Mme Parker. Je vous ai à peine reconnue. Comment va Chloé ?

Lottie tenta tant bien que mal de cacher sa surprise. Chloé devait être à l'école avec elle. Est-ce qu'elles se connaissaient bien ?

— Elle va bien, merci.

— Cool, dit Emily, tout en souriant.

— Nous nous inquiétons pour ton amie, Maeve Phillips.

— Maeve ? Pourquoi ? Qu'est-ce qu'elle a fait ?

Cette fois-ci, Emily ne bougeait plus et elle se crispa en une moue silencieuse.

— Rien de grave, j'espère.

— Nous essayons simplement de la localiser, dit Lottie. Tu saurais où elle pourrait se trouver ?

Emily gonfla ses joues et écarquilla les yeux.

— Chez elle ?

— Elle n'y est pas. Penses-tu qu'elle pourrait être avec son père ?

— Cette blague ! Elle le déteste.

Lottie digéra cette information un instant, puis demanda :

— Quand as-tu vu Maeve pour la dernière fois ?

Emily agita ses mains vernies, visiblement peu habituée à rester concentrée.

— Voyons voir… Vendredi dernier à l'école.

— Elle n'est pas restée chez toi pendant le week-end ?

— Non. Elle était tout excitée. Je crois qu'elle a un petit ami. Elle a dit qu'elle me verrait lundi pour me raconter tous les potins. Mais elle n'est pas venue à l'école cette semaine. Oh, merde. J'espère qu'elle va bien…

— Est-ce que c'est inhabituel pour elle de manquer l'école ? demanda doucement Lottie.

Emily se mit à baisser la tête, honteuse.

— Oui, c'est vrai. J'aurais dû m'inquiéter davantage pour elle, mais j'ai été tellement occupée à réviser, à travailler ici et tout le reste… Maeve manque rarement l'école, ce qui est étrange quand on sait que sa mère est… Elle s'interrompit. Je ne veux pas manquer de respect à sa mère, mais elle boit beaucoup.

— Je le sais, répondit Lottie calmement.

— J'ai essayé d'appeler Maeve. J'ai envoyé des textos et j'ai utilisé Snapchat, mais je n'ai eu aucune réponse. Je ne m'inquiétais pas pour elle, pourtant. Aurais-je dû ? Pensez-vous qu'elle va bien ?

Ignorant les questions de la jeune fille, Lottie demanda :

— Sais-tu quelque chose sur le petit ami de Maeve ?

— Elle a seulement laissé entendre qu'elle voyait quelqu'un. Elle n'a jamais mentionné de nom ou quoi que ce soit d'autre. J'ai demandé, mais elle n'a pas voulu me le dire.

— Et tu es sûre qu'elle n'a pas pris contact avec toi depuis vendredi ?

Lottie avait espéré que Maeve était restée avec Emily, ou au moins qu'elle lui avait dit où elle allait.

— Je ne l'ai vue que brièvement. Nous sommes en AT ensemble, mais la classe se sépare le vendredi pour notre projet.

— AT ? demanda Boyd.

— Année de transition, expliqua Lottie. Après avoir obtenu leurs certificats juniors, les élèves ont le choix de prendre une année supplémentaire pour leurs projets. Elle se tourna à nouveau vers Emily. Quel genre de projet mènes-tu ?

— Aider les gens à mieux comprendre les langues. Des choses ennuyeuses, en fait.

— Et Maeve fait ça aussi ?

— Oui et elle était tout excitée vendredi. Comme je l'ai dit, je ne sais pas pourquoi.

— Donc vous ne l'avez pas vue après ça?

— Non. Vous m'inquiétez maintenant. Où pensez-vous qu'elle soit?

L'inquiétude semblait vraiment perturber Emily.

— Je pensais que tu le saurais... Malheureusement, ce n'est pas le cas, lâcha Lottie avant de se lever pour partir.

— Attendez.

Emily tira sur son sac. Lottie reprit sa place.

— Maeve était souvent en ligne. Tinder et Facebook. Snapchat et Twitter aussi. Plus que n'importe laquelle d'entre nous. Je pense qu'elle a pu rencontrer son copain de cette façon.

— D'accord, dit Lottie. Si tu penses à autre chose, contacte-moi. Elle lui tendit sa carte.

— D'acc'. Je me renseignerai aussi. Je peux être un vrai détective privé, vous savez.

— Emily, c'est nous qui faisons l'enquête. Mais si tu entends quoi que ce soit, appelle-moi ou envoie-moi un message.

— C'est vous le patron. Mme Parker?

Lottie s'arrêta.

— Oui?

— Vous devriez demander à Chloé ce qu'elle pense de Maeve. Elles sont aussi amies.

* * * * *

— Je conduis, dit Lottie en arrivant à la voiture.

— Je suis d'accord, dit Boyd tout en grimpant du côté passager.

— Je dirais que tu as dépassé la limite.

— Oh, j'ai largement dépassé la limite… il y a trois ans.

— Je ne parle pas de Jackie.

— Moi non plus.

Lottie déverrouilla la voiture et monta.

— Boyd, je suis très inquiète.

— Je me sens mal. J'espère que je ne vais pas attraper la grippe, se plaignit-il.

Boyd boucla sa ceinture de sécurité.

— Grandis un peu, lança-t-elle tout en faisant démarrer la voiture. C'est à cause des pintes que tu as bues à midi et de la chaleur. Et d'avoir revu Jackie probablement.

— J'en suis convaincue maintenant que Maeve a disparu. Je ne sais pas encore si c'est volontaire ou pas, mais je vais devoir mettre en place une équipe pour mener cette enquête. Même si celle sur le meurtre est en cours, nous devons faire en sorte que cette affaire soit très médiatisée.

— Elle doit être avec son petit ami. Pas besoin de paniquer, dit Boyd, la voix pâteuse.

— Elle l'aurait dit à sa meilleure amie, Emily.

— Les adolescents se serrent les coudes, se disent tout. Si Emily ne sait pas où est Maeve, alors personne ne le sait.

— Et Chloé? demanda-t-il, l'air un peu plus alerte.

— Je lui parlerai ce soir, mais elle est une classe en dessous de Maeva, donc elle ne sait peut-être pas grand-chose sur elle.

Boyd secoua la tête.

— Tu penses que Maeve a été enlevée, n'est-ce pas? Allez, Lottie. Ne tire pas de conclusions hâtives. Les preuves indiquent que la jeune fille s'est enfuie.

— S'enfuir avec quoi? Tu as vu sa maison. Ils n'ont rien. Pas un centime, même pas une valise.

— Elle a un père criminel qui est plus que probablement blindé et tu paniques parce que tu n'as pas fait ce qu'il fallait quand Jason Rickard a disparu.

Lottie freina brusquement. Heureusement, il n'y avait personne derrière elle. Elle manœuvra rapidement la voiture pour s'engager sur la bande d'arrêt d'urgence en face de l'ancienne usine de tabac. En se retournant, elle lança un regard cinglant à Boyd.

— Ça, c'est en dessous de la ceinture. Bien en dessous.

Boyd détourna le regard, vraiment penaud.

— Merde, je suis désolé. C'était con de ma part.

Un silence s'installa entre eux.

— Mais en toute honnêteté, tu ne crois pas que c'est un peu vrai ?

— Va te faire foutre, Boyd.

Serrant les dents, elle appuya sur l'accélérateur, s'engagea sur la voie sans jeter un coup d'œil dans le rétroviseur et ramena la voiture en trombe jusqu'au commissariat.

Elle en voulait à Boyd parce qu'elle savait qu'il avait raison.

* * * * *

Lottie appela Jane Dore, mais la médecin légiste n'avait toujours pas reçu de nouvelles de la balistique concernant la balle retrouvée dans la victime.

— Vous nous devez encore des faveurs ? demanda Lottie.

— J'ai déjà épuisé tous mes jokers la dernière fois quand j'ai fait passer l'échantillon d'ADN en tête de liste pour vous, répondit Jane. Vous n'avez toujours pas d'identification ?

— Non. Nous avons également une jeune fille disparue, mais je suis presque sûre que ce n'est pas elle. Je vais vous envoyer sa photo par e-mail, juste pour que vous puissiez l'exclure.

— D'accord, envoyez-la moi.

— Pensez-vous que notre victime ait pu être tuée dans le dépôt du démonteur de voitures ? demanda Lottie.

— Je suis en train de faire des analyses de sang, dit Jane. Et j'ai trouvé un morceau de mousse sous un ongle.

— De la mousse ? Mais elle a été enterrée dans de l'argile et de la terre.

— Je suis en train de la faire analyser.

— Faites-moi savoir dès que vous aurez les résultats.

— Je le ferai.

— De la mousse…, répéta Lottie en mettant fin à l'appel.

Elle avait mal à la tête. En regardant autour d'elle, elle remarqua qu'il ne restait désormais plus qu'elle dans le bureau.

Chapitre 28

Lottie avait laissé Boyd descendre devant le commissariat pendant qu'elle se garait derrière le bâtiment. Il avait repéré Kirby, qui était sur les marches en train de fumer une cigarette, et l'avait emmené dans la rue jusqu'au Cafferty's. Le pub était encore calme à dix-sept heures trente.

— Ne fais pas attention à la patronne. Elle se fout de la gueule de tout le monde, dit Kirby.

— Ce n'est pas ça, répondit Boyd. Jackie est de retour.

Kirby détourna les yeux.

— C'est vraiment tout ce qu'il te manquait. Raconte-moi.

Kirby sirota sa Guinness.

— Écoute, Boyd, j'ai su que ton ex-femme avait des problèmes la première fois qu'elle m'a montré ses seins.

— Elle est toujours ma femme, techniquement, corrigea Boyd. Et au diable cette eau gazeuse ! Eh, Darren. Mets-moi une pinte.

Le barman s'appliqua à tirer une Guinness parfaite.

— Tu es complètement aveugle à tout ce qui est dangereux et criminel quand la belle Jackie est dans ton entourage, reprit Kirby.

— Jouer au philosophe ne fonctionne pas avec moi.

— Tu sais que McNally est de retour en ville ?

— Je le sais maintenant, mais je n'ai vu aucun signe de lui et je n'ai pas traîné pour entendre son histoire. Non pas qu'elle ait eu l'intention de me raconter quoi que ce soit, d'ailleurs.

— Ça t'a fait bizarre de revoir Jackie après tout ce temps ? Kirby termina sa pinte en trois gorgées et fit signe pour en commander une autre.

— Bizarre ? Boyd réfléchit un instant. C'est une façon de le dire après trois ans. Je dirais plutôt : effrayant.

— Tu n'as pas peur de « McNally Face-de-rat », n'est-ce pas ?

— J'ai plutôt peur de ce qu'il est en train de faire à Ragmullin. Les ennuis lui collent à la peau.

— Nous devons contacter Europol et voir s'ils peuvent nous dire ce qu'ils ont sur lui.

— Nous ne sommes pas la CIA, Kirby.

— Hum, grogna Kirby.

— Je ne suis même pas sûr que Jackie soit encore avec lui.

— Dans tes rêves, non ?

Darren, le barman, arriva avec la pinte. Pendant que Boyd comptait l'argent, Kirby prit le verre et commença à boire.

— Je vous en prépare une autre en deux temps trois mouvements, dit Darren avec un clin d'œil.

— Tu es un salaud gourmand, Kirby. De toute façon, dit Boyd, je ne veux pas parler de Jackie.

— Je n'y vois pas d'inconvénient. Mais tu aimerais bien te frotter à elle à nouveau, n'est-ce pas?

Le barman arrive avec la deuxième pinte.

Boyd dit:

— Tais-toi et qu'on aille tous se faire foutre!

— Je bois à ça, répondit Kirby en levant son verre pour trinquer.

Chapitre 29

Chloé était allongée sur son lit, un casque rouge vif vissé sur ses oreilles, toujours vêtue de son uniforme. Elle scrollait sur son téléphone.

— Je peux te parler? demanda Lottie en entrant dans la chambre. Elle s'assit sur le bord du lit. Chloé se leva d'un bond, baissa son casque autour de son cou et glissa le téléphone sous son oreiller. Lottie interpréta ce geste comme un «oui».

— Comment ça va? Tu n'as pas l'air bien. Qu'est-ce qu'il se passe?

— Des trucs. Tu ne peux pas comprendre.

— Je m'inquiète pour toi, essaie de m'expliquer, au moins.

— Non, laisse tomber. Qu'est-ce que tu veux?

Lottie soupira, puis demanda:

— Est-ce que tu connais Maeve Phillips?

— Et si c'est le cas?

— Chloé, s'il te plaît, fais-moi une faveur et réponds simplement à la question.

— D'accord, inspectrice. Oui, je la connais.

— Une idée de l'endroit où elle aurait pu s'enfuir?

— Non. Elle a fugué ?

— J'ai eu l'impression qu'elle n'était pas le genre de fille à fuguer, comme tu dis.

— Maeve est une reine du drame, toujours en quête d'attention.

Lottie connaissait deux autres reines du drame, qui vivaient toutes les deux chez elle.

— Il n'est donc pas inhabituel qu'elle disparaisse, n'est-ce pas ?

— Elle a des amis à Dublin. Parfois, elle y va en train. Elle en a marre de s'occuper de sa mère alcoolique, c'est ce qu'elle dit en tout cas.

— On ne l'a pas vue depuis vendredi dernier, dit Lottie.

— Je ne crois pas qu'elle soit déjà partie aussi longtemps. D'habitude, elle partait un jour ou deux.

— Emily Coyne pense qu'elle a un petit ami, rencontré en ligne. Tu sais quelque chose à ce sujet ?

Chloé hésita. Juste une fraction de seconde que Lottie saisit.

— Emily est une idiote. Je ne suis pas la meilleure amie de Maeve ni la sienne. Elles ont un an de plus que moi.

— Je sais. Alors, comment vous connaissez-vous ?'

— On traîne parfois… en ligne.

— Facebook ?

Encore une hésitation, puis :

— Oui.

Lottie eut l'impression que Chloé était volontairement évasive.

— Si elle avait voulu quitter la maison, penses-tu qu'elle serait allée voir ses amis à Dublin ?

— J'ai dit que je ne savais pas.

Lottie se leva, se dirigea vers la porte et regarda à nouveau sa fille. Quand l'avait-elle perdue ? Chloé avait l'habitude d'être l'enfant sur laquelle elle pouvait compter, l'enfant raisonnable. La vie dans la maison des Parker était-elle devenue trop dure pour l'adolescente ? Son humeur s'était nettement modifiée ces derniers temps. Depuis l'arrêt de Lottie ? À la maison toute la journée, elle devenait folle et rendait ses enfants tout aussi fous ? Mais elle sentait que c'était lié aux événements qui s'étaient produits en janvier. Ou peut-être que cela remontait encore plus loin, à la mort d'Adam. Elle savait à quel point cela avait été dévastateur pour toute la famille. Mais elle avait pensé que Chloé s'en était mieux sortie que les autres. Peut-être s'était-elle aussi trompée sur ce point.

Chloé se mordit la lèvre pendant un moment, puis, comme si elle avait changé d'avis, elle dit :

— Je croyais que Maeve était censée rester avec Emily pour le week-end.

— Emily dit qu'elle n'est pas restée avec elle. Dis-moi, comment est Maeve ?

— Elle est bien, dit Chloé. Un peu solitaire. Avant que tu ne poses la question, elle ne prend pas de drogue ou quoi que ce soit d'autre.

— Son petit ami…

Chloé haussa les épaules.

— Elle est toujours en ligne. Elle a son téléphone collé à la main, même à l'école.

— Comme toi, alors. Lottie sourit. Nous allons vérifier son compte Facebook.

— Il n'y a plus rien de sacré, hein ? gémit Chloé.

— Et nous vérifierons tous les autres réseaux sociaux qu'elle pourrait utiliser.

— Fais ce que tu veux.

Chloé mit ses écouteurs sur ses oreilles.

— Je vais demander à mon équipe de sonder tous ses comptes en ligne, mais peut-être pourrais-tu jeter un coup d'œil et voir si tu remarques quelque chose d'inhabituel ou d'étrange qui pourrait nous échapper, à nous les vieux ?

Lottie sortit sur le palier, accompagnée par le bruit sourd de la musique des écouteurs.

— Ta chambre aurait bien besoin d'un bon coup d'aspirateur, dit-elle en jetant un coup d'œil en arrière.

Chloé ferma les yeux et lui fit signe de s'en aller.

* * * * *

Quand elle fut certaine que sa mère était descendue, Chloé ralluma son téléphone et chercha la page Facebook de Maeve. Aucune mise à jour. Elle ouvrit Twitter, consulta ses listes. Rien. Elle tapa le hashtag #cutforlife et fit défiler les publications. Aucun message de Maeve depuis vendredi dernier.

Étrange. Normalement, elle postait tous les jours, parfois toutes les minutes certains jours. Heureusement qu'elles n'avaient rien dit à la grande gueule d'Emily, parce qu'elle aurait tout raconté. Il y avait déjà assez de conflits dans sa vie sans que sa mère ne l'apprenne.

Elle expira bruyamment. La vie était une vraie saloperie. Elle détestait devoir garder des secrets. Pourquoi Maeve s'était-elle confiée à elle? Elle aurait dû partir faire ce qu'elle voulait faire sans y mêler Chloé.

La panique était de retour. Elle lui transperçait la poitrine. Elle retira son casque, le jeta sur l'oreiller et se redressa. Elle retroussa sa manche et fit glisser ses doigts sur le creux de son bras, sentant les croûtes qui cicatrisaient sur les anciennes coupures. Son ongle accrocha le bord d'une croûte fraîche, l'écartant de sa chair. Elle regarda une goutte de sang tomber et se former. Elle savait ce qu'elle devait faire.

D'un bond, elle descendit du lit, fouilla dans son sac à dos pour trouver sa trousse à crayons et s'assit sur le lit. Elle sortit un mouchoir en papier, soigneusement plié. À l'intérieur, l'objet tranchant brillait faiblement. Elle tendit l'oreille: rien. Elle n'avait pas besoin que Sean vienne fouiner. Il foncerait prévenir leur mère.

Il restait très peu de place sur son bras. Elle baissa son pantalon et tâta la peau douce à l'intérieur de sa cuisse. Elle était d'une blancheur virginale et lisse au toucher. Pressant la chair, elle abattit la lame d'un coup sec et précis. Alors que la douleur la transperçait, elle poussa un gémissement à peine audible entre ses lèvres serrées.

Elle savait que c'était mal. Mais l'instant d'après, elle se sentait mieux. Plus tard, elle ferait un post à ce sujet et, avec un peu de chance, il le verrait. Après tout, le hashtag était *son* idée.

Elle sentit une odeur de nourriture depuis la cuisine. Son estomac grogna. Elle savait qu'elle devait se nettoyer avant de manger, mais elle resta allongée sur le lit. Alors que le sang s'écoulait de la plaie, elle pensa à Maeve. Où était-elle partie ?

* * * * *

— C'est censé être quoi ? demanda Sean.

— Du sauté de poulet, dit Lottie.

— Où est le poulet ?

— Mange-le et tais-toi.

Katie avait l'air malade alors qu'elle piochait dans un enchevêtrement de nouilles concoctées à partir des restes des dernières courses de Lottie.

— Katie, tu pourrais faire les courses demain ? Je te laisserai de l'argent et une liste.

— D'accord, murmura Katie.

— Comment s'est passée l'école ? demanda Lottie à Sean.

— Très bien.

Parfois, les conversations dans sa maison lui rappelaient les interrogatoires de suspects qui choisissaient de ne pas faire de commentaires. *C'est juste une période difficile*, pensa-t-elle.

Une fois la vaisselle débarrassée, elle décida d'aller courir et peut-être de passer voir sa mère en chemin. Elle se rendit dans sa chambre et, après avoir enfilé sa tenue, elle se plaça en haut de l'escalier et écouta.

De grands cris émanaient de la chambre de Sean, qui se disputait avec ses amis en ligne à propos d'un match de football. Silence dans la chambre de Chloé. Lottie posa la main sur la poignée de sa porte, mais décida de laisser la jeune fille tranquille. Elle en avait assez dit pour ce soir.

Elle sortit de la maison et courut dans la chaleur de la soirée.

Lorsqu'elle arriva devant le domicile de sa mère, la sueur dégoulinait dans son dos, trempant son débardeur Nike. Haletante, elle s'appuya contre la haie bien taillée, hésitante. Devait-elle sonner ? Probablement pas.

Le moins que l'on puisse dire, c'est que sa relation avec sa mère était déjà bien entamée. Et d'une certaine manière, elle s'était encore détériorée depuis que le corps de son frère aîné assassiné avait été découvert, près de quarante ans après sa disparition. *N'avait-elle pas eu assez de tracas pour aujourd'hui ?* Elle se promit de voir sa mère demain.

Avant qu'elle ne puisse se détourner, la porte d'entrée s'ouvrit.

— Tu vas rester là toute la soirée ou tu entres ? lança sa mère.

Rose Fitzpatrick, avec ses cheveux argentés courts et impeccables, avait le don d'imposer le silence, même à une porte. Lottie s'éloigna de la haie.

— Je suis sortie faire un jogging. Je ferais mieux de continuer, sinon mes muscles vont se contracter.

Elle n'avait ni l'envie, ni l'énergie d'avoir une confrontation ce soir.

— Pour l'amour de Dieu, entre. C'est un ordre.

Lottie poussa un soupir, ouvrit le portail et remonta l'allée jusqu'au pavillon de sa maison de famille. Elle n'avait pas changé depuis plus de vingt ans qu'elle l'avait quittée pour épouser Adam. Elle se demandait souvent si elle ne s'était pas mariée pour échapper à sa mère. Elle traversa le hall et entra dans la cuisine fumante. Malgré l'heure tardive, l'odeur de nourriture persistait dans l'air.

Sa mère débrancha la bouilloire et l'approcha du robinet.

— Pas de thé pour moi. Je vais prendre un verre d'eau. Qu'y a-t-il dans la marmite ? demanda Lottie en tirant une chaise et en s'asseyant à la table.

— J'aide Mme Murtagh avec sa soupe populaire, répondit sa mère.

Lottie releva la tête, intriguée.

— Vraiment ? Je ne savais pas que vous étiez toujours en contact. Elle vit toujours à Mellow Grove ?

— Bien sûr qu'elle y vit. Pourquoi tu me poses cette question ?

— Je m'occupe d'une fille disparue à Mellow Grove. Je me demande si Mme Murtagh sait quelque chose.

— Elle sait tout sur tout le monde, mais son esprit est tellement dérangé que je ne suis pas sûre que tu puisses en tirer quelque chose d'intéressant.

— Tu lui demanderas ? Un renseignement de l'intérieur est toujours une bonne chose. Le nom de la jeune fille est Maeve Phillips. Sa mère s'appelle Tracy et son père Frank.

— Le criminel ?

— Lui-même.

— Il n'a pas été vu à Ragmullin depuis des années.

— Je sais.

— J'en parlerai à Mme Murtagh. Je te ferai savoir si j'apprends quelque chose.

Rose sourit, puis sa bouche s'affaissa.

— Tu m'en veux n'est-ce pas ? demanda-t-elle.

— T'en vouloir pour quoi ?

— Ce n'était pas ma faute, Lottie, peu importe la façon dont tu te représentes les choses. Ton frère Eddie a toujours été difficile. Après que ton père… a fait ce qu'il a fait…

Le bruit de l'eau qui coulait du robinet dans la bouilloire étouffa ses derniers mots.

— Tu n'as aucune idée de ce que c'était. Vivre avec cette honte.

— Cette honte… comme tu dis, c'était mon père, murmura Lottie.

Elle se retint de pleurer, se leva, traversa la cuisine et éteignit la bouilloire.

— Je dois savoir ce qui l'a poussé à faire ça. Était-ce le travail ? Une affaire sur laquelle il travaillait, peut-être ? Qu'est-ce qui l'a poussé à mettre un pistolet sur sa tempe et à appuyer sur la gâchette ?

Elle pouvait presque voir le cerveau de sa mère s'agiter à ces mots. Lottie s'éloigna et s'assit, se prenant le visage dans les mains. La pièce se remplit d'un silence inquiétant jusqu'à ce que la bouilloire se remette à siffler.

— Il y a beaucoup de choses que tu ne sais pas et je pense qu'il est préférable pour nous tous que cela reste ainsi, dit Rose.

— De quoi parles-tu ? dit Lottie entre ses mains.

— De rien. Je garderai un œil sur mes petits-enfants pendant la journée et veillerai à ce qu'ils aient au moins un repas décent. Et toi, tu laisses le passé tranquille.

Rose versa de l'eau bouillante dans une théière et chercha le couvercle.

Tournant ses doigts autour de la nappe en coton blanc, Lottie jeta un coup d'œil à sa mère. Rose Fitzpatrick accusait ses 75 ans. Le fait qu'un médecin légiste identifie un paquet d'os, enveloppés dans des tabliers en lin et des sacs de farine vieux de plusieurs dizaines d'années, comme étant le corps de son fils disparu depuis longtemps avait été bouleversant.

— Je suis vraiment reconnaissante de tout ce que tu fais pour les enfants, honnêtement, déclara Lottie. Mais j'ai ce vide dans le cœur et je pense que je ne pourrai le combler que si je découvre la vérité. En attendant, je ne peux pas le laisser tel quel. Un jour, je saurai pourquoi mon père s'est suicidé.

— Il se passait beaucoup de choses à l'époque, dit Rose. Je ne peux pas te dire pourquoi il a fait ce qu'il a fait, parce que je ne sais tout simplement pas.

Elle tourna le dos à Lottie et remua la marmite de soupe sur la plaque de cuisson.

— Je suis désolée, dit Lottie.

— Moi aussi.

— Et je t'aime, à...

— À ta façon. Je sais, Lottie. Je t'aime aussi.

— Je rentre à la maison maintenant.

— Fais ça, ma fille.

Lottie secoua la tête avec lassitude et laissa sa mère là, les épaules tremblantes, penchée sur la marmite. Elle sortit en courant dans la nuit chaude et ne s'arrêta pas avant d'avoir atteint la fin de sa propre rue, en face du stade des lévriers. Alors qu'elle se tenait sur le bord du trottoir, une berline sombre passa à côté d'elle.

— Vous allez vous tuer à courir par cette chaleur, dit Dan Russell en baissant la vitre.

Lottie le dévisagea, assis dans son Audi. La voiture typique d'un frimeur.

— Qu'est-ce que vous faites? Vous me suivez?

— Je ne fais que passer. Je me rendais au centre.

— Vous travaillez donc jour et nuit?

— Quand on a besoin de moi.

— Vous devez être très occupé avec l'afflux récent de réfugiés.

Elle se tenait droite, les mains sur les hanches, tandis qu'il se penchait par la fenêtre, le moteur en marche.

— Il n'y a pas assez de place pour le quota convenu, sans parler de cette nouvelle fournée. Nous faisons de notre mieux.

« Une nouvelle fournée » ? Lottie grimaça. Il parlait comme si les gens n'étaient rien d'autre que du pain tranché.

— Combien en hébergez-vous ?

— Pour l'instant, nous en avons cinquante-quatre de plus que ce que nous pouvons accueillir confortablement.

— Comment faites-vous ?

Elle remarqua qu'il ne répondait jamais complètement à ses questions.

— Des lits de camp supplémentaires. C'est bondé.

— Surpeuplé ?

— Officieusement, je dirais que c'est le cas. Officiellement, ce n'est pas encore un problème de santé et de sécurité.

— Il n'y a que des femmes et des enfants, n'est-ce pas ?

— Oui, les hommes sont dans d'autres villes, répartis dans tout le pays.

— Il m'a semblé que c'était très calme quand j'y suis allée cet après-midi. Où sont tous les autres ?

— Oh, ils ont beaucoup d'activités. Avez-vous pris une décision pour le dîner ?

Elle rit.

— Le moins que l'on puisse dire, c'est que vous êtes persévérant.

— Bien sûr.

— Je ne pense pas que le dîner soit approprié, M. Russell.

— Appelez-moi Dan, s'il vous plaît. Pourquoi pas demain soir ?

Elle n'avait pas bougé d'un iota. En y réfléchissant, elle se dit qu'elle pourrait peut-être lui soutirer des informations au cours du dîner, afin de faciliter l'enquête sur le meurtre. Une bouteille de vin pourrait lui délier la langue. Tant qu'elle s'en tiendrait à l'eau gazeuse, tout irait bien.

— Soyez téméraire, insista-t-il.

— Peut-être, dit-elle.

— Excellent.

— Je n'ai pas dit oui. Donnez-moi votre numéro et je vous appellerai peut-être demain.

Tous deux pouvaient jouer à être évasifs.

Il sortit une carte de visite de la boîte à gants, griffonna son numéro dessus et lui tendit.

— C'est mon numéro de portable personnel. J'attends votre appel avec impatience. Mais disons provisoirement que je viendrai vous chercher ici demain soir à dix-neuf heures.

Ses doigts effleurèrent les siens tandis qu'elle prenait la carte. Elle essuya ses mains sur son débardeur, se sentant décidément salie par son contact, puis se dirigea vers la porte d'entrée. Que penserait Boyd de cette petite rencontre ? Russell jouait une partie de poker. Elle le savait. Mais pouvait-elle lire son jeu par-dessus son épaule sans qu'il le sache ? C'était sa tâche. Elle savait qu'elle était à la hauteur.

Chapitre 30

Boyd et Kirby se tenaient à l'extérieur du bar, depuis trop d'heures pour qu'on puisse les compter, depuis qu'ils étaient entrés dans l'établissement. Ils s'appuyaient l'un sur l'autre sous le ciel étoilé. Boyd tenta d'allumer une cigarette, sans succès. Kirby l'alluma pour lui.

— Je connais l'endroit idéal pour faire un tour, dit Kirby, laissant ses cheveux touffus humides de transpiration.

— Moi aussi. Il y a une station de taxis en haut de la rue, dit Boyd en inspirant enfin sa cigarette.

— Tu es aussi ivre qu'un putois, dit Kirby. Viens, je t'emmène dans le meilleur petit bordel de Ragmullin. Je pense que tu mérites une nuit en selle. Deux doigts à Jackie et… tu sais qui.

Boyd se rendit compte que Kirby parlait de Lottie. Il fixa le lampadaire, voyant deux personnes là où il ne devrait y en avoir qu'une. L'unique porte du restaurant chinois de l'autre côté de la rue se transforma en trois. Bon sang, il était bel et bien complètement pété.

— Je crois que je vais rentrer chez moi, bredouilla-t-il.

— Ne joue pas les trouble-fêtes.

Kirby marcha devant lui, remontant Gaol Street.

Boyd le suivit au milieu de la rue étroite, marchant sur la ligne blanche. Est-ce qu'il le suivait parce qu'il voulait s'envoyer en l'air?

S'il vous plaît, Seigneur, ne me laissez pas me souvenir de tout cela demain matin, supplia-t-il tandis que Kirby hélait un taxi et le faisait monter à bord.

* * * * *

Boyd se réveilla et se retrouva assis sur le sol, en haut d'un escalier. Un couloir étroit s'étendait devant lui, avec des portes qui semblaient flotter tout autour. Comment avait-il pu monter les escaliers ? Kirby l'avait-il traîné ici ? Il jeta un coup d'œil à sa montre. Bon sang, il était minuit trente-cinq.

Il secoua la tête, essayant de se rappeler, et gémit de douleur. Cafferty's. De l'alcool. Beaucoup. Des pintes, shots... Mon Dieu, il avait bu des shots. Il balaya l'environnement du regard. Une fille se tenait à moitié à l'intérieur, à moitié à l'extérieur d'une pièce au bout du couloir. Elle le regardait fixement. Il voyait qu'elle était belle, même si elle était floue. Elle avait des yeux comme des soucoupes, des cheveux noirs tombant sur eux et le long d'une épaule nue. Mais elle avait l'air trop jeune et il sentit immédiatement qu'il s'agissait d'une erreur. Il n'était pas normal qu'il soit ici, pas normal qu'elle soit ici. Elle aurait dû être à l'université ou quelque part. N'importe où, mais pas ici.

— Je dois y aller, dit-il.

Ses yeux l'interrogèrent, mais sa bouche resta scellée, les lèvres frémissantes. Il y avait trop de rouge à lèvres.

Son estomac se gonfla. Mon Dieu, il allait vomir. Il remonta son dos le long du mur, traînant les pieds jusqu'à se mettre debout. Il s'agrippa à la rampe de l'escalier. Il se stabilisa. Elle lui tendit la main. Pour l'aider ? Pour de l'argent ? Devait-il la payer ? Pour quoi ? Il n'avait rien fait. Il l'avait fait ? Non. Il était sûr que non. Il chercha son portefeuille, pensant que Lottie aurait beaucoup à dire à ce sujet si elle l'apprenait. Kirby ferait mieux de se taire, sinon il lui casserait la gueule.

— Je ne peux pas vous payer, dit-il, n'aimant pas le son de sa propre voix dans le silence pénétrant.

Bon sang, il fallait qu'il sorte d'ici.

Elle ne disait toujours rien. Elle restait là où elle était. Immobile.

— Ce n'est pas ta faute, bredouilla-t-il. C'est la mienne.

Il glissa son portefeuille dans la poche arrière de son pantalon, puis descendit les escaliers avec précaution, un pas après l'autre, et longea le couloir. Il tira la chaîne et ouvrit la porte d'entrée. L'air chaud de la nuit l'accueillit à l'extérieur.

Il ferma la porte derrière lui, descendit les marches en espérant qu'il s'agissait seulement d'un rêve. Peut-être un mauvais rêve, mais juste un rêve…

* * * * *

Mimoza attendit d'entendre la porte d'entrée se fermer, descendit les escaliers et se faufila jusqu'à l'endroit où l'homme s'était trouvé. Son portefeuille était par terre. Elle le ramassa et courut à l'intérieur, fermant la porte avec fracas. Elle avait eu besoin d'aller aux toilettes, mais avait oublié de le faire lorsqu'elle l'avait vu étendu là. Il était ivre et inconscient. Lorsqu'il s'était réveillé, la peur l'avait clouée sur place, figée dans le temps. Puis il était parti.

Heureuse qu'il ne lui ait pas été attribué, elle se demanda par hasard laquelle des autres filles avait manqué de se faire vomir dessus. Elle se dirigea vers l'armoire. Après avoir posé le portefeuille sur une étagère, elle enfila des sous-vêtements propres et retourna au lit à contrecœur. Elle aspirait à l'oubli. Le bonheur d'un long sommeil ininterrompu pour noyer ses peurs et ses terreurs. Ses yeux se fermèrent et la porte s'ouvrit. Un autre client commença à ouvrir la braguette de son pantalon avant qu'elle n'ait le temps de se hisser sur ses coudes. Elle ôta lentement ses sous-vêtements et écarta les jambes pour l'homme impatient. Il haleta au rythme de ses gémissements. Lui dans le plaisir, elle dans la douleur.

* * * * *

Lottie n'arrivait pas à trouver le sommeil. Elle se retourna et se retourna dans son lit. Elle jeta un coup d'œil à l'horloge numérique : une heure quinze. Elle se leva, remit son pantalon de jogging et enfila un léger sweat à capuche. Rôder la nuit était devenu une habitude. Une mauvaise habitude. Elle se demanda si Boyd était au lit. Peut-être l'appellerait-elle.

Courant rapidement à travers la ville, elle était en sueur lorsqu'elle atteignit enfin son appartement. Alors qu'elle sonnait, une voiture s'arrêta sur le trottoir. La portière s'ouvrit et Jackie Boyd en sortit, les clés à la main.

— Mais dis donc, n'est-ce pas la femme qui a volé le travail de Marcus ?

Lottie ignora la plaisanterie. Jackie avait l'air fatiguée et hagarde. *Parfait, mais qui suis-je pour juger ?* pensa-t-elle.

— Bonjour, Jackie. Qu'est-ce qui vous amène à Ragmullin ?

Et que faisait-elle chez Boyd à cette heure-ci ?

— J'ai des choses à discuter avec mon mari. Mais cela ne vous regarde pas.

Lottie sourit ironiquement.

— Je vous laisse donc faire.

Elle s'éloigna de la porte. Jackie passa à côté d'elle et se retourna. L'odeur suffocante d'un parfum coûteux embaumait la nuit.

— Je ne pense pas qu'il soit chez lui, dit Lottie. Au fait, j'ai entendu dire que McNally était de retour en ville. Où est-il ?

— Cela ne vous regarde absolument pas, dit Jackie en appuyant sur la sonnette d'un ongle rongé.

— Il vaut mieux que cela reste ainsi, dit Lottie, et elle se précipita sur le chemin, loin du tintement constant de la sonnette.

Soudain, elle se sentit très fatiguée.

Chapitre 31

Chloé vérifia Twitter une fois de plus. Aucun message de Maeve.

Demain, pensa-t-elle, *si je n'ai pas de nouvelles d'ici là, je dirai tout à Mam.*

Elle brancha le chargeur, posa son téléphone sur la commode et mis ses écouteurs. Alors qu'elle fixait le plafond, sa chambre fut momentanément éclairée par le dernier train qui passait en haut des voies derrière la maison. Elle aurait aimé pouvoir se débarrasser de son pyjama moite et dormir nue. Mais il n'y avait pas d'intimité dans sa maison. Si elle fermait la porte à clé la nuit, sa mère frapperait pour lui demander ce qu'elle ferait si la maison prenait feu.

Comme si.

La chaleur du jour s'installa dans sa chambre, l'oppressant. Ouvrant les boutons de son pyjama, elle laissa l'air de la fenêtre ouverte caresser son corps. Quelques minutes seulement, se dit-elle, en fredonnant la musique qui résonnait dans ses oreilles. Elle avait dû s'endormir, car elle réveilla soudain avec l'horrible sensation que quelqu'un l'observait. Elle referma son haut. Enlevant ses écouteurs, elle jeta un coup d'œil sur les ombres qui dansaient sur les murs dans l'obscurité. Elle se leva d'un bond et tira les rideaux de la fenêtre, occultant le clair de lune. Retombant sur son lit, la peau parcourue de sueurs froides, elle vit une silhouette se tenir dans l'embrasure de la porte.

Elle cria. « Maman, à l'aide ! »

— Tais-toi, espèce de vache idiote.

— Bon sang, Sean. Tu m'as fait une peur bleue. Chloé se précipita vers lui en enfilant un sweat à capuche.

— J'ai cru entendre quelqu'un à la porte d'entrée, dit-il.

— Ouvre-la et tu verras, s'emporta Chloé, qui se calma immédiatement lorsqu'elle vit la douleur se dessiner sur le visage de son interlocuteur. Désolée, frérot. Je vais aller voir.

Sean avait trop souffert. Il fallait qu'elle lui laisse un peu de répit. Elle retourna sur ses pas et débrancha son téléphone, jetant un coup d'œil à l'heure. Plus de une heure trente. Il était tard.

— Elle est à la maison? demanda-t-elle.

— Qui?

— Mère… Maman.

— Elle est sortie.

— Retourne à ta PlayStation ou à ce que tu fais dans ta tanière, dit-elle en souriant.

Le visage de Sean se détendit.

— Je t'accompagne, proposa-t-il.

— D'accord.

Ils descendirent ensemble les escaliers et Chloé ouvrit la porte d'entrée.

— Il n'y a personne ici, dit-elle. Pieds nus, elle se dirigea vers le portail. Elle regarda la rue de droite et gauche. Il n'y a personne.

— Pourtant, j'ai bien entendu la sonnette.

— Comment as-tu pu entendre quoi que ce soit avec ces écouteurs monstrueux ? Chloé montra le cou de Sean, où les écouteurs pendaient. La troisième guerre mondiale pourrait éclater et tu n'entendrais rien. C'est sûrement le fruit de ton imagination.

Remontant les escaliers devant Sean, elle jeta un coup d'œil dans la chambre de sa mère. Vide.

— Je me demande où elle est.

— Probablement sur une affaire, dit Sean.

— C'est quoi tout ce bruit ? dit Katie en sortant de sa chambre.

— Rien. Retournez-vous coucher, tous les deux.

Chloé referma la porte de sa chambre. Allongée sur son lit, elle se demanda si quelqu'un avait bien sonné à la porte. Elle se souvint de la sensation d'être observée juste avant que Sean ne fasse irruption dans sa chambre. Serrant le drap contre sa gorge, elle éteignit la lampe. Mais elle n'arriva pas à dormir. Elle posta des messages sur Twitter toute la nuit, en espérant qu'il lui réponde. Où était-il ? Et pour la centième fois de la nuit, elle se demanda où était Maeve.

L'homme sortit de l'ombre du jardin du voisin et se sourit à lui-même. Elle avait été si belle avec son visage effrayé et ses cheveux flottants. Peut-être aurait-il dû rester à la porte. Attendre qu'elle l'ouvre. L'attraper par la taille et attirer son corps contre le sien. Cette pensée fit passer son désir de sa poitrine à son entrejambe, et il se hâta de se rendre là où il pourrait assouvir son appétit salace.

Chapitre 32

Ce soir, c'était différent. Maeve Phillips le sentait, même si rien n'avait encore été dit. Elle espérait que ce qui l'attendait n'impliquait pas la pièce recouverte de sang. Elle avait essayé de ne pas y penser depuis qu'elle s'y était effondrée et qu'on l'avait ramenée dans sa cellule. Sa cellule de prison.

Depuis combien de temps était-elle là ? Quelques jours ? Une semaine ? Elle n'en avait aucune idée. Mais maintenant, quelque chose se passait. Des pas précipités retentirent dans le couloir, devant sa porte. Des voix étouffées, des chuchotements, puis des cris. Les voix semblaient masculines, mais elle n'en était pas sûre. Elle aurait aimé qu'ils laissent au moins la lumière allumée. La lueur étroite sous la porte n'offrait que des ombres.

Elle ferma les yeux et souhaita pour la millième fois avoir son téléphone avec elle. Est-ce qu'elle manquait à Emily ou à Chloé ? Elle avait dit à Emily qu'elle lui raconterait tous les potins lundi. Quel jour était-on aujourd'hui ? Elle n'en savait rien. Elle avait perdu toute notion du temps. Si sa propre mère ne tirait pas la sonnette d'alarme, Chloé le ferait sûrement. Elle était la fille d'une inspectrice, elle saurait quoi faire. L'école lui manquait. Discuter sur Twitter lui manquait. Que pouvait-elle faire ? Face à cette situation désespérée, Maeve se mit à pleurer. Elle avait été si confiante. Si… stupide. En essuyant ses larmes, elle se rendit compte qu'elle avait de la chance. Jusqu'à présent, il ne lui avait pas fait de mal. Mais combien de temps cela allait-il encore durer ?

La porte s'ouvrit bruyamment. Elle s'élança.

— Laissez-moi sortir ! S'il vous plaît. Ma mère a besoin de moi. Elle tendit la main vers la personne qui se trouvait devant elle.

Il l'attrapa et lui tordit le bras dans le dos jusqu'à ce qu'elle pousse un cri.

— Calme-toi, ma petite chérie. Aujourd'hui, c'est ton jour de chance.

Kosovo, 1999

Il dormit pendant les vingt kilomètres qui le séparaient de la ville de Pristina. La Jeep s'arrêta d'un coup, ce qui le réveilla en sursaut. La portière claqua et le capitaine sortit.

Le garçon fixa le panneau au-dessus de la porte du bâtiment: « Clinique ». *La plupart des grands immeubles environnants étaient dotés d'antennes paraboliques qui pulsaient des murs comme des varices. Il y en avait tellement qu'il arrêta de les compter.*

Le regard attiré par la clinique à deux étages, il demanda: « Le capitaine est-il malade? »

— Il doit voir si le médecin veut bien t'examiner. Le soldat inclina son siège et ferma les yeux.

Le garçon ferma les siens. Il n'avait pas envie de regarder les deux filles qui enroulaient leurs jambes autour d'un lampadaire et qui faisaient de leur mieux pour attirer l'attention du soldat.

Le capitaine revint. « Viens avec moi », dit-il en faisant signe au garçon de sortir de la voiture.

Regardant son ami soldat, le garçon l'implora du regard.

— Tu ferais mieux d'y aller, mon garçon, dit le soldat en se redressant. Je t'attendrai ici.

Le garçon se hissa sur le siège et sortit par la portière. Il ne savait pas pourquoi, mais il éprouva un sentiment de terreur anormal, pire encore que lorsque les hommes avaient violé et assassiné sa mère et sa sœur. Refoulant sa peur, les yeux remplis de larmes, il lut les lettres sur l'insigne de toile verte scotché sur la poitrine du soldat. Il ne comprit pas ce qu'elles disaient, mais elles s'imprimèrent dans son cerveau. Il savait qu'il se souviendrait de son ami pour le reste de sa vie. Quelle qu'en soit la durée.

Quatrième jour

Jeudi 14 mai 2015

Chapitre 33

Lottie s'était rendue au travail à pied plutôt qu'en voiture, espérant ainsi se changer les idées après une nuit agitée. Cela n'avait rien changé.

Après le débriefing de la matinée avec son équipe d'intervention, elle fournit au commissaire Corrigan des informations pour sa conférence de presse. Elle était heureuse qu'il s'occupe toujours des médias, car elle n'avait aucune envie de renouer avec Cathal Moroney pour l'instant.

— Vous n'avez pas grand-chose, n'est-ce pas, inspectrice ?

Corrigan leva les yeux de la page de notes. Aucun indice ne suggère que le corps pourrait être celui de Maeve Phillips, cette jeune femme disparue ?

— Aucune. Je ne pense pas qu'il s'agisse d'elle.

— Vous devriez confier le dossier de la personne disparue à une nouvelle équipe afin que vous puissiez vous concentrer davantage sur la recherche de l'identité de la victime du meurtre. Après tout, vous êtes l'inspectrice principale.

Dites-moi quelque chose que je ne sais pas, pensa-t-elle.

— Je garderai le dossier de la personne disparue pendant encore quelques jours, Monsieur.

— Quelques jours, pas plus, puis vous le transférez à une autre équipe. Je vais communiquer cette photo à la presse.

— La photo de Maeve Phillips ?

— Non, celle de la victime non identifiée du meurtre. Ne viens-je pas de dire que nous devions découvrir son identité ? D'après moi, vous n'avez rien jusqu'à présent. Tout un tas de rien qui ne me permet pas de communiquer quoi que ce soit aux médias.

Lottie ne pouvait qu'approuver.

— D'accord, Monsieur.

De retour à son bureau, elle ne put penser qu'à la photo de la jeune fille aux cheveux noirs avec un diamant au nez. Maeve Phillips.

Elle prit connaissance du rapport d'examen de l'ordinateur portable de Maeve. Rien d'anormal n'avait été découvert. Les dissertations d'anglais sur Word et les mathématiques sur Excel. L'ordinateur portable n'était pas configuré pour accéder à Internet. *Maeve devait donc effectuer ses recherches en ligne sur son téléphone, se dit-elle.* Mais où était son téléphone ?

— Kirby, avons-nous trouvé quelque chose sur le téléphone de Maeve Phillips ?

Kirby leva la tête de son ordinateur.

— Ça prend du temps parce qu'il est éteint. Je vais essayer d'inventer quelques mensonges et voir où ça me mène.

— Des nouvelles de ses amis à Dublin ?

— J'ai demandé à un collègue du QG de vérifier. Ce sont tous des gens bien, mais aucun d'entre eux n'a eu de contact avec elle, et ce depuis des années.

— C'est donc une impasse. Des nouvelles de l'école ?

— Personne ne l'a vue depuis lundi. Le directeur a appelé la mère. Cette stupide salope ne semblait pas se rendre compte que sa propre fille avait disparu.

— Pas besoin de l'insulter. Tracy Phillips est alcoolique et l'alcoolisme est une maladie, au cas où vous ne le sauriez pas.

— Désolé, patronne.

Kirby se replongea dans son travail.

Lottie ne le laissa pas s'en sortir si facilement.

— Avez-vous trouvé où se trouve Jamie McNally ?

Cela lui fit penser à Boyd. Où était-il ce matin ? Peut-être que Jackie s'était-elle remise avec lui après tout.

— Il s'est terré. Nous savons qu'il est entré dans le pays mercredi dernier. Depuis, plus rien. Jackie Boyd a été aperçue en ville. Aucun signe de McNally.

— Il ne laisserait pas Jackie à Ragmullin sans surveillance. Il doit être dans les parages. Continuez à le chercher.

— Je m'en occupe.

Kirby se leva, une tasse à la main, et vacilla.

— La nuit a été dure ?

— On peut dire ça.

— Vous savez où est Boyd ?

Kirby secoua la tête et s'échappa par la porte sans dire un mot.

— Qu'est-ce qui se passe ici ? demanda Lottie en levant les bras au plafond.

Lynch releva la tête.

— Ce doit être la chaleur.

Lottie ouvrit ses courriels, cliqua sur le rapport post-mortem de la jeune fille assassinée et le relut. *Qui es-tu ? Pourquoi personne n'a signalé ta disparition ? Pourquoi le tueur a-t-il lavé ta blessure par balle ?*

— Les résultats de l'analyse ADN ont-ils été communiqués ? demanda-t-elle à Lynch.

— Pas encore. Les enquêteurs n'ont pas trouvé de balle dans le mur de Weir. Celui qui a tiré a donc emporté la balle avec lui.

— À moins qu'il ne s'agisse de celle de la victime. Si ce n'est pas le cas, il doit y avoir une raison à cela.

— Bob Weir lui-même qui titre sur des rats?

— Vous pensez vraiment qu'il aurait appelé si c'était lui? Il n'aime pas les perturbations, dit Lottie.

— Vous avez raison, dit Lynch. Avez-vous fait quelque chose à propos de la lettre que vous avez reçue de cette jeune fille, Mimoza?

— Elle n'a pas repris contact depuis. Peut-être a-t-elle changé d'avis ou quelque chose comme ça. Maintenant que Lottie y pensait, elle avait le sentiment désagréable d'avoir négligé cette femme. Je me demande où elle est maintenant.

— Et avec qui elle est.

— Probablement avec la fille qui l'attendait au bout de ta rue. C'est très mystérieux.

Lottie tourna un stylo entre ses doigts, repensant au lundi matin. Il s'était passé tellement de choses depuis.

— Ce que j'aimerais savoir, c'est pourquoi elle est venue vous voir, dit Lynch.

— Je n'en sais rien. Mais il est étrange que le mot soit écrit en albanais et que le type qui a trouvé le corps soit originaire du Kosovo. L'albanais n'est-il pas l'une des langues officielles de ce pays?

En disant cela à voix haute, Lottie réfléchit un instant et sentit un début de trouble dans son estomac. Elle dit:

— Je devrais peut-être en reparler à Andri Petrovci.

— Peut-être que avez-vous fait une erreur en l'impliquant, dit Lynch.

— Peut-être que vous n'avez pas assez de travail à faire.

— J'en ai beaucoup, merci.

— Faites-le alors, et laissez-moi m'occuper du mien.

— Je disais juste…

— Non, Lynch.

Lottie repoussa sa chaise, prit son sac et quitta le bureau avant de dire quoi que ce soit qui pourrait donner lieu à un procès pour harcèlement.

Chapitre 34

Mimoza sortit du lit et marcha lentement jusqu'au lavabo, écartant le rideau pour laisser entrer la lumière. Un mur de briques, à un mètre de la fenêtre, bloquait la vue. Elle regarda en bas, il était trop haut pour sauter. L'espace était de toute façon trop étroit.

Humidifiant un chiffon, elle frotta le sperme séché entre ses jambes. Pourquoi cet endroit autorisait-il les rapports sexuels non protégés ? *L'attraction principale*, supposa-t-elle, *pour les vieux hommes frustrés et les jeunes non-initiés, qui ne voulaient pas ou ne pouvaient pas attendre d'enfiler le préservatif avant d'éjaculer.*

En cherchant des sous-vêtements propres dans l'armoire, elle aperçut le portefeuille de l'homme qu'elle avait ramassé hier soir. Elle le sortit, l'ouvrit et compta rapidement l'argent, avec des doigts tremblants. Il y avait moins de cent euros. Des cartes bancaires et un badge. Ses yeux s'écarquillèrent de surprise lorsqu'elle lut lentement les mots inscrits dessus. « Sergent détective Mark Boyd ». Sa traduction n'était pas bonne, mais elle était sûre que cela signifiait qu'il était policier.

Si seulement elle avait su qui il était. *Si seulement elle l'avait su.* Reviendrait-il chercher son portefeuille ? Elle l'espérait, car Mimoza savait que ce détective pourrait être son seul moyen d'échapper à sa captivité. D'autant plus qu'il semblait que la policière n'avait rien fait de sa lettre.

Elle allait devoir trouver un plan avant son retour. Elle était sûre qu'il reviendrait le chercher. Il pourrait attendre la nuit tombée, pour que personne ne le voie, à moins qu'il n'ait une raison officielle de revenir.

Pourrait-elle mettre un message à l'intérieur du portefeuille ? Mais avec quoi pouvait-elle écrire et sur quoi ? Elle aperçut les quelques articles de maquillage sur le petit casier. Le crayon eye-liner ferait l'affaire. Elle dévissa le capuchon et vérifia qu'il fonctionnait en traçant un trait noir sur la paume de sa main. Assise sur le lit, elle regarda les rideaux imposants. Trop lourds pour elle. Mais ses draps étaient en coton blanc.

Elle se leva. C'était peut-être son seul espoir. Mais il était tellement ivre qu'il ne se souviendrait pas d'elle. Elle n'avait pas d'autre choix que d'essayer.

Elle mordit le tissu du drap tout en tirant avec ses mains tremblantes pour le retirer du matelas. Elle sentit le drap céder. Des acariens flottèrent dans l'air tandis qu'elle inspectait son oeuvre. La déchirure était assez proche de l'ourlet et elle arracha une bande d'un bord à l'autre. Puis elle replia soigneusement l'extrémité du drap sous le matelas, espérant que personne ne remarquerait sa destruction.

Aplatissant la bande sur le lit, elle prit le crayon eye-liner et commença à écrire, dans sa propre langue parce qu'elle ne savait pas bien écrire en anglais. Lorsqu'elle eut terminé, elle plia la bande pour qu'elle soit la plus petite possible, la glissa dans le rabat à billets et posa le portefeuille sur le sol, sous le lit. En regardant autour d'elle, elle pria silencieusement pour que l'inspecteur Boyd se souvienne de l'endroit où il se trouvait la nuit dernière. Et elle espéra qu'il aurait le courage de revenir. C'était peut-être son seul espoir de revoir son fils.

Chapitre 35

La chaleur matinale céda la place à une brise bienvenue, qui souleva la poussière dans l'air à une vitesse alarmante. Lottie plaqua une main sur sa bouche et contourna la barrière pour s'approcher de l'homme au gilet jaune.

Celui-ci se releva, s'essuya le front d'une main gantée et ôta ses lunettes de protection ainsi que son casque de sécurité.

— Vous pas le droit ici. Danger! dit-il, puis il sortit de la tranchée pour rejoindre la rue.

Lottie espérait que son sourire ferait fondre un peu de son antagonisme, mais il resta impassible, bouche fermée. *Merde.*

— Je me demandais si vous aviez réfléchi à la lettre, celle écrite en albanais.

— Non.

— Vous êtes sûr de ne rien savoir de la fille qui y est mentionnée, Kaltrina? Elle l'observa, attendant une réaction. Il restait de marbre. Immobile. Même ses yeux ne clignaient pas. Un regard fixe. Le silence. À l'exception du bourdonnement constant des mouches dans la chaleur.

— Aidez-moi, Andri, dit-elle, espérant que sa simplicité lui plaira.

— Pourquoi vous voulez aide? Vous police, vous chercher.

— Je ne parle pas la langue. C'est vous qui la parlez.

— Qu'est-ce que vous voulez ?

— Demandez à votre communauté.

— Ma communauté ? Qui vous voulez dire ?

Lottie tenta un sourire.

— Nous pensons que la fille que vous avez découverte dans la terre est une étrangère. Personne n'a signalé sa disparition. Nous ne savons pas qui elle est. Nous sommes coincés. S'il vous plaît, pouvez-vous nous aider ?

— Non.

— Non ? Pourquoi, non ?

— Je fais pas travail pour vous.

Il ramena son casque sur son front, mit ses lunettes et retourna dans la tranchée.

Lottie s'éloigna en écrasant des mouches et s'apprêta à envoyer un SMS à Boyd pour qu'il vienne la rejoindre lorsqu'elle reçut un message de Dan Russell.

Inspectrice. Dix-neuf heures ce soir. Je viendrai vous chercher au stade des lévriers. N'oubliez pas.

Elle soupira. Peut-être qu'en dînant avec lui, elle pourrait le démasquer. Qu'est-ce qu'il préparait vraiment ? Elle lui envoya un bref message pour accepter son invitation, puis se dépêcha de retourner au bureau, toute idée de petit-déjeuner tardif s'évanouissant.

Devant son ordinateur, elle se documenta autant que possible sur Russell, ce qui n'était pas beaucoup plus que ce que Lynch avait découvert. Trente ans dans l'armée, il avait atteint le grade de commandant et avait pris sa retraite en 2010. Il avait créé son entreprise, *Woodlake Facilities Management*, en 2012. Il semblait faire de beaux bénéfices. Elle mit fin à ses recherches, espérant qu'il était allé suffisamment loin avec elle pour qu'elle ait envie de creuser la question. Et elle n'aimait pas cette sensation.

Elle se demanda à nouveau si Russell avait déjà servi avec Adam. Il avait répondu à sa question de manière évasive, mais il était impossible de trouver quoi que ce soit en ligne, même si les dates d'affectation de Russell à l'étranger semblaient confirmer que les deux hommes avaient été au Kosovo en même temps, servant sous le drapeau de l'OTAN, dans le cadre de missions de maintien de la paix. Elle cliqua sur un article concernant le conflit du Kosovo.

Mimoza avait écrit sa lettre en albanais, ce qui pouvait laisser entrevoir un lien ténu avec l'enquête. En parcourant les articles les uns après les autres, elle ne s'attarda pas sur les histoires de tragédies humaines et de meurtres.

Lorsqu'elle finit par relever la tête, il était temps de déjeuner. Une matinée perdue. Elle téléphona à Boyd. Il lui dit qu'il la retrouverait au Cafferty's. Elle prit son sac.

— Je vais déjeuner, dit-elle à Lynch, qui s'était plongée dans un tas de rapports de porte-à-porte. Tous ne donnaient absolument rien.

Boyd se tenait au comptoir de Cafferty's avec des sandwichs maison et du thé pour deux lorsqu'il s'aperçut qu'il n'avait pas son portefeuille.

— Quand l'as-tu eu pour la dernière fois ? demanda Lottie lorsqu'il revint à leur petite table ronde dans un coin du bar.

Chaque matin, après s'être habillé, il mettait son portefeuille dans la poche de son pantalon. Il ne se souvenait pas de l'avoir fait ce matin. Il ne se souvenait même pas d'avoir vu son portefeuille.

— C'est la faute de Kirby, marmonna-t-il en regardant le sandwich qui débordait, son appétit s'effondrant soudain et le contenu de son estomac remontant dans sa gorge.

— Tu vas bien ? demanda-t-elle. Tu as l'air un peu… vert. Je sais que Kirby a l'habitude des cuites, mais je ne pense pas que ce soit ton cas. Et tu as manqué une matinée de travail.

— Si j'ai besoin de leçons de moral, j'irais voir ma mère, merci bien.

— Touché.

Boyd croqua dans son sandwich et avala une gorgée de thé pour le faire passer.

Lottie rit.

— Tu sais ce dont tu as besoin ?

— Non, mais j'ai le sentiment que tu vas me le dire.

— D'un bon verre de whisky.

— C'est vrai que tu devrais être au courant de tout ça, dit-il.

Ce n'était pas le moment. Il était trop tard pour le dire maintenant.

Lottie claqua sa tasse sur la soucoupe, se leva et se dirigea vers le comptoir. Sa voix résonna à travers le bar jusqu'à l'endroit où Boyd était assis.

— Darren, pourriez-vous emballer ce sandwich ? Je crois que je vais le manger dans mon bureau. Elle posa sa carte bancaire sur le comptoir. Vous pouvez prendre le tout, car il semble que mon estimable collègue ait égaré son portefeuille.

Boyd perçut le clin d'œil de Darren qui scannait la carte de Lottie sur la machine.

— Y avait-il une soirée ici hier soir ? demanda-t-elle.

— Oh, la foule habituelle.

Le barman ne fit pas plus de commentaires.

Boyd secoua la tête, grimaçant sous l'effet de la douleur qui lui montait aux yeux.

Lottie prit le reçu, sa carte et le sandwich emballé dans du papier d'aluminium. Boyd fouilla à nouveau ses poches avant de se lever avec précaution de son tabouret.

— Tu devrais peut-être porter plainte, dit Lottie en laissant la porte se refermer derrière elle et en sortant dans la chaleur de midi.

Boyd savait qu'elle se demandait ce que Kirby et lui avaient fait la nuit dernière. S'il le pouvait, ce serait une nuit dont elle ne saurait jamais rien. Non pas qu'il se souvienne de grand-chose lui-même.

Il ferait mieux de parler à Kirby. Et vite.

Mais d'abord, il avait besoin de reposer sa tête quelques minutes.

— Je peux emballer le vôtre aussi ? demanda le barman en montrant le sandwich dont il ne restait plus qu'une bouchée.

— Je ne pense pas pouvoir manger plus aujourd'hui, dit Boyd.

— Vous avez eu une sacrée soirée tous les deux, si vous me permettez l'expression.

— Je serais d'accord avec vous si je m'en souvenais. Je n'ai pas laissé mon portefeuille ici, par hasard ?

— J'ai fait le ménage hier soir et je suis arrivé le premier ce matin. Pas de portefeuille. Êtes-vous allé vous coucher après ? demanda Darren en faisant référence à la boîte de nuit.

— J'aurais bien aimé, répondit Boyd.

— Vous avez été les derniers à partir, alors je pense que vous l'avez perdu là où vous êtes allés après ici. Peut-être l'avez-vous laissé dans un taxi ?

Boyd appuya sa tête sur le cuir du siège et protégea ses yeux du soleil qui perçait à travers le vitrail poussiéreux.

— Kirby, espèce de salaud, murmura-t-il en réalisant tout ce qu'ils avaient fait. Il se souvenait exactement de l'endroit où ils étaient allés après avoir quitté le pub.

La fille aux yeux de biche l'avait volé.

Chapitre 36

En entrant son code à la réception du commissariat, Lottie rencontra Kirby qui descendait les escaliers, Maria Lynch arrivant derrière lui.

— Venez, patronne.

Il la saisit par le coude et la dirigea vers la porte.

— Qu'est-ce que…

— Les entrepreneurs. Ils ont trouvé un autre corps. Columb Street.

— Qu'est-ce que c'est que ce bordel ? J'y étais ce matin.

Elle jeta son sandwich dans la poubelle extérieure et monta rapidement dans la voiture avec Kirby et Lynch.

Kirby mit en marche la sirène et les gyrophares. Ils remontèrent Main Street en trombe, du mauvais côté de la rue. À l'heure du déjeuner, la circulation s'arrêtait. Après avoir contourné la déchiqueteuse, il s'arrêta devant la cour de Weir.

Andri Petrovci tournait en rond, faisant aller et venir ses mains le long de ses bras, son casque de sécurité bien enfoncé sur son crâne rasé.

Lottie descendit précipitamment de la voiture et courut vers lui. Elle sentit ses doigts s'enfoncer dans ses bras lorsqu'il la saisit.

— Un autre. Qu'est-ce qui se passe ? dit-il.

Enjambant la barrière, Lottie demanda à Lynch de calmer Petrovci pendant que Kirby appelait des renforts et envoyait des agents en uniformes sur le site pour boucler la zone, rassembler les travailleurs sous contrat et dresser une tente au-dessus du cadavre. Elle aperçut Boyd qui remontait la rue depuis l'autre côté. Lorsqu'il la rejoignit, ils enfilèrent tous deux des gants de protection et se dirigèrent vers la tranchée de la rue.

Les mouches bourdonnaient et tournaient en rond. La puanteur la frappa en premier. Haletante, elle avala une bouffée d'air, se calma et baissa les yeux.

— Mon Dieu, dit-elle.

— Une autre femme, dit Boyd.

Lottie trouva qu'il avait l'air nettement plus vert que tout à l'heure.

— C'est ainsi, dit-elle doucement.

Elle se courba et regarda la chair boursouflée, décomposée et grouillante d'asticots.

— Morte depuis quelques jours.

— Notre jeune fille disparue? demanda Boyd. Maeve Phillips?

— J'espère que non... murmura Lottie.

Mais elle n'avait aucun moyen d'en être sûre.

Balayant une poignée d'argile, elle remarqua que le visage semblait en plus mauvais état que celui de la première victime. Des cheveux noirs, des yeux fermés, des paupières gonflées et tombantes.

Les dents étaient apparentes à travers les lèvres étirées. Tuée alors qu'elle hurlait ? Est-ce qu'il s'agissait-il de Maeve Phillips ? Aucun piercing scintillant sur le nez. Elle ne savait pas ce qu'elle avait espéré.

Plus bas, la terre était plus lourde. Boyd l'aida à ouvrir les vêtements, même si Lottie savait qu'ils devaient attendre la police scientifique.

— On dirait une blessure de sortie de balle, en plein centre, dit-elle.

— La police scientifique est en route.

Kirby s'approcha de son épaule. Est-ce la fille Phillips ?

Lottie inspecta les mains de la jeune fille sans la toucher.

— Je ne crois pas. Regardez les ongles.

— Très courts, dit Boyd, rongés jusqu'à l'os.

— Une fille qui a vingt-sept flacons de vernis à ongles ne se ronge pas les ongles, dit-elle.

— Si elle était dans une situation stressante depuis quelques jours, ses ongles étaient peut-être le cadet de ses soucis.

— Je te l'accorde, dit Lottie.

Autour d'eux, des agents en uniforme s'affairaient à monter la tente.

— Comment s'est-elle retrouvée dans le sol ?

Boyd montra le corps, maintenant partiellement découvert.

— Elle ne s'y est pas mise toute seule.

— Je sais, mais…

— Boyd. Ça suffit.

Lottie se leva et se retourna. Andri Petrovci la regardait fixement, la main protégeant ses yeux de la lumière du soleil. Un deuxième corps déterré par lui. Malchance ou autre chose ? Elle avait l'intention de le découvrir.

— Amenez-le au poste pour qu'il fasse une déposition, dit-elle à Lynch.

— Quelqu'un a dû voir quelque chose cette fois-ci, dit Boyd.

En regardant autour d'elle, Lottie remarqua qu'un côté de la rue était bordé par les entrées arrière des magasins de Main Street. À droite, il y avait la cour de Weir. Plus loin, la porte d'un petit immeuble d'habitation.

— Refaites du porte-à-porte, ordonna-t-elle. Et vérifiez s'il n'y a pas des…

— Caméras, l'interrompit Kirby. Oui, patronne.

Boyd se frotta le menton.

— C'est mauvais. Très mauvais.

— Merci pour cette évidence, Boyd, comme à chaque fois.

— Je dis ça comme ça.

— C'est pire que mauvais. C'est horrible.

— Je sais, et…

— Pourquoi ne pas te rendre utile ? Ça pourrait t'aider à te débarrasser de ta gueule de bois. Ferme toute la zone. Boucle-la. Pas d'entrée ni de sortie. Et interroge toutes les personnes que tu trouveras.

— Mais…

— Il n'y a pas de « si », de « mais » ou de « et », dit Lottie en se retournant sur ses talons pour lui faire face. Nous avons trouvé un impact de balle et du sang dans la cour de Weir, là-bas, un corps enterré sous la rue ici et, nous sommes loin d'avoir trouvé l'identité de la première victime, sans parler d'un suspect. Je ne veux donc pas entendre de conneries.

Elle s'en alla sans attendre d'entendre ses protestations.

* * * * *

— Inspectrice Parker ! Une déclaration ?

Lottie lança un regard au correspondant de la télévision nationale pour les affaires criminelles, Cathal Moroney, qui se tenait sur les marches du commissariat. Il s'élança en avant, et son caméraman braqua son objectif sur son visage.

— Comment l'avez-vous appris ? Elle s'approcha de lui et recula rapidement devant l'odeur de sueur. Je viens seulement d'en entendre parler moi-même, ajouta-t-elle.

Une expression de confusion défila sur le visage de Moroney et elle réalisa immédiatement son erreur. Merde et double merde.

— Entendu quoi, inspectrice ?

Il affiche son célèbre sourire colgate.

— De quoi parliez-vous ? Elle tenta d'éviter l'inévitable.

— Vous me répondez et je vous le dirai.

Lottie le dépassa et monta les marches à grands pas. Moroney la tira par le coude et la ramena en arrière.

— Tête de nœud, dit-elle. Éteignez la caméra.

Moroney hésita un instant, puis hocha la tête. La caméra éteinte, il se tint droit, les bras croisés et attendit.

— Sur quoi voulez-vous que je fasse une déclaration ? Lottie se força de rester calme à chaque syllabe.

— Les photos publiées ce matin. Celle d'une jeune fille morte et celle d'une jeune fille disparue.

Maintenant qu'elle savait où il voulait en venir, elle se demanda comment elle pourrait l'orienter sur une autre voie, lui faire oublier son excitation.

— Je suis sûre que le commissaire Corrigan a publié un communiqué de presse complet.

— Maeve Phillips n'est-elle pas la fille du criminel en exil, Frank Phillips ? Sa disparition est-elle liée au crime organisé ?

— Ce n'est pas au centre-ville.

— Mais la famille de Phillips vit dans le coin. La disparition de sa fille a-t-elle quelque chose à voir avec la victime du meurtre retrouvée lundi ?

Lottie essaya de le contourner. Il ne bougea pas.

— Ragmullin va avoir une mauvaise réputation maintenant, n'est-ce pas ?

— Si vous racontez des conneries sur cette ville, Moroney, je vous casserai personnellement toutes vos dents blanches de star du show biz.

Elle lui donna un coup d'épaule et se hâta de monter les marches.

Moroney la suivit.

— Lottie, de quoi parliez-vous il y a quelques minutes ? Vous me demandiez comment j'avais pu l'apprendre si vite.

En se retournant, elle lui planta un doigt dans la poitrine.

— Ne m'appelez plus jamais Lottie. Pour vous, je suis l'inspectrice Parker. Et vous pouvez suivre votre nez inquisiteur jusqu'à ce que vous le découvriez par vous-même.

Elle entra en trombe dans le commissariat et essaya de claquer la porte. Celle-ci se referma en douceur. Elle n'avait même pas eu cette satisfaction.

* * * * *

Assise à son bureau, Lottie se passa les mains dans les cheveux. Les choses devenaient incontrôlables. Par où commencer ? Un bon point de départ serait peut-être Andri Petrovci.

Son téléphone vibra et elle vit le nom de Chloé clignoter. Elle répondit à l'appel.

— La photo de Maeve est partout sur Facebook. Tout le monde à l'école parle d'elle.

— Quelqu'un sait où elle pourrait être ?

— Certaines filles racontent des choses horribles. Mais ne crois pas ce que tu entends. Maeve n'est pas comme ça. Elle passait des moments difficiles chez elle.

— Quel genre de choses disent-elles ?

— Qu'elle est une salope et d'autres choses.

— Personne n'a donc dit quoi que ce soit d'utile ?

— Non. J'ai vérifié sa liste d'amis sur Facebook et je ne vois personne qui pourrait être ce petit ami.

— On travaille dur pour résoudre cette affaire, ne t'inquiète pas. Comment va Katie ce matin ?

— Comme une bruyère, comme d'habitude.

Lottie sourit.

— Je te verrai plus tard. Travaille bien quand tu rentreras à la maison. Il ne reste plus beaucoup de temps avant tes examens. Le mois de juin arrive à grands pas.

— Bon sang, tu es obligée de faire ça ?

— Quoi ?

— De me le rappeler constamment. Je n'ai pas besoin que tu me mettes la pression.

Lottie regarda le téléphone quand Chloé lui raccrocha au nez. Pour le moment, elle avait assez à faire sans se soucier des bouderies de Chloé. Un autre meurtre en plus du premier et pas un seul suspect. Et une jeune fille qui avait apparemment disparu dans l'éther.

En jetant un coup d'œil à la photo de Maeve Phillips, elle ne pensa pas que la jeune fille était ce dernier corps enterré sous la rue. Alors, où diable était-elle ? Qui était cette deuxième fille morte ? Qui était la première ? Et pourquoi avaient-elles été, toutes les deux, la cible d'un meurtrier ?

Le téléphone de son bureau sonna. L'agent d'accueil.

— Andri Petrovci est dans la salle d'interrogatoire numéro 1.

Chapitre 37

Boyd, Lynch et Kirby étaient toujours sur le lieu du crime tandis que Lottie demanda à l'agent Gillian O'Donoghue, l'un des officiers en uniforme les plus brillants qu'elle connaisse, de s'asseoir avec elle.

Une fois le disque d'enregistrement en place et les formalités terminées, Andri Petrovci fut le premier à prendre la parole.

— Tellement de ça dans mon pays. Je ne veux pas voir ça ici. Comprendre ?

— Oui, mais c'est bizarre que ce soit vous qui ayez trouvé les deux corps. Vous ne trouvez pas que c'est étrange ?

— Pas ma faute. Je travaille ici. C'est ça je fais. Je creuse. Je remplis. Je travaille.

Il haussa ses larges épaules sans enthousiasme et Lottie ne put s'empêcher de penser que, malgré sa taille, il avait l'air d'un enfant.

— Qui sont ces femmes ?

— N'avez-vous pas une idée, M. Petrovci ?

— Désolé, je sais pas. Vous police. Vous savoir ?

Le téléphone de Lottie vibra. Encore Chloé. Elle l'ignora. Puis elle se souvint qu'elle avait la photo de Maeve sur son téléphone. Elle l'ouvrit et le fit glisser vers Petrovci. Tout en gardant les yeux rivés sur son visage.

Il déglutit. Il se leva, visiblement tremblant.

— S'il vous plaît. Je vais. Maintenant.

— Asseyez-vous.

Elle avait enfin réussi à obtenir une réaction de sa part.

Vous la connaissez ?

— Non. Vous comprendre pas. Je vais.

— Allez, faites un effort. Lottie sentit qu'elle était sur la bonne voie. Comment la connaissez-vous ? Où l'avez-vous rencontrée ?

— Non. Est-elle l'une d'entre elles ? Dans le sol ?

— Vous l'avez reconnue. Racontez-moi.

Ses épaules s'affaissèrent. Serrant les doigts les uns contre les autres, il inclina la tête. Silence. Elle pouvait entendre le froissement de sa veste avec sa respiration.

— Qui est-elle ? Sa voix était si basse qu'elle l'entendit à peine. Sur la photo. Vous savoir ?

— Je sais qui elle est, dit Lottie. Vous, que savez-vous sur elle ?

Il secoua la tête comme si ce mouvement pouvait chasser un démon de son cerveau. Il ne dit rien.

— Andri, vous pouvez me le dire. Où est-elle ?

Il leva les yeux. Lottie essaya de voir au fond de ses pupilles, de lire ce qui y était écrit. Tout ce qu'elle y vit, c'était de la douleur. Qu'était-il arrivé à Andri Petrovci ? Et qu'avait-il fait à Maeve ? Une lente colère commença à bouillir au creux de son estomac, mettant fin à sa sympathie.

— Je sais rien.

Il desserra ses mains et croisa les bras.

Lottie respira et esquissa un faux sourire.

— Vous avez dit que vous aviez vu beaucoup de morts dans votre propre pays. Parlez-moi de ça.

Elle tenta de s'éloigner de Maeve pour le prendre à contre-pied. Raté.

— Inspectrice, je travaille conduites d'eau. Je creuse rues. Je trouve des corps que je pas mettre là. Je pas tuer elles. S'il vous plaît, je peux aller maintenant ?

— Dites-moi d'abord ce que vous savez, insista Lottie.

— Je sais rien.

— Si, vous savez. Maeve est-elle en danger ? Qu'est-ce que vous lui avez fait ?

Merde, elle avait laissé échapper le nom de la jeune fille. *Il n'y a pas de mal*, se dit-elle. C'était déjà dans les médias.

Il croisa les bras.

— Vous pas laisser partir moi. Donner à moi un avocat, dit-il avant de rester mûré dans le silence.

Lottie soupira lourdement. Elle n'avait que des soupçons. Aucune preuve qu'il ait fait quoi que ce soit. Ils attendaient toujours les résultats de son échantillon d'ADN. Elle pouvait le garder en détention. Lui assigner un avocat. Et après ? Des heures perdues pour rien.

Persister à poser des questions pendant cinq minutes supplémentaires ne mena à rien. Il refusa de parler. Elle n'avait rien pour le retenir.

— Vous pouvez partir, finit-elle par dire.

L'agent O'Donoghue éteignit le matériel d'enregistrement et scella les disques. Petrovci déplia ses bras, se leva et sortit de la pièce sans un mot. En le voyant partir, Lottie se demanda s'il connaissait vraiment Maeve Phillips. Il avait semblé reconnaître sa photo. Peut-être avait-il vu les alertes sur les réseaux sociaux, ou était-il le petit ami invisible ? Il devait avoir près de 30 ans et Maeve n'en avait que 17. Comment faire pour qu'il l'admette ?

Laissant à O'Donoghue le soin de signer la transcription, elle se précipita dans son bureau, attrapa son sac et descendit l'escalier à toute vitesse pour quitter le commissariat.

* * * * *

Chloé regarda son téléphone, incrédule. Sa mère avait refusé de prendre son appel. Juste au moment où elle avait décidé de tout lui révéler. Elle avait pensé qu'il serait plus facile de le lui dire au téléphone plutôt que face à face.

Tant pis pour elle, elle ne lui dira rien.

Elle se débrouillerait toute seule. Elle avait seulement besoin de retrouver son énergie.

Chapitre 38

Boyd en avait vraiment assez de Lottie Parker. Il avait passé tout l'après-midi à essuyer les critiques des hommes d'affaires du quartier Columb et elle n'avait pas eu le courage de revenir sur les lieux. Même Jane Dore se demandait où elle était passée. Au moins, le corps était en route pour Tullamore et la police scientifique s'occupait du site.

— Comment se passe le porte-à-porte? demanda-t-il à Kirby lorsqu'il le rejoignit à l'extérieur.

Kirby essuya la sueur de son front.

— Pas beaucoup de monde chez soi. Je vais devoir rester dans les parages avec les policiers tardivement. Et cette goutte me tue. Il montra ses pieds. Et toi, tu en es où?

— Je viens de finir ici. Je dois regarder si je peux trouver mon portefeuille.

Sans attendre d'entendre les autres récits de malheurs que Kirby avait à raconter, Boyd remonta la rue. Il franchit la passerelle qui enjambait la voie ferrée, traversa la rue et le nouveau pont du canal qui déformait le paysage de Ragmullin. Hill Point Flats. *Des appartements si l'on veut faire preuve de fantaisie*, pensa-t-il.

Les bâtiments paraissaient plus fades à la lumière du jour. Ce n'était pas que Boyd se souvienne de grand-chose de la nuit précédente. Des briques rouges striées de moisissures, des antennes paraboliques surdimensionnées dépassant des fenêtres des cinq étages, des marches en pierre tachées d'urine menant à la porte.

Comme pour se rassurer sur le fait qu'il n'était pas complètement fou, il tapota encore une fois ses poches. Pas de portefeuille, c'est sûr.

Il regarda autour de lui avec anxiété, puis, sonna à la porte, espérant que personne ne le verrait. C'était sans compter les parents qui étaient en train de récupérer leurs enfants à la crèche et des consommateurs éreintés qui se débattaient avec des sacs de courses. Ne savaient-ils pas ce qui se passait sous leur nez ? Il ramena son menton sur sa poitrine et appuya à nouveau sur la sonnette.

Un flot de paroles étrangères précéda l'ouverture de la porte. En regardant la femme, Boyd se demanda s'il l'avait déjà rencontrée hier soir. Il n'était même pas sûr que ce soit le bon endroit. Appartement cinq, bloc deux, avait dit Kirby.

— Excusez-moi. Il afficha son sourire le plus sincère. Je crois que j'ai perdu mon portefeuille ici hier soir. Je me demandais si vous ou l'une des filles l'aviez trouvé.

— Hum.

Bras croisés contre une poitrine flasque sous un T-shirt noir. Un jean trop serré et des bottes en cuir. Elle avait l'air d'avoir autant 50 ans que 100 ans. Encadré de longs cheveux noirs, son visage s'affaissait en des monticules de chair blanche. Boyd se secoua.

À quoi avait-il pensé en laissant Kirby l'amener ici ? Il n'avait pas réfléchi du tout, voilà ce qui s'était passé. *Maudit sois-tu*, Kirby, jura-t-il silencieusement.

La femme le regarda de haut en bas.

— Avec le gros, c'est ça ? dit-elle d'une voix basse.

— Oui, répondit Boyd. Un peu après minuit. Je crois. Du coup, mon portefeuille ?

Elle rit à gorge déployée.

— Pas de portefeuille. Je suis désolée, dit-elle lorsque les rires gutturaux cessèrent.

— Pouvez-vous regarder à nouveau ? S'il vous plaît ?

— Pas ici.

Boyd jeta un coup d'œil par-dessus son épaule pour s'assurer que personne ne l'observait avant de saisir son poignet et de la rapprocher de lui.

— Je suis de la police et je vous demande de chercher mon portefeuille, immédiatement.

— La police ? Ah ! Je n'ai pas peur. Je montre à votre patron. Elle désigna la petite caméra nichée dans un recoin plein de toiles d'araignées au-dessus de la porte.

Si elle fonctionne, pensa Boyd, mais il la relâcha, secoua la tête et redescendit les marches. C'était inutile. Il allait devoir déclarer la perte de sa carte d'identité et en demander une nouvelle. Il espérait seulement qu'elle ne tomberait pas entre de mauvaises mains.

Arrivé à la dernière marche, il se retourna.

— Je vais devoir en parler à mes supérieurs.

La femme marqua une pause avant de lui faire signe. La porte s'ouvrit en grinçant. Il se dépêcha de remonter. Une fois à l'intérieur, elle claqua la porte derrière lui. Les fleurs vives du papier peint lui crièrent dessus. *Bon sang*, pensa-t-il, *qu'est-ce qui m'a amené dans cet endroit?* La femme passa devant lui dans le couloir étroit. Il tressaillit à son contact. Elle ouvrit une porte et le conduisit dans une petite pièce. Un canapé usé et une petite table basse parsemée de magazines pornographiques.

— Attendez là.

Elle referma la porte derrière elle.

Il n'avait pas d'autre choix.

* * * * *

— Salope, dis-moi où est son portefeuille?

Mimoza haussa les épaules et fixa la femme qui se faisait appeler Anya. Elle se recroquevilla sur l'oreiller, ramena ses genoux à son menton et enroula ses bras autour de ses jambes. Elle devait faire l'innocente avec cette femme, sinon elle risquait de ne plus jamais revoir son fils. Elle ne pouvait pas laisser Anya comprendre qu'elle avait trouvé le portefeuille, car elle pourrait vérifier à l'intérieur. Il valait mieux qu'elle le trouve elle-même.

— Un homme grand et maigre. Ici la nuit dernière. Policier. Il a perdu son portefeuille. J'ai demandé aux autres filles. Elles ne l'ont pas vu. Et toi?

Mimoza secoua la tête.

Anya la saisit par le bras.

— Mes filles, elles ne voient rien. Toi. Toi, avec tes grands yeux. Je sais que tu vois quelque chose.

Elle lâcha le bras de Mimoza, rabattit le drap et retira l'oreiller derrière elle avant de la gifler derrière la tête. Mimoza ferma les yeux tandis qu'Anya la tirait par les cheveux jusqu'au sol. La femme retourna le matelas. Ne trouvant rien, elle se baissa et jeta un coup d'œil sous le lit.

— Ah ! cria-t-elle.

Retenant son souffle, Mimoza regarda Anya ouvrir le portefeuille. Elle pria silencieusement pour que le message caché ne soit pas découvert. Elle vit Anya retirer un billet de cinquante euros et le plier entre ses seins. Apparemment satisfaite, elle referma le portefeuille et quitta la pièce. Mimoza se mit à prier. Elle pria pour que le policier grand et maigre l'aide.

— Aujourd'hui, chance pour vous.

La femme agita le portefeuille noir devant le visage de Boyd. Pendant un instant, il crut qu'elle allait le lui reprendre au moment où il l'attrapait. Mais elle renonça facilement à sa récompense. Il vérifia que sa carte d'identité était toujours dans son rabat avant de glisser le portefeuille dans sa poche, se promettant de ne plus jamais franchir les portes d'une maison close, même s'il était ivre.

Dehors, il jeta un coup d'œil aux fenêtres. Les rideaux étaient tirés. Ce bâtiment pourrait tout aussi bien être désert, tant il semblait abandonné de toute vie. Il se souvint de la misérable jeune fille aux yeux suppliants et une tristesse s'installa dans son cœur là où, quelques instants plus tôt, il avait ressenti de la colère. Alors qu'il marchait dans la brise fraîche du soir en direction de la passerelle, il se demanda quelle était l'histoire de cette jeune fille. Il savait qu'il avait suffisamment à faire sans se préoccuper d'elle, mais il se dit qu'il serait peut-être judicieux de contacter certains des gars qui travaillent à la brigade des mœurs. Oui, c'est ce qu'il allait faire.

* * * * *

Au début, Lottie ne vit Petrovci nulle part.

Craignant de l'avoir perdu, elle tourna à gauche vers le canal et aperçut immédiatement son gilet jaune vif. Elle se mit à courir. Lorsqu'elle atteignit le sommet de la colline, il approchait déjà du pont principal de la ville, après s'être frayé un chemin parmi les cerisiers en fleurs qui bordaient le canal. Elle savait qu'il vivait à Hill Point et c'est vers là-bas qu'il semblait se diriger.

Heureuse de la brise qui se levait, elle se dépêcha d'avancer, gagnant, à chaque pas, du terrain sur l'étranger. Il ne savait pas qu'elle était là. Sous le vieux pont de pierre, elle attendit un moment, pour lui permettre de traverser la passerelle. Elle ne se souvenait pas du numéro exact du bloc ou de l'appartement, alors elle appela Lynch. Téléphone collé à l'oreille, elle avança aussi nonchalamment que possible, sans perdre Petrovci de vue. Lynch lut à voix haute l'adresse complète pendant que Lottie marchait. Lorsqu'elle raccrocha, Petrovci avait disparu. Son souffle se bloqua dans sa gorge. Où était-il passé ?

C'est alors qu'elle vit Boyd.

Il tournait au coin de la rue, traversait une place pavée, à quelques mètres de là. Machinalement, Lottie se cacha derrière des marches en béton. Boyd s'éloignait à toute vitesse de la zone où vivait Andri Petrovci.

Elle aurait dû l'interpeller. Le confronter et lui demander ce qu'il faisait là. Elle aurait dû lui dire : *Bonjour, heureuse de te rencontrer ici.* Mais elle ne le fit pas. Elle resta cachée pendant qu'il passait, tête baissée, absorbée par ses pensées. Quand elle se redressa, un frisson la traversa. Y avait-il quelqu'un derrière elle ? Elle sentit un souffle sur sa nuque. Elle retint sa respiration, ferma les yeux. Des frissons envahirent son corps et ses mains tremblèrent violemment. Une goutte de sueur coula le long de son nez. Elle le sentit. Les secondes s'étiraient comme des heures.

Elle regarda tout autour d'elle. Personne. Rien. Pas un bruit, pas une fuite. Son imagination? Son instinct? En quelques secondes, toute motivation pour suivre Petrovci s'est évanouie.

Elle sortit lentement de sa cachette et s'avança sur les marches pour mieux voir. Elle remarqua la proximité de Hill Point avec le chantier de démontage de voitures de Weir. En observant la hauteur des carcasses de voitures empilées, elle se dit que ce serait une cachette idéale pour un corps. Maintenant que toute la zone était bouclée et interdite au public, elle décida qu'il n'y avait pas de mal à fouiller à nouveau chaque morceau de ferraille. Une vraie fouille méthodique, cette fois-ci.

Petrovci était maintenant certainement rentré chez lui. Lottie n'avait pas de mandat pour fouiller son appartement, mais elle le gardait dans sa ligne de mire. Elle retourna au commissariat en se posant des questions sur Boyd. Avait-il eu une longueur d'avance sur elle en faisant de Petrovci le principal suspect? Ou bien Jackie, qui n'était pas encore son ex-femme, résidait-elle dans le coin? Lottie pensait que c'était probablement la seconde hypothèse. Et elle avait l'intention de lui demander.

Chapitre 39

— Je l'ai, dit Boyd en jetant sa veste sur le dossier de sa chaise.

— Ton portefeuille ? demande Kirby. Tu es retourné là-bas ? Tu es vraiment un imbécile.

— Ne me parle même pas ! Boyd commença à ranger la paperasse sur son bureau. As-tu recueilli des informations des habitants du quartier de Columb Street ?

Pas de réponse.

— Bon sang, Kirby, arrête avec ça.

Kirby se gratta le dessus de la tête.

— Tu viens de me dire de ne pas te parler. Quoi qu'il en soit, il y a un appartement avec une caméra murale, à l'entrée du quartier. Je vais y retourner tout à l'heure pour voir si l'habitant est chez lui. Il pourrait y avoir quelque chose dessus.

— Si elle fonctionne. Qui habite là ?

— Willie « le Buzz » Flynn. Retraité du journal local. Il doit avoir 80 ans s'il est encore en vie.

— Buzz Flynn ? Qu'est-ce qu'il fait avec une vidéosurveillance ?

— Il se faisait toujours cambrioler. Je lui ai conseillé d'installer une petite caméra il y a quelques années.

— Bon, d'accord. Nous avons besoin d'une pause, dit Boyd.

— Envie d'une pinte ? Kirby siffla en faisant pivoter sa chaise.

— Pas ce genre de pause… Oh, oublie ça. Boyd éteignit son ordinateur et avala une gorgée d'eau.

— Une pinte.

— Non. Plus jamais. Pas avec toi, en tout cas. Boyd termina la bouteille et l'écrasa, referma le bouchon et jeta le tout à la poubelle.

— Ne sois pas un trou du cul. Kirby enfila ses sandales en traînant les pieds. Tu as récupéré ton portefeuille, de quoi tu te plains encore ?

— Cet endroit, où nous sommes allés après le pub. On devrait le détruire, pas l'entretenir. Bordel de merde. J'ai l'impression d'être une merde de bas étage.

— Vivre et laisser vivre. C'est ma devise.

— Ce n'est pas bien.

— Qu'est-ce que tu vas faire ? Appeler la police des mœurs ? L'Office National de l'Immigration ?

Boyd fit une pause, réfléchissant.

— Ils ont d'autres chats à fouetter qu'un petit bordel de Ragmullin. Il y en a un dans chaque ville d'Irlande. La police des mœurs s'occupe des requins, pas des petits poissons, rétorqua Kirby tout en frottant son pied douloureux.

Boyd se leva, tapa sa chaise contre le bureau et se dirigea vers la porte. En se retournant, il pensa que Kirby était un policier pitoyable. Mais n'était-il pas aussi lamentable que lui ? Il n'avait pas couché avec cette fille, mais il ne pouvait pas oublier l'image de ses yeux mélancoliques.

Il secoua une dernière fois la tête en direction de Kirby et rentra chez lui. Avec un peu de chance, il pourrait y trouver un peu de paix et de tranquillité. Et se débarrasser de cette gueule de bois persistante.

Chapitre 40

Il n'y avait aucun signe de Boyd, Kirby ou Lynch dans le bureau lorsque Lottie revint au poste. Elle s'assit à son bureau pour rédiger un rapport sur son entretien avec Andri Petrovci. Ses propres pensées et hypothèses. Juste au cas où l'enfer se déchaînerait pendant la nuit et qu'elle ne s'en souviendrait pas le matin. Tout pouvait arriver. L'agent Gillian O'Donoghue avait laissé une transcription sur son bureau. Lottie la relut. Elle était convaincue que Petrovci savait quelque chose sur Maeve Phillips.

Avant de rentrer chez elle, elle s'entretint avec ses collègues. Quelques détectives parlaient au téléphone. Aucun signe de son équipe.

Sur le tableau blanc, la photo de la dernière fille morte avait été épinglée. Le visage semblait trop décomposé pour aider à l'identifier. Lottie espérait que le corps leur donnerait un indice sur son identité et sur l'auteur des meurtres, s'il s'agissait du même. Bien sûr, c'était le cas. Combien de psychopathes enterraient des corps dans la rue ? Un seul, espérait-elle. Peut-être que Jane Dore avait eu le temps de donner la priorité à l'examen post-mortem. Lottie l'appela pour vérifier.

— Rien d'intéressant sur le site, dit Jane. Mais la victime a reçu une balle dans le dos, sortie juste en dessous de la poitrine. Malheureusement, la chaleur a accéléré la décomposition, mais j'ai pu déterminer qu'elle avait une cicatrice qui partait de l'abdomen, passait par la hanche et faisait le tour du dos. Tout comme la première victime.

— Oh, mon Dieu. Et la blessure par balle a-t-elle été lavée, comme pour la première victime ?

— On dirait bien. Je commencerai l'examen dans la matinée. Huit heures si vous voulez y assister…

— Je serai là, dit Lottie. Pourquoi ne pas le faire maintenant? Je peux être là dans une demi-heure.

— Je ne peux pas. Merveille des merveilles, j'ai un dîner à dix-neuf heures.

— Ravie pour vous, dit Lottie. *Merde*, elle avait oublié Dan Russell, son propre rendez-vous. Elle jette un coup d'œil à sa montre, dix-neuf heures quinze. Oh, d'accord. Il n'y avait plus de temps à perdre.

— On se voit demain matin, Jane. Profitez bien de votre soirée.

Appelant deux détectives, Lottie leur demanda d'organiser une nouvelle fouille de la cour de Weir dans la matinée.

Elle jeta un coup d'œil au tableau. Un deuxième corps avec une blessure par balle lavée et une cicatrice. Un autre rein manquant?

— Mon Dieu, j'espère que non, se dit-elle à voix basse, mais elle savait que c'est plus que probable.

En partant, elle se demanda si elle devait appeler Russell pour s'excuser, mais elle se dit que le laisser en plan serait peut-être mieux pour lui.

* * * * *

Alors qu'elle se dirigeait vers le stade des lévriers, Lottie vit Dan Russell assis dans sa grosse Audi noire. Sur la ligne jaune, moteur en marche. C'était un soir de course et la circulation s'intensifiait.

Elle traversa la rue. Il baissa la vitre. Elle s'installa à côté de la portière et dit :

— J'ai été retardée au travail.

— Une demi-heure de retard. Vous auriez pu m'appeler.

— Je devrais vous donner un ticket de parking.

— Que diriez-vous d'un dîner demain ?

— Honnêtement, vous savez quoi, je suis trop occupée en ce moment. Nous avons trouvé un autre corps, alors laissez-moi vous rappeler quand les choses se seront calmées.

Elle se releva pour partir.

— Un autre corps ? répéta-t-il. C'est affreux. Je vais vous déposer chez vous.

Oh, et puis zut, pensa Lottie, et elle se dirigea vers l'autre côté de la voiture. La fraîcheur de l'intérieur était la bienvenue. Riche bâtard.

— Où habitez-vous ? demanda-t-il.

Elle lui indiqua la propriété de l'autre côté de la rue. Il fit demi-tour et elle lui indiqua où s'arrêter.

— Alors, ce corps que vous avez trouvé, c'est un meurtre ?

— Je n'ai pas le droit de le dire.

Tout en regardant droit devant lui, il lui demanda s'il allait aussi passer un interrogatoire.

Ne voulant pas lui donner d'informations, elle décida de changer de sujet.

— Vous avez dit que vous vous souveniez d'Adam. Avez-vous travaillé avec lui ?

Russell fit tourner le moteur au ralenti.

— J'ai travaillé avec lui. À l'étranger.

Le silence envahit la voiture. Depuis la mort d'Adam, Lottie s'était éloignée des amis militaires d'Adam, même si elle doutait que Dan Russell ait été un ami.

— Dites-m'en plus, dit-elle.

— Et si vous m'appeliez demain ? dit-il.

— Pourquoi essayez-vous de gagner du temps ?

— Il y a des choses que vous devez savoir sur votre cher mari décédé. Des choses que vous ne voudriez pas que quelqu'un d'autre sache. Mais je ne vais pas en parler maintenant.

Elle sortit de la voiture.

— Vous pouvez oublier le dîner. Je préfère mourir de faim que de manger avec vous.

Elle claqua la portière derrière elle.

Il baissa la vitre électrique pour lui répondre :

— Je pense honnêtement que ce serait une erreur de ne pas écouter ce que j'ai à dire.

Adossée à son mur d'entrée, elle le regarda enclencher la vitesse et démarrer. Pas de crissement de freins ni de nuage de poussière dans son sillage. La lenteur de son départ rendit ses paroles encore plus menaçantes. Dan Russell se jouait d'elle, jouait un jeu malsain, et elle ne voulait pas en faire partie.

Mais elle savait qu'elle finirait par écouter ce qu'il avait à dire, même si cela s'avérait compromettant.

La pizza à emporter avait été un succès avec les enfants. Lottie avait enfin vu des sourires sur leurs trois visages. Pendant quelques minutes. Il était plus de vingt et une heures lorsqu'elle rangea la cuisine et plia le linge que sa mère avait suspendu à l'étendoir pendant la journée.

— Je vais m'asseoir dans le jardin pour consulter mes courriels. Criez si vous avez besoin de moi.

Elle se tenait debout dans le couloir dans l'attente de leurs réponses. De vagues murmures lui parvinrent aux oreilles.

Avec une tasse de thé et un biscuit au chocolat, elle s'assit à la table du patio, l'iPad sur les genoux et la lune visible dans le ciel encore clair. Elle essayait de s'occuper pour ne pas penser à Russell et à ses paroles. Elle pensait plutôt à la deuxième jeune fille assassinée à qui il manquait peut-être un rein. Elle savait que jusqu'à ce que la médecin légiste le confirme ou non, il ne servait à rien de spéculer.

Le son d'un haut-parleur du stade se diffusait dans l'air, de même que le bruit d'une tondeuse à gazon qui s'accordait avec le sifflement des oiseaux qui faisaient leur nid pour la nuit. En jetant un coup d'œil à son jardin, elle regretta de ne pas avoir la main verte. Il avait bien besoin de fleurs, de couleurs, d'une métamorphose totale. Adam avait l'habitude de l'entretenir. Elle n'avait pas le temps. Sean? Il était bien trop absorbé par sa PlayStation pour s'en préoccuper. Parfois, il tondait l'herbe, mais seulement si elle le soudoyait.

Sirotant son thé, elle feuilleta son iPad. Elle n'arrivait pas à se concentrer. Adam. Elle aimerait en savoir plus sur le temps qu'il avait passé au Kosovo. Il s'y était rendu en 1999, juste après la fin de la guerre, avec une unité internationale avancée sous le commandement de l'OTAN, et il y était retourné un an plus tard. Deux voyages et il n'avait pas beaucoup parlé de son séjour. Ou peut-être qu'il l'avait fait et qu'elle ne l'avait pas écouté. Elle se rendit compte, à l'époque, qu'elle était trop absorbée par son travail et ses deux jeunes enfants pour s'intéresser aux récits d'Adam. Chloé avait moins d'un an la première fois qu'il avait voyagé. Ils en avaient débattu alors, mais ils avaient besoin d'argent. Et Adam était militaire jusqu'au bout des ongles, alors ce n'était pas elle qui allait mettre un terme à ses missions à l'étranger.

— Maman !

Chloé se tenait à la porte arrière, le visage blanc, la bouche ouverte.

— Qu'est-ce qu'il y a ? Lottie se leva d'un bond et courut vers elle. Tu vas bien ?

Un petit garçon sortit la tête de derrière les genoux de Chloé. Lottie s'arrêta, les yeux écarquillés, le souffle coupé.

Chloé dit :

— Il était devant la porte d'entrée, tout seul. Il pleurait.

À genoux, Lottie tendit la main au garçon.

— Milot ?

Il recula derrière la jambe de sa fille.

— Milot, chéri. Que fais-tu ici ? Où est ta maman ?

Le garçon enfonça son pouce dans la bouche. Pas de lapin en peluche. Comment était-il arrivé ici ? D'où venait-il ? Une multitude de questions envahirent son cerveau. Elle leva les yeux vers Chloé.

— As-tu vu quelqu'un d'autre ? Comment a-t-il pu atteindre la sonnette ?

— Il a frappé.

— Il devait y avoir quelqu'un avec lui. Tu as regardé ?

— Je n'ai vu personne quand j'ai ouvert la porte, juste le petit bonhomme.

— Tu es sûre ?

Avec un haussement d'épaules, Chloé souleva Milot dans ses bras et entra. Lottie lui emboîta le pas en saisissant son téléphone.

— Qui faut-il appeler pour ça ? demanda Chloé. À cette heure-ci ?

Lottie versa du lait dans une tasse et la tendit à Milot. Il tourna son visage vers l'épaule de Chloé, refusant la boisson. Il ne portait qu'un T-shirt blanc élimé et un short bleu marine, les pieds enfoncés dans des chaussures blanches souples sans chaussettes. La nuit était douce, mais pas assez chaude pour qu'un enfant se promène dans les rues à moitié vêtu.

Qui devait-elle appeler ? L'horloge indiqua vingt-et-une-heures quinze. L'Agence pour l'Enfance et la Famille devait être contactée.

Mais il y avait une méfiance entre l'Agence et la police en raison d'un incident antérieur. Elle ne pouvait pas confier Milot à des inconnus. De toute façon, sa mère pouvait être en danger. Blessée quelque part ? Morte ? Mimoza n'avait sûrement pas abandonné son fils.

Lottie examina rapidement l'enfant. Pas d'ecchymoses ni de coupures apparentes. Aucun signe de traumatisme, si ce n'est ses larmes. Elle prit sa petite main dans les siennes. Sa peau était si douce…

— Parle-moi, Milot. Où est ta maman ?

Il la regarda fixement, les larmes coulant sur ses joues, puis enfonça à nouveau son pouce dans sa bouche. Il n'allait rien lui dire. La comprenait-il au moins ? Pouvait-il parler anglais ? Elle n'en savait rien. Et puis merde.

Des pétales roses étaient collés à ses cheveux et elle les enleva délicatement. Des fleurs de cerisier. Avait-il marché ? Ses petites chaussures blanches étaient poussiéreuses. Elle les examina. De petits cailloux obstruaient les semelles en caoutchouc. Il avait marché, en déduisit-elle. Il fuyait quelque chose ou quelqu'un ? Elle aurait aimé qu'il parle. Son cœur se brisait pour l'enfant.

Katie apparut, le visage pâle, à la porte de la cuisine.

— Que se passe-t-il ici ?

Lottie expliqua et la jeune fille prit Milot dans ses bras.

— Est-ce qu'il va passer la nuit ici ?

L'humeur de Katie semblait plus légère et, sans réfléchir davantage, Lottie prit sa décision.

— Oui, il reste.

Il était hors de question qu'elle remette le garçon aux services sociaux, pas ce soir. Elle savait qu'elle pourrait avoir des ennuis en prenant cette décision.

— Il peut dormir dans ma chambre, dit Katie en cajolant le petit garçon.

Chloé se renfrogna.

— Je vais lui chercher une couette et nous réglerons ça demain matin. Tu es d'accord? dit Lottie.

Katie acquiesça.

— Viens, petit homme. Attends que je te montre ma chambre. Oh, maman, il frissonne. Le pauvre petit…

Lottie lui toucha le bras. Il tremblait de tout son être.

Enveloppant le garçon dans ses bras, Katie lui caressa le dos, sa tête se nichant dans son épaule.

— Je vous rejoins dans une minute, dit Lottie.

Elle devait réfléchir à tout cela.

Elle devait appeler Boyd.

Chloé ferma la porte de sa chambre et s'étendit de tout son long sur son lit, furieuse de la façon dont Katie l'avait écartée pour s'emparer du petit garçon.

Elle pensa à Maeve et se demanda ce qu'elle pouvait faire d'autre pour la retrouver. Elle avait envoyé des messages à tous ceux qui la connaissaient. Personne n'avait vu ou entendu parler de Maeve. Pas de nouveaux messages sur Twitter et sa page Facebook semblait triste sans ses mises à jour. Il y avait bien une personne qui pouvait savoir, mais elle hésitait à entrer en contact avec elle. Trop risqué ? Oui, c'est vrai. Et puis Maeve pourrait avoir des ennuis. Elle devait d'abord parler à sa mère, mais celle-ci n'avait même pas répondu à l'appel qu'elle lui avait passé plus tôt dans la journée.

Se redressant, elle pianota sur son téléphone. Avant de pouvoir changer d'avis, elle prit une photo de ses orteils et lui envoya un message Snapchat.

Il lui répondit immédiatement.

Retrouve-moi. Parc de la ville. Dans dix minutes.

Chapitre 41

Elle tomba directement sur la messagerie vocale.

— Boyd, pour l'amour du ciel, tu veux bien répondre au téléphone ? Lottie raccrocha.

Elle avait enroulé une couette autour de Milot sur le lit de Katie. La jeune fille s'allongea à côté de lui, lui caressant les cheveux. Il finit par fermer les yeux. Elle espérait qu'elle faisait le bon choix en le gardant chez elle. Lottie redescendit les escaliers. Sean était retourné à son ordinateur et elle supposa que Chloé étudiait avec des écouteurs. Aucun son ne provenait de sa chambre.

À vingt-deux heures trente, n'en pouvant plus, elle prit ses clés et se dirigea vers l'appartement de Boyd. Avec un peu de chance, Jackie n'y serait pas.

* * * * *

— Je n'aurais pas dû venir.

Chloé s'effondra sur le banc du parc dans le coin le plus éloigné, derrière l'aire de jeux pour enfants. Elle s'était faufilée hors de la maison pendant que sa mère était au téléphone dans la cuisine.

— C'est bon, dit-il en sortant deux canettes de Coca Light des poches de sa veste.

Chloé se redresse, ouvrit sa canette et sourit nerveusement.

— Alors, tu sais où est Maeve ?

Il se rapprocha d'elle. Elle se recroquevilla sur le banc.

— Je ne vais pas te mordre, dit-il.

— Je ne suis pas sûre que ce soit une bonne idée, dit-elle.

— Pourquoi pas ?

— Ma mère…

— Oublie ta mère.

Chloé haussa les épaules.

— Je m'inquiète pour Maeve. Je pensais qu'elle t'aurait peut-être dit qu'elle partait ou quelque chose comme ça.

— Ou quelque chose ? Comme quoi ?

— Je sais qu'elle s'intéresse à toi.

— Vraiment ? Je ne pense pas que ce soit le cas.

— Peut-être que je devrais y aller, dit-elle en faisant aller et venir la languette de la canette, se cassant l'ongle.

— Je veux te parler, dit-il en s'installant à côté d'elle.

Chloé sentit son cœur battre un peu plus vite lorsque leurs genoux se touchèrent et qu'il lui prit la main. Il commença à lui caresser les doigts, un par un, sans fin, par touches régulières.

— Tant que tu n'avoues pas que tu es un meurtrier à la hache ou quoi que ce soit d'autre.

Elle retira sa main, consciente de l'isolement qui régnait autour d'eux. Pas même un oiseau ne chantait dans les branches au-dessus de leur tête.

— Sois sérieuse, dit-il.

Elle crut apercevoir une ombre se dessiner sur ses yeux, mais lorsqu'il releva la tête, il sourit à nouveau.

Elle dit :

— Je suis sérieuse. Je suis tout ouïe.

Chloé se leva et fit le tour de l'arbre à côté du banc, tout en sirotant son coca.

— Tu ne peux pas rester tranquille un instant ? dit-il.

Elle s'arrêta de faire les cent pas.

Il se leva.

— Ma seule requête est que tu ne parles jamais de moi à qui que ce soit, dit-il d'une voix tranchante.

— Qu'est-ce que tu veux dire ?

— Que je connais Maeve.

Il s'approcha et se plaça devant elle.

— D'accord.

Chloé déglutit bruyamment. Il était en train de la faire paniquer.

— Bien, dit-il, et ses épaules se détendirent.

— Où est Maeve ? demanda-t-elle, sentant l'écorce de l'arbre traverser son mince T-shirt en coton.

Il haussa les épaules.

— Elle ne m'a rien dit. Et tu ne dois pas non plus parler de nous à qui que ce soit.

— Je ne sais pas quoi dire. Tu m'as demandé de venir ici. J'ai pensé que tu savais où elle se trouvait.

Chloé n'aima pas la tournure que prenaient les événements. Elle devrait partir. Elle essaya de se faufiler de dessous son bras.

Trop tard. Elle sentit qu'il lui attrapait les cheveux et la tirait en arrière contre l'arbre. Ses doigts relevèrent son menton et ses lèvres s'accrochèrent fermement aux siennes, l'empêchant de prononcer d'autres mots. Des larmes s'accumulèrent aux coins de ses yeux avant d'exploser sur ses joues tandis qu'il enfonçait sa langue dans sa bouche et la suçait jusqu'à ce qu'elle ne puisse plus respirer.

Levant le genou, elle le frappa entre les jambes avec toute l'énergie dont elle était capable. Il recula en hurlant.

— Salope !

— Lâche-moi ! hurla-t-elle en se tordant furieusement pour échapper à son emprise. Ma mère sait que je suis ici.

— J'emmerde ta mère !

Les larmes coulant à flots, Chloé se mit à courir.

Il la poursuivit en criant.

— Je le saurai si tu le dis à quelqu'un, espèce de vipère !

Elle continua à courir jusqu'à ce qu'elle arrive à la maison. La voiture de sa mère n'était pas dans l'allée. Remerciant Dieu pour ses petites attentions, elle monta les escaliers et entra rapidement dans sa chambre.

Elle sortit sa lame. Sans chercher l'endroit idéal, elle s'empressa de planter celle-ci dans son bras. Le sang coula. Elle se mit à genoux, arracha son haut et son soutien-gorge et tourna la lame vers son sein. Elle souleva le monticule de chair et fit glisser le tranchant sur ses côtes. Serrant les dents, elle retint son cri dans sa gorge.

Elle se mit au lit en frissonnant et tira la couette sur sa tête. Elle se fichait qu'il y ait du sang partout. Elle avait besoin de ressentir l'intensité de la douleur. Elle le méritait. Chaque coup de lame. Elle était allée le voir de son plein gré, mais il ne lui avait rien dit au sujet de Maeve. Lui avait-il fait quelque chose ?

Ce regard. Il l'avait effrayée plus que tout.

Plus encore que de devoir cacher les draps tachés de sang à sa mère.

* * * * *

Lottie attendit Boyd tout en regardant à travers la vitre de la porte. Elle entendit le ronronnement de sa moto qui ralentissait.

Il ouvrit la porte.

— Bonjour, Mme Parker. Belle surprise. Entrez.

— Je voudrais te parler. Il s'est passé quelque chose.

Boyd se dirigea vers sa cuisine.

— Assieds-toi et laisse-moi parler, dit Lottie en le regardant.

Il portait un bas de survêtement moulant et pas de T-shirt. Elle pouvait voir les muscles de son torse et la cicatrice de la blessure qu'il avait reçue quelques mois plus tôt.

— Ce doit être important, dit-il en proposant des petites bouteilles d'eau.

Lottie aurait voulu quelque chose de plus fort, mais elle prit l'eau et but rapidement une gorgée.

— C'est important. Habille-toi s'il te plaît, dit-elle tout en allant s'asseoir.

Boyd rit, mais alla dans la chambre et revint avec un T-shirt blanc ample.

— Qu'est-ce qui te tracasse ?

Il s'assit à côté d'elle.

— Le petit garçon, Milot, s'est présenté sur le pas de ma porte tout à l'heure.

— Qui ?

— L'enfant qui était avec la jeune femme, Mimoza, chez moi lundi matin. Il est apparu devant ma porte vers neuf heures ce soir.

— Bon sang de bonsoir... Où est-il maintenant ? Boyd bafouilla, les yeux écarquillés. Non, ne me dis pas qu'il est toujours chez toi ?

Elle acquiesça.

— Et tu n'as pas non plus contacté l'Agence pour l'Enfance et la Famille, je parie ?

Elle ne répondit rien.

— Tu ferais mieux de les appeler, insista-t-il. Maintenant.

Lottie but une gorgée d'eau.

— Qui sera là à cette heure-ci ? Allez, Boyd. Sois pragmatique. Je les appellerai demain matin.

Il haussa les épaules.

— Tu espères que sa mère viendra le chercher, n'est-ce pas ?

— Elle l'a peut-être abandonné, dit Lottie. Je ne sais pas quoi penser. Elle posa l'eau. J'aimerais bien boire un bon verre. Tu as du vin ? Ou de la vodka ? Ou même une bière ?

Elle aurait bien besoin d'un Xanax. Elle s'en était sevrée, mais niait en avoir pris un de temps en temps.

Boyd ignora sa demande.

— Le garçon. Quel âge a-t-il ? Dis-m'en plus.

Elle soupira.

— Il n'a que 3 ou 4 ans. Il a frappé à la porte. Chloé l'a fait entrer. Je pense qu'il a marché longtemps. Ses chaussures étaient sales et il y avait des pétales de fleurs de cerisier dans ses cheveux. Quelqu'un l'a laissé devant ma porte, mais je ne sais pas qui ni pourquoi.

— Alors, où est sa mère ?

— J'aimerais bien le savoir. Il pleurait et n'avait pas son petit lapin avec lui. Il est arrivé quelque chose à Mimoza, je pense, et Milot s'est échappé, s'est enfui.

— Ne sois pas si mélodramatique. Comment connaissait-il le chemin de ta maison ?

— Comme je l'ai dit, quelqu'un l'a probablement amené, ou peut-être qu'il s'est souvenu du chemin et qu'il est venu tout seul.

— Il fait sombre. Je ne pense pas qu'il ait pu s'en souvenir à son âge. A-t-on signalé sa disparition ?

— J'ai appelé le commissariat. Aucun signalement. Il y a quelque chose qui cloche dans tout ça.

— Je suis d'accord, et il y a quelque chose qui cloche chez toi. Fais en sorte que le garçon soit placé. Ce soir.

— Je ne peux pas. Pas ce soir.

Un silence béant s'installa entre eux avant qu'elle ne change de sujet. J'ai parlé brièvement à Jane Dore ce soir, au sujet de la deuxième fille que nous avons trouvée.

— Et ?

— Elle fait l'examen post-mortem demain matin mais elle m'a dit que le corps avait une cicatrice similaire à celle de la première fille.

— Il lui manque un rein ?

— J'imagine que oui, mais nous n'en serons pas sûrs tant que Jane n'aura pas terminé son travail. Cela devient très effrayant ces affaires.

— Seigneur, quelqu'un fait le tour de Ragmullin pour prélever des organes et abattre ensuite les victimes. Incroyable.

— Je sais. Lottie vida son verre d'eau et se leva. Je ferais mieux d'y aller.

Boyd essuya sa main humide. Elle sourit.

— Qu'y a-t-il de si drôle ?

— Toi.

— Je suis content que tu le prennes comme ça parce que je n'aimerais pas être à ta place quand le commissaire Corrigan découvrira que tu as gardé un petit garçon perdu dans ta maison toute la nuit.

— Qui va lui dire ? Elle se dirigea vers la porte. Tu connais l'histoire. Je peux lui faire comprendre mon point de vue. Au fait, je voulais te demander…

La sonnette retentit. Lottie jeta un coup d'œil à l'heure, puis à Boyd. Il haussa les épaules. Elle ouvrit la porte.

— Bonjour, Jackie, dit-elle.

Jackie Boyd sourit froidement, tira une longue bouffée de la cigarette qu'elle tenait à la main avant de la laisser tomber sur la marche et de l'écraser avec son talon aiguille. Elle et ses longues jambes, vêtues d'un legging imprimé léopard, se glissèrent à l'intérieur.

La contournant, Lottie se dirigea vers sa voiture. Elle était sur le point de demander à Boyd ce qu'il avait fait à Hill Point cet après-midi-là. Peut-être avait-elle maintenant la réponse à sa question.

Chapitre 42

Pour la deuxième nuit consécutive, il l'avait violée. Mais il ne l'avait pas brisée. Pas du tout. Il n'avait réussi qu'à renforcer sa détermination à se tirer d'affaire. D'une manière ou d'une autre.

Quand il eut fini, il lui attacha les mains dans le dos et la poussa dans la pièce. Maeve se laissa tomber sur le sol, le corps engourdi par le viol, et se cogna la tête contre le béton. L'homme portait une cagoule, mais elle avait déjà vu son visage. Elle savait ce que cela signifiait. Elle avait lu des articles sur ce type d'enlèvements sur Internet, mais n'avait jamais pensé qu'elle pouvait faire partie des statistiques.

— Bâtard ! s'écria-t-elle. Laisse-moi partir.

Il se rhabilla en ricanant :

— Vous êtes courageuse ce soir, Mademoiselle. Vous ne l'étiez pas autant quand vous mettais ça dans le cou. Il prit son pénis sous son jean. Tu la fermais à ce moment-là, pas vrai ?

— Si tu voulais me tuer, pourquoi ne l'as-tu pas encore fait ? Espèce de salaud !

Elle fixa ses yeux qui brillaient sous sa cagoule.

— Détache-moi les mains, j'ai envie de faire pipi.

— Utilise le seau.

— Va te faire foutre, toi et ton seau ! Elle lui cracha dessus et se dégagea d'un coup de pied.

Il sortit un couteau de l'arrière de son jean et le passa sous son menton.

— Qu'est-ce que tu me veux? gémit-elle de douleur.

— Bientôt. Tu le sauras bientôt. Ton temps est presque écoulé.

Il se retourna et partit en claquant la porte derrière lui. Allongée sur le sol, la tête appuyée sur le béton brut, Maeve se promit de sortir vivante. Sa mère avait sûrement déjà donné l'alerte. À moins qu'elle ne soit en train de se noyer dans l'alcool. Maeve savait au fond de son cœur, que Tracy Phillips ne pensait qu'à elle.

* * * * *

Un poing s'écrasa sur son visage. Mimoza se mit à hurler.

La femme, Anya, se tenait au-dessus d'elle. Un autre coup de poing. Un craquement d'os. Le sang coula. Arrachée de son lit, elle s'écroula sur le sol.

— Salope. Lève-toi! Tu t'en vas. Maintenant.

Se traînant à genoux, Mimoza rampa jusqu'à la porte ouverte. Un coup de pied dans les fesses l'envoya s'écraser dans le petit couloir. Une botte noire lui effleura le nez. Remise sur ses pieds, elle loucha sur le visage de l'homme aux dents tordues.

Il la fit tournoyer dans tous les sens et une couverture fut jetée sur sa tête. Hissée sur l'épaule de l'homme, elle fut transportée dans les escaliers, passa la porte d'entrée et descendit les marches du perron. Le moteur d'une voiture tournait.

Le policier avait dû trouver le mot et commencer à poser des questions, pensa-t-elle avec frénésie. Et cela avait effrayé ses geôliers.

Une froide réalité s'imposa à elle. Maintenant qu'ils la déplaçaient, le policier ne pourrait jamais la retrouver.

Et elle ne reverrait jamais son fils.

* * * * *

Lottie frappa à la porte de Chloé. Elle pensait l'avoir entendue pleurer en revenant de chez Boyd.

— Va-t'en. J'essaie de dormir.

Lottie passa la tête par la porte.

— Tu es sûre que ça va?

— Je vais bien.

— D'accord. Bonne nuit, ma chérie.

— Bonne nuit.

Lottie referma la porte et jeta un coup d'œil dans la chambre de Katie. Le petit garçon était recroquevillé sur lui-même, le bras de sa fille reposant légèrement sur lui. Demain, elle devrait s'occuper de lui avec les services sociaux. Elle pria pour que Corrigan ne découvre pas qu'elle l'avait gardé ici pendant la nuit.

— Éteins ce jeu, dit-elle à la porte fermée de Sean.

— Cinq minutes de plus.

— Tu as cours demain.

Pas de réponse.

Dans sa propre chambre, elle se déshabilla sans allumer la lumière. Elle enfila un long T-shirt, s'allongea sur le lit et ferma les yeux. Parfois, tout ce qu'elle pouvait faire était de prier un Dieu auquel elle ne croyait pas d'épargner à sa famille les horreurs dont elle était témoin dans le cadre de son travail. Deux filles sans nom et un bébé à naître gisaient, ce soir, dans la Maison des Morts de Jane Dore. Maeve Phillips n'avait toujours pas été retrouvée. Un petit garçon effrayé dormait de l'autre côté du palier. Elle n'avait aucune idée de l'endroit où se trouvait sa mère.

Et Jackie était de retour en ville, traquant Boyd.

Kosovo, 1999

L'intérieur n'était pas très propre pour une clinique. Mais il y avait eu la guerre. Ce doit être la raison, *pensa le garçon.*

Il suivit le capitaine à travers une porte battante dans un couloir étroit. Au bout, une porte ouverte.

— Ah, merci. Un homme en blouse blanche se leva de derrière le bureau et serra vigoureusement la main du capitaine. Vous ne m'avez jamais déçu.

— Prenez un échantillon de sang, Docteur. Voyez s'il est bon pour vous. Les gars de l'élevage de poulets l'ont vu. Il ne peut pas disparaître. Pas encore, en tout cas.

Le garçon regarda le médecin prendre une seringue sur un plateau d'acier et lui pincer le bras. Lorsqu'une veine apparut, il enfonça l'aiguille. Le garçon plissa les yeux jusqu'à ce qu'elle soit ressortie. Lorsqu'il regarda, la seringue était pleine de son sang. Un pansement fut appliqué et son coude replié vers le haut.

— Et maintenant? demanda le capitaine.

— Dans quelques jours. Revenez alors avec lui.

Les deux hommes se serrèrent la main et le garçon sentit un coup dans le dos alors qu'on le poussait vers la sortie.

Dans le couloir, il tomba nez à nez avec un autre garçon à peine plus âgé que lui, contre le mur avec un pied, les bras croisés. L'un de ses yeux cligna tandis qu'il dépliait ses bras et passait une main sur son cou dans un mouvement de tranchant.

— Ne fais pas attention à lui, dit le capitaine.

Mais il fit attention à lui.

Il ne voulait plus jamais revoir ce garçon.

Cinquième jour

Vendredi 15 mai 2015

Chapitre 43

Il l'avait attachée au lit. La corde entaillait ses poignets fins et du sang coulait sur les draps. Mimoza pouvait bouger ses jambes, mais le reste de son corps était prisonnier. L'homme nu, se tenait vers la fenêtre avec une cigarette allumée. La pluie martelait les vitres et il semblait regarder le ciel noir.

Ravalant sa peur, elle demanda :

— Qu'avez-vous fait à Milot ?

Toute la nuit, l'homme aux dents tordues l'avait interrogée sur son fils. Où était-il ? Où comptait-il aller ? Que lui avait-elle dit de faire ? Sans relâche. Mais Mimoza résistait. La douleur physique, elle la connaissait. C'était la douleur dans son cœur qui menaçait de la briser. Milot était parti. Et ils ne savaient pas où il était.

Elle aurait aimé demander à Sara, mais n'avaient-ils pas déjà anéanti sa jeune amie? Peut-être que Sara s'était échappée avec lui. Elle l'espérait. Elle s'accrocha à cet espoir. Des larmes coulaient sur son visage. Elle n'arriva pas à les essuyer.

L'homme se retourna, alla écraser sa cigarette dans le cendrier, puis sembla se raviser. Mimosa retint son souffle lorsqu'il approcha le mégot incandescent de son visage. Fermant les yeux pour ne pas voir, elle hurla lorsqu'il enfonça la cigarette dans la chair tendre de sa joue.

— Où est ton fils?, gronda-t-il les dents serrées.

Le tonnerre éclata et elle sombra dans l'inconscience, emportée par la douleur.

Chapitre 44

Une pluie battante réveilla Lottie à six heures trente. Trois éclairs, suivis d'un énorme coup de tonnerre, transformèrent sa chambre en un kaléidoscope de lumières. Un enfant pleurait. Quelque part dans sa maison. Quoi ?

— Mon Dieu !

Elle sauta du lit dans un enchevêtrement d'oreillers et de couettes, puis elle se souvint. Milot.

Sa porte s'ouvrit et Katie fit irruption, le petit garçon hurlant dans ses bras.

— Maman, qu'est-ce que je dois faire ? Il est terrifié.

Le visage de sa fille était livide.

— Prépare-lui un petit-déjeuner, dit Lottie. Je descends dans quelques minutes.

Lottie se traîna jusqu'à la douche, se lava rapidement et se sécha tout en essayant de trouver quelque chose à se mettre. Tout était éparpillé, comme dans sa tête.

À sept heures, Milot était enfin assez calme pour manger un bol de cornflakes. L'orage semblait être passé, mais la pluie ne cessait pas. Lottie jeta un coup d'œil à l'horloge. Tullamore pour l'autopsie à huit heures. Y parviendrait-elle ?

La porte d'entrée s'ouvrit et Rose Fitzpatrick entra, ruisselante sous son imperméable. Elle déposa sur la table une brique de lait et une miche de pain dont l'emballage se flétrissait. Katie s'échappa et monta les escaliers.

— C'est qui, lui ? Rose fit un signe de tête en direction du petit garçon.

Merde, pensa Lottie, *comment allait-elle expliquer la présence de Milot à sa mère* ?

— C'est une longue histoire. C'est lié à une enquête.

— Qu'as-tu fait cette fois ? dit Rose, les bras croisés.

— Rien. Je gère.

— Comme toujours.

La voix de Rose était chargée de scepticisme.

Lottie ébouriffa tendrement les cheveux du petit garçon avant de le prendre dans ses bras pendant que Rose mettait le lait dans le réfrigérateur. Calé sur sa hanche, Milot se serra contre elle pendant qu'elle se dirigeait vers la porte :

— Je suis en retard. J'apprécie que tu sois venue. Je n'aurais pas pu m'en sortir sans ton aide. Mais il n'était pas nécessaire que tu sois ici aussi tôt.

Elle se dirigea lentement vers la porte.

— Au fait, Mme Murtagh a-t-elle dit quelque chose sur la famille Phillips, les parents de Maeve ?

— Juste que Frank a accumulé ses biens mal acquis en Espagne et s'y est rendu quand Maeve était enfant, dit Rose. Il a laissé Tracy se démener pour élever la petite. Tiens, donne-le-moi. Pauvre petite chose. Je m'occuperai de lui jusqu'à ce que tu lui trouves un placement.

— Tu es sûre ? Lottie tendit Milot à sa mère et fut stupéfaite de voir le garçon s'asseoir placidement sur les genoux de sa mère. Merci.

— Je passerai l'aspirateur plus tard, dit Rose en caressant les cheveux de Milot. Quand as-tu nettoyé cette maison pour la dernière fois ?

Lottie ne répondit pas. En vérité, cela faisait si longtemps qu'elle ne savait même pas où elle avait mis l'aspirateur.

* * * * *

Dans la voiture, Lottie appela le commissariat pour repousser la réunion d'équipe à dix heures. Tandis qu'elle roulait à travers les flots d'eau projetés par les pneus, elle se demanda comment elle pourrait jongler avec tout ce qu'elle avait à faire.

Les essuie-glaces peinaient à suivre le déluge. Alors qu'elle quittait l'autoroute, son téléphone sonna. Chloé.

— Je ne peux pas aller à l'école aujourd'hui.

Un coup de tonnerre sembla s'écraser contre la voiture.

— Pourquoi tu ne peux pas ? Tu te sens malade ?

— Je crois que j'ai de la température.

— Reste au lit, alors.

Trop tendue pour discuter, Lottie ajouta :

— Mamie est là si tu as besoin de quoi que ce soit.

— Je sais. Elle fait le tour de la maison en passant l'aspirateur comme une sorcière sur son balai.

Elle l'avait donc trouvé. Lottie rit.

— Merci pour cette image.

— Au fait, dit Chloé, n'oublie pas que Sean a rendez-vous avec son thérapeute aujourd'hui.

En se garant sur le parking de la Maison des Morts, Lottie sentit une lassitude l'envahir.

Le vent se leva alors qu'elle courait vers la porte et une pluie tiède s'abattit sur son visage. Bien sûr, elle avait oublié son manteau.

* * * * *

La myriade de nettoyants et de sprays antiseptiques et antibactériens ne parvenait pas à masquer l'odeur de la morgue. Bien que la pièce carrelée et en acier inoxydable soit stérile, l'odeur dominante était celle de l'ammoniaque.

— Toujours aucune idée de l'identité de la première victime ? demande Jane. La fille enceinte ?

— Non. Lottie resserra son masque chirurgical autour de ses oreilles avant d'enfiler une blouse par-dessus ses vêtements humides. C'est tellement frustrant. Si nous pouvions l'identifier, nous aurions un point de départ. En l'état actuel des choses, sans rien savoir d'elle, nous ne disposons d'aucune base et d'aucun suspect à cibler.

— Je pense que vous pourriez avoir le même problème avec celle-ci. Je garderai le jargon technique et médical pour mes rapports.

Elle est morte depuis peut-être quatre jours, comme il a fait très chaud, il est difficile d'être précis. Je vais examiner les mouches et les larves. J'estime qu'elle a entre 18 et 25 ans et, à première vue, je ne vois aucun tatouage ou signe distinctif. À part la cicatrice dont je vous ai parlé. Elle est également très sous-alimentée.

Lottie laissa Jane et son équipe se mettre au travail et se mit à l'écart. Elle se concentra sur la médecin légiste qui décrivait les détails des vêtements de la victime à un magnétophone. Chemisier en coton bleu, jupe courte plissée en jersey noir, pas de collants ni de chaussures.

— Tous les vêtements sont intacts, dit Jane en examinant le chemisier à la recherche d'un impact de balle.

La victime n'avait pas de soutien-gorge, mais portait une culotte bon marché en coton blanc.

— À l'envers, ajouta Jane.

L'un de ses assistants mit les vêtements dans des sacs et les étiqueta.

— Ce salaud l'a déshabillée, l'a tuée, puis l'a rhabillée, déclara Lottie en se tapant dans les mains. Vous confirmerez s'il a lavé la plaie ? Et s'il y a des preuves d'agression sexuelle ?

Jane acquiesça.

— Et l'analyse de la mousse de la première victime ?

— Dès que j'ai quelque chose, je l'envoie. Et avant que vous ne le demandiez, je vais également vérifier si cette victime en a également.

Elle tourna le corps sur le côté.

— La balle l'a traversée de part en part. Entrée par le dos et sortie par l'estomac. On dirait qu'elle a été nettoyée. Si vous trouvez la scène de crime, vous trouverez peut-être la balle, dit Jane en continuant d'examiner la peau boursouflée.

Si cela éclate, pensa Lottie, *ils seront envahis par des odeurs putrides.* Elle se rendit compte qu'elle avait retenu sa respiration.

— Est-il possible qu'on lui ait tiré dessus dans la cour de Weir ? demanda-t-elle derrière son masque.

Elle se rappela qu'ils n'avaient pas trouvé de balle à cet endroit, bien que le corps ait été déterré à proximité.

— Le sang prélevé dans la cour sera comparé à l'ADN de cette fille et vous serez informée des résultats.

— Merci.

Lottie savait que le processus pouvait prendre des semaines.

Jane montra une cicatrice qui partait de l'abdomen de la jeune fille, remontait sur sa hanche gauche et faisait le tour de son dos.

— Elle est similaire à celle de la première victime. Je suis sûre que lorsque j'ouvrirai, je découvrirai qu'on lui a enlevé un rein.

— Quand pensez-vous que cela s'est produit ?

— Cela semble plus récent que pour l'autre fille. La suture est bonne, d'après ce que je peux voir. Une chirurgie professionnelle.

— Un médecin l'a assassinée ?

— À mon avis, c'est un médecin, ou quelqu'un de formé à la médecine, qui a pratiqué l'opération. Cela ne veut pas dire que c'est lui qui l'a tuée. Jane examinait les jambes de la victime. Elle se scarifiait.

— Une coupeuse?

— Automutilation, expliqua Jane. Des lacérations à l'intérieur des cuisses. Malgré la décomposition, je peux, à peu près, distinguer d'anciennes cicatrices.

Un assistant prit d'autres photos.

Lottie regarda attentivement Jane examiner l'ensemble du corps. Alors qu'elle soulevait le sein gauche de la victime, elle hésita et appela son assistante.

— Qu'est-ce que c'est? demande Lottie en se penchant pour voir.

— On dirait une cicatrice profonde à l'extérieur du sein. Un coup de couteau peut-être. Jane la montra du doigt, puis examina l'autre sein. Même chose ici. Il est possible qu'elle se soit infligé elle-même cette blessure.

— Comment quelqu'un peut-il s'infliger cela? Seigneur, elle a dû vivre de tels tourments.

— C'est facile à cacher, dit Jane.

— Mais sa famille ne l'aurait-elle pas remarqué?

— Si elle en a une.

Lottie secoua la tête, consternée.

Jane dit:

— Parfois, la seule façon pour les gens de gérer la douleur émotionnelle est de s'infliger une douleur physique. Dans certains cas, cela peut conduire au suicide. Mais comme nous le savons, cette fille a été assassinée.

La bile s'installa dans la gorge de Lottie. Elle avait besoin de s'échapper.

— Vous allez bien? demanda Jane en levant la tête, un scalpel à la main.

— Envoyez-moi votre rapport.

Lottie enleva sa blouse et ses gants et les mit dans le bac prévu à cet effet.

— Bien sûr, dit Jane. Faites attention à vous.

Lottie dut se forcer de ralentir pour ne pas se précipiter vers la porte. Elle n'avait pas peur des cicatrices visibles, c'était les cicatrices invisibles qu'elle ne pouvait pas supporter.

* * * * *

Elle entendit l'agitation avant d'ouvrir la porte du commissariat.

— Vous voilà! Tracy Phillips se propulsa vers Lottie. Où est ma Maeve? Pourquoi ne l'avez-vous pas trouvée? Je suis inquiète. Elle devrait être de retour à l'heure qu'il est…

— Mme Phillips. Tracy, dit Lottie en serrant le coude de la femme et en la conduisant vers un banc. Asseyez-vous une minute.

Tracy dégagea son bras. Les mains sur les hanches, elle dit:

— Je n'ai pas envie de m'asseoir. Je veux revoir ma fille!

— Nous faisons tout ce que nous pouvons pour la retrouver. Lottie secoua la pluie de ses cheveux, dégagea son T-shirt de son jean trempé et l'essora.

— Vraiment ? Où est-elle donc ? Avez-vous interrogé mon bon à rien de mari ? Sur la Costa del Sun, il est lié à toutes sortes de criminels. Il mérite d'être enfermé.

L'odeur de l'alcool éventé menaçait de submerger Lottie.

— Venez avec moi, dit-elle. Elle composa le code de la porte intérieure et entra dans la salle d'interrogatoire 1. Asseyez-vous, Tracy. S'il vous plaît.

— Je veux juste que vous retrouviez ma Maeve. Tracy déposa son sac à main en tissu mouillé sur la table et s'assit. Lottie tira une chaise et l'installa à côté d'elle.

— Nous avons essayé de contacter votre mari, dit-elle, sans succès. Cependant, je suis sûre qu'il n'a rien à voir avec la disparition de Maeve.

Elle aurait dit n'importe quoi pour l'apaiser, mais elle se demandait ce qui avait provoqué ce changement soudain. Tracy Phillips était une mère qui, pendant cinq jours, n'avait pas remarqué la disparition de sa fille et qui, maintenant, était à la limite de l'hystérie.

— Je sais que c'est différent, dit Tracy.

— Qu'est-ce que vous savez ?

Tracy s'affaissa sur sa chaise, les mains tremblantes, les lèvres agitées.

— J'ai eu de la visite hier soir.

— Votre mari, Frank ?

Une odeur de chair non lavée fit légèrement reculer Lottie.

— Cet imbécile ne quitterait son transat ou sa poupée pour rien au monde. Pas même pour sa fille. Non. Elle tira sur ses cheveux défaits. Avez-vous déjà entendu parler de Jamie McNally ?

Lottie s'efforça de garder un visage impassible tandis que son cœur battait la chamade.

— J'ai entendu parler de lui. Elle s'efforça de rester neutre. A-t-il téléphoné chez vous ?

— Oui. J'étais là, prête à aller me coucher, et lui, dehors, frappait à la fenêtre comme un esprit funeste.

— Comment connaissez-vous McNally ? demanda Lottie. Qu'est-ce qu'il voulait ?

Tracy hésita.

— Je… je ne le connais pas, mais cet idiot inutile en Espagne, lui, le connaît.

— Continuez.

— Je pense qu'il l'a envoyé ici pour demander des nouvelles de ma Maeve.

— Frank a envoyé Jamie McNally pour vous parler de Maeve ?

— Vous m'écoutez ?

Lottie réfléchit à cette information. Ils savaient que McNally était en ville, mais jusqu'à présent, ils n'avaient pas réussi à le trouver.

Et maintenant, Tracy lui donnait un lien précis entre Jamie McNally et Frank Phillips, et sa fille disparue.

— Tracy, nous savons que votre mari est impliqué dans des activités criminelles. Et vous le savez aussi.

— Oui, je sais que c'est un criminel et que je déteste tous les os de son corps. Mais je veux retrouver ma fille. Elle aurait déjà dû revenir si…

— Si quoi ?

— Rien. Je veux juste qu'elle rentre à la maison.

— Les activités de Frank pourraient-elles être liées à la disparition de Maeve ?

Tracy secoua lentement la tête.

— Pour être honnête, je n'en sais rien.

— Qu'a dit McNally ? demanda Lottie, maintenant que Tracy s'était calmée.

— Ce connard. Tout en arrogance, tout en puissance, tout en importance, dans un costume et une cravate noire. Il avait l'air d'un homme d'affaires digne de ce nom. Sauf que ses cheveux étaient gominés avec une tonne de gel et qu'il avait même une queue-de-cheval. L'abruti. Il a dit… il a dit que Frank lui avait demandé de prendre des nouvelles de Maeve. Elle saisit la main de Lottie. Qu'est-il arrivé à ma fille ?

— Je vous garantis que j'ai l'intention de le découvrir.

Lottie retira sa main et se retint de faire une promesse qu'elle ne pourrait peut-être pas honorer.

Tracy commença à fouiller dans son sac à main.

— Je suis désolée, mais j'ai besoin d'un verre. J'ai essayé de m'arrêter, mais McNally m'a fait peur. Je pensais que Maeve s'était enfuie. Mais maintenant, je ne suis plus sûre de rien.

Je connais ce sentiment, pensa Lottie.

— McNally vous a-t-il donné l'impression de savoir où Maeve pourrait se trouver, ou si elle avait été enlevée?

— Enlevée? Non. Il voulait juste savoir ce que vous faisiez, vous autres, et si vous aviez pris quelque chose dans la maison. J'avais peur de lui, alors je l'ai laissé jeter un coup d'œil dans la chambre de Maeve quand il l'a demandé.

— A-t-il dit quelque chose après ça?

— Il a juste dit: «*Maeve tient de son père.*»

— Qu'est-ce qu'il a voulu dire par là?

— Des goûts de luxe, c'est ce qu'il a dit. Vous vous souvenez de la robe bleue qui vous intéressait? Il l'a prise avec lui.

— Mon Dieu, pourquoi?

— Je n'en ai aucune idée. Je ne sais même pas où Maeve l'a eue.

Merde, pensa Lottie, *ils auraient dû sortir la robe de la maison.* Et puis zut. Pourquoi McNally s'y intéressait-il?

Observant Tracy Phillips, elle dit:

— Vous savez que vous pouvez tout me dire. Je vous promets que personne ne le saura à part moi et mes collègues.

— De quoi parlez-vous ?

— Y a-t-il quelque chose qui pourrait me mettre sur la bonne voie pour retrouver Maeve ? Quelque chose que vous ne me dites pas ?

— Inspectrice, vous avez des enfants, n'est-ce pas ?

— Oui, j'en ai.

— Pouvez-vous honnêtement dire que vous savez tout d'eux ?

Lottie réfléchit un instant.

Tracy continua :

— Je bois beaucoup. Je l'admets. Il y a donc des choses que je ne sais pas sur ma fille et des choses que je ne veux probablement pas savoir, mais je sais ceci. Ma Maeve ne s'enfuirait pas. Si j'étais vous, j'essaierais de trouver mon salaud de mari. S'il ne sait pas où elle est, vous pouvez être sûre qu'il connaîtra quelqu'un qui le sait.

* * * * *

Après le départ de Tracy, Lottie courut jusqu'au sous-sol et fit irruption dans le vestiaire. Elle avait cinq minutes pour se préparer avant la réunion de l'équipe. Elle enleva son T-shirt humide et en chercha un propre. Une fois habillée, elle se dirigea vers la porte.

Entendant quelqu'un de l'autre côté de la pièce, elle se mit à rêver du jour où les rénovations du bâtiment seraient terminées et où elle pourrait avoir un peu d'intimité. Les casiers mixtes n'étaient pas l'idéal. Elle jeta un coup d'œil. Boyd était en train de déboutonner sa chemise.

— Qu'est-ce que tu fais? demanda-t-elle en s'appuyant contre la porte et en croisant les bras.

Elle se souvint de Jackie à son appartement la nuit dernière. Lui dirait-il de quoi il s'agissait? Probablement pas. Et elle n'allait pas lui demander.

Boyd enfila une chemise propre.

— De quoi ça a l'air? Je me suis fait surprendre par la pluie torrentielle.

— Comment va Jackie? Pourquoi ne pouvait-elle pas se taire?

— Comment le saurais-je?

— Après tout ce qu'elle t'a fait subir, Boyd, je pensais que tu te rendrais enfin compte qu'elle n'est pas ton genre.

— Tu es mon entremetteuse personnelle maintenant ou quoi? Elle était mon type quand je l'ai épousée. Et comment saurais-tu quel est mon type de toute façon?

Il avait raison. Qu'est-ce qu'elle en savait? Mais elle ne pouvait pas s'en empêcher.

— Je ne veux pas que tu te ridiculises. Jackie arrive à Ragmullin avec ses grands yeux de biche et tu couches avec elle.

Elle décroisa ses bras et enfonça ses mains dans les poches de son jean.

Boyd frappa la porte du casier et lui fit face.

— Lottie, tu n'es pas ma mère. Essaie déjà d'être une mère pour tes propres enfants, avant de te permettre ce genre de choses, tu veux.

Elle s'éloigna de lui, la bouche ouverte.

— Comment oses-tu me dire une chose pareille ?

Elle vit ses épaules s'affaisser. Il lui saisit le bras :

— Je suis désolé. Tu sais que je ne voulais pas dire ça. Tu m'as juste mis en colère.

— Ne te cherche pas d'excuses.

Elle dégagea son bras d'un coup sec.

— Je vais te faire un café.

Boyd s'échappa par l'escalier et se dirigea vers la cuisine de fortune.

— Nous avons une réunion d'équipe, lui cria Lottie, et tu ferais mieux d'y être.

Chapitre 45

La peau de Maeve la grattait comme un gant de toilette bien usé. Elle essaya de se tourner sur le côté, mais la douleur limita ses mouvements. Les bras lourds, elle passa ses doigts sous son corps. Elle n'était pas sur le sol. Des draps froids sous elle. De l'humidité. Un lit. Elle leva la main. Du sang. Il sentait le cuivre, le métal corrodé. Était-ce le sien?

Elle tourna la tête. Des murs solides. Du béton nu. Pas de fenêtre visible. Aucun meuble. Une bande fluorescente poussiéreuse s'étirait au centre du plafond, projetant un faible halo jaune vers le bas, échouant dans sa tentative d'éclairer la pièce. Où était-elle?

Avec précaution, elle releva la tête et jeta un coup d'œil vers le bas de son corps. Elle était nue, même pas en sous-vêtements. Instinctivement, elle tenta de se couvrir, serrant sa peau de ses doigts fragiles. Une pointe de douleur la traversa et elle cria, mais seul un sanglot étranglé sortit de sa gorge.

Elle tenta de caresser l'endroit d'où l'atroce douleur provenait. Une humidité poisseuse glissa sur sa main. Elle se mordit la lèvre pour éviter un autre cri.

Une plaie traversait son abdomen et s'étendait en arc de cercle sur son bassin. Le sang descendait le long de son pubis et entre ses jambes. Les éclairages triangulaires des vitraux d'une porte lambrissée dansaient devant ses yeux, explosant en un millier de lucioles voltigeant dans l'obscurité.

Elle lutta pour rester éveillée, pour se sauver de son ravisseur inconnu. Que lui avait-il fait?

Je veux rentrer chez moi, s'écria-t-elle silencieusement, avant que la lumière ne se fonde en une longue ligne de noirceur.

Chapitre 46

Les membres de l'équipe étaient réunis dans la salle des homicides. Lottie avait été contente quand le commissaire Corrigan l'avait appelée pour lui dire qu'il devait prendre un congé maladie. Elle espérait qu'il n'était pas trop malade, mais en toute honnêteté, il n'avait pas eu l'air en forme de toute la semaine. Au moins, elle n'aurait pas à lui parler de Milot.

Debout, les tableaux d'enquêtes dans son dos, elle regarda son équipe. Des visages attentifs la fixaient. Elle s'apprêtait à leur donner un tas d'informations qu'ils connaissaient déjà et des questions sans réponse. Elle désigna la photo de la première victime du meurtre et commença à exposer les faits.

— Lundi. Première victime découverte à Bridge Street. Enterrée sous la rue. Elle a été trouvée par Andri Petrovci, un ouvrier contractuel chargé des canalisations d'eau. D'après les résultats de l'autopsie, nous savons que la victime a été déshabillée, qu'on lui a tiré dessus, que la plaie a été lavée, puis qu'elle a été rhabillée. Pourquoi a-t-il fait ça? Elle regarda les visages concentrés. Le contrôle? Le pouvoir?

— Parce qu'il le pouvait, déclara Boyd.

— Pour faire disparaître les preuves, suggéra Lynch.

Lottie dit:

— Le tueur a pris un grand risque en l'enterrant sous la rue où, quelques jours plus tôt, des entrepreneurs avaient creusé. Savait-il qu'ils reviendraient? Si c'est le cas, il voulait que le corps soit retrouvé. Pourquoi ? La victime était enceinte d'environ quatre mois et avait entre 16 et 20 ans selon les estimations. Selon le médecin légiste, sa structure osseuse suggère qu'elle est originaire d'Europe de l'Est ou des Balkans. De la mousse a été découverte sous ses ongles, mais pas d'ADN. Elle aurait subi une ablation chirurgicale d'un rein dans les douze derniers mois. Ce détail doit être tenu à l'écart des médias à tout prix. Compris ?

Un murmure d'assentiment parcourt la salle.

— Une balle s'est logée dans la côte de la victime. Pas de rapport de la balistique. Inspecteur Lynch, suivez cette piste.

Lynch acquiesça en griffonnant des notes.

— Oui, patronne.

— Nous n'avons aucune idée de son identité ou de l'endroit où elle vivait, mais nous pensons qu'elle résidait peut-être dans le centre de prise en charge directe dirigé par un ancien militaire, Dan Russell. Nous avons quelques informations sur lui, mais j'ai besoin que vous creusiez davantage. Trouvez tout ce que vous pouvez sur Russell et son entreprise.

Lynch répondit :

— Je vais m'y atteler.

— Pouvoir et contrôle, dit Boyd. Ex-officier de l'armée.

— Nous verrons bien.

Lottie s'appuya sur le tableau, réfléchissant à la suite de son discours. Elle opta pour Mimoza.

Avant que le corps ne soit découvert lundi matin, une jeune femme appelée Mimoza est venue chez moi avec son fils avant que je ne parte au travail. Elle m'a donné un mot. En gros, il dit que son amie Kaltrina a disparu et que cette Mimoza cherche de l'aide pour s'enfuir. De quoi, je ne sais pas. Nous ne savons toujours pas si Kaltrina est l'une des victimes du meurtre. Nous avons fait circuler ce nom, mais sans succès. Je n'ai aucune idée de l'endroit où se trouve Mimoza. Elle renonça à mentionner que Milot était apparu mystérieusement à sa porte la nuit dernière. Gardez cela à l'esprit tout au long de votre enquête. Il se peut qu'il y ait un lien.

Des visages impatients la regardèrent. Lottie prit une gorgée d'eau et poursuivit.

— Rendez-vous sur le site mardi. Au dépôt de démontage de voitures de Bob Weir, nous avons trouvé un impact de balle dans un mur du fond et du sang a été découvert sur le sol à proximité. À ce jour, nous n'avons pas de rapport de la balistique, ni d'analyse du laboratoire pour savoir si le sang était animal ou humain. Kirby, pouvez-vous les harceler pour obtenir des résultats?

— Je le fais tous les jours.

— Faites-le toutes les cinq minutes.

— Oui, patronne, gémit Kirby.

— Mercredi. On nous a signalé la disparition d'une jeune fille de 17 ans, Maeve Phillips, de Mellow Grove. Signalée par sa mère, Tracy Phillips. Maeve est la fille du criminel en exil Frank Phillips, que nous essayons actuellement de localiser. D'après ce que nous savons, la jeune fille a été vue pour la dernière fois vendredi, il y a une semaine aujourd'hui. Nous avons interrogé ses amis et des appels ont été lancés sur les réseaux sociaux et dans les médias. Aucune trace à ce jour. Il est possible qu'elle ait été enlevée. Je dois dire aussi que la mère de Maeve est un témoin peu fiable. Difficile de croire ce qu'elle dit. Jeudi, une deuxième victime de meurtre a été découverte dans Columb Street. Dans des circonstances similaires à celles de notre première victime. Enterrée sous la rue. Morte depuis au moins quatre ou cinq jours. Déterré par Andri Petrovci, qui a également trouvé le premier corps.

— Le suspect numéro un, alors ? demanda Boyd.

— Il a été interrogé et un prélèvement buccal a été effectué pour l'ADN, mais à ce jour, nous n'avons rien pour l'appréhender.

— Bon sang, il doit être impliqué. C'est un peu bizarre de trouver non pas un mais deux corps, non ? Boyd se leva et fit le tour de la pièce. Son alibi tient-il la route ?

Lottie serra les poings pour s'empêcher de lui dire de s'asseoir. Mieux valait le laisser déambuler.

— Petrovci vit seul et dit qu'il est chez lui tous les soirs. Ce matin, j'ai rendu visite à la médecin légiste, Jane Dore. Elle n'a pas encore terminé l'autopsie, mais elle a confirmé que la deuxième victime avait une cicatrice abdominale, ce qui l'amène à penser qu'on lui a aussi enlevé un rein. Cette cicatrice est plus récente que celle de l'autre victime, peut-être six mois. Encore une fois, je ne veux pas lire cela sur le web ou dans les médias. Est-ce que j'ai bien été claire ?

— Comme de l'eau de roche, dit Boyd.

Lottie poursuivit.

— Les sutures ont été faites par des professionnels, ce qui peut indiquer qu'un médecin qualifié…

— Ou un aspirant médecin, interrompit Boyd.

En enfonçant ses ongles dans la paume de ses mains, Lottie dit :

— Gardez cela à l'esprit lorsque vous établirez une liste de suspects.

— Nous ne savons même pas qui sont les victimes. Comment diable pouvons-nous trouver un suspect ? dit Boyd.

Lottie secoua la tête. Cela ne se passait pas comme prévu. Le seul point positif était que Corrigan n'était pas là pour en être témoin.

— Où en étais-je ? La balle est entrée dans le dos de la deuxième victime et est ressortie juste en dessous de la poitrine. La balistique confirmera s'il s'agit de la même arme que celle utilisée pour la première victime. Je suis sûr que c'est le cas. Cette fille a entre 18 et 25 ans. Également sous-alimentée. Mais une différence avec la première victime a été établie.

Un murmure d'intérêt se répandit dans la salle.

— Elle a beaucoup de cicatrices et de coupures sur le corps. Auto-infligées ? J'attends que Jane Dore confirme tout ce qui précède, plus tard dans la journée.

Elle but à nouveau une gorgée d'eau avant de poursuivre.

— Récapitulons. Les deux corps ont été retrouvés par Andri Petrovci. Il travaille pour les entreprises de distribution d'eau. Il est ressortissant du Kosovo. Rien ne permet encore de le relier aux meurtres. Et j'ai eu la confirmation qu'il n'est surveillé par aucune de nos équipes nationales de lutte contre la criminalité. Columb Street a été bouclée et fait l'objet d'une fouille, tout comme la cour de Weir. Un habitant du quartier, Willie Flynn, a signalé à l'inspecteur Kirby que la rue avait été fermée pendant un certain temps lundi soir ou mardi matin. Il a vu quelqu'un avec une camionnette blanche ramasser les panneaux de signalisation qui avaient été utilisés pour fermer la rue.

Kirby reprit la parole.

— La société de sécurité employée par Bob Weir pour patrouiller dans la zone n'a aucune trace de cette camionnette.

— Les lieux d'enterrement des deux filles se trouvent sous des rues à la périphérie de la ville, des zones calmes, facilement bloquées au milieu. Les gens sont tellement habitués à ce que des perturbations se produisent sans avertissement préalable que cela ne semblerait pas inhabituel. Mais nous devons rechercher les images de vidéosurveillance de tous les commerces qui donnent sur ces rues. Kirby, c'est encore pour vous.

Il acquiesça.

— Rien ne fonctionne, mais je vérifierai à nouveau.

— Comme nous n'avons aucun rapport dans la base de données des personnes disparues correspondant à la description des victimes, il est possible que les deux filles aient résidé au centre de prise en charge directe. Nous avons rencontré Dan Russell et il a nié connaître la première victime lorsqu'on lui a montré sa photo. Mais quand le sergent détective Boyd l'a interrogé sur Mimoza, nous pensons qu'il a menti en disant qu'il ne la connaissait pas. Alors, que prépare Russell ? Que cache-t-il ? Inspecteur Lynch, s'il vous plaît, dépêchez-vous de mener votre enquête. J'ai vraiment besoin de savoir à qui j'ai affaire.

— Je ferai de mon mieux, répondit Lynch.

— Avons-nous assez d'éléments pour obtenir un mandat de perquisition pour le centre de prise en charge directe ? demanda Kirby.

— Il n'y a que des soupçons, dit Lottie. Une autre chose à noter est que Jamie McNally est revenu à Ragmullin, comme je suis sûre que vous le savez tous. D'après nos meilleures informations, il est entré dans le pays mercredi dernier. Juste avant que les corps ne commencent à apparaître. Intéressant, n'est-ce pas ?

Elle désigna la photo de McNally épinglée sur le tableau et regarda Boyd.

— Mais si c'est lui, quel est son mobile ? demanda Boyd.

— Je n'en sais rien. Les meurtres n'ont peut-être rien à voir avec lui, mais hier soir, McNally a rendu visite à la mère de Maeve Phillips. Il a pris dans la maison une robe coûteuse qui était suspendue dans l'armoire de Maeve. Nous avions déjà déterminé qu'elle avait été achetée en ligne et livrée le 5 avril à l'adresse de Maeve. Nous ne savons pas encore qui l'a achetée. On ne sait pas non plus pourquoi Jamie McNally l'a prise. Mais nous savons maintenant que McNally travaille avec Frank Phillips, le père de Maeve. Cet individu est-il lié aux meurtres ? Lottie laissa cette question en suspens pendant un moment. Sergent détective Boyd, voyez ce que vous pouvez trouver. Je crois que vous connaissez quelqu'un qui peut nous aider.

Boyd décroisa les bras et serra les poings. Il n'avait pas l'air ravi de la tâche qui lui était confiée. *Des emmerdes à venir*, pensa Lottie. Un murmure étouffé s'éleva parmi les membres de l'équipage.

— Des questions ?

L'inspecteur Lynch se leva.

— Cet Andri Petrovci me semble être un suspect de premier ordre.

Lottie réfléchit.

— À part McNally et peut-être Russell, c'est le seul suspect jusqu'à présent. Mais pourquoi aurait-il déterré les corps s'il les avait enterrés ?

— Pour attirer l'attention ? proposa Lynch.

— Cela n'a pas de sens. La façon dont les meurtres et les corps ont été gérés me fait penser à un maniaque du contrôle. Je ne suis pas sûr qu'il corresponde à ce profil. Mais en trouvant les corps, il les a contaminés. Son ADN ne servira probablement à rien.

— Il s'en tire trop facilement, protesta Lynch. Je lui ai parlé deux fois et il utilise certainement la barrière de la langue pour nous empêcher de creuser trop profondément.

Lottie réfléchit un instant. Elle savait généralement bien lire les personnalités, mais elle n'était pas du tout sûre pour Andri Petrovci. Pourquoi lui avait-elle demandé de traduire la lettre de Mimoza ? Une grosse erreur de sa part ? Bon sang, elle espérait que non.

— D'accord. Elle céda. Voyez ce que vous pouvez trouver sur lui et nous le ramènerons. Autre chose ?

— Comment le tueur choisit-il ses lieux de sépulture ? demanda Boyd.

— Il semble connaître les habitudes des entrepreneurs, ajouta Lynch.

— C'est indiqué sur le site Internet du conseil municipal, dit Kirby.

— Quoi ? dit Lottie.

— La page sur la gestion du trafic, en ligne, indique où ils ont l'intention de travailler une semaine à l'avance.

— Cela désigne encore Petrovci, dit Lynch en enfonçant son stylo dans sa queue-de-cheval.

— J'ai dit que nous allions le faire venir à nouveau. Lottie sut qu'elle était en train de perdre le contrôle de la réunion. Quelqu'un a-t-il mis la main sur une base de données du ministère de la Justice répertoriant les résidents du centre de prise en charge directe ?

— J'ai reçu une liste par mail, déclara Lynch. Il a fallu beaucoup d'efforts pour y arriver. Russell gère cela comme une entreprise privée. Mais le ministère de la Justice a cédé et a envoyé la liste.

— Je soupçonne qu'ils pensent qu'il respecte leurs règlements, mais je n'en suis pas si sûr. Nous devons examiner les noms en détail.

— J'ai fait une recherche rapide. Personne ne s'appelle Mimoza ou Kaltrina sur la liste.

— Merde, dit Lottie.

— Cela met Russell à l'abri ? demanda Boyd.

— Pas le moins du monde, dit Lottie. Qu'est-ce qui l'empêche d'avoir sa propre liste officieuse ?

— Pourquoi ferait-il ça ?

Kirby se leva, fouillant dans la poche de sa chemise pour y trouver un cigare.

— Je ne sais pas encore, mais c'est la chose la plus évidente à faire si vous avez quelque chose à cacher.

Boyd dit :

— Nous ne savons pas s'il a quelque chose à cacher.

— Si c'est le cas, j'ai l'intention de le découvrir.

Lottie passa quelques minutes à revoir tous les détails qu'elle avait exposés et à mettre en place une équipe dédiée à la gestion de la disparition de Maeve Phillips. Puis, alors que les conversations allaient bon train et que les détectives secouaient la tête, elle renvoya tout le monde au travail.

Un doute tenace la tenaillait. Elle n'avait pas parlé à l'équipe de l'arrivée de Milot chez elle. Elle n'aurait pas aimé que l'un d'entre eux dissimule des informations, mais elle était en train de le faire elle-même. Se réconfortant avec le fait que Boyd n'avait rien dit à ce sujet, elle sut qu'elle devrait suivre l'affaire elle-même.

— Tu n'avais pas parlé de café? demanda-t-elle à Boyd en passant devant lui.

Chapitre 47

— J'ai dit que j'étais désolé. Boyd fit chauffer la bouilloire. À propos de ce que j'ai dit tout à l'heure. Mais tu as insinué que je savais quelque chose sur McNally. C'était un peu bas.

— Moi aussi, je suis désolée. Nous savons que McNally était chez Maeve Phillips hier soir, expliqua-t-elle à nouveau.

Il serait inutile de se disputer avec la seule personne qui écoutait ses doléances.

— Oui. Envoyé par le père de la jeune fille.

— Lorsque Jackie a appelé pour te parler hier soir, demanda Lottie tout en versant du café dans les tasses, a-t-elle parlé de McNally ?

— Non. Il versa l'eau. Je me suis débarrassé d'elle immédiatement.

— Alors, que vas-tu faire de McNally ?

— Que vas-tu faire du petit garçon ?

— J'aimerais que tu ailles te faire foutre, dit Lottie avec un sourire.

Il répondit :

— Fais attention à ce que tu souhaites.

Ils ramenèrent leurs cafés au bureau. Boyd s'installa sur le bord du bureau de Lottie, une tasse de café noir à la main, assortie aux cernes sous ses yeux. Elle feuilleta un dossier. Il posa sa main sur la sienne.

— Lottie ?

Elle leva les yeux et perçut le sérieux de son regard.

— L'Agence pour l'enfance et la famille ? Tu les as contactés ? Tu as le numéro.

Elle soupira.

— Pas encore.

— Pour l'amour de Dieu…

— Écoute-moi. Le garçon pourrait savoir quelque chose et une fois qu'il sera dans le système, il sera perdu pour nous. Je dois gagner du temps. D'une manière ou d'une autre. Il faut s'occuper de toute la paperasse. En attendant, nous pourrons lui poser des questions.

— L'interroger ? À propos de quoi ? Un enfant de 4 ans sans sa mère ? Sois réaliste, s'il te plaît.

Lottie se leva rapidement, cognant la tasse dans la main de Boyd avec son coude. Le café éclaboussa sa chemise blanche. D'un bond, il s'éloigna du bureau. Il était recouvert du liquide brûlant.

— Désolée, dit-elle.

— C'est ma dernière chemise.

— Écoute, Boyd. Elle posa sa main sur son bras. Il continua d'essuyer la tache sans la regarder dans les yeux. Elle retira sa main. Il n'a pas plus de 4 ans. Il a trouvé ma maison alors qu'il n'y est venu qu'une seule fois. Il doit vivre en ville. Probablement au centre de prise en charge direct. Sa mère est venue me demander de l'aide. Je ne lui ai pas accordé suffisamment d'attention sur le moment, mais je pense maintenant qu'elle en a vraiment besoin.

— Que vas-tu faire ? demanda Boyd, renonçant à sauver sa chemise. Garder le garçon ? Ça s'appelle un enlèvement.

— Tu sais ce que tu peux faire ?

Lottie ramassa son sac et passa devant lui.

— Aller me faire foutre ?

Elle lui sourit, mais claqua tout de même la porte en sortant.

Même si Boyd ne voulait pas être de la partie, elle allait découvrir pourquoi Milot avait atterri chez elle. Son instinct lui disait que Mimoza était en danger. Et elle savait que son instinct avait toujours raison. Enfin, presque toujours.

Debout dans le couloir, respirant profondément, elle entendit la porte du bureau s'ouvrir derrière elle et sentit Boyd s'approcher.

Sans préambule, il lui dit :

— Tu penses vraiment qu'ils vivaient dans l'installation bizarre de Russell ?

— Je ne sais pas. Mais c'est logique. C'est à proximité. Mimoza marchait et je l'ai vue rejoindre une fille au bout de ma rue.

— Quelle fille ?

— Je me souviens vaguement qu'elle était petite, noire, mais je n'en suis pas sûre.

— Je vais ouvrir un dossier de personne disparue pour Mimoza.

— Comment ? Je ne sais rien d'elle. J'ai besoin de détails, de sa photo. Je ne suis même pas sûre qu'elle ait disparu.

Faisant les cent pas dans le couloir encombré, contournant les cartons, elle dit :

— Nous trouverons un interprète pour le garçon.

— Tu pourrais demander à l'ami O'Hara qui travaille au centre de prise en charge directe.

— Ne sois pas stupide. Et si c'était de là qu'ils venaient ? dit Lottie. Le centre est à deux pas de chez moi, ajouta-t-elle. Ce n'est pas si loin pour un enfant de 4 ans, s'il a coupé le long du canal ou s'il a été amené par là. Et la route du canal est bordée de cerisiers en fleurs.

Elle s'engagea dans le couloir.

— Il y a des pétales partout après toute cette pluie. Où diable vas-tu maintenant ?

Lottie continua de marcher.

— Essayer de passer au-dessus de l'attitude d'obstruction de Dan Russell.

— Lottie…

— Quoi ?

— Tu te souviens que tu m'as raconté ce que le commissaire t'a dit l'autre jour, à propos de rester tranquille ?

— Boyd, je crois que tu as un problème d'audition.

S'élançant dans les escaliers avant qu'il ne puisse l'arrêter à nouveau, elle entendit le bruit de son poing frappant le mur.

Chapitre 48

— Vingt Major, dit Boyd.

Il avait besoin d'une cigarette. Il en avait grand besoin. Lottie lui tapait sur les nerfs ce matin. Il ouvrit son portefeuille et tendit sa carte bancaire.

— Désolée, dit le vendeur. Nous ne prenons que du liquide pour les cigarettes et le Loto.

— Vraiment ?

— Oui. Les frais bancaires, vous savez. Énormes.

Boyd soupira et fouilla dans son portefeuille à la recherche d'un billet de dix et compta la monnaie. Il était sûr d'avoir eu cinquante dollars. Aucune trace.

Il mit les cigarettes dans sa poche et, en refermant son portefeuille, il remarqua un morceau de tissu blanc qui dépassait de l'endroit d'où il avait tiré les billets.

Le vendeur lui rendit dix cent. Il la repoussa d'un geste de la main et quitta le magasin. Alors qu'il se dirigeait vers le commissariat en ouvrant son paquet de cigarettes, il se souvint du morceau de tissu. Il sortit son portefeuille pour y jeter un coup d'œil.

— Marcus ! Tu es là.

Adossée à la barrière des marches du commissariat, le soleil derrière la tête, Jackie apparut comme un spectre dans la lumière.

— Il faut que je te parle, dit-elle.

Boyd remit le morceau de tissu dans son portefeuille et tenta de la contourner, mais elle lui attrapa le bras, le tirant vers le bas des marches.

— Quoi, Jackie ? dit-il.

— Ce n'était pas très agréable hier soir, tu m'as poussée dehors et tu m'as fermé la porte au nez. Ce n'était pas gentil du tout, Marcus.

— Tu vas arrêter de m'appeler comme ça ? Qu'est-ce que tu veux ?

— Une petite discussion.

Boyd la prit par le coude, l'entraîna loin du commissariat et marcha en silence vers le pont du canal. Il ne voulait pas que quelqu'un entende ce qu'elle avait à dire.

— Heureusement que je ne suis pas en talons, dit Jackie lorsqu'il s'arrêta enfin et s'appuya sur le pont.

Regarder l'eau verte et trouble lui rappela instantanément ce qu'il ressentait. Il n'aimait pas être pris au dépourvu, mais Jackie avait toujours eu le don pour ça. Il lui jeta un coup d'œil et, malgré tout ce qu'elle lui avait fait, un flash de désir le transperça. *C'est fini*, se rappela-t-il. *Bon sang.*

— Je n'ai pas toute la journée, alors allez, de quoi veux-tu parler ?

— Je dois te prévenir… commença-t-elle.

— Quoi ? Il se tourna vers elle. Pour autant qu'il s'en souvienne, Jackie n'avait jamais pensé qu'à elle.

— C'est à propos de Jamie.

— Qu'est-ce qu'il y a ?

— Il est très dangereux.

Boyd rejeta la tête en arrière et se mit à rire.

— Ah, continue, Jackie. Raconte-moi quelque chose de nouveau.

— Ne te moque pas de moi, Marcus. J'ai remarqué des choses récemment. C'est ce que je voulais te dire hier soir. J'ai appelé la veille aussi, mais tu n'étais pas là. Il y a des choses que tu dois savoir.

Sa main se posa sur son bras. Sa peau le picota. Il s'éloigna et enfonça ses mains dans ses poches. *C'est plus sûr*, pensa-t-il.

— J'attends, dit-il.

— Pouvons-nous aller ailleurs ? Prendre un verre. Parler comme des adultes, dit-elle.

Il la contourna et recula, les mains levées.

— Tu joues avec moi et je n'aime pas ça. Je doute que tu aies vraiment quelque chose à me dire, alors tu sais quoi, je retourne travailler.

Il se mit à marcher.

— Il est impliqué dans la contrebande.

— Bon sang, bien sûr que je le sais. McNally est impliqué dans les armes et la drogue depuis qu'il sait marcher, dit-il par-dessus son épaule.

— Mais maintenant, ce sont les femmes, les filles.

Boyd s'arrêta, se retourna et fixa Jackie. Il haussa les épaules. Il n'a jamais su lire dans les pensées de sa future ex-femme.

— Trafic d'êtres humains ? McNally ? Je l'aurais fait tomber pour beaucoup de choses, mais pas pour ça.

— Je sais. C'est ce qui me fait peur.

Boyd revint lentement vers elle.

— Pourquoi me dis-tu cela?

— J'ai besoin de m'éloigner de lui. Tu dois m'aider.

— Il y a toujours un piège avec toi, n'est-ce pas?

— Tu m'aideras?

Elle battit des cils comme une petite fille qui joue à la grande, pour le séduire.

Malgré tous ses efforts pour refuser, parce que Jackie n'était rien d'autre qu'une source d'ennuis, Boyd acquiesça.

— Je suis occupé. Je te parlerai plus tard. Donne-moi ton numéro. Je t'enverrai un texto.

Malgré toute sa rancœur, il était obligé de l'écouter. Il devait savoir ce qui avait ramené Jamie McNally à Ragmullin. Son devoir était de faire son travail, non de s'occuper de Jackie. Mais si elle avait vraiment peur, il devait probablement l'aider.

— N'oublie pas.

Elle prit son stylo et écrivit son numéro dans son carnet avant de lui déposer un baiser sur la joue et de se précipiter sur le pont.

Il la regarda partir. Dans quoi s'était-il encore embarqué? Prendre exemple sur Lottie et sauter à pieds joints dans l'eau. Il savait qu'il allait se mouiller, il espérait juste ne pas se noyer.

Chapitre 49

Le ciel couleur bleu marine menaçait d'éclater, des nuages noirs glissant à ras du sol lorsque Lottie franchit les portes de l'ancienne caserne.

En se dirigeant vers les bureaux de Russell, elle ne put s'empêcher de remarquer à quel point les bâtiments s'étaient délabrés depuis le départ de l'armée. Dans la rigole humide qui longeait le sentier, des pièges à nuisibles étaient nichées contre le mur à intervalles réguliers. Des mauvaises herbes perçaient le bitume, poussant entre le macadam fissuré et les pavés disjoints.

Un groupe de femmes était rassemblé autour de la porte de la cuisine. *Enfin un peu de vie*, pensa Lottie. Elles pouvaient même parler un peu l'anglais, avec un peu de chance. Elle traversa le chemin et se dirigea vers elles.

— Inspectrice, par ici.

Elle se retourna pour voir Dan Russell debout à l'entrée de son bureau. Impeccable dans son pantalon bleu marine, sa chemise blanche et sa cravatte sombre. Tandis qu'elle portait un T-shirt froissé et un jean délavé. *Génial*, se dit-elle.

Elle hésita, son regard oscillant entre les femmes et Russel. Mais les premières, comme si elles avaient senti l'hésitation, s'éclipsèrent rapidement de la cuisine.

— Je peux voir ce qui se passe ici ? demanda-t-elle.

Russell la rejoignit en affichant un sourire cordial.

— Bien sûr. Suivez-moi. Nous menons un projet très intéressant en ce moment.

Elle remarqua que son visage se détendait, comme s'il était soulagé. De toute évidence, il ne voulait pas qu'elle parle à qui que ce soit sans son accord. Ils traversèrent la place en direction d'un bâtiment dont elle se souvenait, du temps d'Adam, comme étant le mess des sous-officiers. Remarquant encore plus de pièges à nuisibles le long des murs extérieurs, elle demanda :

— Avez-vous un problème d'infestation ?

— Oui, mais ce n'est rien comparé à la ferme des poulets.

— La ferme des poulets ? Ça me dit quelque chose.

— C'était notre camp de base au Kosovo. Un endroit horrible.

Il poussa la porte du mess et la fit entrer. Lottie regarda autour d'elle. Les murs étaient couverts d'affiches, la peinture s'écaillait au plafond. C'était très différent du temps où Adam et elle passaient des soirées ici. À l'époque, il y avait un feu qui flambait dans le grand foyer, des groupes d'hommes qui jouaient au billard et une poignée d'habitués qui s'agglutinaient au bar, racontant les tirs de snipers d'une mission de maintien de la paix. Elle avait adoré ces soirées. La camaraderie et l'amitié. Maintenant, c'était fini, dans tous les sens du terme.

Russell la conduisit dans la salle de réunion principale. Des rangées de bureaux et de chaises étaient alignées dans une symétrie parfaite. Quatre ordinateurs étaient disposés sur des tables le long d'un mur. Elle compta dix jeunes filles en uniforme scolaire. Que faisaient ces écolières ici ? Elles donnaient des cours aux femmes ? Les filles lisaient des pages, assises à des bureaux, avec une femme à côté de chacune d'entre elles. Les femmes portaient des vêtements bon marché semblables à ceux que Mimoza avait. Une jeune femme était assise près du mur latéral, feuilletant paresseusement les pages d'un magazine. Lottie crut reconnaître une enseignante de l'école de Chloé. Alors qu'elle s'apprêtait à lui parler, un homme qui était en train de montrer quelque chose à l'une des femmes sur un ordinateur se retourna et se leva, lui bloquant la vue sur l'enseignante.

— Bonjour, dit-il en s'approchant d'elle et en lui tendant la main.

Lottie la serra, surprise par sa fraîcheur.

— Inspectrice Lottie Parker.

— Je suis George O'Hara, ajouta-t-il.

— Enchantée de vous rencontrer. Pouvez-vous me dire ce qui se passe ici ?

— C'est un projet linguistique.

— Et vous êtes le tuteur ? demanda Lottie.

George O'Hara était plus âgé qu'elle ne l'avait imaginé, peut-être la trentaine. Le crâne rasé de près, il portait des vêtements semblables à ceux de Russell. Une sorte d'uniforme ? Ses pieds étaient chaussés de chaussures en cuir marron. Pas de chaussettes. Les chevilles étaient bronzées. Elle supposa que c'était mieux que les sandales ouvertes de Kirby.

O'Hara jeta un coup d'œil à Russell.

— Oui, je le suis. À temps partiel pour l'instant.

Une agitation au fond de la salle attira l'attention de Lottie. Emily Coyne, les cheveux bouclés, s'était levée d'un bond de son siège.

— Bonjour, Mme Parker. Voici ce que Chloé fera l'année prochaine, dit-elle tout en remontant ses lunettes sur son nez.

— C'est le projet dont vous avez parlé l'autre jour?

— Oui, c'est génial. Nous enseignons l'anglais.

— Le moins que l'on puisse dire, c'est que c'est un peu inhabituel.

— C'est tout nouveau. Vous pouvez poser des questions à Mlle Scully si vous le souhaitez. Elle désigna l'enseignante qui avait l'air de s'ennuyer. C'est passionnant. Toutes ces femmes ont de si belles histoires. Je pense que je vais écrire un livre sur leurs aventures.

Dan Russell se déplaça entre Emily et Lottie.

— Je doute qu'elles qualifient leurs expériences comme des aventures.

Lottie observa Russel. Était-il en train de minimiser ce que vivent les jeunes femmes?

Emily, elle, n'en avait cure.

— George est brillant. J'aimerais qu'il enseigne dans notre école.

— C'est gentil, Emily, dit George.

Lottie sursauta lorsqu'il se mit à caresser le bras de la jeune femme. Un geste vraiment intime pour ce contexte.

— De quel type de classe s'agissait-il?

Emily retourna auprès de son élève.

Lottie se concentra sur le tuteur.

— Je peux parler à certaines de ces femmes ?

— Leur anglais est très limité, intervint Russell.

— Je peux interpréter ce qu'elles disent pour vous, proposa George.

Leur conversation fut interrompue par un grand cri poussé par l'une des écolières.

— J'en ai vu un autre ! Je le jure devant Dieu, il m'est passé sur le pied !

— Calme-toi, dit Russell. Ce n'est qu'une souris. Elle ne peut pas te faire de mal. Assieds-toi.

George O'Hara se précipita vers la jeune fille, lui prit la main et l'aida à descendre de la chaise. Une fois qu'elle fut assise, il resta à ses côtés, lui massant les épaules, comme pour la réconforter.

Lottie se sentit mal à l'aise. Elle jeta un coup d'œil à Mlle Scully, toujours absorbée par son magazine. Bon sang, il pouvait se passer n'importe quoi ici, tout le monde s'en fichait.

— Il faut que je vous parle, dit-elle à Russell.

— Vous en avez déjà vu assez, dit-il en se plaçant à ses côtés.

— Plus qu'assez.

— Venez dans mon bureau et nous pourrons discuter.

* * * * *

Lorsqu'ils furent installés dans son bureau, Lottie posa la photo sur le bureau de la deuxième jeune fille retrouvée morte. Elle observa sa réaction. Un éclair traversa son regard.

— Qu'est-ce que c'est? demanda-t-il d'une voix basse.

— Une autre victime de meurtre. La connaissez-vous?

— La connaître? Je n'arrive même pas à distinguer ses traits. Il passa ses doigts sur sa moustache et des perles de transpiration apparurent sur son front.

Lottie s'assit sur le bord du fauteuil, les bras croisés. La photographie était posée sur le bureau, entre eux, tendue comme une menace silencieuse.

Il ne lui fallut que quelques secondes pour se ressaisir.

— Je ne la connais pas. Je suis désolé.

Il baissa la main et repoussa la photo vers elle.

— Vous m'avez posé des questions en début de semaine sur une fille qui s'appelle Mimoza.

Elle retint son souffle et acquiesça doucement.

— J'ai fait un petit travail d'investigation pour vous. Il s'avère qu'elle résidait bien ici.

Pourquoi décide-t-il soudain de se rendre utile? se demanda Lottie. Peu importait, elle pouvait enfin obtenir un mandat de perquisition.

Elle garda son expression neutre:

— Je veux lui parler.

C'est alors qu'une idée lui vint à l'esprit. Maria Lynch avait dit que Mimoza ne figurait pas dans la base de données officielle des résidents. Russell mentait-il ?

— Impossible, dit-il.

— Comment ça, impossible ? Je dois lui parler. De toute urgence.

— Mimoza Barbatovci était ici, mais malheureusement il semble qu'elle se soit enfuie.

— M. Russell…

— Dan.

Lottie soupira. Si Mimoza avait disparu, il était clair que Russell voulait la retrouver. C'était la seule explication logique pour qu'il révèle le fait qu'il connaissait l'existence de la jeune fille.

— Depuis quand a-t-elle disparu ?

— Je ne suis pas sûr. C'est la nuit dernière que nous avons remarqué qu'elle et le garçon avaient disparu.

— Quel garçon ? demanda Lottie.

Elle aussi pouvait facilement jouer la comédie.

— Son fils. Il est parti lui aussi.

— Vous ne l'avez pas signalé à ce moment-là ?

— Je vous le dis maintenant, non ? Russell sourit.

— Avez-vous une photo d'eux ? J'en ai besoin pour rendre publique leur disparition, dit-elle.

— Je pensais que vous pourriez le faire sans trop de publicité. Je ne veux pas que mon établissement ait une mauvaise réputation.

— Une photo serait utile, insista-t-elle.

Russell ouvrit son ordinateur portable, tapa rapidement sur son clavier et une imprimante se mit à vrombir dans un coin de la pièce. Il la saisit et la lui tendit.

Lottie regarda la photo. Mimoza avec son fils dans les bras. Pas de hijab et ses cheveux noirs flottaient autour de son visage fin. Le jeune garçon avait son pouce dans la bouche, son autre main agrippait une vieille peluche lapin. Lottie plia la page et la mit dans son sac avant que Russell ne puisse changer d'avis.

— Comment se fait-il que vous ayez ça ? demanda-t-elle.

— Elle a été prise quand ils sont arrivés. Je l'avais oubliée jusqu'à ce que je fouille dans les dossiers.

— J'ai besoin de voir son dossier, dit-elle.

— C'est confidentiel.

— J'ai besoin de tout savoir sur cette fille si je veux mener une enquête correcte.

— Il n'est pas nécessaire de mener une enquête approfondie, inspectrice. Vous n'avez qu'à fouiner de votre côté. Une femme de votre compétence devrait être capable de les trouver, pas vrai ?

— M. Russell, je n'ai pas besoin que vous me disiez comment faire mon travail.

— Je ne suis pas d'accord, inspectrice Parker. Il se rassit sur sa chaise, une certaine suffisance durcissant son visage. Vous voyez, il y a des choses que je sais sur votre mari. Des choses que vous préféreriez que je taise. Il est donc dans notre intérêt à tous les deux que vous fassiez ce que je vous dis.

Un sourire creux étira ses lèvres.

Le sang de Lottie se glaça et elle se pencha sur le bureau.

— Ne vous avisez pas de me menacer. Vous n'avez aucune idée…

— Je vous informe simplement qu'il y a certaines vérités que vous ne voudriez absolument pas rendre publiques. Croyez-moi, je le sais, dit-il en lui coupant la parole.

— Qu'est-ce que vous insinuez ?

Elle resta debout. Son calme l'exaspérait. Elle lui avait déjà posé des questions sur Adam et il s'était montré évasif. Maintenant, il se servait ouvertement de son défunt mari comme d'une menace. Elle ouvrit la bouche pour reprendre la parole. Il leva la main pour la faire taire.

— Je ne veux pas entrer dans les détails pour le moment, car je suis très occupé. Il suffit de dire que si vous retrouvez cette fille et son enfant, les informations que j'ai ne remonteront jamais à la surface.

Lottie se dirigea rapidement vers la porte et le regarda à nouveau.

— Je n'ai pas l'intention de céder à vos viles intimidations. Vous allez regretter d'avoir osé essayé.

— J'en doute fort. Si quelqu'un doit le regretter, c'est bien vous. Maintenant, si vous avez fini, fermez la porte en sortant.

Incapable de trouver une réplique appropriée, Lottie sortit du bureau, laissant la porte grande ouverte.

* * * * *

Il observa l'inspectrice traverser la cour à grandes enjambées, quittant le bloc A alors que le ciel se couvrait tout d'un coup et que la pluie commençait à tomber. Elle avait un joli cul dans son jean moulant délavé. *Se prenait-elle pour une adolescente en s'habillant de la sorte ? Pour qui elle se prenait exactement celle-là ?*

Mais il savait exactement qui elle était, et tout sur sa famille. Il entendit son chien derrière lui et se retourna.

— Tu en as attrapé un, cabot ? lança-t-il d'un ton joyeux. Oh, c'est un gros morceau cette fois-ci !

Le chien s'assit tranquillement, la gueule encore fermée sur le rat, et leva les yeux vers Russel qui lui sourit.

Chapitre 50

Les résultats préliminaires de l'autopsie de la deuxième victime se trouvaient dans la boîte mails de Lottie lorsqu'elle est revenue au bureau. Comme promis, Jane en avait simplifié les termes pour que Lottie puisse le comprendre immédiatement.

Cause de la mort : coup de feu.
Entrée : haut du dos.
Organes atteints : poumons, cœur, rate.
Décès : instantané.
Sortie de balle : sous la poitrine.
Balle : non retrouvée.
Rein gauche : enlevé chirurgicalement
dans les trois derniers mois.
Septicémie.
Plaie lavée.
Sous les ongles : traces de mousse logées dans deux ongles
du pied droit. Mousse envoyée pour analyse et observation du sol.
Corps possiblement lavé.
Cicatrices anciennes : automutilation possible.
Lettre K marquée sur la cheville droite :
Peut-être l'empreinte d'un ancien bracelet.

Lottie s'arrêta sur cette empreinte. K. *Intéressant*, pensa-t-elle. Cela confirmait-il que la deuxième victime était Kaltrina ? Et cette mousse ? Qu'est-ce que cela signifiait ? Les deux filles avaient de la mousse sous les ongles. Il y avait un lien. Mais lequel ?

Elle leva la tête lorsque Boyd entra dans le bureau.

— Tu es trempée, lui dit-il.

— Je vais me changer à la maison, dit-elle tout en se levant. Jette un coup d'œil à ça. Vois ce que tu en penses, en particulier la partie sur la mousse.

— Comment ça s'est passé avec Russell ?

Elle réfléchit un instant à la menace de Russell. Devait-elle en parler ? Non, pas maintenant.

— Il m'a dit que Mimoza était une résidente et qu'elle et son fils semblaient avoir disparu.

— Tu lui as parlé de Milot ?

— Pour qui tu me prends ? Bien sûr que non.

— Je ne sais pas, mais il serait intéressant d'entendre ce qu'il a à dire.

— Je lui ai montré la photo de la dernière victime et…

— Je parie qu'il la connaissait.

— Tu vas me laisser finir une phrase, Boyd ?

Quand elle fut sûre qu'il se tairait, elle ajouta :

— Je pense qu'il la connaissait.

— Je te l'avais dit.

— Je ferais mieux d'aller me changer. On se voit plus tard. Et tiens-moi au courant de tes avancées.

— Quelles avancées ?

— Exactement. Appelle Jane. Vois combien de temps prendra l'analyse du sol et de la mousse.

Elle le laissa, secouant la tête, tandis qu'il s'asseyait à son bureau pour lire le rapport.

* * * * *

Lottie se précipita chez elle et enfila rapidement des vêtements secs, puis jeta un œil dans la chambre de Chloé qui dormait profondément.

Milot était assis sur les genoux de Katie dans la cuisine, en train de manger des nuggets de poulet. Lottie s'assit et regarda sa fille. Elle songea qu'il y avait seulement quelques années, Katie était encore une enfant, et que maintenant elle n'était plus que l'ombre d'elle-même. Depuis la mort de Jason, elle portait cette douleur comme une seconde peau.

— Grand-mère est rentrée chez elle, lui dit Katie. J'ai trouvé ces nuggets dans le congélateur et je les ai mis au four. Il a l'air de les aimer.

Milot sourit et un morceau de poulet tomba de sa bouche.

— J'ai des mouchoirs quelque part.

Lottie ouvrit son sac en cuir. Elle mit de côté la photo de Mimoza et Milot que Russell lui avait remise. Elle devrait l'afficher sur le tableau d'enquête. En cherchant les mouchoirs, elle sortit des tickets de caisse et des emballages de barres chocolatées.

— Ce n'est pas grave, maman.

Katie attrapa un essuie-tout, en déchira un morceau et essuya doucement la bouche de Milot.

Lottie la regarda faire. C'était un geste simple mais empreint d'une grande tendresse.

Son sac aurait bien besoin d'un bon nettoyage, c'était un sacré bazar. Elle jeta un coup d'œil à l'horloge, puis continua de fouiller. Elle en sortit une liasse de courriers qu'elle parcourut, principalement des factures. Elle froissa chacune d'entre elles, essayant de ne pas penser à son compte bancaire désespérément vide. Puis sa main s'arrêta. L'enveloppe qui contenait la lettre de Mimoza. Soudain, elle se souvint qu'elle contenait autre chose que la lettre. Avec tout ce qui s'était passé, elle l'avait complètement oublié.

— Maman, qu'est-ce que tu fais?

Katie rangea la table et prit Milot par la main.

— C'est un tel désordre, dit Lottie. Milot va bien?

— Nous allons regarder la télévision, n'est-ce pas, Milot?

— Garde un œil sur Chloé, je m'inquiète pour elle.

— Si tu veux.

Katie emmena l'enfant dans le salon et Lottie reconnut les premières notes du *Roi Lion*. *J'ai raison de le garder ici*, se dit-elle, comme pour s'en convaincre. *Il ne me reste plus qu'à retrouver sa mère.*

Jetant tout le reste dans son sac, elle ouvrit l'enveloppe de Mimoza et en sortit le tissu qui se trouvait dans le pli inférieur. Il s'agissait d'un étroit morceau de toile verte d'environ deux centimètres et demi de largeur et peut-être quinze centimètres de longueur. Du velcro sur un côté. Elle le retourna. Des coutures d'un vert profond gaufraient les bords. Son sac glissa de son genou jusqu'au sol et elle sursauta en réalisant ce qu'elle avait sous les yeux. Un insigne militaire. Des lettres majuscules parfaitement espacées, brodées au centre, épelaient un nom. **PARKER**.

Son sac glissa de son genou pour s'écraser au sol. Lottie sursauta. Une insigne militaire. Le nom de son mari. Son sang se glaça.

— Qu'est-ce que c'est ? demanda Katie en revenant dans la cuisine et en ouvrant le réfrigérateur.

Avant que sa fille ne puisse le voir, Lottie prit son sac et y glissa le badge en toile.

— Rien, dit-elle. Rien du tout.

Ses mains tremblèrent violemment et ses jambes se contractèrent. Elle respira profondément, fixa le plafond et essaya de se concentrer sur ses pensées. *Pourquoi Mimoza était-elle venue chez elle ? Que signifiait sa lettre ? Et comment pouvait-elle être en possession du badge de l'armée d'Adam ? Était-ce vraiment celui d'Adam ?* La logique voulait que ce soit le cas.

Son téléphone bipa, un message de Boyd.

Rendez-vous dans la cour de Weir.

Mimoza. Elle devait trouver Mimoza.

C'est là que se cachait la vérité.

Chapitre 51

Lottie se précipita à travers le cordon de sécurité du dépôt de Weir. La pluie avait cessé, mais l'air restait lourd, saturé d'humidité.

Essayant de ne pas penser à l'insigne militaire, enfoui au fond de son sac, elle regarda la camionnette blanche dont la porte arrière pendait. Elle était posée sur deux carcasses de voitures dont l'une, instable, menaçait de basculer. Weir avait assuré qu'ils étaient en sécurité. Lottie n'en était pas aussi certaine.

— Qu'avons-nous là ? demanda-t-elle.

— Une camionnette blanche. Prête pour l'écrasement, dit Boyd.

— Tu sais ce que je veux dire. Qu'est-ce que je regarde ?

— Des traces de sang sur le sol, près de la porte arrière.

— Animal ou humain ?

— Des échantillons ont été prélevés par les gars de la police scientifique. Dieu seul sait quand nous aurons un résultat.

— Je me fiche de Dieu, grommela-t-elle. Quand est-ce que je le saurai, moi ? Lottie balaya la zone du regard. Tout a été examiné ? Rien d'autre n'a été trouvé ? Qu'avez-vous fait ? Bon sang.

Elle tourna en rond, puis se retourna vers Boyd.

— Qu'est-ce qui ne va pas chez toi ? dit ce dernier. Calme-toi.

Elle se rapprocha de lui, menaçante.

— Ne me dis pas de me calmer. Tu m'entends?

— Message reçu, répondit-il doucement.

Faisant à nouveau les cent pas, elle dit:

— Vérifie les dossiers de Weir. Trouve à qui appartenait la camionnette, qui l'a amenée ici et quand.

Autour d'eux, le métal chauffé par le soleil vibrait d'une chaleur quasi électrique. Le dépôt tout entier semblait prêt à fondre.

Lottie soupira et se passa la main dans les cheveux.

— Je passe une sale journée, Boyd.

— La dernière fois que tu as passé une bonne journée, c'était quand? répondit Boyd sérieusement.

— Rien d'autre d'intéressant dans la camionnette?

— Les agents de la police scientifique ont tout balayé. Rien. Propre. Trop propre, vraiment. Pas la moindre trace de saleté. C'est comme si elle avait été bien nettoyée. Pourquoi faire cela si vous la mettez à la casse?

— Sauf pour la tache de sang.

— Peut-être qu'elle a été placée là, exprès.

— Quoi? Pourquoi quelqu'un ferait-il cela?

— Je n'en ai aucune idée, mais la camionnette doit être examinée de plus près. Organise ça. Je veux que chaque centimètre de ce véhicule soit passé au peigne fin.

Elle prit quelques photos avec son téléphone et remarqua l'heure.

— Merde… Sean.

— Qu'est-ce qu'on fait maintenant ? demanda Boyd.

— Sean avait une séance de suivi psychologique. Je devais aller le chercher à l'école. C'est trop tard maintenant…

— Tu dois ralentir, Lottie.

— Toi, tu restes ici. Si quelque chose d'autre sort de ce tas de ferraille, je veux en être informée, immédiatement.

* * * * *

De retour au commissariat, elle monta les escaliers jusqu'à la salle des enquêtes. Ignorant les conversations téléphoniques autour d'elle, elle épingla la photo de Mimoza et Milot que Dan Russell lui avait donnée un peu plus tôt.

Assise sur une chaise bancale devant le tableau, elle pensa à l'insigne militaire. *Pas maintenant*, se dit-elle. Une vague de fatigue la submergea et elle se sentit sur le point de tomber.

— Je vais devoir rentrer chez moi, dit-elle à Lynch, qui lui fit un signe de la main derrière un monceau de paperasse. On se voit demain pendant quelques heures. C'est d'accord ?

— Vraiment ? Demain, c'est samedi, dit Lynch en levant les yeux au ciel.

— Je sais très bien quel jour nous sommes, mais nous sommes au milieu de deux enquêtes sur des meurtres et…

— D'accord, patronne, pas besoin de sermon. Je serai là.

— Je suis désolée. Je ne voulais pas m'énerver.

— Rentrez chez vous. Vous êtes épuisée.

Lottie ramassa son sac et le mit sur son épaule. Elle n'avait aucune idée de la façon dont elle pourrait empêcher son travail d'empiéter sur sa vie privée. De retour seulement depuis cinq jours et déjà le rythme effréné la rattrapait.

Elle était heureuse de rentrer chez elle et de retrouver sa famille. Elle avait envie de serrer ses trois enfants dans ses bras.

Avec un soupir, elle descendit les escaliers, salua l'agent d'accueil et rentra chez elle.

* * * * *

Boyd entra en trombe dans la salle des enquêtes. Son humeur ne s'améliora pas lorsqu'il n'y trouva pas Lottie. En jetant un coup d'œil au tableau, il remarqua qu'une nouvelle photo y était épinglée. Il s'approcha pour mieux la voir.

— Bon sang!

Il regarda fixement et toucha la photo avant de retirer sa main comme si elle était brûlée.

— Qu'est-ce qu'il y a? Kirby s'avança derrière lui.

La sueur s'accumula sur ses paumes tremblantes. Il les fourra dans les poches de son pantalon. Faisant un signe de tête à la photo, il dit:

— Tu sais qui c'est?

— Non, je ne sais pas. Je viens à peine d'arriver.

— C'est la patronne qui l'a affichée, dit Lynch en levant la tête, le téléphone coincé entre le menton et l'épaule.

— Où est-elle ? demanda Boyd.

— Là où je devrais être moi aussi, dit Lynch en ramassant un tas de dossiers. À la maison.

Boyd s'empressa de retourner à leur bureau, suivi de Kirby.

— Crache le morceau, dit Kirby.

— C'est elle.

— Qui elle ?

— Sur la photo.

— Il se fait tard et mon cerveau est fatigué. Peux-tu être plus précis ?

— La fille du bordel, dit Boyd.

— Chut. Tu vas te taire ? Quelle fille dans quel bordel ? chuchota Kirby.

— Ce repaire où tu m'as emmené l'autre soir. La fille sur la photo est celle que j'ai vue là-bas.

— C'est la merde !

— Ce n'est pas la merde. Je t'ai dit que je n'étais allé avec personne. Je me souviens m'être réveillé dans l'escalier. Mais je l'ai vue avant de partir. Je n'ai pas pu oublier ces yeux.

— Tu es sérieux ? Pourquoi la patronne a-t-elle affiché sa photo sur le tableau ?

Boyd réfléchit un instant, une sensation de malaise gonflant dans sa poitrine.

— Aucune idée. Mais si elle enquête sur cette fille, alors on va avoir de sérieux problèmes.

— Au moins, tu as récupéré ton portefeuille.

Boyd ne répondit pas. Il sortit le portefeuille, l'ouvrit et prit le morceau de tissu qu'il avait vu lorsqu'il avait payé ses cigarettes. Il l'étala sur le bureau. Une écriture barbouillée. D'après ce qu'il put en déduire, ce n'était pas en anglais.

— Qu'est-ce que c'est? demanda Kirby.

— Ne demande même pas. Va-t'en.

Kirby haussa les épaules et se dirigea vers son propre bureau.

Boyd fixa l'écriture. La fille envoyait-elle un message? Comment allait-il expliquer cela à Lottie?

Il plaça le document dans un petit sac de preuves en plastique et le glissa dans son portefeuille. Appuyé sur sa chaise, les mains jointes derrière la tête, il ferma les yeux. Comment allait-il s'en sortir? Quel était le lien entre cette fille, le bordel… et Mimoza?

Chapitre 52

Katie avait tenté de préparer le dîner. Des œufs, des saucisses et des frites au four. Milot aimait ça de toute façon. Sean emporta son assiette dans sa chambre et Chloé n'était pas sortie de la sienne.

— Plus tard ! cria-t-elle de l'étage.

— Vous venez manger ici, Mademoiselle. En bas. Tout de suite ! cria Lottie.

— As-tu contacté quelqu'un au sujet de Milot ? demanda Katie.

— J'ai laissé un message, mentit-elle. Ils vont probablement m'appeler demain.

— Demain, c'est samedi.

— Je sais. J'essaierai de nouveau dans la matinée de toute façon.

— J'espère que tu retrouveras sa mère.

— Moi aussi.

Chloé refusa de descendre pour le dîner. Lottie, épuisée, n'insista pas. Mais bientôt, il faudrait qu'elle impose de nouveau les règles. Qu'elle reprenne le dessus. Bientôt.

Lorsqu'elle fut seule dans la cuisine, elle sortit le badge de son sac et le tourna dans sa main. PARKER. Il devait appartenir à Adam. Mais comment Mimoza l'avait-elle obtenu ? Et Russell avec ses menaces à peine voilées et son sourire de serpent. Autant de pensées intrusives qui soulevaient des questions dérangeantes sans réponse. Elle fit le tour de sa cuisine, ferma les fenêtres qui étaient restées ouvertes toute la journée. L'air du soir était chaud, lourd, presque étouffant. Comme ce passé qui refusait de rester enterré. Il fallait qu'elle en ait le cœur net.

Sa mère avait mis la plupart des affaires d'Adam dans des boîtes après sa mort.

« Tu n'as pas envie de regarder ça dans l'état où tu es », lui avait-elle dit. Lottie aurait accepté n'importe quoi pour que sa mère disparaisse de son champ de vision et qu'elle puisse se désintoxiquer de sa douleur. Ces boîtes se trouvaient maintenant dans le grenier de Rose. Pouvaient-elles contenir les réponses ? Sans prendre le temps de réfléchir, elle se leva et attrapa ses clés.

— Je vais chez grand-mère. Je reviens tout à l'heure ! cria-t-elle au pied des escaliers, et elle courut vers sa voiture.

Il fallait qu'elle le fasse avant de changer d'avis. Avant que l'angoisse ne la rattrape. Avant que le doute ne gagne.

Le portail grinça lorsqu'elle le poussa vers l'intérieur. Aucun signe de vie. Fenêtres fermées. Les rideaux tirés.

Elle sonna à la porte. Pas de réponse. Sa mère était probablement partie faire ses bonnes actions auprès des sans-abri.

Lottie avait sa propre clé. Elle déverrouilla la porte et pénétra dans le couloir sombre. Une odeur de café persistait encore dans l'air. Dans la cuisine, elle posa la main sur la bouilloire. Chaude. Dans l'évier, une tasse à moitié vide, une assiette et un couteau. Le ronron du réfrigérateur était le seul bruit qui brisait ce calme oppressant.

— Mère ? cria Lottie, sa voix se répercutant contre les murs vides.

Pas de réponse. *Tant mieux*, pensa-t-elle, et elle retourna dans le couloir. Le grenier était équipé d'une échelle rabattable qu'elle ouvrit d'un coup sec.

Debout sur la première marche, elle tâtonna et trouva l'interrupteur. Un halo jaune froid projeta des ombres sinistres tandis qu'elle se hissait dans l'espace confiné. Pas de poussière ni de toiles d'araignée. Juste une chaleur oppressante. Des boîtes étaient empilées sur des étagères, avec un code couleur, et une planchette à pince était posée sur le sol, devant elle.

La liste était classée par ordre alphabétique, avec une couleur associée à chaque nom.

« ADAM », en vert,
« LOTTIE » en rouge.
« PAPA » en noir,
« EDWARD » en bleu.

Elle eut un pincement au cœur en pensant à son frère. Elle avait très envie d'y jeter un œil, d'autant plus que sa mère n'était pas là. Mais pas ce soir. Ce n'était pas la priorité.

Elle ramena ses yeux sur la première entrée de la liste : « ADAM », avec la couleur verte marquée à côté. Elle voulait seulement toucher quelques-unes de ses affaires. Se sentir à nouveau proche de lui. Pour éradiquer les doutes que les insinuations de Dan Russell avaient fait naître dans son esprit.

Elle posa la planchette à pince et s'enfonça dans le grenier étouffant.

* * * * *

— Tu as pris ton temps. J'espère que tu n'as pas essayé de m'éviter.

Boyd verrouilla sa voiture et jeta un coup d'œil à Jackie, adossée à la porte de son appartement, en train de fumer une cigarette. Elle tenait une bouteille de vin dans une main et portait un jean moulant et un dos nu noir qui mettait en valeur son bronzage cuivré. Boyd n'avait pas besoin de Jackie dans sa vie en ce moment, mais Lottie l'avait chargé de se renseigner sur Jamie McNally.

— Qu'est-ce que tu veux? Il s'apprêta à mettre sa clé dans la porte, mais se ravisa. Il ne voulait pas qu'elle le suive à l'intérieur.

— Tu ne m'as jamais appelée. Tu m'avais promis qu'on pourrait parler.

Effectivement.

— La journée a été difficile, Jackie. On peut faire ça demain?

— Chaque jour est un jour difficile avec toi, Marcus. Ce n'est jamais le bon moment pour me faire passer en premier. Est-ce que tu changeras un jour?

— En ce qui te concerne, la réponse est non.

— Tu es désobligeant. Laisse-moi entrer. Même si tu ne veux pas parler, moi je veux parler.

Elle écrasa sa cigarette.

Boyd tourna la clé et la fit entrer. Pour une fois, il espéra que son téléphone sonnerait, le rappelant au travail. Sachant comment sa journée s'était déroulée jusqu'à présent, il doutait que la chance tourne en sa faveur.

Dos à Jackie, il téléphona à Lottie. Elle pourrait peut-être le sauver. Pas de réponse. Il réessaierait dans quelques minutes.

Il soupira et regarda sa future ex-femme.

— Tu veux boire quelque chose?

* * * * *

En fouillant dans le grenier, Lottie trouva deux boîtes en plastique avec une marque verte. Deux boîtes pour les affaires d'Adam. Pas grand-chose à montrer pour une vie, même écourtée. Elle vérifia deux fois. Le mot « ADAM » était écrit au marqueur noir sur le côté.

Ils étaient au milieu du rayonnage. Une caisse transparente d'ornements en céramique était posée sur eux. Elle souleva la lourde boîte et la plaça derrière elle. Elle expira et sortit la première boîte contenant les affaires d'Adam. Son téléphone vibra dans la poche de son jean, elle l'ignora.

Sous le couvercle, elle se retrouva face à des paquets de cartes de condoléances. *Ne les regarde pas*, se dit-elle. Elle ne les avait pas lues à l'époque, elle n'allait pas le faire maintenant. Les plaçant derrière elle, elle s'agenouilla pour fouiller dans les objets restants.

Une liasse de factures et de talons de chéquiers. Les frais d'obsèques. Une pile de cravates et de chaussettes d'Adam garnissait le fond de la boîte. Elle se souvenait qu'elles avaient été éparpillées dans la maison et qu'après l'enterrement, elle les avait ramassées, bien décidée à les jeter à la poubelle. Sa mère l'en avait empêchée. « Un jour, tu me remercieras », lui avait-elle dit. Ce jour-là, c'était peut-être aujourd'hui.

Lottie tenait dans sa main une cravate encore nouée. Elle faisait régulièrement les nœuds pour lui. Adam ne parvenait jamais à le faire correctement, le pan intérieur était toujours plus long que le pan extérieur. En souriant, elle la mit de côté.

Elle trouva deux de ses carnets de travail et se souvint qu'il était toujours en train d'écrire des choses. En feuilletant l'un d'eux, elle retint un sanglot. Son écriture lui semblait si familière, alors qu'elle ne l'avait pas vue depuis si longtemps. Des dates, des événements, des noms, des immatriculations de véhicules. Des travaux militaires. Chaque page était pleine. Adam n'aimait pas le gaspillage. Des souvenirs flottaient devant ses yeux. Mais pas de larmes. Elles avaient déjà été versées, trop souvent. Elle se força à se concentrer. Les dates correspondaient à l'année précédant sa mort. Rien ne remontait plus loin. Cela ne lui servait à rien.

En tirant le deuxième carton, elle remarqua qu'il était plus léger. Des albums de photos. Des photos anciennes bien conservées. Des vacances. Soleil et sourires. Des années de famille. Noël, le premier jour d'école, les matchs de hurling, la pêche. Des souvenirs d'une autre vie, mais tous très familiers. Elle était tellement absorbée par ses souvenirs qu'elle ne réalisa pas depuis combien de temps elle les regardait, jusqu'à ce qu'elle entende la porte d'entrée s'ouvrir et se refermer avec fracas. Elle sursauta involontairement et les albums qui se trouvaient sur le dessus de la pile glissèrent sur le sol.

— Lottie Parker, que fais-tu là-haut ?

— Je descends dans une minute.

Lottie replaça précipitamment les albums dans la boîte et ramassa ceux qu'elle avait laissés tomber. À côté d'eux, une photographie défraîchie gisait sur le sol en bois aggloméré. Elle la ramassa.

— Oh, mon Dieu! s'écria-t-elle en la regardant avec stupeur.

— Lottie! Qu'est-ce qu'il y a? Tu vas bien? cria Rose depuis le bas de l'échelle.

Il fallait qu'elle sorte du grenier. Sans ranger le désordre qu'elle avait fait, elle recula à quatre pattes et descendit les marches. Ignorant sa mère, elle se précipita hors de la maison et monta dans sa voiture, où elle reposa sa tête sur le volant.

Qu'est-ce qu'Adam avait bien pu faire, bon sang?

Chapitre 53

Bien qu'il soit vingt-trois heures, le ciel était encore d'un bleu d'acier. La pleine lune jetait une lueur sinistre, faisant ressortir les feuilles des arbres au fond du jardin. Après avoir fui la maison de sa mère, Lottie s'était jetée dans le fauteuil de la cuisine et avait sombré dans un sommeil inconfortable. Elle fut réveillée par sa mère qui lui téléphonait pour savoir si tout allait bien.

— Oui, je vais bien. Je regardais les affaires d'Adam. Quelque chose que Chloé voulait pour un projet.

— Pourquoi t'es-tu enfuie comme ça?

— J'ai vu une souris. Désolée. Elle m'a fait peur.

— Il n'y a pas de souris dans ma maison, Lottie. J'ai des capteurs électroniques qui les empêchent d'entrer. Tu es sûre que ça va?

— Oui, maman. Je te parlerai demain, dit Lottie avant de raccrocher.

Elle était maintenant bien réveillée et rôdait dans sa cuisine comme une lionne en cage. Elle prit un T-shirt autrefois blanc dans un paquet de vêtements pliés dans la buanderie et, après avoir enlevé celui plein de sueur, elle enfila celui en coton propre. Il était comme du carton, après avoir été trempé par le déluge et séché au soleil. Mais au moins, il était propre et sentait bon.

Elle ressentit une envie croissante de se noyer dans l'alcool, mais elle savait qu'elle ne pouvait pas. Ses enfants étaient dans leur chambre et elle monta les escaliers pour aller les voir.

Milot dormait profondément dans la chambre de Katie. Demain, elle devait régler les choses pour lui. Elle ne se souciait même pas de ce que dirait le commissaire Corrigan lorsqu'il l'apprendrait. Elle devrait peut-être l'appeler pour voir s'il se sentait mieux. Pas ce soir. Trop tard. Demain. Tout pouvait attendre demain. Dans sa propre chambre, elle prit son dernier demi-Xanax dans le tiroir de sa commode et l'avala d'un coup sec.

De retour dans la cuisine, son téléphone vibra. Elle n'y prêta pas attention. Il s'arrêta. Silence. Elle remplit un verre d'eau au robinet et s'assit à nouveau dans le fauteuil, repliant ses jambes sous elle. Elle posa la photographie face cachée sur un de ses genoux et l'enveloppe de Mimoza sur l'autre. Elle sortit le badge, en tâta les bords rugueux entre ses doigts, puis le posa sur l'accoudoir du fauteuil. Ce n'est qu'ensuite qu'elle retourna la photographie.

Adam, dans un salon étrange, vêtu de son uniforme bleu outremer. Une femme enceinte et une fillette se tenaient de part et d'autre de lui. Ses bras étaient légèrement posés sur leurs épaules. Deux petits garçons à ses pieds. Une autre petite fille, âgée de 2 ou 3 ans, était assise au milieu d'eux. Adam arborait un sourire plus large que dans ses souvenirs.

Elle étudia la photo de plus près.

Qui étaient-ils ?

Pourquoi Adam était-il avec eux ?

Qui avait pris la photo et pourquoi ne l'avait-elle pas vue avant ?

Et le badge. Comment Mimoza l'avait-elle obtenu ? Pourquoi l'avait-elle apporté à Lottie ?

Le mystère de tout cela l'angoissait terriblement. Elle remarqua les chiffres oranges délavés dans le coin inférieur droit de la photo. Une date.

Son téléphone sonna à nouveau et, comme elle ne décrochait pas, il vibra, signalant l'arrivée d'un message.

Elle n'y prêta pas attention. C'était comme si elle se trouvait sur une autre planète. Elle resta assise, les yeux dans le vide, jusqu'à ce que la lune descende dans le ciel et que le soleil commence son voyage matinal vers le haut.

* * * * *

Lorsque sa mère avait jeté un coup d'œil derrière sa porte, Chloé avait fait semblant de dormir.

Toute la journée, elle était restée allongée dans son lit et s'était inquiétée pour Maeve et pour ce qui avait pu lui arriver. Elle savait que la jeune fille était en danger, du moins si elle était encore en vie. Mais comment le dire à sa mère? Que pouvait-elle lui dire? Chaque scénario qu'elle imaginait signifiait révéler la douleur qu'elle endurait elle-même, et elle n'était pas prête à en parler à qui que ce soit. Pas encore. Elle ne pouvait certainement pas en faire porter le fardeau à sa mère.

Mais comment pouvait-elle donner l'alerte au sujet de Maeve? Elle n'avait aucune preuve concrète de ce qui avait pu lui arriver. L'avait-elle fait? Bien sûr, il y avait lui. Était-il vraiment dangereux? Il avait bien effrayé Chloé, mais elle n'arrivait pas à savoir si cela faisait de lui quelqu'un de mauvais ou non.

Elle prit son téléphone, ouvrit Twitter et tapa #cutforlife dans la barre de recherche. *Non,* se dit-elle. *Ne le regarde pas. N'échange pas avec lui.* Elle glissa le téléphone sous son oreiller.

Elle se retourna dans son lit et regarda le plafond. Elle resta ainsi, les yeux ouverts, jusqu'à ce que la lumière de l'aube entre par la fenêtre.

* * * * *

Boyd regarda Jackie finir sa bouteille de vin et dévaliser les bières de son réfrigérateur. Il sirotait une vodka-tonic, espérant être attentif à la séduction de Jackie.

— Tu es là depuis une heure, Jackie, et tout ce que j'ai entendu, c'est que le sable est doux, que le soleil est chaud et que les boutiques sont fabuleuses à Malaga. Parle-moi de McNally et de la raison pour laquelle il est revenu à Ragmullin.

Elle le poussa sur le canapé et s'assit à côté de lui. Elle avait depuis longtemps enlevé ses chaussures et s'était débarrassée de son jean moulant pour enfiler une de ses chemises. Elle étendit ses jambes bronzées sur les siennes.

— Il est temps de parler, dit-elle en versant de la bière dans son verre de vin.

— Je crois que tu as assez bu.

— Tu essaies toujours de me commander, dit-elle en boudant. Rien ne change.

Boyd bâilla.

— Je suis fatigué. J'ai du travail demain matin.

— Samedi ?

— Tout le monde est sur le pont vingt-quatre heures sur vingt-quatre jusqu'à ce qu'on retrouve le meurtrier. Si tu ne veux pas parler, je vais me coucher.

— Excellente suggestion.

Elle vida son verre et enfonça son pied nu dans son entrejambe.

Boyd se leva précipitamment.

— Je vais chercher une couverture. Tu peux dormir dans mon lit.

— C'est encore mieux.

— Non, je veux dire que je vais prendre le canapé.

Lorsqu'il revint avec la couverture, Jackie se mordait la lèvre, des larmes coulant sur ses joues. Levant les yeux au plafond, Boyd se maudit silencieusement et s'assit à côté d'elle.

— Pourquoi es-tu revenue ? Pourquoi as-tu besoin de mon aide ?

Elle s'essuya le nez dans la manche de sa chemise et bredouilla :

— C'est Jamie. Il est différent. J'ai peur.

Boyd se moqua.

— Quand tu t'es enfuie avec lui, tu savais que c'était un criminel de bas étage. Qu'est-ce qui a changé ?

Reniflant, elle dit :

— Je ne suis pas sûre. Il est impliqué dans quelque chose de grave. Il se comporte comme un gros con.

— Bon sang, Jackie, McNally a toujours été une ordure et il a toujours été impliqué dans des affaires louches. Tu as dit qu'il faisait du trafic de femmes. Peux-tu m'en parler ?

— Je ne sais rien. Il a juste dit qu'il venait à Ragmullin pour régler quelque chose qui avait mal tourné. Il a parlé d'un bordel tenu par une certaine Anya. C'est tout ce que je sais.

Merde, pensa Boyd. Comment allait-il coincer McNally sans s'impliquer lui-même ?

— Comment veux-tu que je t'aide ? demanda-t-il enfin.

— Je peux rester ici ?

— Pour ce soir seulement. Je verrai si je peux trouver quelque chose de concret sur McNally demain. Où loge-t-il ?

— Nous avons une chambre à l'hôtel Parkview, mais il n'y a pas passé beaucoup de temps depuis notre arrivée. Je ne sais pas ce qu'il fait. Jackie passa ses bras autour du cou de Boyd. Tu peux me protéger.

Boyd recula devant son assaut alcoolisé. Il lui prit le verre des mains, s'extirpa doucement et la reposa sur le canapé. Le temps qu'il tire la couverture sur elle, elle était endormie. Saisissant la bouteille de vodka sur le comptoir, il se rendit dans sa chambre, laissant la porte ouverte.

* * * * *

Maeve Phillips pensait qu'elle était morte. Ouvrant les yeux sur l'obscurité, elle gémit. Non, elle n'était pas morte. Pas encore. Tendant le bras, elle essaya de bouger. Elle sentit le coton frais d'un drap, humide de sa transpiration. En silence, elle pria pour que quelqu'un l'emmène. Elle pensa que la mort serait une libération bienvenue.

Un léger grattement dans le plafond au-dessus de sa tête l'empêchait de dormir. En ravalant ses larmes de douleur, Maeve demeura impuissante face aux créatures nocturnes qui envahissaient son esprit.

Kosovo, 1999

Les souris étaient partout. Le garçon avait encore plus peur maintenant. Pas des souris. Il avait peur du capitaine et de cet effrayant docteur. Il avait même peur du garçon qui l'avait menacé de mort avec un doigt sur la gorge.

Soudain, une souris courut sur son visage. Il poussa un cri. Les soldats présents dans la pièce se mirent à rire. Il sentit son visage rougir.

Son ami soldat vint s'asseoir sur son lit.

— Je rentre bientôt à la maison, alors tu dois être un peu plus courageux.

— Je viens avec toi?

— Non, fils.

Fils? Le soldat l'avait encore appelé «fils». Le garçon sourit.

«Je viens avec toi.» Il plissa les lèvres en signe de bouderie.

— Impossible. Tu sais quoi? Tu me rappelles ma petite fille avec ta moue. J'ai deux petites filles qui m'attendent à la maison.

Le garçon ne dit rien, mais un sentiment de jalousie intense rougit ses joues.

— Écoute, tu es un garçon fort. Tu auras beaucoup de travail à Pristina. Mais tu vas me manquer.

Le soldat décrocha le badge de sa chemise. Le garçon retint son souffle.

— Tiens, prends ça. N'oublie pas que je suis ton ami. Tu peux faire semblant d'être un grand et fort guerrier.

Souriant largement, le garçon prit l'insigne, le cœur gonflé de fierté. Peut-être que son ami changerait d'avis. Qu'il l'emmènerait chez lui.

Son sourire s'évanouit lorsque le soldat se leva et dit: « J'espère qu'il y a une bonne famille quelque part qui t'accueillera. »

Le cœur du garçon se dégonfla. Personne ne voulait de lui.

Le soldat ramena son fusil sur son épaule et, en quittant la pièce, donna un coup de pied pour faire fuir les souris.

En sentant la toile verte rigide dans sa main, le garçon suivit des doigts les points épais du nom du soldat. Il s'interrogea sur l'étrange petite famille que le soldat lui avait fait rencontrer la nuit dernière. L'accueilleraient-ils? Probablement pas. Ils avaient l'air trop pauvres. Mais son ami soldat leur avait donné de l'argent pour acheter de la nourriture. Il avait même demandé au garçon de prendre une photo d'eux. La montrerait-il à ses petites filles quand il rentrerait à la maison?

En sautant de la couchette, il tomba directement sur une souris.

Il détestait la ferme des poulets.

Il fallait qu'il parte d'ici.

Bientôt.

Sixième jour

Samedi 16 mai 2015

Chapitre 54

— Qu'est-ce que c'est ? demanda Jackie.

Boyd se souleva sur son coude, puis s'écroula sur le lit. Son cerveau se mit à bouillir dans sa boîte crânienne. Par la porte ouverte, il vit Jackie dans le salon, portant une de ses chemises ouvertes jusqu'à la taille, nue en dessous, avec son portefeuille dans la main.

— Qu'est-ce que c'est ? demanda-t-il.

— Ça ? Elle lui tendit un sac de preuves en plastique.

Boyd sauta du lit, le bruit sourd de ses pieds sur le sol résonnant dans sa tête. Il enfila son pantalon par-dessus son caleçon et s'approcha d'elle.

— Qu'est-ce qui te donne le droit de fouiller dans mes affaires?

Il lui arracha le sac, puis son portefeuille. Il replaça le sac en plastique dans le portefeuille tout en lui demandant de se rhabiller.

Elle posa une main sur son épaule, l'attira près d'elle et passa sa jambe nue le long de la sienne.

La repoussant, Boyd se tourna vers la bouilloire.

— Il faut que j'aille travailler.

Il ouvrit le robinet, le flot d'eau couvrit les jurons et les trépignements de Jackie dans la chambre. Il faillit ne pas entendre la sonnette.

— Merde. Est-ce que c'est McNally? dit-il.

— Si c'est le cas, c'est un meilleur détective que toi.

Jackie prenait bien son temps pour enfiler son jean moulant. Boyd se précipita dans la chambre et l'attrapa par le coude.

— Il vaudrait mieux que ce ne soit pas le cas. À quoi tu joues?

— Dommage que tu n'aies pas été aussi vif la nuit dernière.

Elle se dégagea de son emprise et enfila son haut par-dessus sa tête.

Il referma précipitamment la fermeture Éclair de son pantalon et enfila une chemise.

— Lâche, dit-elle en lissant ses cheveux.

La sonnette émit un son persistant.

— Ouvre cette putain de porte ! cria Jackie en cherchant son sac.

Soupirant bruyamment, Boyd s'exécuta. Un homme qu'il n'avait jamais vu qu'en photo d'identité judiciaire se tenait à l'extérieur. Bronzé, les cheveux lissés en arrière, il portait un costume trois pièces noir malgré la chaleur du matin. Jamie McNally s'approcha et frappa Boyd au visage. Ce dernier fut plaqué contre le mur et regarda, l'œil enflé, McNally entrer en trombe dans sa maison.

Reprenant rapidement ses esprits, Boyd le suivit.

— Je n'ai pas invité la racaille chez moi. Sortez ou je vous arrête. Tous les deux.

Saisissant Jackie par le poignet, McNally colla son visage à celui de Boyd, mais ce dernier saisit sa cravate et le tira encore plus près de lui.

— Enlevez vos mains d'elle et foutez le camp de Ragmullin. Sinon, je vous promets de vous mettre derrière les barreaux. Agression d'un inspecteur, effraction et…

— Vous et la putain d'armée de qui ? McNally se dégagea de l'emprise de Boyd et plissa les lèvres en un grognement. Je suis revenu pour aider un ami parce que vous êtes incapables de faire votre putain de boulot. Vous m'entendez, bordel ?

Alors que des postillons atterrissaient sur son visage, Boyd ne put s'empêcher de frapper McNally sur le côté de la tête. Avant que McNally ne s'effondre, Jackie lui saisit le bras et le poussa vers la porte.

— Je t'aurai, espèce d'enfoiré maigrichon, dit McNally par-dessus son épaule.

— Il faut que tu écoutes, Marcus, dit Jackie. Écoute ce qui a été dit.

Et elle suivit McNally.

— Jackie ! Attends ! Où…

Mais elle était partie. Avec McNally. Avait-elle le choix ? Peut-être qu'il aurait dû faire plus pour la protéger. Putain.

Après avoir claqué la porte, Boyd s'y adossa. Il ne savait pas quoi penser de la confrontation et, malgré ses sentiments confus pour Jackie, il avait peur pour elle. Pourquoi n'avait-il pas arrêté McNally ? Merde.

En jetant un coup d'œil à son reflet dans le miroir de l'entrée, il sut qu'il allait avoir un sérieux œil au beurre noir. Il se dirigea vers la douche.

Chapitre 55

Lottie entra dans le bureau.

— Boyd ! cria-t-elle.

— Oui ? Il entra, téléphone à la main.

— Qu'est-il arrivé à ton visage ?

— De quoi tu parles ?

L'attrapant par la manche de sa chemise, elle le ramena vers la porte et descendit les escaliers jusqu'aux vestiaires déserts. Appuyée contre son casier abîmé, elle croisa les bras et le regarda fixement.

— Tu as bu, dit-elle en reniflant. Je le sens. Tu as un début d'œil au beurre noir et tu te tords les mains comme si tu avais été pris en faute.

Elle était troublée par le fait qu'il ne la regarde pas. Ses lèvres restèrent scellées.

— Parle-moi, dit-elle.

— J'ai merdé.

Boyd recula d'un pas et s'assit sur le banc en bois au centre de la pièce.

Lottie décroisa ses bras et s'assit à côté de lui.

— C'est pas nouveau.

— Je ne plaisante pas. La photo de la fille et du petit garçon que tu as affichée hier dans la salle des enquêtes…

— Qu'en est-il ? demanda Lottie.

— C'est la fille que tu cherches, n'est-ce pas ? La mère de Milot ?

— Comment le sais-tu ?

— Où as-tu eu la photo ?

— Dan Russell. Rappelle-toi que je l'ai rencontré hier. Il a fini par admettre que Mimoza résidait dans le centre, mais qu'elle avait disparu avec son fils. Il y a quelque chose qui ne va pas…

Elle s'arrêta, se rappelant comment Boyd avait entamé la conversation. Elle se leva.

— Comment sais-tu que cette photo est celle de Mimoza ? Tu ne l'as jamais rencontrée. N'est-ce pas ?

Boyd passa ses doigts tremblants dans ses cheveux.

— Je pense… Je pense que je l'ai peut-être rencontrée. Je n'en suis pas sûr, mais…

— Bon sang, Boyd. Où ? Elle va bien ? Quand l'as-tu vue ?

Les épaules de Boyd s'affaissèrent. Il prit son portefeuille et en sortit le petit sac en plastique qu'il lui tendit. Elle s'assit à côté de lui et le tourna dans ses mains.

— Qu'est-ce que c'est ? Une preuve ?

— C'est une sorte de message. Écrit sur un morceau de tissu. Je ne comprends pas la langue. Tu devrais le faire traduire et le soumettre à une analyse médico-légale.

Lottie le regarda fixement et attendit d'en savoir plus.

— L'autre soir, mercredi je crois, je me suis saoulé avec Kirby. Nous nous sommes retrouvés dans cet endroit à Hill Point.

— Quel endroit ?

Elle eut un mauvais pressentiment.

— Une sorte de… bordel.

— Bon sang, Boyd. Tu n'y es pas allé ? Si ?

Il acquiesça.

— Tu y es allé ? La réalité la frappa comme une gifle. Et Mimoza… elle était là ?

— Je ne savais pas qui elle était à ce moment-là. Il ne s'est rien passé… Je pense… Je suis sûr. Je suis parti.

— Ce n'est pas la question.

Lottie s'efforça de mettre de côté ses sentiments pour Boyd et le fait qu'il ait visité un bordel. Bon sang ! Le bien-être de Mimoza était la chose la plus importante maintenant. Mais Russell avait dit qu'elle faisait partie du centre de prise en charge directe, alors comment pouvait-elle se trouver dans un bordel ? Se préparant mentalement à ce qu'elle allait possiblement entendre, elle continua :

— Parle-moi de la fille et de la façon dont tu as obtenu ce message.

Et Boyd lui raconta tous les détails dont il se souvenait.

* * * * *

Boyd gara la voiture et conduisit Lottie à la maison close. Autour d'elle, la vie semblait complètement normale. Des enfants à vélo qui criaient. Deux femmes discutaient dans la cour par les fenêtres ouvertes. Un homme, la tête sous le capot relevé d'une voiture saisissait les outils qu'un petit garçon lui tendait. *La routine quotidienne se poursuit alors que le mal se cache derrière les portes fermées,* pensa-t-elle, tandis que Boyd montait les marches d'un immeuble d'habitation à l'aspect sinistre.

— Tu sais que j'aurais dû emmener Lynch ou quelqu'un d'autre que toi avec moi. Nous pourrions tous les deux nous retrouver dans la merde, dit-elle tandis que Boyd appuyait son doigt sur la sonnette.

Ils attendirent un moment, mais il n'y eut pas de réponse.

Lottie posa la main sur la porte. Celle-ci s'ouvrit en grinçant. Jetant un coup d'œil à Boyd par-dessus son épaule, elle s'engagea dans le couloir.

— Bonjour, il y a quelqu'un ? cria-t-elle.

Sa voix lui parvint en écho.

— Lottie…

— Chut.

Posant un doigt sur ses lèvres, elle s'enfonça dans la pénombre.

— Il n'y a personne ici, dit Boyd.

Elle entra dans la pièce au bout du couloir. Vide. Ils montèrent les escaliers et essayèrent toutes les portes.

— Personne ici, donc, dit-il.

Était-il soulagé ? La mine renfrognée, elle demanda :

— Dans quelle chambre était-elle ?

Il indiqua la porte ouverte.

— J'étais dans l'escalier. Je n'ai pas…

Elle secoua la tête.

— N'essaye même pas de justifier tes actes.

— Je n'allais pas le faire.

— Bon sang, comment des hommes peuvent-ils entrer dans des endroits aussi miteux que celui-ci, simplement pour baiser ?

Après avoir vérifié rapidement la pièce, elle souleva le drap et le retira du matelas. En le secouant, elle remarqua l'ourlet déchiré.

— Elle a écrit sur un morceau de ce drap. Il n'y avait rien sous le lit ou dans la chambre qui justifiait une enquête plus approfondie. Je ne pense pas que cela vaille la peine de faire venir la police scientifique ici.

Boyd se contenta de hausser les épaules, la tête baissée.

— Je ne pense pas non plus. Mais qu'est-ce qui les a poussés à partir ?

— Toi, Boyd. C'est toi qui l'as fait. Tu as laissé ton portefeuille derrière toi. Bon sang de bonsoir. Comment allons-nous la retrouver maintenant ?

— Je crois que je connais quelqu'un qui pourrait répondre à cette question.

Lottie suivit le fil de ses pensées.

— McNally ?

— Oui.

— Il a quelque chose à voir avec cette affaire ?

— Je le pense. Jackie a mentionné qu'il pourrait être impliqué dans un trafic d'êtres humains.

— Sais-tu où il se trouve ?

Lottie s'éloigna de Boyd. La pièce étouffante lui donnait mal à la tête.

Boyd dit :

— J'ai eu une altercation avec lui ce matin.

— Où ? Tu sais que nous essayons de le localiser depuis une semaine.

— Il est venu chez moi pour chercher Jackie.

— Elle a passé la nuit chez toi ? Bon sang, Boyd, tu n'apprendras jamais ?

— Ce n'est pas ce que tu crois. Elle a peur de lui.

— C'est vraisemblable. Où loge-t-il?

— Hôtel Parkview. Bien que Jackie dise qu'il n'y passe pas beaucoup de temps. Il doit avoir un autre endroit où se cacher.

— Tu l'avais, Boyd. Pourquoi ne l'as-tu pas arrêté?

— Pourquoi? Il n'y a pas de mandat d'arrêt en cours. Les instructions étaient de le surveiller. Maintenant, nous savons où il loge.

— Il t'a agressé, n'est-ce pas?

— Oui, mais...

— Trop tard maintenant. Lottie céda. Nous allons vérifier à l'hôtel. Envoie le message pour analyse et fais-le traduire immédiatement. Nous devons trouver Mimoza et je dois parler de son fils au commissaire Corrigan.

— Ne dis rien à propos de...

— Je dirai ce que la situation me dicte de dire.

Lottie essuya la sueur de son nez et secoua la tête.

— Tu es un imbécile de première catégorie, Boyd.

Elle tendit la paume de sa main vers le haut et s'écarta au moment où il s'apprêtait à parler.

— Et n'essaie même pas de rejeter la faute sur Kirby.

Chapitre 56

— Vous avez fait quoi, bordel?

L'éclairage trembla sous la force du rugissement du commissaire Corrigan. Il se leva, puis s'écrasa sur sa chaise, un crissement d'air s'échappant du cuir. Il avait l'air encore plus mal en point malgré son jour de congé. Une compresse était collée de travers sur son œil douloureux, derrière ses lunettes.

— Les événements se sont accélérés et je n'ai pas eu le temps de m'occuper de lui.

Sans invitation à s'asseoir, Lottie resta debout, les bras croisés, essayant de se donner l'air plein d'une confiance qu'elle ne ressentait pas.

— Vous n'avez même pas passé un coup de fil et encore moins rempli un formulaire. Corrigan se passa la main sur le front en signe de désespoir. Vous savez dans quelle merde vous nous mettez?

— Je sais, Monsieur. C'est l'une des raisons pour lesquelles je ne veux pas que Milot entre dans le système.

— Vous devez suivre les règles. Vous ne pouvez pas leur donner une raison de nous crucifier. Vous me décevez.

— Si vous me laissiez vous expliquer… commença-t-elle.

Il l'interrompit en levant la main.

— Non, inspectrice. Vous ne me laissez pas le choix.

Lottie laissa tomber ses mains et s'appuya sur le bureau.

— Le choix ? Quel choix a ce petit garçon ? Quel choix a sa mère, où qu'elle soit ? Quel choix ont les âmes indésirables du centre de prise en charge directe ? Ne me parlez pas de choix. Non, Monsieur.

S'arrêtant pour reprendre son souffle, elle se rendit compte avec une clarté alarmante de ce qu'elle avait fait. Elle avait engueulé son supérieur dans son propre bureau. Il la regarda froidement, le silence semblant durer une éternité.

— Inspectrice, dit-il enfin, d'une voix beaucoup trop douce. *Elle était dans la merde.*

— Inspectrice Parker, répéta-t-il, je n'aime pas qu'on me parle ainsi. Vous avez du culot. Honnêtement, je ne sais pas quoi faire de vous. Pendant que je me décide, contactez cette foutue agence et envoyez une assistante sociale auprès de l'enfant. Trouvez sa mère. Et ne me parlez plus jamais comme ça. Compris ?

— Oui, Monsieur.

— Et mettez un agent en uniforme sur chaque site où travaillent ces entrepreneurs. Je ne veux pas donner à ce tueur l'occasion d'enterrer un autre corps.

— Oui, Monsieur.

— Nous devons trouver ce salaud avant qu'il ne tue quelqu'un d'autre.

— Oui, Monsieur. Merci, Monsieur.

Lottie se retourna pour partir.

— Ne me remerciez pas. C'est votre dernière chance. Si vous me foutez encore le bordel, ne vous attendez pas seulement à ce que je vous suspende. Tenez-vous le pour dit.

— Oui, Monsieur.

En arrivant à son bureau, Lottie aperçut Maria Lynch en plein travail.

— Lynch, pouvez-vous me passer l'Agence pour l'enfance et la famille au téléphone? J'ai besoin de parler à une assistante sociale.

* * * * *

Le bureau des enquêtes bourdonnait lorsque Lottie entra. L'agence lui avait dit qu'un travailleur social, Eamon Carter, se rendrait à son domicile. Elle avait réussi à le repousser jusqu'à la fin de l'après-midi.

— Tout d'abord, dit-elle, le commissaire Corrigan veut que des agents en uniforme soient en service sur tous les sites où travaillent les entrepreneurs. Je ne suis pas sûre que nous puissions nous passer de personnel, mais il n'est pas d'humeur à se faire désobéir.

Elle épingla une photocopie du message de Mimoza trouvé dans le portefeuille de Boyd. Ce n'était peut-être qu'un appel à l'aide, mais il pouvait peut-être lui en dire plus. Le tissu avait été envoyé pour analyse médico-légale. Elle leva les yeux lorsque Kirby entra, buvant une bouteille de Coca-Cola.

— L'étalon s'est enfin décidé à nous honorer de sa présence, se moqua-t-elle.

Kirby, la bouteille à mi-chemin de ses lèvres, se tint debout, la bouche ouverte.

Elle vit Boyd secouer la tête. Comprenant l'allusion, Kirby alla répondre à la sonnerie du téléphone le plus proche.

— Quand vous aurez terminé cet appel, je veux vous voir tous les deux dans mon bureau, dit Lottie. Je veux dire notre bureau. Et vous autres, vous avez intérêt à trouver quelque chose de concret avant la fin de la journée. Je veux un mandat pour fouiller le centre de prise en charge directe. Et reprenez tous les rapports de porte-à-porte, lisez les transcriptions des entretiens, faites des recoupements avec tout ce que nous avons, vérifiez toutes les caméras de vidéosurveillance qui fonctionnent dans cette ville maudite. Découvrez à qui appartient cette camionnette et comment elle s'est retrouvée dans la cour de Weir. Ces filles manquent à quelqu'un. Quelqu'un, quelque part, a vu quelque chose, même s'il ne se souvient pas de l'avoir vu.

Après une courte pause, elle désigna l'agent Gillian O'Donoghue.

— Vous, parlez à nouveau à tous les commerçants dont l'arrière-boutique donne sur Columb Street. Ce corps ne s'est pas enterré tout seul. Et vous, elle désigna un autre policier en uniforme, réinterrogez tous les habitants de Bridge Street où la première victime a été enterrée. C'est la même chose. Quelqu'un a vu quelque chose. Il ne s'agit pas d'un tueur invisible, même si je jure devant Dieu que ça y ressemble.

Un téléphone se mit à sonner.

— Et que quelqu'un réponde à ce fichu téléphone. Je travaille dans un centre aéré ou quoi ?

— Non, inspectrice, fut la réponse collective.

— Eh bien, vous feriez mieux de me le prouver. Si mon cul est sur la sellette, vous pouvez être sûr que tous les vôtres le sont aussi.

Sentant son visage brûler et son cœur manquer deux battements, elle sortit de la pièce en claquant la porte et marcha dans le couloir, suivie de près par Boyd et Kirby.

* * * * *

— Inspecteur Lynch, j'ai besoin d'un moment seul avec ces deux-là, dit Lottie. Et je veux que ce message soit traduit.

— Qui vais-je…

— Je me fiche de savoir qui vous allez prendre, mais faites-le et vite.

Lynch prit une pile de dossiers et partit en secouant la tête.

Se tournant vers ses deux autres inspecteurs, Lottie marqua une pause, leur permettant de transpirer un peu plus. De la condensation glissa sur la bouteille dans les mains de Kirby. Il la posa sur le bureau le plus proche. Celui de Boyd. Elle entendit Boyd soupirer, le regarda la soulever et essuyer l'anneau d'humidité avec ses doigts. Il jeta la bouteille dans la poubelle.

— Asseyez-vous, dit Lottie.

Ils s'assirent.

— Vous me décevez tous les deux. Se rendre dans une maison close est un comportement inacceptable pour des hommes dans votre position. Je suis sûre que vous n'avez pas besoin que je vous rappelle l'éthique, les codes de conduite, etc.

Bon sang, pensa-t-elle, *je ne suis pas la mieux placée pour donner des leçons de conduite.*

Les yeux de Kirby se tournèrent vers Boyd. Bien sûr, Boyd n'avait pas eu le temps de le prévenir. Lottie saisit l'occasion.

— Un bordel ? Ça vous dit quelque chose, inspecteur Kirby ? Le bordel de Hill Point en particulier.

Elle s'attendait à ce que les joues de l'homme rougissent sous l'effet de l'embarras, mais elles se vidèrent de toute couleur.

— Et n'essayez même pas de le nier.

Kirby fouilla dans sa poche de poitrine, à la recherche d'un cigare.

— Puisque vous semblez avoir bien connu cette maison de mauvaise réputation, dites-moi qui la dirigeait et où ils sont maintenant, putain !

— Je… je… je n'en ai aucune idée, marmonna Kirby.

— Oh, mais bien sûr que si. Anya, ce n'est pas le nom de la tenancière ? Le sergent détective Boyd m'a dit ce qu'il savait. J'attends de savoir ce que vous, vous savez.

Secouant sa chevelure touffue, Kirby sembla discuter avec lui-même, sans regarder dans la direction de Boyd. Il finit par prendre la parole.

— Je la connaissais juste sous le nom d'Anya. Je n'y étais allé qu'une fois avant… avant l'autre nuit. Elle est albanaise, je crois. Quatre filles travaillaient pour elle. J'ai eu la même la deuxième fois que j'y suis allée. Donc il n'y a peut-être pas un grand roulement de… de femmes.

L'estomac retourné, Lottie détourna le regard. Comment cet homme adulte, citoyen respectueux de la loi, pouvait-il se livrer à une telle activité ?

— Vous avez un long chemin à parcourir pour revenir dans mes petits papiers, Kirby. Un long, très long chemin. Savez-vous si Jamie McNally est impliqué ?

— McNally ? Non, je n'ai jamais entendu parler de lui à ce sujet.

— Eh bien, vous pouvez commencer par trouver tout ce qu'il y a à savoir sur cette Anya. Pour qui elle travaillait. Qui lui fournissait ses filles. Où elle est maintenant. Et le rôle de McNally. Compris ?

— Mais c'est un travail qui incombe soit à l'équipe de lutte contre le trafic d'êtres humains, soit au bureau de l'immigration, bafouilla Kirby.

— Si je les fais venir, je devrai vous mettre, Boyd et toi, au milieu de tout ça. C'est ce que vous voulez ?

— Non, inspectrice, mais…

— Il n'y a pas de « mais » dans mon vocabulaire. Vous vous y mettez et sans discuter !

— Avec tout le respect que je vous dois, patronne, quel est le rapport avec nos meurtres ?

Lottie inspira profondément et expira longuement.

— Pour ce que nous en savons, cela pourrait avoir un rapport avec les meurtres. Boyd, tu as vu Mimoza au bordel, n'est-ce pas ?

— Je suis presque sûr que c'était elle, dit-il à voix basse.

— Mimoza a communiqué avec moi par lettre. Elle t'a laissé un mot. Elle ne parle pas notre langue, c'est donc son seul moyen de communication. Je suis sûre qu'elle est la clé des deux filles assassinées.

— C'est la seule piste que nous ayons, acquiesça-t-il.

Elle les laissa à leur tâche et alla chercher l'endroit où Maria Lynch s'était retranchée.

* * * * *

— Le garçon qui traduisait pour moi avant n'est pas là aujourd'hui. Google Translate me dit que ce mot est celui d'une personne qui demande de l'aide. Mais c'est de l'albanais kosovar. Maria Lynch lui tendit une feuille.

Lottie lut: «*Aidez-moi. Trouvez mon fils. Centre d'asile.*»

— Il doit avoir été écrit par Mimoza. Elle a un fils, dit-elle.

— Où avez-vous trouvé ce message? Lynch la regarda en fronçant les sourcils.

Lottie hésita à lui parler du rôle de Boyd dans toute cette débâcle, mais décida que moins il y avait de gens au courant, mieux c'était. Pour l'instant.

— Cela n'a pas d'importance, mais ça confirme ce que nous savions déjà. Mimoza et son fils résidaient avec les demandeurs d'asile au centre de prise en charge directe. Elle est venue me trouver car elle était à la recherche d'une amie, une certaine Kaltrina. Je soupçonne maintenant cette Kaltrina d'être notre deuxième victime non identifiée, bien que je n'aie aucune idée de l'identité de la première. D'une manière ou d'une autre, Mimoza s'est retrouvée dans un bordel après s'être échappée du centre de prise en charge directe. Son fils a été laissé sur le pas de ma porte. À peu près au même moment, les résidents du bordel ont fermé boutique et ont disparu, Mimoza avec eux.

— Les gens ne peuvent pas disparaître comme ça.

— Pourtant, ça arrive. Tout le temps.

Lynch se pencha sur le dossier qui se trouvait devant elle. Elle avait l'air complètement épuisée.

— Je suis désolée, dit Lottie, de vous avoir fait travailler si dur.

— Ce n'est pas grave. Nous devons trouver ce tueur.

En regardant l'heure sur son téléphone, Lottie vit qu'il lui restait quelques heures avant sa rencontre avec le travailleur social au sujet de Milot.

— Je vais voir si Dan Russell est au travail aujourd'hui. Il a assurément des explications à donner.

— Vous voulez que je vienne avec vous ?

— Non. C'est quelque chose que je vais gérer à ma façon. Il y a quelques points qu'il doit clarifier pour moi.

— Quels points ?

— Des points dont vous n'avez pas besoin de vous précoccuper.

Lottie rangea son téléphone dans la poche de son jean et se dirigea vers la porte.

— Inspecteur ? dit Lynch.

Lottie se retourna.

— Soyez prudente.

Chapitre 57

Chloé ouvrit le réfrigérateur, jeta un coup d'œil sur les étagères vides et referma la porte.

— Nous n'avons plus rien à manger et par pitié Katie, fais taire cet enfant qui n'arrête pas de pleurnicher.

Elle remplit un verre d'eau au robinet et regarda le jardin.

— Tu sais qu'il fait environ vingt-cinq degrés dehors. Pourquoi te promènes-tu en manches longues ? demanda Katie.

— Mêle-toi de tes affaires, rétorqua Chloé tout en sortant dans le jardin.

— Comme tu veux, dit Katie tout en apaisant Milot sur ses genoux.

Assise sur une chaise de jardin, Chloé but de l'eau à petites gorgées tout en grattant le vernis qui s'écaillait sur la table. Une odeur de grillade traversait la clôture. *Des familles convenables qui passent un samedi convenable*, pensa-t-elle. Sa famille était tout sauf convenable. Une larme s'échappa et coula sans entrave sur son visage. Elle ne s'était jamais sentie aussi seule, entourée de tant de gens.

Un train grondait lentement sur les rails alors qu'il se dirigeait vers la gare. Peut-être devrait-elle acheter un aller simple pour quitter Ragmullin. Pourrait-elle laisser son stress derrière elle ? Se soustraire à ses examens et échapper à sa mère ? N'ayant plus de vernis à gratter, elle sentit son ongle se déplacer vers la peau de son bras, sous sa manche. Elle y trouva une vieille croûte et s'en occupa jusqu'à ce qu'un sang rouge foncé tache le coton blanc. Elle ne ressentait aucune douleur. Juste un engourdissement sans fin.

Levant les yeux vers les arbres qui abritaient le jardin, elle crut voir quelque chose scintiller dans la lumière du soleil. Comme si le soleil avait attrapé un miroir et lui avait renvoyé un rayon. Plissant les yeux, la main protégeant ses yeux, elle le repéra à nouveau. Quelqu'un était-il là-haut, dans les arbres ? L'observait-il ? Était-ce lui ? Elle eut un haut-le-cœur en se rappelant la dernière fois qu'elle l'avait vu. Elle sentait la chaleur de sa langue dans sa bouche. Elle se leva rapidement, laissant tomber le verre. Il se brisa sur la terrasse, les fragments scintillant comme des glaçons au soleil. Les minuscules éclats entaillèrent ses pieds nus. Elle dérapa et tomba dans la cuisine.

— Chloé ! Tu es un putain de trou du cul. Il y a du sang partout. Maman va piquer une crise.

— Nettoie-le alors, si tu es si inquiète.

Chloé poursuivit sa route vers le hall et l'escalier, les larmes et le sang coulant sur elle.

* * * * *

Il remit les jumelles dans leur étui, le referma et scruta les alentours. Elle l'avait vu. Elle l'avait fixé du regard. Non, elle n'avait pas pu le voir. Mais elle avait regardé dans sa direction. C'est alors qu'il comprit. Le soleil. Il avait dû se refléter sur le verre des jumelles. Il aurait dû être plus prudent. C'était une erreur stupide.

Il se rassura en pensant qu'elle n'avait remarqué que le reflet de la lumière. Il n'y avait aucune chance qu'elle l'ait vu. Ses vêtements de camouflage avaient fait leur travail. Bien sûr qu'ils l'avaient fait.

Hissant le sac de cuir noir sur son épaule, il reprit le chemin qu'il avait emprunté ce matin-là. Il connaissait les horaires des trains. Il resta caché jusqu'à ce que le Dublin Express sorte de la gare et prenne de la vitesse. Traversant la voie ferrée, il descendit la pente raide jusqu'au jardin arrière d'une maison abandonnée et barricadée. Se tenant près de la clôture, il enleva son chapeau, retira sa veste et passa ses doigts sur sa tête en sueur. Après avoir tout mis dans son sac, il sortit par le portail latéral et s'engagea sur le sentier. En sifflotant, il se mêla aux acheteurs du samedi et sourit en se dirigeant vers l'endroit qu'il appelait désormais sa maison.

Il devrait peut-être aller travailler.

C'était une bonne idée.

Chapitre 58

— Inspectrice Parker. Quelle bonne surprise!

Dan Russell était appuyé contre sa voiture, garée devant le bloc A.

— Pourquoi ne pas monter dans mon bureau? poursuivit-il en souriant.

— Je suis très bien ici. Lottie était déterminée à garder le contrôle de la situation. J'ai besoin de confirmer certaines choses avec vous.

Russell cessa de sourire.

— Très bien. Qu'est-ce que vous voulez?, demanda-t-il rapidement.

— Mimoza. Qu'avez-vous fait d'elle?

— L'avez-vous trouvée?

— Répondez à la question.

— Je vous ai dit qu'elle résidait ici, avec son fils. Maintenant, ils sont partis.

— Qu'avez-vous fait d'eux? répéta Lottie.

— Rien. Ils étaient en attente de traitement et ils ont tout simplement disparu.

— Bien, je suis en train de préparer un mandat pour fouiller ce bâtiment, en particulier les dossiers de votre bureau. Je veux savoir tout ce qu'il y a à savoir sur Mimoza et, croyez-moi, je le découvrirai.

Il fit un pas vers elle. Lottie leva la main pour l'en empêcher. Son sac à main glissa le long de son autre bras et tomba au sol, répandant son contenu, y compris la photo d'Adam qu'elle avait trouvée dans le grenier de sa mère.

— Qu'est-ce que c'est que ça ? demanda-t-il en montrant la photo.

— Rien. Elle la ramassa et la remit dans son sac avec le reste de ses affaires. J'ai besoin de toutes les informations que vous avez sur Mimoza. Nous avons une nouvelle piste.

— Quelle nouvelle piste ?

— Je crois que la jeune fille est en danger. Je veux savoir d'où elle vient, comment elle s'est retrouvée demandeuse d'asile. Pourquoi son nom ne figure pas dans la base de données officielle ?

— Il devrait y figurer.

— Eh bien, elle n'y est pas. J'ai vérifié moi-même. Avez-vous votre propre liste ? Une liste des personnes présentes ici, distincte de celle des demandeurs d'asile, par exemple ?

— C'est une accusation grotesque.

— Vous m'avez vous-même informé que Mimoza était venue ici, mais son nom n'apparaît pas dans la base de données du ministère de la Justice. Expliquez-moi cela.

— Il doit y avoir une erreur.

— Oui, et vous l'avez commise, M. Russell. Une grosse erreur.

Pendant un instant, elle crut qu'il avait l'air inquiet, avant qu'il ne retrouve son calme.

— Venez dans mon bureau, dit-il en s'éloignant d'elle.

Lottie songea à tourner les talons et à s'éloigner le plus possible. Ou au moins à appeler des renforts. Mais elle n'en fit rien.

À la porte du bloc A, Russell s'arrêta et se retourna. Lottie le vit sourire lorsqu'il s'aperçut qu'elle le suivait.

— Mimoza est dans un bordel, dit-elle, déterminée à effacer le sourire de son visage.

Bingo !

— Qu'est-ce que vous racontez ? Son visage pâlit.

— Ici même, à Ragmullin, dit-elle.

— Je n'en avais aucune idée. C'est là qu'elle est maintenant ? Oh, ce pauvre garçon. J'espère qu'elle ne l'a pas emmené.

Mordillant l'intérieur de sa lèvre, Lottie se demanda s'il s'agissait là d'un grand numéro qu'il jouait pour elle. Elle avait le sentiment qu'il savait exactement de quoi elle parlait.

— Est-ce que vous fournissez des filles à ce bordel ?

Il tripota ses clés, incapable de croiser son regard.

— Inspectrice Parker, vous ne voulez pas vous engager dans cette voie.

— Quelle voie ? demanda-t-elle d'un ton sec.

Elle n'avait plus le temps de jouer.

Il s'approcha d'elle. Il était si près d'elle qu'elle était sûre de pouvoir sentir ce qu'il avait mangé au petit-déjeuner.

— J'appelle des renforts, dit-elle en tapotant son téléphone. Je n'aime pas votre ton menaçant.

— Ce n'est pas la peine. Entrez et je vais voir si je peux trouver ce dossier.

Il se dirigea vers la porte.

Lottie soupira. Enfin, elle arrivait à quelque chose.

— D'accord, mais vous avez intérêt à faire vite.

Au bas de l'escalier, il regarda par-dessus son épaule.

— Et je dois vous parler des frasques de votre mari.

— Qu'est-ce que…

— Il y a un lien entre lui et cette petite pute de Mimoza.

Il se dirigea vers l'escalier.

Lottie le suivit des yeux. Quel lien ? Elle regarda autour d'elle. Elle devait partir. Retourner au poste. Obtenir des renforts. Voir Boyd.

Mais elle n'en fit toujours rien.

Elle devait savoir de quoi Russell parlait.

Chapitre 59

— Ah, Seigneur, encore toi. Va-t'en, pour l'amour de Dieu.

Boyd alluma sa cigarette et essaya d'éviter Jackie. Elle le suivit à l'arrière du commissariat.

— Tu ne devrais pas être ici, dit-il.

— Écoute, Marcus, je mets ma vie en danger en te parlant.

Il s'arrêta de marcher. Elle s'accrocha à son bras, ses doigts s'enfonçant dans sa peau. En jetant un coup d'œil autour de lui, il s'attendit à voir « McNally Face-de-rat » lui sauter dessus.

— J'ai déjà un œil au beurre noir. Je n'ai pas besoin d'un match pour ça.

— C'est à propos de Maeve Phillips.

Cela l'arrêta. Jetant sa cigarette, il la saisit par l'épaule.

— Que sais-tu d'elle ?

— Pas grand-chose. Je voulais te le dire hier soir, mais… tu sais. Je crois que j'ai bu trop de vin.

— Continue.

— Son père a demandé à Jamie de la chercher.

— Nous le savons déjà.

— Mais tu ne sais pas pourquoi.

— D'accord. J'écoute.

— Maeve a été kidnappée.

— Conneries, Jackie. Pourquoi je te croirais ?

— Je te jure que c'est la vérité. Ça a un rapport avec les activités du père de Jamie et du père de Maeve, … appelle ça comme tu veux. Je l'ai entendu au téléphone ce matin.

Boyd réfléchit un instant.

— Trafic d'êtres humains ? Pour le sexe ?

— Ouais.

— Tu es en train de me dire que quelqu'un a enlevé Maeve pour la faire travailler dans l'industrie du sexe ?

— Mais non, espèce de crétin. C'est ce que font Frank Phillips et Jamie. Mais quelque chose a mal tourné dans leurs affaires récemment. Je ne sais pas si c'est à cause de l'argent, de la drogue ou des femmes. Mais ils sont dans tous leurs états à cause de tous les réfugiés qui arrivent en Europe. Et je sais que Frank Phillips est très inquiet de savoir où se trouve sa fille. Il a demandé à Jamie d'essayer de savoir où elle est.

— Pourquoi Phillips ne vient-il pas ici lui-même ?

— Il serait arrêté. Alors il ne serait d'aucune utilité pour Maeve. Il peut mieux agir depuis l'Espagne. De toute façon, Jamie était déjà dans le pays. Pour d'autres affaires.

— Quelles autres affaires ?

— Je ne sais pas.

Boyd fit les cent pas, digérant ce que Jackie lui avait dit. Il savait que Phillips était sous le coup d'un mandat d'arrêt pour le braquage d'un bureau de poste à Dublin, il y avait une dizaine d'années. C'était à cette époque qu'il s'était enfui en Espagne.

— Donc, « McNally Face-de-rat » est impliqué dans la recherche de Maeve Phillips.

— Ne l'appelle pas comme ça. Elle sortit un paquet de cigarettes de son sac, en alluma une pour Boyd et une pour elle. Mais c'est ce que je pense. Il ne fait que ce que tu fais. Il tourne en rond. Il faut que tu parles à Frank.

— Le hasard fait bien les choses. Il s'est enfui il y a des années, je ne pensais pas qu'il reviendrait maintenant.

Jackie dit :

— C'est sa fille. Écoute, Marcus, je reconnais que toi et moi, c'est fini, mais je peux essayer d'organiser les choses pour que tu trouves la fille. Et puis peut-être que tu pourras m'aider à m'éloigner de Jamie.

Boyd regarda la femme qui avait été l'amour de sa vie. Il dut se rendre à l'évidence que c'était fini pour de bon. Mais il ne pouvait pas la laisser nager avec les requins. Même si elle le faisait pour des raisons égoïstes, quelque chose lui disait qu'elle pouvait mettre sa propre vie en danger en l'aidant.

— Ne me regarde pas comme ça, dit-elle. Laisse-moi t'aider.

— Merci, Jackie. Boyd tira une longue bouffée de sa cigarette. Nous avons une équipe en charge de la disparition de Maeve. C'est une priorité absolue. Donc si tu peux faire en sorte que Frank Phillips nous parle, ce sera d'une grande aide. Et ensuite, tu pourras nous donner toutes les informations que tu as sur McNally pour qu'il soit arrêté.

— D'accord, dit-elle. Je te ferai savoir si j'arrive à convaincre Frank de te parler. Ensuite, je verrai ce que je peux trouver sur Jamie. Elle s'approcha et lui embrassa la joue.

Boyd la regarda s'éloigner, puis se précipita à l'intérieur du commissariat. Il devait en parler à Lottie. Avec un peu de chance, cela lui ferait perdre son air renfrogné. Puis il se souvint qu'elle n'était pas là.

Chapitre 60

Le ventilateur tournait sans cesse dans le bureau de Dan Russell.

— Parlez-moi d'Adam, dit Lottie. Elle était restée debout. Comment en êtes-vous arrivé à la conclusion que Mimoza est lié à lui ?

Derrière son bureau, Dan Russell la regarda d'un œil inquisiteur.

— Montrez-moi la photo. Je sais que vous voulez que je vous en parle.

— Je veux que vous me disiez ce qui se passe dans ma ville. Des filles assassinées, des filles disparues, des filles kidnappées. Vous avez quelque chose à voir avec tout ça et je veux savoir quoi.

— Je n'ai rien à voir avec ça.

Elle claqua la photo sur son bureau et s'assit.

— Écoutez, je n'ai pas le temps de jouer. C'est Adam, comme vous le savez. Vous avez servi avec lui au Kosovo. Cette photo a été prise là-bas.

— Comment en êtes-vous arrivée à cette conclusion ?

— La date dans le coin. Alors ne me mentez pas. Vous étiez là à l'époque. Qui sont les autres personnes qui accompagnaient Adam ?

— Je ne sais pas.

Elle l'étudia attentivement. Il mentait.

Il repoussa la photo vers elle.

— Ne vous en préoccupez pas.

— La femme est enceinte, dit-elle. La jeune fille a l'air enceinte aussi. Et les enfants ont l'air terrifiés. Je veux en savoir plus sur eux.

Russell repoussa sa chaise et se leva en soupirant.

— Les temps étaient durs au Kosovo. Une époque impitoyable. Des atrocités ont été commises. Le génocide… le nettoyage ethnique a pris de nombreuses formes. Pas seulement des meurtres. Des viols systématiques. Je ne sais pas, mais je suppose que cette femme a été victime d'un viol et que peut-être Adam aidait la famille, ou…

— Ou quoi ?

— Ou il a pu être l'auteur du viol.

Lottie se leva d'un bond, renversant sa chaise. Elle le regarda fixement. Était-ce là le mensonge qu'il avait menacé de dévoiler ? Elle saisit la photo.

— Comment osez-vous dire une monstruosité pareille ?

Il contourna le bureau et se tint debout, le visage à quelques centimètres du sien.

— Vous ne savez pas à quoi ressemblait ce pays. Je vous préviens, si vous continuez à essayer de m'entraîner dans vos enquêtes outrageantes, je n'hésiterai pas à révéler ce que votre précieux mari faisait.

— Vous bluffez.

— Ne me poussez pas à bout. Une rumeur peut prendre de l'ampleur, vous savez. Vous retrouvez Mimoza et son fils, et personne ne saura pour Adam Parker.

— Vous êtes un menteur et un salaud, Russell. Un vrai salaud.

— J'ai connu pire comme insulte.

— Et pourquoi voulez-vous tant que Mimoza soit retrouvée? Il y a quelques jours, vous ne reconnaissiez même pas son existence.

Il hésita.

— Mon entreprise dirige cette installation. Je ne peux pas être considéré comme négligent ou je perdrai le contrat.

— Ce sont des conneries et vous le savez.

— Je connais mon métier.

— Vraiment? Vous avez perdu une fille et son fils. Lottie ne croyait pas ses justifications.

Son cerveau tournait à plein régime, essayant de trouver une raison valable de l'arrêter. *Merde*, elle aurait dû emmener Boyd avec elle.

— Elle a une amie. Une jeune fille noire, petite. Je veux lui parler. Tout de suite.

Elle vit le visage de Russell pâlir avant qu'il ne reprenne rapidement son air impassible.

— Je ne sais rien d'elle, dit-il.

— Ne vous inquiétez pas, je la trouverai. Lottie réfléchit un instant. Qu'est-ce qu'a bien pu faire Adam dont je suis censée avoir si peur?

— Si je vous le dis maintenant, je pense que cela va compliquer les choses.

Prenant sa décision sur la seule base de la rage, Lottie sortit l'enveloppe de son sac et agita le badge en toile.

— Mimoza m'a apporté ceci. Je crois que c'est le badge d'Adam.

— Comment ? Où ? La petite salope...

Russell s'apprêta à l'attraper, mais Lottie recula, serrant fermement le badge.

— La petite salope ? Allez ! dit-elle. J'ai deux victimes de meurtre non identifiées. Vivaient-elles ici avec Mimoza et Milot ?

— Bien sûr que non.

En pensant aux filles assassinées, Lottie se souvint des articles qu'elle avait lus en ligne.

— Le trafic d'organes était monnaie courante au Kosovo pendant et après la guerre. Les deux victimes n'avaient plus de rein. Vous étiez au Kosovo. Maintenant, vous êtes ici. Elle marqua une pause. Ses pensées commençaient à s'aligner de manière cohérente. Enfin. Merde, Russell. À quoi êtes-vous mêlé ?

— Il faut que vous trouviez le fils de Mimoza. La photo que vous avez d'Adam, là, je pense que Mimoza est la fille sur la photo.

Lottie secoua la tête, confuse. Toutes les pensées raisonnables s'évanouirent lorsque Russell pointa du doigt la photo qu'elle tenait dans sa main. Elle baissa les yeux. La fille qui semblait enceinte avait des yeux semblables à ceux de Mimoza, même la femme plus âgée avait les mêmes yeux.

— Mais elle est âgée de…

— Je dirais environ 19 ans maintenant.

— Elle ne peut pas être cette fille. L'âge n'est pas le bon.

— Pas elle, dit Russell.

Il lui prit la photographie. Il la posa sur le bureau. Avec son index, il repéra la petite fille assise par terre à côté des deux petits garçons.

— Voilà. C'est Mimoza. Si vous la trouvez, je ne divulguerai pas les informations que je pourrais avoir sur votre mari.

— Je ne comprends pas.

Lottie fronça les sourcils devant la photo. Cette femme âgée est donc la mère de Mimoza ? Pourquoi mon mari figure-t-il sur cette photo ? Qu'est-il arrivé à cette famille ? Et pourquoi Mimoza est-elle ici, à Ragmullin, maintenant ?

— Que pensez-vous que votre mari faisait au Kosovo ? Vous devriez réfléchir longuement avant de m'accuser de prélèvement et de trafic d'organes.

Lottie lui arracha la photo et se précipita vers la porte.

— Vous pouvez me menacer autant que vous voulez, Russell. Je reviendrai avec ce mandat.

Chapitre 61

Le soleil, qui brûlait ce qui restait de la couche d'ozone, rougit la peau de Lottie. Ignorant la chaleur, elle avança rapidement, le téléphone à l'oreille, essayant de comprendre le discours de Boyd tout en étant fortement remuée après son échange avec Russel.

— Ralentis, Boyd. Où es-tu ?

— Je t'attends. Lynch et Kirby sont partis devant. Les agents en uniforme ont bouclé la scène.

— Quelle scène ?

— Tu as écouté ce que je te dis ? Il y a un autre corps.

— Merde. Qui l'a découvert cette fois ? Lottie traversa en courant la passerelle du canal et le pont du chemin de fer. Elle le voyait devant elle, tournant en rond à l'extérieur du commissariat. Elle continua à courir.

— Je ne sais pas encore. L'appel vient d'arriver.

Essoufflée, elle le rejoignit.

— Ce doit être Petrovci.

Elle parlait toujours dans son téléphone. Boyd le lui prit des mains, appuya sur le bouton de déconnexion et le glissa dans son sac à bandoulière.

— Calme-toi, dit-il.

— Combien de fois m'a-t-on dit cela ces derniers jours ? À chaque fois, cela me rend complètement folle. Elle se cala sur son rythme tandis qu'ils passaient devant la cathédrale et descendaient la rue. Pourquoi marchons-nous ?

— La ville est dingue. Il y a des travaux partout qui perturbent la circulation. On va plus vite en marchant. Il alluma une cigarette.

— Je vais t'en prendre une, dit Lottie.

Il lui tendit la sienne.

— Qu'est-ce que Russell avait à dire pour sa défense ?

Il alluma une autre cigarette.

— Je te le dirai plus tard.

— Dis-le-moi maintenant.

— Plus tard, Boyd. Plus tard.

Elle avait du mal à intégrer la révélation de Russell, et encore plus à l'expliquer à quelqu'un d'autre.

Ils arrivèrent au bout de la rue et prirent à gauche en direction de l'école de Chloé. Lottie espérait que sa fille travaillait dur pour ses examens. Elle comprenait la pression que subissait la jeune fille, du moins le croyait-elle, elle ne s'attarda donc pas sur le sujet. Elle lui faisait confiance. Peut-être pas autant qu'il y a cinq mois. Chloé avait changé. Une chose de plus à gérer. Mais d'abord, elle avait un corps à voir.

— Dieu merci, il n'y a pas d'écoliers dans les environs. Mais pourquoi les entrepreneurs travaillent-ils ici ? Bon sang, Boyd, il y en a partout dans la ville. Je croyais que nous avions des yeux sur tous les chantiers.

La circulation était bouchée dans les deux sens. Les klaxons retentissaient. Les conducteurs hurlaient des injures, sans se douter qu'une autre pauvre âme venait d'être enlevée au milieu d'eux. *Ils continueraient probablement à crier même s'ils savaient*, pensa-t-elle.

Alors qu'ils approchaient du pont, des agents en uniforme dirigèrent la circulation vers le bas de la rue. Les rubans blancs et bleus de la scène de crime étaient suspendus, immobiles. L'air était empreint d'une humidité stagnante. Elle pensait sentir l'odeur piquante d'un orage dans l'air. Avec un peu de chance, la police scientifique pourrait examiner la scène avant que le déluge ne commence.

Ils passèrent sous le ruban. Au sommet du pont, Lottie étudia l'activité en contrebas. À côté des anciennes portes de l'écluse, des agents montaient une tente contre un bâtiment.

— Il s'agit peut-être d'une noyade. Ou d'un suicide?

Elle ne voyait pas de corps.

— J'en sais autant que toi.

Elle rejoignit Kirby en premier.

— Qu'est-ce qui se passe?

— Il y a une vieille station de pompage là-bas. Les entrepreneurs l'utilisent comme entrepôt. Deux ouvriers réparaient une serrure et l'un d'eux a remarqué le corps.

Derrière Kirby, Lynch prenait des notes auprès d'un homme de grande taille qui tournait le dos à Lottie. Sa posture, la façon dont il tenait sa tête sur le côté, lui était familière. De larges épaules de travailleur sous une veste haute visibilité.

Elle n'eut pas besoin de voir son visage pour savoir qui avait trouvé leur troisième corps cette semaine-là.

Des nuages furieux cachèrent le soleil et de grosses gouttes de pluie se déversèrent du ciel. Personne n'avait de veste ni de parapluie.

Nous allons tous être trempés, et pire encore, les preuves seront effacées, pensa Lottie. Elle resta figée sur place pendant que Lynch cuisinait Andri Petrovci. Ce n'était pas une coïncidence. Il avait été présent lors de la découverte de leurs deux précédentes victimes. Et le voilà de nouveau sur les lieux d'une autre mort suspecte. Son collègue avait la tête enfoncée dans les épaules, les mains dans les poches.

Lottie eut besoin de temps pour prendre son élan avant de s'attaquer à Petrovci. Rejoignant Boyd et Kirby à l'entrée de la tente dressée à la hâte, elle demanda :

— Faites-moi un rapide résumé.

Kirby répondit :

— Une femme décédée. Trouvée à l'intérieur de l'ancienne station de pompage. D'après Jack Dermody, le patron de Petrovci, elle était allongée derrière une vieille pelleteuse. Ils l'ont transportée à l'extérieur, pensant qu'elle pourrait être réanimée. Mais un seul regard à la lumière du jour, a dit Dermody, et il a su qu'elle était au-delà de la réanimation.

— Petrovci l'a-t-il touchée ?

— Ils l'ont transportée tous les deux devant la porte. Ils ont dit que la lumière ne fonctionnait pas à l'intérieur.

— Encore une contamination du corps. Lottie secoua la tête.

Elle se dirigea vers Petrovci, mais Boyd la retint par le bras, ses doigts glissant sur sa peau humide.

— Laissons Lynch s'occuper d'eux pour l'instant, dit-il. Elle en est capable.

— Et moi, non?

Elle se retourna, des gouttes de pluie tombant de ses cheveux.

— Je ne dis pas ça et tu le sais. Il souleva le rabat de la tente. Nous devons voir le corps.

Lottie céda et ils enfilèrent des gants et des surchaussures. Avant d'entrer, elle jeta un coup d'œil autour de la scène, apercevant Cathal Moroney en train de réprimander les agents en uniforme qui gardaient le site.

— C'est tout ce dont j'ai besoin, murmura-t-elle en pénétrant à l'intérieur de la tente.

* * * * *

Le corps gisait dans un angle improbable, tourné vers le ciel, à côté du mur de briques rouges de l'ancien bâtiment des pompes.

— Tu la reconnais? demanda Boyd.

Lottie regarda fixement.

— Ce n'est pas Maeve, dit-elle.

— Ce n'est pas non plus Mimoza.

Elle s'approcha, attentive à ne rien déranger qui puisse provoquer la colère de Jim McGlynn et de son équipe de recherche criminelle, bien qu'elle supposât qu'il était trop tard maintenant que Petrovci et compagnie avaient touché la victime.

— Pourquoi n'a-t-elle pas été enterrée comme les autres? murmura-t-elle.

Les yeux de la jeune fille étaient fermés et son corps ressemblait à une poupée de chiffon abandonnée.

— J'aimerais pouvoir la retourner pour voir si elle a été tuée d'une balle dans le dos comme les autres. Regarde les marques sur son visage et son cou.

— Des morsures?

— On dirait bien. La première victime avait des marques similaires, mais pas aussi violentes. Jane n'a pas trouvé d'ADN dans les prélèvements. Lottie s'accroupit pour regarder de plus près. Boyd, je pense qu'elle pourrait être la fille qui était avec Mimoza le matin où elle est venue chez moi.

— Vraiment? Mais tu ne l'as pas vue de près, n'est-ce pas?

— Non, je ne l'ai pas regardée. Je dis simplement qu'il pourrait s'agir de la même fille.

— Nous ne connaissons pas encore la cause du décès. Peut-être est-elle tombée dans le canal et s'est-elle ensuite traînée jusqu'à la station de pompage? ajouta Boyd.

— Une si jolie fille. Et si elle est comme les autres, il n'y aura personne pour réclamer son corps abîmé.

Boyd secoua la tête et sortit de la tente. Lottie le suivit et, tandis que Boyd attendait Jim McGlynn, elle décida qu'il était temps de parler à Petrovci, le dénominateur commun entre toutes les victimes.

Alors qu'elle le rejoignait, il se tourna vers elle. La cicatrice sur son visage semblait plus prononcée, plus profonde et plus sombre sous la pluie. Mais ses yeux étaient les mêmes. Remplis de douleur et de souffrance.

— M. Petrovci. Nous nous rencontrons à nouveau.

Elle croisa les bras.

— Je raconte à l'inspectrice.

Il désigna Lynch, qui tentait désespérément de protéger son carnet de notes de la pluie. Elle coulait le long des oreilles et du nez de Petrovci. Son T-shirt et son débardeur lui collaient à la poitrine. Ses mains étaient enfoncées dans les poches de son jean trempé. Ses bottes de travail noires étaient couvertes de boue.

— Racontez-le moi à nouveau, insista Lottie.

Il soupira, mais garda les lèvres serrées.

Lynch se tourna vers Lottie.

— M. Dermody m'a informé qu'ils étaient venus en voiture pour réparer la serrure et qu'ils avaient découvert le corps. Ensemble.

— Quand êtes-vous venu ici avant aujourd'hui ? Lottie adressa sa question à Dermody.

L'homme avait une mine de déterré.

— Il y a quelques jours. Une semaine peut-être. Je n'en suis pas sûr.

— L'endroit était-il sécurisé ?

— Non. La serrure était cassée. Nous avons reçu un appel pour venir la réparer ce matin. Nous avons décidé d'aller chercher des outils par la même occasion. Elle est morte, n'est-ce pas ? La fille.

Lottie acquiesça. Lynch referma son carnet de notes détrempé.

— C'est l'essentiel de ce qu'il m'a dit.

— Cet appel que vous avez reçu. De qui venait-il ? demanda Lottie à Dermody.

— Un type de la direction générale, je suppose. Je ne connaissais pas le numéro, mais il avait l'air de savoir de quoi il parlait. Il s'arrêta, la bouche ouverte. Vous ne pensez pas…

— Pour l'instant, M. Dermody, je ne sais pas quoi penser. Et vous ? Lottie s'adressa à Petrovci. Qu'avez-vous à dire ?

Andri Petrovci sortit les mains de ses poches et les leva vers le ciel.

— C'est le diable ! s'écria-t-il. C'est tellement le diable. Pourquoi moi voir tous ces corps ?

— Savez-vous qui est cette fille ? lui demanda Lottie d'un ton vif.

Petrovci secoua la tête.

Lottie renifla.

— Elle était allongée là, attendant que vous veniez la chercher, n'est-ce pas ?

— Je sais pas. Elle juste là. Comme si elle… endormie.

Ses épaules s'affaissèrent. Il avait l'air fragile et abattu.

— Je ne comprends pas comment vous avez pu trouver trois corps en l'espace d'une semaine, dit Lottie. Cela n'a aucun sens. À moins que…

— Quoi ?, supplia-t-il.

— À moins que vous les ayez tués.

Le cri qui s'échappa de ses lèvres la prit par surprise et elle recula comme s'il l'avait physiquement propulsée en arrière. Des mots jaillirent de lui. Des mots inintelligibles. Une langue qu'elle ne connaissait pas. La pluie continuait de tomber à torrents. Le sol à leurs pieds se gonfla d'eaux troubles. Un éclair fendit le ciel et un coup de tonnerre éclata. Il n'était pas loin de midi, mais soudain, la nuit tomba.

Petrovci hurla.

— *Ju lutem !*

— Mais qu'est-ce qui ne va pas chez vous ? Emmenez-le au commissariat, Lynch.

La scène autour d'elle était comme un négatif. Tout était inversé et obscur. Alors qu'un nouvel éclair fissurait le ciel noir comme de la vaisselle brisée, elle se demanda si elle ne regardait pas dans la mauvaise direction depuis le début.

Chapitre 62

Dans un déchaînement de gyrophares bleus et de sirènes hurlantes, les inspecteurs Lynch et Kirby emmenèrent Andri Petrovci et Jack Dermody au commissariat pour échapper à la pluie et aux journalistes impatients. Lottie ordonna que les téléphones des deux hommes soient consignés, puis examinés par l'équipe technique. Elle n'était pas sûre de ce que Petrovci avait fait, si tant est qu'il l'ait fait, mais l'ayant vu devenir instable, elle décida qu'il avait besoin d'être en sécurité dans le commissariat et examiné par un médecin avant tout autre interrogatoire.

Elle rejoignit Jim McGlynn à son arrivée sur le site. La pluie s'était un peu calmée, mais l'odeur de l'orage se cachait toujours derrière des nuages menaçants. Ses vêtements collaient à son corps, mais elle n'avait pas conscience de l'humidité.

— Voyons ce que vous avez préparé pour moi aujourd'hui, dit McGlynn.

Lottie le suivit jusqu'à la tente. Il était en tenue, mais elle eut l'impression que ce n'était pas suffisant. Tout avait été contaminé et, tout ce qui ne l'avait pas été, avait été emporté par le déluge biblique.

Boyd tint le rabat ouvert et tous deux regardèrent McGlynn commencer son travail. Ses mains gantées mesuraient et touchaient. Il notait et marmonnait. Il prit des photos. Finalement, il fit basculer délicatement la jeune fille morte sur le côté.

Lottie regarda son dos. Sous le coton fin de sa robe, elle pouvait voir le contour d'un trou profond sous ses côtes.

McGlynn dit :

— Vous en avez un autre. La médecin légiste sera bientôt là.

— Abattue et habillée, dit Boyd.

— Abattue et habillée, acquiesça Lottie, se retenant de lisser la robe froissée.

* * * * *

Une fois la station de pompage fouillée, la police scientifique commença à balayer le vieux sol en terre battue à la recherche d'indices. Lottie était convaincue qu'ils ne trouveraient rien qui puisse les mettre sur la piste du tueur. S'appuyant contre le mur extérieur, elle pensa à demander une cigarette à Boyd. Un cri venant de l'intérieur l'arrêta.

— J'ai trouvé quelque chose !

Elle se précipita dans la station. Un policier se tenait devant une machine rouillée. Il avait l'air d'un fantôme dans son costume blanc et fin comme du papier. Dans sa main gantée se trouvait un objet que Lottie reconnut instantanément.

Lentement, elle fit un pas vers lui. Il secoua la tête et ouvrit un sac de preuves, dans lequel il déposa un lapin en peluche tout doux et tout abîmé. Tout comme celui de Milot. Il était couvert de sang.

* * * * *

Lottie sortit rapidement de la station de pompage. Elle devait retourner au commissariat.

— Inspectrice ! Inspectrice, que se passe-t-il ? cria Cathal Moroney depuis le cordon extérieur. Il se tenait devant une mêlée de journalistes. Des camionnettes de presse, avec des antennes paraboliques sur le toit, bordaient la rue derrière eux.

Elle ne pouvait pas l'ignorer, elle devait passer devant lui pour atteindre la voiture de patrouille qui l'attendait.

— Pas de commentaire.

Gardant la tête basse, elle continua à remonter la rive du canal en direction de la voiture. Il lui emboîta le pas, suivi d'un groupe de journalistes avides d'informations.

— Les organes de cette victime ont-ils également été prélevés? s'écria-t-il.

Où avait-il entendu cela? Il était tenace, elle devait le reconnaître. Elle continua à marcher. Il continua à parler.

— Y a-t-il un boucher qui terrorise Ragmullin en ce moment? Est-ce un tueur en série?

Lottie en eut assez. Elle tint tête au journaliste.

— Le seul qui traque quelqu'un à Ragmullin en ce moment, c'est vous, Monsieur Moroney. Et si vous continuez à crier des affirmations sans fondement comme vous venez de le faire, je vous ferai arrêter pour entrave à mon enquête. C'est compris?

Il resta bouche bée, mais se reprit vite.

— Vous ne niez donc pas l'existence d'un tueur en série?

— Je ne vais même pas honorer cette question d'une réponse. Maintenant, dégagez de mon chemin.

Elle en avait assez entendu pour la matinée.

Chapitre 63

Debout avec Boyd dans la cuisine de fortune du commissariat, Lottie sirotait un café tiède.

— Pourquoi le tueur l'a-t-il mise dans la station de pompage? dit-elle.

— Il ne pouvait pas l'enterrer dans l'un des sites d'excavation existants parce qu'ils sont surveillés, expliqua Boyd.

— Ce n'est qu'aujourd'hui que nous avons mis des agents en uniformes sur les sites.

— J'aimerais savoir comment il choisit l'endroit où il va enterrer les corps.

— Et allons-nous un jour découvrir qui sont ces victimes? demanda Lottie. Et le jouet de Milot? Qu'est-ce qu'il faisait là?

— Tu as dit que tu avais reconnu la fille morte d'aujourd'hui, celle du matin où Mimoza est venue chez toi. Aurait-elle pu te déposer Milot?

— Je commence à le croire. Elle a dû penser qu'il était en danger. Elle a peut-être oublié d'amener son jouet. Mais alors pourquoi le tueur l'aurait-il laissé avec elle?

Il haussa les épaules.

— Boyd, je pense que le tueur veut désespérément retrouver Milot. Je pense que c'est Dan Russell. Il semble très inquiet pour le garçon. Peut-être qu'il a placé le jouet avec le corps. Pour nous appâter. Il pense que nous le mènerons à l'enfant.

— Tu penses vraiment que c'est Russell ?

— Possible. Cette victime a été torturée. Lottie serra sa tasse, en grimaçant. Tu as vu les marques de morsure… elles étaient vicieuses. Il faut qu'on revoie toutes les preuves. Il y a là quelque chose qui nous mènera dans la bonne direction.

— À ce stade, je ne sais pas dans quelle direction nous allons.

— Sois optimiste, dit Lottie. Nous allons tout revoir.

Elle déposa sa tasse dans la bassine.

Boyd la récupéra et fit couler l'eau de la bouilloire pour la rincer.

— Lottie, j'ai vu Jackie plus tôt dans la journée… commença-t-il.

— Tu n'as pas besoin de m'expliquer quoi que ce soit.

Elle le dévisagea un instant. Avec sa chemise trempée qui lui collait au corps, ses cheveux courts lissés par la pluie et son œil noir qui brillait dans la lumière artificielle, elle pensa qu'il était le plus bel homme qu'elle ait rencontré depuis Adam. Adam ! Mon Dieu, dans quoi avait-il été impliqué ? Leur vie commune n'avait-elle été qu'un mensonge ? Un halètement s'échappa de sa gorge et, avant que Boyd ne se méprenne, elle lutta pour retenir ses larmes.

— Il faut qu'on parle, dit-il.

— Oui, il le faut. Changeons-nous et bureau des enquêtes dans cinq minutes. Réunion d'équipe.

Elle se dirigea vers le couloir sans un regard en arrière. Elle savait qu'il observait chacun de ses pas, attendant qu'elle revienne vers lui.

Va te faire foutre, Boyd. Elle continua à avancer.

Son équipe, assise et impatiente, ressemblait à des labradors prêts à s'échapper de leur laisse. Elle allait leur donner quelque chose à se mettre sous la dent. Le T-shirt qu'elle avait enfilé était le dernier de son casier. Trop serré et trop court. Son jean devrait faire l'affaire. Elle en achèterait un autre si elle rentrait chez elle. Ses chaussures étant abîmées, elle avait enfilé ses bottes.

Lynch fut la première à faire son rapport.

— Le médecin de garde a administré un sédatif à M. Petrovci. Il se repose dans une cellule. J'ai placé un garde à l'extérieur. Juste au cas où.

Les cellules de détention faisaient partie du nouveau bloc et Lottie savait qu'il n'y a rien que Petrovci puisse utiliser pour se faire du mal. Néanmoins, il était essentiel que quelqu'un le surveille.

Lynch poursuivit.

— Jack Dermody a fait une déclaration. Il a reçu un appel téléphonique à onze heures trente-cinq lui disant d'aller à la station de pompage et de réparer la serrure. Son téléphone est en train d'être vérifié à l'heure où nous parlons. Il a dit que Petrovci travaillait toujours avec lui, et qu'il était donc évident de l'emmener. Pour respecter les procédures de santé et de sécurité. Lorsqu'ils sont arrivés, il est entré pour vérifier que rien ne manquait et pour prendre quelques outils, et c'est là qu'il a vu le corps.

— Gardez-le encore un peu. Voyez s'il change quelque chose. Lottie jeta un coup d'œil au tableau d'enquête. La photo de la dernière victime y figurait désormais. Récapitulons ce que nous avons et ce que nous n'avons pas.

Elle arpenta la salle en parcourant les tableaux d'affichage.

— En plus de nos deux premières victimes, le meurtre de la jeune fille, qui vient d'être trouvée sera confirmé plus tard dans la journée. Elle a une blessure par balle dans le dos.

— Une autre, dit l'agent Gillian O'Donoghue.

— Exactement. Trois filles, dont aucune n'a été portée disparue. Toutes blessées par balle dans le dos. Les deux premières ont subi une ablation chirurgicale d'un rein et la première victime était enceinte de quatre mois. Le public, grâce à ce clown de Moroney, sait maintenant que des organes ont été enlevés et tout le monde parle d'un tueur en série.

— N'est-ce pas ce que nous avons? dit Boyd.

— Nous ne voulions pas que le monde entier soit au courant. Pas avant d'avoir quelque chose de substantiel à présenter au public.

— Nous avons un suspect qui se trouve actuellement en cellule, répondit Lynch.

— Je sais. Mais je pensais avoir demandé le secret absolu sur la question du prélèvement d'organes.

Les yeux de Lottie se posèrent sur Kirby. Il avait été à l'origine de la fuite d'informations vers Moroney dans sa précédente affaire, bien qu'il ait prétendu qu'il s'agissait d'une fuite accidentelle.

Il secoua la tête, lui faisant comprendre qu'il n'en était pas à l'origine cette fois-ci.

Elle soupira.

— Tout ce que je demande, c'est que vous fassiez votre travail sans semer la panique dans les rues. D'accord ?

Des murmures parcoururent la salle.

— Je vais demander au service de presse de rédiger un article. Essayez de faire en sorte que les médias suivent leur propre piste, pas la nôtre.

Kirby grogna, mais ne dit rien.

— Ces victimes, dit Lottie. Personne, pas une seule personne, n'a signalé leur disparition, il est donc de plus en plus probable qu'elles venaient du centre de prise en charge directe.

— Nous avons vérifié la base de données officielle et, selon le ministère de la Justice, elle est à jour. Tout est comptabilisé, répondit Kirby.

— Je crois qu'il existe une base de données officieuse. Ces derniers jours, j'ai appris qu'une fille avait disparu du centre.

Elle pointa du doigt la photo de Mimoza, déglutissant difficilement. Elle savait qu'une fois qu'elle aurait rendu l'affaire publique, Russell pourrait divulguer les informations qu'il détenait sur Adam. Mais l'image du lapin en peluche et de Milot avec des fleurs de cerisier dans les cheveux était plus urgente. Quels que soient les dommages que Russell voulait causer, ils affectaient les morts, pas les vivants.

Tout en se raclant la gorge, elle poursuivit :

— Mimoza n'a pas été officiellement portée disparue. Cependant, Dan Russell m'a demandé d'enquêter. Nous devons donc accélérer l'obtention d'un mandat pour fouiller le bâtiment, en particulier les ordinateurs.

— C'est prévu pour le tribunal du district lundi matin à la première heure, déclara Boyd. Mais je ne comprends pas pourquoi Russell voudrait que tu enquêtes sur la disparition de Mimoza s'il est impliqué dans ces meurtres.

— Je ne sais pas, mais il a également exprimé son inquiétude pour Milot, le jeune fils de Mimoza.

— La disparition d'un enfant donne une nouvelle dimension à l'affaire, déclara Lynch.

— Il n'a pas disparu, expliqua Lottie, je sais où il se trouve.

Elle se souvient alors qu'elle avait bientôt rendez-vous avec le travailleur social.

— Ouf, soupire Lynch. Où est-il?

— Vous avez juste besoin de savoir qu'il est en sécurité. Mais la police scientifique a trouvé un lapin en peluche qui lui appartenait à l'endroit où le corps a été découvert aujourd'hui.

— Quoi?

Un souffle collectif se fit entendre.

— Comment pouvez-vous être sûrs qu'il appartient au garçon? demande Kirby.

— L'étiquette et les oreilles sont effilochées. C'est le sien. Lottie prit une profonde inspiration. Je ne sais pas encore ce que cela signifie. Mais gardez-le à l'esprit lorsque vous enquêterez sur le dernier meurtre. J'ai aussi des raisons de croire que Mimoza a été gardée pendant un certain temps dans un bordel. Inspecteur Kirby, avez-vous découvert quelque chose sur cette Anya qui, apparemment, dirigeait la maison ?

Kirby rougit à vue d'œil.

— Elle a disparu. Nous pensons qu'elle opérait sous plusieurs noms d'emprunt. Nous avons lancé un appel dans les ports et les aéroports. Mais elle est probablement retournée en Albanie à l'heure qu'il est. Nous n'avons aucune nouvelle d'elle ni d'aucune de ses filles. J'ai vérifié auprès des services de lutte contre la traite des êtres humains et des autres bureaux compétents. Je n'ai rien trouvé.

— C'est une impasse. Lottie toucha une autre photo. Maeve Phillips. Fille d'un criminel connu, Frank Phillips. Elle a été vue pour la dernière fois il y a plus d'une semaine. Elle n'a été aperçue nulle part depuis et ce malgré les nombreuses alertes des médias. Nous ne savons pas encore s'il y a un lien avec les meurtres ou avec la récente disparition de Mimoza.

— Je pense qu'elle a un lien, dit Boyd en enfonçant ses mains dans les poches de son pantalon.

— Explique-toi, dit Lottie en croisant les bras.

— J'ai essayé de te le dire tout à l'heure, mais… J'ai reçu des informations qui indiquent que Jamie McNally est impliqué dans le bordel. Quelque chose n'allait pas dans l'entreprise, c'est pourquoi il est à Ragmullin. C'est un ouï-dire, mais je crois ma source. Nous avons un officier à l'hôtel Parkview, où McNally séjourne, mais il n'y a pas été vu de la journée.

Lottie soutint son regard.

— Et Tracy Phillips m'a dit que McNally était venu chez elle pour s'enquérir de la disparition de Maeve. Rien d'autre à partager ?

Boyd semblait sur le point de parler, mais il secoua la tête.

— J'ai tendance à être d'accord avec le sergent détective Boyd en ce qui concerne l'implication de McNally dans le bordel, dit finalement Lottie, serrant ses poings sous ses bras pour cacher le fait qu'elle était furieuse de la réticence de Boyd à partager quoi que ce soit d'autre. Elle lui en parlerait plus tard. Passons maintenant au sang et à l'impact de balle dans le dépôt de Weir. Des nouvelles ?

Kirby se leva et, comme si l'action le gênait, il se rassit rapidement.

— Le sang n'est pas humain. Nous pensons qu'il provient d'un animal, peut-être un renard. C'est la même chose pour le sang trouvé dans la camionnette blanche. C'est donc une impasse.

— Intéressant, commenta Lottie. Le tueur essaie-t-il de nous égarer ?

— J'ai emmené Buzz Flynn voir la camionnette, dit Kirby.

Il habite en bas de la rue du dépôt. Il a dit qu'elle ressemblait à celle qu'il avait vue aux premières heures de mardi matin, lorsque quelqu'un ramassait des panneaux de signalisation. J'ai vérifié auprès de la société de sécurité. Il ne s'agit certainement pas d'un véhicule de leur flotte. Mais Buzz est âgé et il s'était endormi, donc je ne suis pas sûr de l'exactitude de ses dires.

— Alors, qui a amené la camionnette dans la cour de Weir ? Lottie se gratta le menton et regarda Kirby.

— Weir dit qu'il a payé cinquante euros à un type pour l'avoir. Le type voulait qu'on lui enlève la camionnette. Pas de dossier.

Il ne se souvient pas de qui l'a apportée. Il se souvient juste d'avoir donné cinquante euros. Et je n'ai obtenu cette information qu'en le menaçant de l'arrêter pour entrave à la justice. Oh, et comme vous le savez, son système de vidéosurveillance est en panne.

Lottie renifla de mépris.

— Pourquoi enterrer le corps devant le dépôt de Weir et y déposer la camionnette ? À quel genre de fou avons-nous affaire ?

Boyd intervient.

— Nous ne sommes pas sûrs qu'il s'agisse de la camionnette du tueur.

— Je pense que si. Il joue avec nous. Il essaie de nous montrer qu'il peut faire tout ce qu'il veut. Comme tuer la troisième victime et jeter son corps dans la vieille station de pompage comme s'il s'agissait d'un poisson en décomposition. Lottie fit les cent pas dans la salle. Tout le monde était silencieux. Ignorez la camionnette. Inutile de gaspiller des ressources que nous n'avons pas.

— Mais… commença Kirby.

— Pas de « mais ». C'est une tactique de diversion. J'en suis sûre. On perd plus de temps avec la camionnette qu'autre chose pour l'instant.

— D'accord, patronne. Kirby laissa échapper un grognement.

— Une autre chose que j'ai remarquée, intervint Lottie. Et cela devrait être confirmé par l'autopsie. Je crois que cette dernière victime a été torturée. Son corps présente des traces de morsures sévères.

— Mais pourquoi ? demanda Lynch.

— Aucune idée. La première victime avait une marque de morsure sur le cou, mais cette dernière victime a des morsures sur tout le visage et le cou. C'est plus frénétique. Cela ajoute une nouvelle dimension.

— Nous avons assez de foutues dimensions qui nous rendent tous dingues, s'exclama Boyd.

Laissant son regard se poser sur Lynch, Lottie dit :

— Nous n'avons toujours pas trouvé les scènes de crime où les filles ont été tuées. Vous avez des informations à ce sujet ?

— Non, désolée. Lynch baissa la tête.

— Savons-nous d'où provient la mousse sous les ongles des victimes ?

— C'est le seul indice laissé sur les corps, dit Boyd.

— Si le tueur a lavé les blessures, il a probablement lavé les corps, dit Kirby.

— Il les a déshabillées pour les tuer, puis les a lavées et rhabillées, dit Lottie. C'est pourquoi Jane Dore n'a rien pu tirer des marques de morsure. Elle réfléchit. Il les a abattues dans un endroit où personne ne les entendrait. Un champ marécageux ? Un bois ?

— La mousse a-t-elle été analysée ? demanda Boyd.

Lottie feuilleta les rapports médico-légaux.

— J'ai trouvé. Cela avait été envoyé par courrier électronique le matin même. Elle lut deux pages. Pourquoi n'avons-nous pas eu ça plus tôt ?

— Quoi ? demanda Kirby.

— Il y a des traces de crypto… Je n'arrive pas à le prononcer.
Elle l'épela.

— Cryptosporidium, dit Lynch. Attendez, je vais chercher sur Google.

— Qu'est-ce qu'on faisait avant Google ? dit Boyd.

— Un parasite microscopique qui provoque des diarrhées, dit Lynch. Bla, bla, bla. Attendez un peu. Le parasite peut se propager de différentes manières : l'eau que l'on boit et l'eau où l'on se baigne. Piscines, lacs et rivières.

— Cela réduit le champ d'action, dit Boyd d'un ton sarcastique.

— Il est peu probable que ces filles aient été emmenées dans une piscine pour y être tuées, ce qui nous laisse les lacs et les rivières.
Lottie lui lança un regard noir.

— Ragmullin est entouré de lacs, dit-il.

Elle réfléchit un instant.

— Lynch, examinez tous les rapports que nous avons sur des activités inhabituelles dans ou autour de tous les lacs. Renseignez-vous sur les dates de la saison de chasse et vérifiez auprès du conseil du comté s'il n'y a pas eu d'épidémie de crypto…

— Cryptosporidium, coupa Lynch en déroulant sa queue-de-cheval. Et tout ça ? Elle fit un signe vers le monticule de transcriptions d'entretiens qui se trouvait sur son bureau.

— Laissez-les. C'est urgent. Cherchez sur une période de deux semaines.

Lynch se recoiffa et attrapa le téléphone.

— Ce n'est peut-être rien, dit Boyd.

— Ne redeviens pas pessimiste s'il te plaît, dit Lottie.

— Ne te fais pas trop d'illusions.

Elle étudia les photos.

— Trois filles sont mortes. Assassinées. Et nous ne connaissons même pas leurs noms. Allez, les gars. Cathal Moroney dit à ses téléspectateurs qu'un tueur en série terrorise Ragmullin. Il massacre les gens pour leurs organes.

— Internet est inondé de nouvelles rumeurs, dit Kirby en tapotant son téléphone. Twitter et…

Lottie l'interrompit :

— Nous avons besoin de réponses, pas de spéculations. Dès que Jane Dore aura terminé la dernière autopsie, nous rendrons public ce que nous avons. Et je veux que les photos des victimes soient partout. Après Andri Petrovci, Dan Russell est notre principal suspect. Nous avons besoin de quelque chose pour le faire venir. Fais accélérer ce mandat, Boyd. Peut-être que le public nous aidera à…

Une sonnerie retentit, interrompant brusquement Lottie et brisant le fil de ses pensées. Elle lança un regard noir à l'équipe rassemblée devant elle. Sans un mot, Boyd se détourna et se dirigea vers la porte, le téléphone déjà collé à l'oreille.

— Sergent détective Boyd ! cria Lottie.

Mais il avait déjà disparu.

Chapitre 64

Elle rattrapa Boyd alors qu'il terminait son appel.

— Il y a intérêt à ce que ce soit important, commença Lottie, debout, les mains posées sur son bureau.

— Jackie dit que Frank Phillips va nous parler. En personne. Demain.

Lottie expulsa par le nez la colère qu'elle avait refoulée. Quelques respirations profondes avant de pouvoir parler.

— Je ne suis pas sûre que Phillips ait quelque chose à voir avec les trois meurtres de Ragmullin, puisqu'il est actuellement en train de se faire bronzer le cul en Espagne, dit-elle.

— Sa fille a disparu. Il a envoyé McNally à sa recherche. Il ne le ferait pas à la légère.

Boyd s'assit à son bureau et enfila une cravate qu'il avait trouvée dans son tiroir.

— Boyd, McNally est à Ragmullin depuis mercredi dernier, avant que Maeve ne disparaisse.

Boyd fit une pause, la main en l'air, avant de la ramener sur son menton.

— Je le sais, mais il était ici pour s'occuper des affaires de Frank.

— C'est ce que Jackie t'a dit. Peux-tu honnêtement la croire, Boyd ?

Il ne répondit pas.

Elle continua :

— Nous devons connaître la véritable raison de sa présence à Ragmullin.

— Alors, nous devrions quand même rencontrer Frank Phillips ?

— Oui, je le pense. Cela ne peut pas faire de mal. Quel vol prend-il ? Nous le retrouverons à l'aéroport.

Lottie s'assit à son bureau, ouvrit un tiroir du bas et posa ses pieds dessus.

— Il ne viendra pas en Irlande, car nous devrions l'arrêter. Nous devons aller le voir. Boyd s'assit sur le coin du bureau de Lottie. À Malaga.

— Tu plaisantes, j'espère ?

— Il pourrait peut-être nous éclairer sur ces meurtres. Sinon, pourquoi nous parlerait-il ? Cela ne peut pas faire de mal. N'est-ce pas ? Pourrais-tu au moins demander à Corrigan ?

Ignorant la supplication dans sa voix, Lottie saisit son sac.

— J'ai un rendez-vous avec un travailleur social au sujet de Milot.

Boyd la suivit jusqu'à la porte et lui bloqua le passage.

— Jackie a peur. Il se passe quelque chose d'énorme ici, mais elle ne sait pas ce que c'est. Je pense qu'il faut aller parler à Frank Phillips.

— Pourquoi sa femme ne peut-elle pas lui parler ? Il s'agit de leur fille, quand même.

— Cela a à voir avec plus que Maeve.

— Toi, tu demandes à Corrigan, alors. S'il est d'accord, nous irons, sinon c'est non. Pour l'instant, vois si Petrovci est médicalement apte et demande à Lynch ou à quelqu'un d'autre de l'interroger avec toi. Et reprends tout. Nous avons manqué quelque chose d'important, Boyd. Trouve-le. Cela nous sera plus utile que de prendre l'avion pour Malaga.

Le commissaire Corrigan apparut derrière la porte ouverte.

— Personne ne s'envolera pour ce putain de Malaga. Personne, vous m'entendez !

* * * * *

Lorsque Lottie rentra à la maison. Milot était assis sur le canapé à côté de Katie et regardait *Cartoon Network*. Il était vêtu d'un nouveau T-shirt et d'un nouveau pantalon. Lottie interrogea sa fille en haussant les sourcils.

— J'ai demandé à Chloé d'aller en ville lui chercher quelque chose à mettre, dit Katie. Elle n'a pas voulu. Sean, lui, y est allé. Seulement huit euros.

— Sean ? C'est très bien. J'aimerais bien savoir ce qui perturbe autant Chloé.

— As-tu le temps de préparer quelque chose pour le dîner ? Mamie n'est pas venue aujourd'hui et il ne me lâche pas d'une semelle.

Katie serra le garçon dans ses bras.

— Peut-être des frites? dit Lottie. Tu aimes les frites, Milot?

Le petit garçon la regarda fixement, ses grands yeux pleins de larmes non versées. Sa maman lui manquait. *Mon Dieu,* pensa-t-elle, *où finira-t-il une fois qu'il aura été pris en charge?* Elle espérait qu'il serait au moins à l'abri de gens comme Dan Russell.

— Où sont Sean et Chloé maintenant? demanda-t-elle.

Katie regarda vers le plafond.

— Je reviens dans une minute.

Lottie grimpa à l'étage pour aller les voir.

Les écouteurs de Sean lui firent oublier sa question sur ce qu'il voulait pour le dîner et elle se dirigea vers la chambre de Chloé. La porte était fermée à clé.

— Chloé, laisse-moi entrer.

— Va-t'en.

S'appuyant contre le bois, Lottie essaya à nouveau.

— S'il te plaît, Chloé, ouvre la porte.

— Je suis en train d'étudier. On se parle plus tard.

Lottie abandonna et se dirigea vers la douche. Même s'il faisait chaud dehors, elle grelottait depuis les trombes d'eau qu'elle avait reçue à la station de pompage. La fatigue lui rongeait les os. L'eau finit par la soulager. Elle enfila des vêtements propres et se sentit prête à recevoir le travailleur social.

En entrant dans la cuisine, elle remarqua une trace de sang séché qui menait à la porte de derrière. Elle était à moitié effacée, comme si quelqu'un avait essayé de la nettoyer.

— Chloé ! Katie ! Que s'est-il passé ici ? cria-t-elle.

Une porte s'ouvrit à l'étage et Chloé dévala les escaliers jusque dans la cuisine.

— Rien, j'ai laissé tomber un verre et j'ai marché dedans.

— Tu vas bien ? Laisse-moi jeter un coup d'œil.

— Non ! laisse-moi.

Chloé tendit la main et recula.

— Qu'est-ce qu'il t'arrive ? C'est à cause des examens ? demanda Lottie.

— Quels examens ?

— Ne faites pas la maligne avec moi, Mademoiselle.

— J'essaie d'étudier et dès que tu rentres à la maison, c'est la dispute, s'emporta Chloé. Toujours la même chose. Elle jeta un coup d'œil dans le réfrigérateur, mais n'y trouvant rien qui lui plaisait, elle le ferma d'un coup sec et se dirigea vers le hall.

Lottie la rattrapa par le bras.

— Ne me parle pas comme ça.

— Peu importe.

Chloé se dégagea de son emprise et s'enfuit dans l'escalier.

Restant bouche bée, Lottie aperçut Milot à la porte du salon, étouffant ses sanglots, des larmes coulant sur ses joues.

Avant qu'elle ne puisse le réconforter, on sonna à la porte.

* * * * *

L'homme sur le pas de la porte semblait trop jeune pour être un travailleur social.

C'était la première impression de Lottie. Trop jeune pour s'occuper de toute cette merde.

Il montra sa carte d'identité et elle l'accueillit chez elle, s'excusant pour le désordre. Katie avait récupéré Milot avant que Lottie n'ouvre la porte et le réconfortait dans le salon.

Il se présenta sous le nom d'Eamon Carter et s'assit à la table de la cuisine. Ses cheveux blonds étaient soigneusement coupés autour de ses petites oreilles. Lottie pensa que la barbe sur son menton était volontaire, tout comme le pantalon noir moulant qu'il portait.

— Du thé?

— Un verre d'eau serait le bienvenu, dit-il avec un accent dublinois prononcé. Il fait à nouveau très chaud dehors.

Elle laissa couler le robinet jusqu'à ce que l'eau soit froide.

— Depuis combien de temps travaillez-vous dans ce secteur?

— Quelques mois, répondit-il.

Pas assez longtemps pour s'être habitué à la dureté du travail dans lequel il s'engageait. Un jeune homme trop inexpérimenté pour se voir confier le cas difficile de Milot. Elle lui souhaita silencieusement bonne chance.

— Maintenant, à propos de Milot, commença-t-il en ouvrant un dossier d'une seule page. Il a débarqué chez vous et vous n'avez aucune idée de l'endroit où se trouve sa famille. Vous la connaissez ?

— Sa mère est venue ici pour la première fois avec lui lundi dernier, le matin. Elle avait une question à me poser. Je ne l'avais jamais rencontrée auparavant et je ne l'ai pas revue depuis. Elle s'appelle Mimoza Barbatovci, et je crois qu'elle réside dans le centre de prise en charge directe de la ville.

— Et vous avez essayé…

— Oui, j'ai fait des recherches. Elle semble avoir disparu.

Soudain, Lottie pensa au lapin en peluche trouvé à côté de leur troisième victime. Une fois qu'elle aurait confié Milot, le tueur pourrait facilement découvrir où il se trouve. Elle ne pouvait pas risquer sa vie.

— Eamon, nous sommes samedi et il doit être difficile de trouver rapidement des places pour de très jeunes enfants. Pourquoi ne pas laisser le garçon ici, au moins pour le week-end ? Vous aurez ainsi le temps de lui trouver un bon placement et moi de retrouver sa mère.

Il se passa une main sur la bouche et le menton. Il réfléchit.

— Je peux voir l'enfant ?

— Bien sûr.

Lottie alla chercher Milot. Lorsqu'elle revint, Eamon était en train de griffonner des notes dans le dossier.

Il leva la tête.

— Bonjour, petit homme. Le garçon se blottit contre l'épaule de Lottie. Carter poursuivit : Il a l'air d'être à l'aise ici. Où trouverez-vous le temps de vous occuper de lui ?

Katie entre dans la cuisine.

— Je vais l'aider.

Elle afficha un large sourire. Carter rougit.

Lottie remercia silencieusement sa fille.

Carter tripota son téléphone et composa un numéro. Il attendit impatiemment, tapotant son stylo sur la table.

— Personne ne répond.

— Qu'allez-vous faire ? Milot est en sécurité ici. *Du moins je l'espère*, pensa Lottie.

— Cela va à l'encontre de toute ma formation, mais je pense que je vais prendre une décision… une décision exécutoire. Il but le reste de son eau. Lottie retint son souffle. Vous pouvez le garder ici jusqu'à lundi. Si sa mère ne s'est pas présentée d'ici là, je devrais le confier à une personne agréée ou le placer dans une famille d'accueil. J'y travaillerai pendant le week-end.

Katie se précipita et arracha Milot des bras de Lottie.

— Tu as entendu ça, Milot ? Tu peux rester un peu plus longtemps.

Le petit garçon sourit, comme s'il avait compris.

Eamon se leva et Lottie lui serra la main.

— Je vous remercie. Honnêtement, je ne veux pas que ce petit garçon passe d'un système à l'autre. Je ferai de mon mieux pour trouver sa mère.

— S'il vous plaît, faites-le. Cela me facilitera grandement la tâche.

Arrivé vers la porte d'entrée, il demanda :

— C'est quoi, ce sang sur le sol ?

— Je me suis juste coupé la main avec un verre, dit Lottie en croisant les doigts dans son dos pour mentir.

Il fronça les sourcils, acquiesça et s'en alla.

Dieu merci, pensa Lottie. Mais elle se demanda s'il allait l'écrire dans ses notes.

Chapitre 65

— Alors, M. Petrovci. Notre bon docteur dit que vous pouvez nous parler. Voulez-vous un avocat ?

Boyd s'assit à côté de Lynch en face d'Andri Petrovci dans la salle d'interrogatoire.

— Non, Monsieur, dit Petrovci en joignant les mains.

— Vous étiez présent sur les trois sites où des corps de jeunes femmes ont été découverts. Que répondez-vous à cela ?

— Je pas tuer elles.

— Quelle est la phrase que vous avez prononcée tout à l'heure ? *Ju lutem* ? demanda Boyd.

Petrovci baissa la tête.

— Parlez distinctement pour l'enregistrement, ordonna Lynch.

— « S'il vous plaît », ça veut dire « s'il vous plaît ».

Boyd lança un regard interrogateur à Lynch.

— Vous allez me parler de la dernière fille que vous avez trouvée ? Vous la connaissiez ?

Petrovci secoua la tête.

— Je connais pas elle. Je vais maintenant ?

— Avez-vous un alibi pour toutes les nuits de la semaine dernière ?, demanda Lynch.

— Chez moi. Tous les nuits.

— Quelqu'un peut-il le vérifier ? demanda Boyd, puis, remarquant la confusion sur le visage de Petrovci, il ajouta : Vivez-vous avec quelqu'un qui peut dire que c'est là que vous étiez toutes les nuits ?

— Je vis seul.

Boyd se passa la main sur le nez et la bouche. Il voulait vraiment secouer cet homme pour avoir des réponses.

— Vous aimez tirer ?

— Quoi ?

— Vous savez, avec une arme. Avec un fusil. Tirer sur des lapins dans les champs. Ou des canards sur un lac. Des choses comme ça.

— Je tire pas. Je vais pas sur le lac. Qu'est-ce que vous dire ?

Boyd tapa sur la table.

— Allez, connard. Dites-moi. Où avez-vous tué ces filles ?

— Je ne tue personne.

— Y a-t-il quoi que ce soit que vous puissiez nous dire qui vous aiderait à vous disculper de votre implication dans la mort de ces filles ? demanda Lynch.

— Je pas tuer elle. Vous avez rien. Laissez-moi aller.

Petrovci s'adossa à sa chaise, croisa les bras et ferma les yeux. Il resta silencieux pendant quelques minutes.

Boyd se leva d'un bond en reculant sa chaise d'un coup de pied. Lynch le prévint d'un regard.

— Je vais parler au commissaire Corrigan et nous verrons ce qu'il veut faire de vous. Entretien terminé.

Sans attendre Lynch, Boyd sortit en trombe de la pièce.

* * * * *

L'homme conduisait sa nouvelle camionnette. La circulation commençait à s'apaiser. *Les gens se méfient, maintenant, et évitent le centre-ville*, pensa-t-il en voyant les ouvriers sécuriser un tronçon de rue jusqu'à leur retour lundi. Et il leur donnerait quelque chose à trouver.

En passant devant la gare, il jeta un coup d'œil sur le chantier de démontage des voitures. Il savait que les policiers n'y trouveraient rien. La vieille camionnette avait été nettoyée à la javel à l'exception de ce qu'il y avait laissé et il se félicita de son coup de génie. Verser le sang et tirer dans le mur. Il avait utilisé un silencieux au moment où le train de nuit sortait de la gare. Le son avait été bien étouffé. Ils avaient quand même mis du temps à trouver le corps!

Il respecta la limitation de vitesse. Inutile d'attirer l'attention. Contournant la ville par la zone industrielle, il prit à gauche près du stade des lévriers, s'autorisant un coup d'œil sur Windmill Road où habitait l'inspectrice Parker. Une femme intéressante, avec ses longues jambes dans un jean moulant et sa fille un peu folle.

Il passa une main entre ses jambes pour calmer les pulsations de son excitation. Ce n'était plus très long. Il savait qu'il devait attendre la tombée de la nuit.

Il pouvait attendre. Il avait l'habitude d'attendre.

Le prix, à la fin, en valait la peine.

Chapitre 66

Il était vingt heures trente quand Lottie mit de l'ordre dans sa maison et coucha Milot. Katie dorlotait Sean en bas pour qu'il regarde un épisode particulièrement sanglant des *Experts*. Lorsqu'elle jeta un coup d'œil, ils étaient tous les deux affalés dans des fauteuils. Alors qu'elle s'apprêtait à monter parler à Chloé, son téléphone émit un bip. Boyd.

— Il y a intérêt à ce que ce soit une bonne nouvelle, prévint-elle.

— Pas du tout. Nous avons libéré Andri Petrovci. Le docteur a dit qu'il était en forme et j'ai tenté de l'interroger.

— Qu'a-t-il dit ?

— Il a dit que *ju lutem* signifie « s'il vous plaît ». Pas d'alibi et il a refusé de dire quoi que ce soit d'autre.

— Merde.

— Corrigan a dit que nous n'avions rien pour le garder une fois qu'il avait fait sa déposition.

— Je me demande si nous pouvons le relier, d'une manière ou d'une autre, au centre de prise en charge directe. Il sait quelque chose.

— Je sais, moi, quelque chose. C'est un putain de tueur.

— Pour en revenir à Petrovci, as-tu revu toutes les preuves ?

— Avec un fin cure-dent.

— Un peigne fin.

— Comme tu veux.

— On dirait ma Chloé.

Lottie ressentit un coup de poignard au cœur. Elle devait comprendre les raisons de la colère et de la distance de Chloé. Et elle devait aussi comprendre les insinuations de Russell à propos d'Adam. Aucune trace de Maeve Phillips ou de Mimoza ?

— Rien du tout. Comment ça s'est passé avec le travailleur social ? demanda Boyd.

— Je peux garder Milot jusqu'à lundi. Tu as parlé de Malaga à Corrigan ?

— Ouais.

— Et ?

Si le directeur avait donné son accord, pourrait-elle vraiment y aller ? Elle devait garder un œil sur Milot. Et sur Chloé, d'ailleurs.

— J'ai dû user de mon irrésistible charme et de mon vocabulaire le plus flatteur, dit Boyd.

— Il a donc dit oui.

— Le vol est à six heures quinze demain matin. Je viendrai te chercher à quatre heures. Et nous reviendrons demain soir.

Lottie demanda :

— Et Europol ?

— Nous n'interrogeons pas Frank Phillips à titre officiel. Le commissaire a parlé à quelqu'un qu'il connaît et qui connaît quelqu'un qui est au courant, donc nous pouvons y aller.

Malgré tout, Lottie ne put s'empêcher de rire.

— Vas-y, dis-le, insista Boyd.

— Tu es un comique, tu le sais ?

— Tu n'arrêtes pas de me le dire.

— À demain matin. Et apporte la transcription de l'interrogatoire de Petrovci. Cela me donnera quelque chose à lire dans l'avion.

— Et moi qui pensais que tu te blottirais contre mon épaule.

— Bonne nuit, Boyd.

Elle mit fin à l'appel et fit les cent pas dans la cuisine. Un verre de vin serait le bienvenu. Une vodka peut-être ? Pas du tout. Une pilule ? Elle fouilla dans son sac. Elle essaya la poche zippée. Elle trouva la moitié d'une pilule en miettes au fond. Récupérant ce qu'il en restait, elle se versa un verre d'eau au robinet et l'avala.

Assise dans son fauteuil, elle espérait que la pilule l'aiderait à oublier les menaces de Russell à l'encontre d'Adam. Ses paroles étaient ancrées dans sa conscience. Elle savait que Russell avait insinué que son mari avait été complice de prélèvements d'organes humains. Ce n'était pas possible. Adam n'aurait jamais été impliqué dans une telle chose. Russell était un menteur.

Fermant les yeux, elle écouta le vent. Rien. La pluie ? Des oiseaux dans les arbres ? Rien. La nuit était silencieuse.

Elle s'endormit d'un sommeil inquiet, troublé par des rêves agités.

* * * * *

Mimoza avait été ligotée et un sac-poubelle noir lui avait été passé sur la tête. Le plastique collait au sang qui suintait de ses blessures, mais il y avait une déchirure qui lui permettait de respirer.

Emmenée dans le coffre d'une voiture, elle n'avait ni l'énergie ni la volonté de se débattre ou d'essayer de comprendre où on l'emmenait. Elle ne se souciait plus d'elle-même. Sa douleur physique et sa désolation émotionnelle étaient telles qu'elle pensa momentanément qu'elle ne se souciait même pas de Milot. Mais ce n'était pas vrai. Peu importe ce qu'ils faisaient à son corps, elle s'était juré qu'ils ne briseraient pas son esprit. Tout ce qu'elle pouvait faire, c'était espérer. Si elle survivait, elle aurait peut-être une chance de retrouver Milot. Si elle était morte, tout était perdu.

Lorsque la voiture s'arrêta, elle fut extraite du coffre et hissée sur l'épaule d'un homme. Malgré la douleur, elle se sentit portée avant d'être projetée vers le bas. Elle heurta une structure en bois qui bascula. Elle entendit des éclaboussures d'eau et sentit d'autres balancements lorsque l'homme l'écarta pour la rejoindre. Elle était dans un bateau.

* * * * *

Lorsqu'elle se réveilla, Maeve comprit immédiatement qu'elle se trouvait dans un endroit différent. L'air était frais et elle pouvait voir le ciel noir. Des dizaines d'étoiles scintillaient. Elle était dehors, allongée sur de l'herbe humide.

La douleur dans son flanc était intense. Ses doigts s'attardèrent sur la douceur de la terre et elle eut froid. Nue. Elle essaya de se hisser sur ses coudes, mais elle n'avait pas l'énergie physique nécessaire pour bouger. La douleur lui brûlait le corps. Sa tête s'enfonça dans un lit de bruyère. Elle pouvait la sentir. La terre. Elle avait désespérément envie de rentrer chez elle.

En tournant légèrement la tête, elle entendit le bruit de l'eau et le clapotis de petites vagues. Dans l'ombre des arbres, elle remarqua une forme, voûtée, qui s'avançait vers elle sous les branches. On aurait dit une caricature du bossu de Notre-Dame. C'était un homme qui portait quelque chose sur son épaule. Elle resta parfaitement immobile tandis qu'il jetait le paquet sur le sol à côté d'elle. Le plastique se fendit. Puis elle cria.

Kosovo, 1999

Le capitaine roulait trop vite tout en parlant frénétiquement dans un téléphone portable volumineux.

Au fond de son cœur brisé, le garçon savait qu'on le ramenait à la clinique. La route menait à Pristina et il n'était pas stupide. S'enfonçant dans le rembourrage chaud du siège, il regarda la campagne disparaître dans un flou jusqu'à ce qu'ils entrent dans la ville meurtrie. Le capitaine gara la Jeep devant la porte de la clinique.

— Dehors.

Il fut poussé dans le couloir et franchit la porte tout au bout. Le médecin se tenait là, tenant un dossier d'où dépassait une liasse de papiers.

— Bon travail. Ce candidat est idéal.

Le capitaine dit :

— J'en veux plus pour celui-ci.

— Pas question.

Le garçon se balançait d'un pied à l'autre, le frottement du cuir de ses sandales ayant provoqué une ampoule sur son talon. Il mouilla son doigt et, en se penchant, la frotta comme sa mère le lui avait montré.

— Arrête ça, lui dit le médecin en le pointant d'un doigt osseux.

Se réfugiant dans un coin, le garçon enfouit ses mains dans les poches de son jean et, là, il sentit l'insigne en toile. En frictionnant le nom cousu, il ne se sentit plus si seul. Il avait un ami.

Le capitaine dit :

— Vous m'avez dit que son sang était parfaitement compatible. Pas d'impuretés. Pas comme certains autres. Alors c'est le double pour celui-ci ou je le dépose dans un bordel.

Le garçon regarda le médecin ouvrir un tiroir. Il en sortit un portefeuille et compta l'argent tandis qu'une mouche bourdonnait, piégée dans le plastique de la lampe fluorescente.

— Prenez-le et partez, dit le médecin.

Pliant les billets, le capitaine les glissa dans la poche supérieure de sa chemise de camouflage sans les compter.

Une poussée sur son épaule propulsa le garçon vers le médecin. Il sentit le corps moite de l'homme, mais n'éprouva aucune crainte. Il avait déjà enduré la torture de voir sa famille massacrée. Qu'est-ce qui pouvait être pire ?

La porte se referma avec fracas lorsque le capitaine sortit.

Il était seul avec l'homme en blouse blanche.

Son menton fut relevé.

L'odeur de poisson séché qui se dégageait de la bouche du médecin lui coupa le souffle.

— Il est temps de te préparer. Viens, mon garçon.

Les épaules tombantes, le garçon le suivit jusqu'à une autre pièce. L'écriteau sur la porte indiquait : « TEATRI ».

Septième jour

Dimanche 17 mai 2015

Chapitre 67

Lottie écouta au bas de l'escalier. Silence. Tout le monde dormait. Elle referma doucement la porte derrière elle.

Elle avait prévenu Katie de ne pas perdre Milot de vue, de rester avec lui à tout moment, même à l'intérieur de la maison. Le jardin arrière était une zone interdite pour aujourd'hui. Elle pensait appeler sa mère pour qu'elle vienne passer la journée, mais elle décida que tout irait bien.

Boyd avait l'air plus frais qu'elle ne l'avait vu depuis des jours.

Jetant son sac à ses pieds dans sa voiture fraîchement nettoyée, elle s'assit et lui dit :

— Tu as l'air en pleine forme.

— Et comment vas-tu, belle dame, en ce beau matin sombre?

— Il est trois heures cinquante-cinq et j'ai à peine fermé l'œil. Donc, peux-tu éteindre le soleil pendant une heure? Je suis si fatiguée que j'ai l'impression que mes os sont sur le point de s'entrechoquer et que je vais m'effondrer comme une marionnette. Conduis la voiture et tais-toi.

— Ton souhait est mon…

— Boyd!

— D'accord, d'accord.

Reposant sa tête sur l'appui-tête, elle regarda droit devant elle tandis que la teinte jaune des lampadaires cédait la place à l'éclat blanc des feux de l'autoroute. Pour une raison ou une autre, elle avait envie de crier sur Boyd, de frapper ses poings contre sa poitrine et de lui dire… de lui dire quoi? Qu'elle l'aimait vraiment? Qu'il faisait une grosse erreur en ravivant sa relation avec Jackie? En fin de compte, elle ne voulait pas qu'il soit blessé.

Elle lui jeta un coup d'œil. Il se concentrait sur la conduite. Elle se mordit la lèvre pour ne pas dire une bêtise.

— Qu'est-ce qu'il y a? Boyd se tourna vers elle.

— Regarde la route.

Il courba ses épaules et, la bouche pincée, augmenta sa vitesse jusqu'à dépasser légèrement la limite légale.

Tournant la tête vers la fenêtre, elle ferma les yeux.

— Réveille-moi quand on sera à l'aéroport, marmonna-t-elle.

— Je te réveillerai quand nous arriverons à Malaga.

* * * * *

Frank Phillips possédait de nombreuses propriétés sur la Costa del Sol, mais il avait choisi de vivre dans un complexe flambant neuf sur le front de mer de Malaga.

Lottie pénétra dans le bâtiment de pierre grise, toujours avec Boyd à ses côtés, admirant la vue et appréciant la fraîcheur après les pulsations du soleil matinal. Ils prirent l'ascenseur jusqu'au sixième étage et sortirent dans un vaste couloir, un mur miroir leur renvoya leur image. Elle se détourna de la glace pour s'apercevoir qu'elle se regardait à nouveau elle-même. Un mur se déroba silencieusement sur la droite et un homme sortit pour les conduire à l'intérieur. Il avait l'air de faire deux mètres, mais elle estima qu'il ne devait probablement mesurer qu'un mètre quatre-vingt-dix.

— M. Phillips va vous recevoir dans un instant.

Le géant disparut aussi vite qu'il était apparu.

— On se croirait dans le *Magicien d'Oz*, grommela Boyd.

— Chut, murmura Lottie. Mais, en examinant la pièce, elle ne put qu'être d'accord avec lui. Tout était vert émeraude. Les carreaux de marbre étincelants, les colonnes soutenant le plafond, le canapé avec ses coussins d'un mètre cinquante. Les tableaux, tous réalisés par le célèbre artiste irlandais Paul Henry.

— On dirait des originaux. Des œuvres d'art d'une valeur de plusieurs millions d'euros. Doux Jésus!

— Oui, ce sont des originaux.

En se retournant, Lottie reconnut immédiatement Frank Phillips. Les longs cheveux noirs, le nez, même les yeux. Maeve était à l'image de son père. Mais Frank ne mesurait qu'un mètre cinquante, avec une peau si bronzée qu'il ressemblait à un tonneau de whisky en bois.

Il se dirigea vers eux en resserrant la ceinture de son pantalon.

— Asseyez-vous, dit-il d'un ton amical. Sa chemise blanche amidonnée se froissait sur son ventre proéminent. Il les dirigea vers trois chaises stratégiquement placées devant des fenêtres allant du sol au plafond, avec la Méditerranée en toile de fond. Quelqu'un veut du thé?

Il n'attendit pas de réponse. Le géant apparut à ses côtés.

— Manuel, du thé pour trois personnes. Maintenant, inspectrice, ou devrais-je vous appeler Mme Parker? Vous êtes ici à titre officieux, je crois.

— Inspectrice fera l'affaire.

Elle remarqua que Phillips ignorait Boyd et concentrait son attention sur elle.

— Ma femme, Tracy, a choisi la vie d'une alcoolique. Si on peut appeler ça une vie. Ma fille ressent une sorte de devoir envers elle. Quand elle aura 18 ans, j'ai l'intention de l'amener ici. Lui montrer tout ce dont elle héritera et peut-être qu'alors elle laissera sa bonne à rien de mère dans le caniveau où elle a sa place et viendra vivre avec moi. Quelle adolescente ne le ferait pas?

Boyd ajouta:

— Une adolescente avec une morale décente?

Lottie tenta de lui donner un coup de coude, mais sa chaise était stratégiquement placée trop loin.

— La morale s'envole face à la richesse, dit Phillips. Ma Maeve peut avoir tout ce dont elle a toujours rêvé ici. Et plus encore.

— Sauf peut-être la liberté, ajouta Boyd.

— L'argent rend libre.

Phillips fit signe à Manuel de poser les tasses en porcelaine blanche sur la table en bois peinte du drapeau tricolore. Des croix celtiques sculptées faisaient office de pieds.

— Vous êtes certainement prisonnier dans votre propre château, dit Lottie.

— J'ai tout ce que je veux. Son ton monta d'une octave. Ici même.

Il est en colère maintenant, pensa-t-elle.

— Sauf que vous n'avez pas votre fille.

Jusqu'où pouvait-elle aller pour le pousser dans ses retranchements ?

— C'est à vous de la retrouver. Ce que vous n'avez pas réussi à faire jusqu'à présent.

— C'est peut-être parce que vous avez envoyé votre sous-fifre McNally s'immiscer dans notre travail.

— Comment pouvons-nous nous immiscer dans quelque chose qui n'est pas fait ? À moins que vous ne soyez venue me dire que vous avez trouvé Maeve. C'est le cas ?

Lottie secoua la tête.

— Nous pensons que vos affaires sont liées à la disparition de Maeve.

— Alors elle ne s'est pas enfuie avec son petit ami invisible, comme vous nous l'avez fait croire ?

— Nous n'avons pas trouvé de petit ami. Pour l'instant. Avec la mer à l'extérieur et le vert à l'intérieur qui jouait sur les murs, Lottie avait presque le mal de mer. Puis-je utiliser votre salle de bains ?

— Si c'est un stratagème pour fouiner chez moi, vous n'avez pas de chance. Il n'y a rien à trouver ici. Je suis…

— Non, ce n'est pas ça. Je suis prise de nausées.

Phillips claqua des doigts et Manuel apparut.

— Montrez-lui la salle de bains des invités.

Lottie se leva et attrapa l'épaule de Boyd pour se soutenir.

— Tu vas bien ? demanda-t-il, inquiet.

— Je vais aller mieux dans une minute.

Phillips avait raison. Elle voulait vraiment fouiner. En suivant Manuel autour d'un pilier et dans un large couloir, plus vert que la pièce qu'elle venait de quitter, elle espéra que la salle de bains était peinte en blanc ou en rose. Dans le cas contraire, elle ne manquerait pas de se répandre.

* * * * *

Après un rapide tour d'horizon, sans entrer dans une seule des pièces, Lottie revint dans la salle de séjour. Le thé avait été servi, mais n'avait pas été touché.

— Je disais justement au sergent Boyd qu'il faut mettre les choses en perspective. Frank Phillips se tenait à la fenêtre, le bras appuyé sur ce qui ressemblait à un télescope plaqué or. Il passa ses doigts courts dans ses longs cheveux, désormais attachés en queue-de-cheval. Des nuances de gris apparaissaient au-dessus de ses oreilles pointues et sur ses tempes. Sinon, ils étaient d'un noir étincelant. Et elle était sûre qu'il avait subi un lifting ou, peut-être, du Botox. Il n'y avait pas un pli ou une ligne sur son visage bronzé.

— Vous voyez cette mouette-là, dit-il en montrant un gros oiseau sur le rebord de la fenêtre, en train d'arracher les écailles d'un poisson. Maintenant, regardez dans le ciel les avions qui décollent de l'aéroport.

Lottie plissa les yeux dans la lumière du soleil. Boyd se pencha en avant sur sa chaise.

— Ce petit point blanc qui serpente dans le bleu. Vous le voyez?

Elle acquiesça. À quel genre de jeu jouait-il?

Phillips approcha son œil du télescope.

— C'est un Boeing 737. Ryanair. Une douzaine de vols quotidiens en provenance de toute l'Europe à destination et en provenance de Malaga. Plein de gens. Et pourtant, l'avion semble plus petit que cette mouette.

— Où voulez-vous en venir? demanda Boyd en voyant l'air interrogateur de Lottie.

S'éloignant du télescope, Phillips dit:

— Parfois, ce qui se trouve devant nos yeux est si proche que nous ne pouvons pas voir l'ensemble du tableau.

— Je vous ai perdu là, dit Lottie.

— La mouette a l'air énorme de près. Tout comme un avion avec un tas de gens qui attendent sur le tarmac. Mais quand elle vole très haut dans le ciel, elle n'est qu'un point. Un point parmi tant d'autres, là-haut. Phillips tapota la fenêtre. L'oiseau lâcha le poisson et s'envola en poussant de grands cris. Phillips rit. Je soupçonne que vous avez affaire à quelque chose d'important à Ragmullin. Mais croyez-moi quand je vous dis que vous n'avez aucune idée de l'ampleur de la chose.

— Cela a-t-il un rapport avec les meurtres? demanda Lottie en jetant un coup d'œil à Boyd pour voir s'il suivait Phillips. Nous avons trouvé trois victimes de meurtre la semaine dernière. Savez-vous quelque chose à leur sujet?

Elle en avait assez de l'entendre parler de mouettes et d'avions.

— J'en ai entendu parler et je pense que vous ne savez pas ce qui se passe vraiment.

— Expliquez-nous, dit Boyd tout en soufflant d'exaspération.

— Pouvez-vous me confirmer que je ne serai pas poursuivi et que je bénéficierai de la protection des témoins? Que je pourrai rentrer chez moi et chercher ma fille?

Lottie échangea un autre regard avec Boyd.

— Cela pourrait prendre un certain temps. Dites-nous ce que vous savez et je verrai ce que je peux faire.

— Ce n'est pas suffisant pour que je me mette à parler.

— Nous avons fait tout ce chemin pour obtenir des informations qui pourraient nous aider à sauver Maeve. Votre réaction me déçoit.

— La sauver de quoi? Inspectrice, si je vous disais tout ce que je soupçonne, je serais mort en quelques jours et je ne serais d'aucune utilité pour Maeve. Je dois rentrer chez moi et la chercher moi-même. Vous ne comprenez pas la complexité de la situation.

— Éclairez-nous, dit Lottie.

— Je ne peux que vous orienter dans une certaine direction.

— Soyez plus précis. Lottie tenta de cacher son exaspération.

— Marchez le long des quais. Il montra la direction du port avec son petit bras. C'est devant vos yeux. C'est tout ce que je peux dire. J'ai décidé de me retirer de mes affaires actuelles et, croyez-moi, ce ne sera pas dans un cercueil. La construction. C'est comme ça que je vais gagner de l'argent à partir de maintenant.

Lottie le regarda attentivement.

— Il m'en faut plus.

— J'ai des gens qui fouillent tous les trous à rat à la recherche de Maeve. Il l'a enlevée. Il va venir me chercher aussi. Je ne peux pas quitter ma maison sans garde du corps.

— Il ? De qui parlez-vous ?

Philips ricana.

— Un homme appelé Fatjon. Il est impliqué dans le trafic d'êtres humains pour le commerce du sexe depuis des années. Je pense qu'il pourrait être impliqué dans les meurtres.

— Il travaille pour vous ?

— Plus maintenant.

— Pourquoi pensez-vous qu'il est impliqué ?

— Je ne fais que le soupçonner, inspectrice. Je dois faire attention à ce que je dis, à moins que vous ne puissiez me garantir l'immunité.

— Vous savez que cela prend du temps et de la paperasse. Dites-moi ce que vous pouvez.

Il n'était pas question qu'il aille quelque part sans menottes, se promit Lottie en silence.

Phillips regarda la grande étendue de mer par la fenêtre. Il parla d'une voix basse et rocailleuse.

— Deux de mes… filles amenées en Irlande, destinées au commerce du sexe, ont disparu. Sans laisser de trace. Je perds de l'argent. Fatjon était l'intermédiaire.

Lottie poussa un soupir de frustration. Phillips omettait plus de choses qu'il ne lui en disait. Elle décida de continuer.

— Deux des corps que nous avons trouvés ont subi une ablation d'organes. Ce Fatjon est-il impliqué dans cette opération ?

Phillips ouvrit la bouche pour parler, mais s'arrêta. Prenant une profonde inspiration, il dit :

— Je ne sais pas. L'ablation d'organes ? Vraiment ? Il s'agit peut-être d'un médecin, ou d'un aspirant médecin.

— Et ce Fatjon, ce n'est pas un médecin, n'est-ce pas ?

Philips éclata de rire.

— J'en doute.

— À quoi ressemble-t-il ? Où vit-il ?

— Je ne sais pas où il vit. C'est un homme très grand, musclé, une brute épaisse. Et il a les dents extrêmement tordues.

Lottie regarda Boyd. Il secoua la tête. Ils n'avaient encore rencontré personne de ce genre au cours de leurs recherches.

Elle essaya à nouveau.

— Et Dan Russell ? Il était commandant dans l'armée. Vous le connaissez ?

— C'est une ordure.

— Je croyais qu'il se débrouillait bien avec sa société qui gère le centre de prise en charge directe.

Phillips ricana.

— Il paie pour ses péchés. Regardez sous la surface. Avez-vous enquêté sur lui ?

— Oui. Rien d'important. Il s'est retiré de l'armée et a créé sa société.

— Travail bâclé, inspectrice. Phillips fit la moue. Il a été renvoyé pour avoir jeté le discrédit sur l'armée irlandaise. Faites votre travail correctement et vous retrouverez peut-être ma fille, avant qu'il ne soit trop tard.

Lottie jeta un coup d'œil dans la pièce. Que faire à partir de maintenant ? Elle ne voulait pas que ce voyage soit inutile, sinon Corrigan serait à la porte d'arrivée de l'aéroport de Dublin avec son P45.

— Maeve avait une nouvelle robe coûteuse dans sa garde-robe. Savez-vous quelque chose à ce sujet ? demanda Lottie.

— Une robe ?

— Oui. McNally l'a prise.

Phillips fit le tour de la pièce, les yeux brillants.

— Je n'ai aucune idée de la raison pour laquelle il a fait cela.

— Je pense que vous le savez. Pourquoi McNally était-il à Ragmullin deux jours avant la disparition de Maeve ?

Il s'éloigna d'elle.

— Peut-être que vous n'êtes pas si stupide après tout.

— Laissez-moi vous expliquer, dit Lottie. McNally arrive à Ragmullin. Votre fille disparaît et trois filles sont assassinées. Je dirais que c'est très intéressant, non ?

— Comme je vous l'ai déjà dit, il y a quelqu'un de bien plus important que moi qui est impliqué dans cette affaire. McNally s'est rendu sur place pour trouver un emploi.

Il se tint devant l'une de ses peintures de Paul Henry, tendit la main et redressa le cadre.

Je devais me retirer d'un secteur d'activité particulier. J'étais menacé. Ma famille a été menacée. Merde, je me fous de ma femme alcoolique. Mais ma fille, elle est tout pour moi. J'ai envoyé mon homme pour régler le problème.

— Mais McNally a tout foutu en l'air.

— Peut-être qu'il l'a fait. Il a peut-être poussé quelqu'un à agir plus tôt que prévu.

— Qui est cette personne mystérieuse ?

— Votre tueur ?

Lottie commença à relier les points dans sa tête.

— Vous fournissez des filles pour le commerce du sexe. Vous faites du trafic. Mais certaines d'entre elles sont utilisées par ce... docteur pour prélever des organes et les vendre au marché noir.

— Là, vous arrivez enfin à quelque chose.

— Qui est ce médecin ?

— Je ne sais pas. Je ne traite qu'avec l'homme aux dents tordues, Fatjon.

— D'où vient Fatjon ?

— Du Kosovo, à l'origine. Il y avait un commerce illégal d'organes humains pendant et après la guerre des Balkans. Renseignez-vous. Je suis sûr que même vous, vous pourrez trouver des informations à ce sujet. Essayez Wikipedia.

Un autre lien vers le Kosovo.

— Avez-vous déjà entendu parler d'Andri Petrovci ?

— Non.

Lottie repensa à tout ce que Phillips leur avait dit. Ce Fatjon pourrait-il être de mèche avec Petrovci ? Cela semblait probable.

— Vous avez dit que votre famille avait été menacée. Comment et quand ?

Soupirant bruyamment, Phillips dit :

— Il suffit de dire que je ne l'ai pas prise assez au sérieux. Sinon, Maeve serait en sécurité. Vous feriez mieux de la retrouver, inspectrice.

— Parlez-moi de cette menace.

— Je m'en occupe moi-même. Je vous en ai assez dit.

— M. Phillips, je ne suis pas ici pour vous créer des ennuis. Vous avez accepté de nous parler. Ne pouvez-vous pas être franc ?

— Mme Parker, je vous en ai dit plus que je ne voulais. Vous devez retrouver ma fille. Et vite. Si vous ne le faites pas, vous serez responsable de la guerre que je vais livrer à votre ville.

— Je prends cela comme une menace.

— Prenez-le comme vous voulez, mais je pense qu'il est temps que vous partiez tous les deux. Manuel va vous raccompagner. Phillips se tourna vers la fenêtre. Et n'oubliez pas de visiter les quais. C'est un endroit intéressant.

* * * * *

S'avançant sur le trottoir brûlant, Boyd demanda :

— As-tu découvert quelque chose d'intéressant chez Phillips en fouinant ?

— Manuel n'était pas très loin, alors je n'ai pas eu la possibilité de bien regarder.

— Je n'y crois pas une minute.

— Oh merde, dit Lottie.

— Qu'est-ce qu'il y a ?

— Attends ici. J'ai laissé mon téléphone dans la salle de bains.

— Quoi ? Lottie ! Reviens.

Elle disparut derrière les portes vitrées, laissant Boyd derrière elle.

La porte de l'appartement s'ouvrit immédiatement. Frank Phillips était toujours debout, regardant la mer.

— Mon téléphone, je crois que je l'ai laissé dans la salle de bains, dit-elle, essoufflée. Je n'en ai que pour une minute.

Il lui fit un geste de la main sans se retourner.

— Vous connaissez le chemin.

Elle se précipita dans le couloir, tapotant son sac où son téléphone était bien rangé. Cinq portes plus celle de la salle de bains. Elle les vérifia rapidement. La première était une cuisine avec salle à manger. Manuel était assis à une table en marbre et lisait un journal.

— Oh, pardon, la salle de bains ?

— La salle de bains ?

— Vous l'avez passée. La première à gauche.

— Merci.

Lottie referma la porte.

Elle ouvrit trois autres portes. Une chambre, probablement celle de Manuel, deux chambres d'amis. Elle supposa que la dernière porte était celle de la chambre principale.

Elle jeta un coup d'œil autour d'elle et entra. Le contraste avec la salle de réception verte était saisissant. Un long espace s'étendait devant elle, décoré en bleu layette. Ignorant le coin où se trouvait un bureau débordant de livres et de dossiers, ses yeux furent attirés par le très grand lit situé contre le mur le plus éloigné. D'un côté, le drap de lin clair était froissé et ouvert, de l'autre, une petite silhouette sombre était allongée, recroquevillée comme un bébé dans le ventre de sa mère.

Lottie s'approcha du lit. Une enfant, une fille de 10 ou 11 ans, ronflait d'un souffle doux et régulier, sa peau comme un fondant au chocolat scintillant à travers son déshabillé. Ses cheveux étaient étroitement noués et ses cils courts s'agitaient à mesure que sa poitrine se soulevait et s'abaissait. Une fine couche de transpiration luisait sur sa lèvre supérieure malgré la fraîcheur de la pièce.

Mon Dieu, pensa Lottie. Une odeur de renfermé flottait dans l'air. L'odeur que Phillips avait essayé de masquer avec son eau de Cologne.

La fille se retourna dans son sommeil, mais sa respiration resta régulière alors que les ronflements s'atténuaient.

Que pouvait-elle faire? Hors de sa juridiction, elle était impuissante. Elle devait attendre de rentrer chez elle et prévenir le commissaire Corrigan, qui pourrait en informer ses collègues espagnols. *Des monstres*, pensa-t-elle, *j'ai affaire à des monstres.*

Elle sortit doucement de la pièce, essayant de marcher normalement en se dirigeant vers le salon.

— J'espère que vous l'avez trouvé.

Frank Phillips se retourna, ses yeux vert sombre comme des billes de verre.

Le climatiseur murmurait une mélodie continuelle dans le silence. Lottie acquiesça, incapable de se fier à sa voix. La fraîcheur de l'air s'était soudain transformée en un froid intense et sa peau se hérissa.

Il sait, pensa-t-elle. *Il sait que je sais et je ne peux rien y faire. C'est ce que nous verrons.*

Elle atteignit la porte d'entrée. Manuel apparut à ses côtés. Composa un code. La porte s'ouvrit sans bruit.

Elle posa un pied dans le couloir.

— Quoi que vous pensiez de moi, inspectrice, je reste un père dont la fille a disparu. Trouvez-la.

Elle prit une grande inspiration. Elle se dirigea comme une somnambule vers l'ascenseur au son de la porte se refermant sur le monde perverti de Frank Phillips. Et elle sut exactement à qui l'enfant dans le lit lui faisait penser – la fille qu'ils avaient trouvée hier à la station de pompage.

Chapitre 68

Ils tournèrent à gauche, à l'ombre d'une rue secondaire, s'éloignant rapidement de la plage et retournant vers la ville.

Lorsqu'elle se sentit de nouveau en sécurité, Lottie dit :

— Bon, d'accord. Il y a cinq chambres et toutes semblent normales, à l'exception d'une qui, je suppose, est la sienne. Un lit, probablement de la taille de ma chambre. À côté, une petite table en marbre sur laquelle se trouve tout l'attirail pour se piquer à l'héroïne.

Elle savait qu'elle évitait l'autre horreur de la pièce.

— Donc, il se sert dans sa propre production.

— Phillips ne vend plus seulement de la drogue. Tu sais qu'il vend aussi des humains. Des filles… des enfants. Oh, Boyd, c'était horrible.

— Qu'as-tu vu ?

— Cette petite fille sur le lit de ce monstre… elle ne semblait pas avoir plus de 11 ans.

Boyd s'arrêta, attrapa son bras et la tira face à lui. Lottie vit la rage dans ses yeux.

— Nous y retournons. Je me fiche que ce ne soit pas officiel, il faut sortir cette fille de là !

— Arrête, Boyd. On va tout gâcher. Je le dirai à Corrigan dès notre retour. Qu'il le fasse par les voies appropriées. C'est le meilleur moyen d'attraper Phillips une fois pour toutes.

— Elle aura disparu depuis longtemps.

— Non. Je pense qu'il est assez arrogant pour penser que nous ne pouvons rien faire.

— Si tu le dis…

Elle se remit à marcher.

— Alors cette analogie qu'il a utilisée, à propos des oiseaux et des avions… essayait-il de nous dire de prendre de la distance ?

— Je pense qu'il essayait de dire que ce qui se passe à Ragmullin n'est que la partie émergée de l'iceberg. Sa principale préoccupation est de retrouver sa fille.

— Il n'a donc pas fait enlever sa fille ?

— Non. Sinon, il n'aurait pas accepté de nous rencontrer. Je pense qu'il aime vraiment Maeve et qu'il la veut avec lui, mais il ne l'a pas enlevée.

— C'est quoi l'histoire alors ?

— Son commerce du sexe. Il a contrarié des joueurs plus importants que lui en voulant changer de direction. Arrêter de leur fournir des filles pour le sexe, les organes ou tout ce qu'ils veulent en faire. Je pense que l'enlèvement de Maeve est leur façon de l'amener à jouer leur jeu.

— Un jeu qui coûte cher.

Ils marchaient dans le lit asséché d'une rivière en direction de l'aéroport.

— Allons au port, dit Lottie en changeant de direction.

— Pourquoi là ?

— Parce qu'il nous l'a dit. Et c'est l'un des principaux endroits où l'on fait passer des gens en Europe.

Tout en marchant, Lottie pensa à la petite fille sur le lit de Frank Phillips. Comme elle avait l'air désemparé vêtue d'un déshabillé bleu ciel. Et l'odeur de sexe qui flottait dans l'air. Elle sentit son cœur se briser devant l'horreur du monde et craignit pour l'âme même de la race humaine. Et elle se sentait impuissante à faire quoi que ce soit.

* * * * *

Une brise rafraîchissante apaisa sa peau brûlante tandis qu'ils marchaient le long de la promenade pavée.

— L'architecture est magnifique, dit Lottie en jetant un coup d'œil à l'auvent de béton ondulé au-dessus de leurs têtes.

Un bateau de croisière fit retentir sa corne de brume en s'éloignant du quai. Une flottille de remorqueurs montrait la voie. Lottie se tint à côté du panneau de verre qui longeait le port. Elle vit un cargo. Des conteneurs empilés. Des grues gigantesques qui manœuvraient, descendaient, soulevaient. La ligne d'horizon ressemblait à une œuvre d'art contemporaine. Des lignes et des arcs. Fascinant.

— Qu'est-ce que Phillips essayait de nous dire ? demande Boyd.

— Regarde là-bas. Lottie pointa son doigt. Le ferry. Tu vois le nom sur le côté ?

Boyd plissa les yeux.

— Melilla. Jamais entendu parler. C'est le nom du navire ou de son port d'attache ?

— Attends une minute.

Lottie sortit son téléphone, activa ses données mobiles et chercha le nom sur Google.

— C'est un port en Afrique. Bordé par la mer et le Maroc. Propriété de l'Espagne.

Elle supprima ses données.

Boyd leva les mains.

— Nous n'irons pas en Afrique. Même si tu penses que c'est important. Il faudrait qu'on se fasse vacciner contre la malaria. Et j'ai lu des choses sur les effets de cette maladie sur la libido.

— J'ai compris comment Phillips s'y prenait pour faire du trafic d'êtres humains. Et c'est bien trop gros pour lui tout seul.

— Alors, qui est le patron ? Notre docteur tueur ?

— Je ne sais pas.

— Moi non plus.

Boyd se gratta la mâchoire.

— Je meurs de faim, dit Lottie tout en saisissant le bras de Boyd. Trouvons un endroit où manger.

— C'est la meilleure suggestion que tu aies faite de toute la journée.

— Là. Elle désigna des tables à l'extérieur d'un restaurant qui faisait face au port. Cela fera l'affaire. Il y a le Wi-Fi gratuit.

Ils commandèrent deux omelettes et obtinrent le code Wi-Fi auprès du serveur. Lottie reçut trois e-mails.

— Qui t'écrit? demanda Boyd.

— Jane Dore.

Elle ouvrit le premier courriel, le dernier arrivé.

— Lis.

— C'est un peu compliqué. Lottie se rendit jusqu'à la fin du message, où Jane avait résumé ses conclusions. La dernière victime que nous avons trouvée. Elle est différente des autres.

— Différente? Boyd prit son assiette des mains du serveur et commanda un verre de vin rouge. Lottie déclina l'offre en secouant la tête sans lever les yeux de son téléphone.

— On lui a tiré dessus et la blessure a été lavée. La balle s'est logée dans son cœur, mais aucun organe n'a disparu.

— Et elle n'a pas été enterrée.

Boyd grignota.

Lottie ignora son assiette.

— Un travail précipité? Pourquoi?

— La même arme a-t-elle été utilisée?

— Cela reste à déterminer. Elle ouvrit l'e-mail suivant. Celui-ci ne concerne que l'autopsie préliminaire de Jane. Jetant un dernier coup d'œil au message, elle haussa un sourcil. Dan Russell?

Elle lut avant de fermer précipitamment son e-mail et de glisser le téléphone dans son sac.

— Ça doit être personnel, dit Boyd.

— Ce n'est pas personnel. Pas vraiment. Lottie prit sa fourchette et la planta dans l'omelette ferme. Soudain, elle n'eut plus d'appétit.

— Qu'est-ce qu'il y a ? demanda Boyd.

— Oublie ça.

— Lottie Parker, je sais quand quelque chose te perturbe. Qu'est-ce que Russell avait à dire pour sa défense ?

— Rien à voir avec toi.

— Rien à voir avec moi ? Allons, allons.

— C'est en rapport avec son séjour au Kosovo. *Et Adam*, pensa-t-elle. *Russell racontait-il vraiment des mensonges éhontés ?* Il fallait qu'elle le découvre.

— Le Kosovo ? C'est en rapport avec Petrovci ?

— C'est peut-être en rapport avec Adam.

— Ton Adam ? Tu ferais mieux de m'expliquer.

— Pas maintenant, d'accord ? Et honnêtement, je ne pense pas que ce soit lié à nos enquêtes.

— Tu es une sacrée menteuse. Tu as déjà dit que cet endroit, Melilla, avait un lien avec le Kosovo.

— Ce n'est pas ce que j'ai dit. Je pense qu'ils font passer certaines filles par Melilla pour les emmener en Espagne et, de là, où ils en ont besoin pour opérer. Ce sont les meurtres qui ont un rapport avec le Kosovo.

— Et Andri Petrovci est du Kosovo.

— Mimoza et Milot aussi. Et cet homme mystérieux aux dents tordues. On se croirait dans un roman d'Agatha Christie. Elle se pinça les lèvres et jeta sa serviette, puis ramassa son sac. Tu as fini de manger ?

— Maintenant, oui.

Il posa ses couverts et bu le reste de son vin.

Lottie paya avec sa carte. Boyd demanda le ticket de caisse.

Sans se parler, ils parcoururent la courte distance qui les séparait de la route principale, sautèrent dans un taxi et se dirigèrent vers l'aéroport.

* * * * *

Dans l'avion, Boyd se pencha sur le côté pour la regarder attentivement.

— Alors, quelle est la place d'Adam dans tout ça ? demanda-t-il.

— Je me disais bien aussi que ce silence était trop beau pour durer. Mais je pourrais aussi te retourner la question et te demander comment McNally se retrouve mêlé à tout ça, répondit-elle tout en bouclant sa ceinture de sécurité.

— Il essaie juste de retrouver la fille du patron.

— Peut-être qu'il a tué trois filles, après avoir prélevé les reins de deux d'entre elles.

Lottie soupira. Cela n'avait aucun sens. Fermant les yeux, elle espéra que Boyd comprendrait qu'il fallait que cette conversation cesse.

— Combien de temps vas-tu pouvoir garder Milot ?

— Lundi. Merde, c'est demain. J'aimerais savoir où se trouve Mimoza.

— Je pense qu'elle a été assassinée, dit-il.

— Si elle est morte, où est son corps ?

— Nous ne l'avons pas encore trouvé.

— Si elle n'est pas morte, elle est en grand danger. Demain à la première heure, je fais venir Russell et ensuite je fais venir Andri Petrovci. Cette fois, il va parler.

— Nous devrions peut-être aussi contacter son patron. Ce Jack Dermody.

— Tu fais ça et tu vérifies tous ses amis et connaissances. Quelqu'un a obtenu son numéro de téléphone pour l'envoyer à la station de pompage. Mais il ne me semble pas être un tueur.

— Et qui semble l'être, je te prie ?

— Boyd, ferme les yeux et dors.

Tout le vol fut secoué par des turbulences. Ils finirent par arriver avec une demi-heure de retard à l'aéroport de Dublin.

Il était dix-neuf heures trente.

Lottie avait l'impression d'être debout depuis une semaine.

Chapitre 69

Chloé ne voulait pas sortir, Emily Coyne l'avait suppliée. Un dimanche soir? Avec l'école demain? De la folie. Mais sa mère était partie en Espagne ou ailleurs, alors elle pouvait très bien se le permettre.

Après avoir sorti des hauts, des jupes et des jeans de son armoire, elle regarda le tas de vêtements sur le sol. *Il fait trop chaud pour porter des manches longues*, pensa-t-elle, mais je dois cacher mes cicatrices. La frustration monta furieusement dans sa poitrine. Elle se mit à genoux et jeta les vêtements aux quatre coins de sa chambre. Sur le lit, son téléphone vibra avec insitance.

— Laisse-moi tranquille, Emily! lui cria Chloé.

Elle se leva en trébuchant. C'était peut-être Maeve. Elle vérifia. Ce n'était pas Maeve.

«***Alerte Twitter: #cutforlife.***»

Sa lèvre inférieure trembla. Elle avait voulu supprimer l'application. Mais elle n'y était pas parvenue.

Elle appuya sur l'application et lu le tweet.

— Non! s'écria-t-elle. Non! Laissez-moi tranquille.

Elle se jeta sur le lit et hurla de douleur.

* * * * *

Boyd déposa Lottie chez elle à vingt-et-une heures. Sean ouvrit la porte.

— Tu m'as manqué, dit-il en la serrant fort dans ses bras.

— Je n'étais absente que pour la journée. Elle lui rendit son étreinte. Mais, c'est agréable d'être attendue. Tout va bien ?

— Oui.

— Bonjour, maman ! cria Katie depuis le salon.

Les restes d'une pizza à emporter jonchaient le sol. Milot sourit, du ketchup sur le bord des lèvres.

— Bonjour, petit homme.

Lottie jeta son sac sur un fauteuil et lui ébouriffa les cheveux. Elle avait besoin d'une douche, mais ne pensait pas pouvoir encore traîner ses jambes jusqu'en haut des escaliers.

— Où est Chloé ?

C'est alors qu'elle entendit un cri venant d'en haut.

Elle se précipita dans la chambre de Chloé et cria :

— Qu'est-ce qui ne va pas ? Que s'est-il passé ?

— Va-t'en, sanglota Chloé dans son oreiller.

— Je n'irai nulle part tant que tu ne m'auras pas dit pourquoi tu criais comme si quelqu'un était en train de t'égorger !

Lottie se tenait sur le pas de la porte et examinait les monticules de vêtements éparpillés un peu partout. Qu'est-ce qui s'était passé ici ? Elle commença à ramasser des T-shirts, les pliant sur son bras. Elle pensa d'abord qu'ils étaient sales, mais ils sentaient la fraîcheur, contrairement à une autre odeur sous-jacente qu'elle n'arrivait pas à situer. De la saleté ? De la poussière ? Du sang ? *Je m'absente une journée et le monde s'effondre*, pensa-t-elle.

— Pour l'amour de Dieu, laisse-moi tranquille. Je croyais que tu étais partie !

— Vous feriez mieux de me dire ce qui se passe, Mademoiselle. Es-tu malade ?

Chloé enfonça sa tête sous ses oreillers. En posant les vêtements pliés sur le lit, Lottie remarqua le téléphone et lutta contre l'envie de le prendre et d'y jeter un coup d'œil.

— Si ce sont tes règles, je peux te donner du paracétamol. Tu as mal à la tête ?

Elle s'assit sur le lit et posa une main sur l'épaule de Chloé, qui la repoussa d'un geste brusque. Un bruit étouffé se fit entendre sous les oreillers. Lottie caressa les cheveux humides de la jeune femme.

— Parle-moi. Je t'en supplie, Chloé.

Chloé se retourna et se hissa en position assise, tirant sur les manches de son pull pour ne pas laisser apparaître les cicatrices.

— Tu transpires, dit Lottie. Enlève ça et mets quelque chose de plus léger.

— Je ne trouve rien à me mettre.

Chloé donna un coup de pied, faisant tomber le paquet de ligne fraîchement plié sur le sol.

Lottie ignora ce geste immature, consciente qu'il y avait quelque chose de sérieux qui perturbait sa fille.

— Je t'aime tellement et je ferai tout pour t'aider. Mais il faut que tu me parles pour cela, plaida-t-elle.

Plissant les yeux comme si elle réfléchissait aux conséquences de ses actes, Chloé prit son téléphone, pianota sur l'écran et le tendit.

— Qu'est-ce que je suis censée regarder ? Lottie fronça les sourcils.

— Twitter.

— Je sais, mais qu'est-ce que tu veux que je voie ?

— Ce hashtag. *Cutforlife*. Bon sang !

Lottie regarda le téléphone, puis sa fille.

— Oh, mon Dieu, Chloé. Tu n'es pas en train de te couper, n'est-ce pas ? Tu t'automutiles ? Qu'est-ce qui se passe ?

— C'est une sorte de forum, dit la jeune fille en étouffant ses larmes. Pour les gens qui ont des difficultés dans leur vie. Je peux m'y plaindre ou m'exprimer sur différents sujets.

— Tu y vas ? demanda Lottie, horrifiée.

Elle pouvait penser à mille et un endroits différents pour obtenir de l'aide en dehors de Twitter. Elle regarda sa fille, impuissante. Son visage lisse et jeune, ses grands yeux bleus, l'image de son père. Elle ne pouvait supporter l'idée que sa fille subisse un grave traumatisme psychologique.

— Chloé, qu'est-ce qu'il y a ?

— C'est Maeve. Elle y postait régulièrement des choses. Il n'y a rien eu de sa part depuis qu'elle a disparu. Mais il y a deux minutes, ce message est a-apparu.

Lottie regarde le dernier message sous le hashtag :

U r next Chloe @ADAM99.

— Qui est « @ADAM99 ? » demanda-t-elle.

— Moi. Je l'ai créé au nom de papa. Juste pour être, disons, anonyme. Mais quelqu'un semble avoir compris qui je suis. Pour autant que je sache, seules deux personnes sont au courant de l'existence du tag « @ADAM99 ».

— Qui le sait ?

— Maeve et ce type. Je pense que c'est lui qui a créé le hashtag.

— Quel type ? Lottie saisit Chloé par les épaules et la regarda dans les yeux. Qui est-ce ?

— Ne joue pas les détectives avec moi.

— C'est sérieux, Chloé.

— Je ne pense pas pouvoir te le dire… hésita Chloé.

— Il s'agit d'une menace flagrante contre toi, dit Lottie. Une menace pour ta sécurité, d'autant plus que nous ne savons pas où se trouve Maeve. Dis-moi qui est ce type.

— Il se fait appeler Lipjan sur Twitter. Je ne connais pas son vrai nom…

— Continue, dit Lottie.

— J'ai pensé qu'il pourrait savoir où se trouvait Maeve. J'ai pensé qu'il était peut-être son petit ami. Je lui ai envoyé un message et il m'a donné rendez-vous.

— Tu n'as pas…

— Je suis vraiment désolée.

— Oh, Chloé. Qui est-il ? Où vit-il ? Lottie chercha à tâtons son propre téléphone, prête à appeler son équipe.

— Est-ce que tu peux arrêter de gesticuler et m'écouter s'il te plaît ?

Lottie posa le téléphone et saisit la main de sa fille.

— Bien sûr, ma puce, je t'écoute.

— Je ne connais pas son vrai nom. Il était gentil en ligne. Mais il est horrible dans la vraie vie.

Chloé fronça les sourcils de dégoût.

— Il t'a touchée ? Que Dieu me vienne en aide, je le tuerai s'il l'a fait.

— Il a essayé de m'embrasser. Je me suis enfuie. Il n'y a pas eu de mal.

Chloé frotta son bras.

— Quand était-ce ? Savait-il où se trouvait Maeve ? Es-tu sûre que tu vas bien ?

— Maman ! Arrête ! s'écria Chloé. C'était il y a quelques jours. C'était affreux mais je vais m'en remettre.

— Où l'as-tu rencontré ?

— Dans le parc de la ville. Maman… Et s'il avait enlevé Maeve ?

Chloé s'effondra en sanglots. Lottie la serra contre sa poitrine et l'apaisa, passant ses doigts dans ses longs cheveux. Elle voulait en savoir plus, mais elle savait que sa fille ne pourrait pas en dire plus ce soir.

Chapitre 70

Lottie s'assit sur le côté du lit et veilla jusqu'à ce que Chloé finisse par s'endormir. Elle se souvint qu'il y avait seulement deux jours, elle avait regardé le corps de la deuxième victime de meurtre, avec ses blessures auto-infligées. Qu'avait-elle dit alors?

Un de ses proches devait sûrement savoir. Oui, elle avait dit ça.

Sa fille avait besoin d'aide. Elle souffrait. Chloé avait été trop forte ces dernières années. Ironie du sort, c'était l'épreuve de Sean qui l'avait brisée.

Avec un soupir de lassitude, elle embrassa le front de sa petite fille et se rendit dans sa propre chambre. Elle se déshabilla et prit une douche rapide, mais ne parvint pas à se débarrasser de l'angoisse de la dernière heure, de la dernière journée, de la dernière semaine. Elle enfila un vieux T-shirt d'Adam et un legging. Pieds nus, elle se dirigea vers la cuisine, trouva son iPad et l'alluma. Assise à la table, elle saisit le mot « Lipjan » dans Google. En tapant sur la première proposition d'articles, elle commença à lire.

Lipjan – une ville du Kosovo. Elle se redressa, la main tremblante sur l'iPad. Au bout de quelques minutes, elle se leva d'un bond.

La ferme des poulets? Dan Russell en avait parlé lorsqu'elle était allée le voir à la caserne. Il avait dit que les souris lui rappelaient le poulailler. Et voilà qu'elle lisait un article en ligne à ce sujet. La ferme des poulets était située à l'extérieur de la ville de Lipjan.

— Je te tiens Russell! s'écria-t-elle en frappant dans ses mains.

* * * * *

— Allons, dit Boyd. De quel hashtag parles-tu ?

Lottie versa deux tasses de thé. Boyd était arrivé dix minutes après qu'elle l'avait appelé. Patiemment, elle lui expliqua ce que Chloé lui avait dit.

— Et Maeve l'utilisait aussi ? demanda-t-il.

— D'après Chloé, oui. Nous devons retrouver tous ceux qui l'utilisent. Les avertir.

— C'est un gros travail.

— Cela pourrait sauver des vies.

— Ce Lipjan, qui penses-tu qu'il soit ?

— Parce que c'est au Kosovo, je pense qu'il doit s'agir de Russell, qui a travaillé là-bas, ou de Petrovci, qui en est originaire.

— Quelle raison aurait l'un ou l'autre ?

— Un moyen d'attirer des filles vulnérables.

— J'espère que ta Chloé n'est pas l'une d'entre elles.

Lottie se sentit au bord des larmes, prête à exploser. Ses épaules s'affaissèrent sous l'effet de l'épuisement, mais son cerveau était bien éveillé.

— Je suis désolé. Je n'ai pas réfléchi. Chloé ira bien, dit Boyd en lui caressant les mains.

Elle la retira et saisit sa tasse.

— Elle a intérêt à aller bien, Boyd. Je ne la laisserai pas sortir de cette maison tant que nous n'aurons pas résolu cette affaire.

— Sage décision. Qu'est-ce qu'on fait maintenant ?

— On doit découvrir le rôle de Dan Russell.

— Ce courriel qu'il t'a envoyé ? De quoi s'agissait-il ?

Jouant avec l'anse de sa tasse, Lottie réfléchit à ce qu'elle pourrait lui dire. Le silence s'installa dans l'air. Elle releva la tête et découvrit qu'il la regardait fixement. Elle ramassa son sac sur le sol et en sortit la photo qu'elle avait trouvée dans le grenier de sa mère et le badge qu'elle avait obtenu de Mimoza.

— D'après Russell, la petite fille là, c'est Mimoza. Et ça, c'est l'insigne d'Adam dans l'armée. Russell a insinué qu'Adam avait quelque chose à voir avec le prélèvement illégal d'organes au Kosovo.

Les yeux de Boyd semblèrent sur le point de lui sortir de la tête.

— Doucement, veux-tu, ne me dis pas que tu crois à ces bêtises ?

— Je ne sais plus quoi croire.

— Lottie, tu connais Adam mieux que quiconque. Ce n'est pas vrai.

— Si ce n'est pas vrai, pourquoi Russell menace-t-il de le révéler ?

— Il se moque de toi. Il déforme la vérité. Il se joue de toi.

Lottie se leva et fit le tour de la pièce. Elle regarda la photo de son mariage qui prenait la poussière sur le mur.

— Tu as raison. Je suis stupide. Russell essaie de me compromettre avec des mensonges. Il me détourne de la vérité.

— Et Petrovci est au beau milieu de tout cela.

— Je n'arrive pas à comprendre. C'est ça qui me rend dingue.

— Tu sais ce dont tu as besoin ?

— D'une bonne nuit de sommeil ?

— Exactement.

— Je ne suis pas sûre de réussir à dormir, Boyd, mais je vais essayer. Merci.

Elle le serra fort dans ses bras.

Après son départ, Lottie sut qu'elle n'arriverait pas à dormir et ouvrit son ordinateur portable. Après des heures de recherche, elle découvrit quelque chose qui lui fit décrocher la mâchoire. Elle s'empressa d'envoyer un courriel, en espérant que la réponse ne tarderait pas. Cela pourrait l'aider à résoudre son affaire.

* * * * *

Mimoza regarda le ciel et frissonna. Les étoiles se fondaient les unes dans les autres. Une grande lumière aveuglante. Elle voulut se protéger les yeux, mais ses bras étaient attachés le long de son corps par une corde épaisse. Elle se rendit compte alors qu'il ne s'agissait pas du tout des étoiles, mais d'une lampe de poche qui l'éclairait directement dans les yeux.

Elle essaya de parler, mais sa bouche était bâillonnée d'un tissu rugueux. La lumière se détourna d'elle et elle essaya de suivre son éclat. Il éclaira l'autre paquet silencieux.

Elle se demanda où se trouvait Milot. Elle espérait qu'il était mieux traité qu'elle.

Au son des vagues peu profondes qui clapotaient sur un rivage lointain, elle pleura silencieusement sous le ciel étoilé.

Et elle souhaita n'avoir jamais quitté sa patrie.

Kosovo, 1999

Des images défilèrent derrière ses yeux fermés. Des lumières, des couleurs, des formes. Puis des voix.

Il cria :

— Maman !

Personne ne lui répondit. Lentement, il ouvrit les yeux. Maman était morte. Papa et Rhea aussi. Il souhaita être mort lui aussi. La douleur. Une douleur fulgurante et brûlante lui traversa le ventre, le dos et les jambes. Il déplaça timidement ses doigts le long de sa peau. Un tube en plastique transparent dépassait du dos de sa main. Il trouva la source de la douleur. Il était couché sur le côté, une série de bandages s'enroulant autour de sa hanche. Que lui avait fait le médecin ?

Il essaya de se souvenir.

Une salle avec des lumières vives. Un chariot. On l'avait fait s'allonger dessus. Le médecin lui avait mis une aiguille dans la main et la dernière chose dont il se souvenait était le garçon qu'il avait vu dans le couloir s'approcher de lui avec un scalpel.

C'était la dernière chose dont il se souvenait. Maintenant, il était ici. Où était-il ? Il tourna la tête. Une petite pièce avec de la peinture qui gondolait dans un coin du plafond. Un souvenir se battait pour prendre le contrôle de son cerveau. Il grattait comme les souris dans le poulailler. Mama et Rhea, hurlant de douleur alors que leurs corps étaient tranchés et que leurs organes vitaux leur étaient arrachés si facilement. Les doigts tremblants, il repoussa le bandage et tâta le dessous. Il toucha les bosses et les creux. Les points de suture. Retirant ses doigts, il leva la main en l'air et vit une tache de sang.

La porte s'ouvrit. Il ferma les yeux.

— Réveille-toi, lui dit le médecin.

Le garçon obéit et regarda dans les yeux de l'homme au visage gris. Il racla le fond de sa gorge et lui cracha dessus.

Le médecin s'essuya avec la manche de son manteau.

— Tu n'aurais jamais dû faire ça. Crois-moi.

— Qu'est-ce que vous m'avez pris ?

— Un rein. Et vu comment tu réagis, je regrette de ne pas avoir pris les deux.

Le garçon rit. C'était plus facile que de pleurer.

— Vous allez payer pour ça.

— Là où tu vas, mon garçon, tu m'oublieras vite. Tu n'es rien. Tu m'entends ? Comme tous ceux qui franchissent mes portes. Je les utilise pour sauver ceux qui méritent de l'être. Et toi, tu ne vaux rien.

Entendant un mouvement à la porte, le garçon se retourna. Le jeune garçon se tenait là, tenant une caisse en acier semblable à celles qu'il avait vues chez lui le jour où sa famille avait été assassinée.

— Père, dit le garçon, êtes-vous prêt ? Nous devons nous dépêcher, sinon la glace va fondre.

Le médecin fit glisser un long doigt osseux le long du visage du garçon.

— Je reviendrai pour toi.

— Laissez-moi partir !

— Seulement quand je serai prêt.

Le garçon sentit la peau du dos de sa main picoter lorsque le médecin inséra une seringue dans la canule et que le liquide s'écoula dans son corps. Il n'eut plus aucun contrôle. Avant qu'un poids mort ne lui fasse fermer les paupières, il vit les yeux noirs sans émotion du garçon à la porte, son visage arborant un sourire de pure méchanceté.

Il finit par sombrer dans l'obscurité.

Huitième jour

Lundi 18 mai 2015

Chapitre 71

— Chloé, je pense qu'il est plus prudent que tu restes à la maison aujourd'hui, et je vais faire en sorte qu'une voiture de police patrouille dans le secteur.

Lottie déposa une tasse de café sur la commode et s'assit sur le bord du lit. Chloé avait les yeux gonflés à force de pleurer.

— Tu as pu dormir ?

— Pas beaucoup. Merci de ta compréhension, maman.

— Chérie, je t'aiderai du mieux que je pourrai. Je dois aller travailler maintenant, mais appelle-moi si tu as besoin de quelque chose.

Chloé sourit et Lottie sentit son cœur se serrer. Elle serra la main de la jeune fille et l'embrassa sur la joue.

— Je t'aime, mon amour.

— Je t'aime aussi.

— Comment se fait-il qu'elle puisse rester à la maison et que je doive aller à l'école ? Ce n'est pas juste.

Sean se tenait sur le palier, le sac à dos à ses pieds, les mains dans les poches.

— Je suis malade moi aussi.

Lottie lui ébouriffa les cheveux et examina son grand fils.

— Le portrait craché de ton père, dit-elle en souriant.

— Est-ce que je dois toujours y aller ?

— J'en ai bien peur, oui. Allons. Je suis en retard et je ne veux pas que tu le sois aussi.

— Putain.

— Sean ! Surveille ton langage, dit Lottie.

Katie était en bas de l'escalier, tenant Milot sur sa hanche.

— Putain, dit le petit garçon.

— Mon Dieu, soupira Lottie. Qu'est-ce que le travailleur social va penser de cette famille ?

— Son nom est Eamon, dit Katie.

— Vraiment ? Lottie croisa les bras.

Sa fille rougit.

— Putain, répéta Milot.

Et Lottie ne pouvait qu'être d'accord avec lui.

Chapitre 72

Lottie informa le commissaire Corrigan de la jeune fille qu'elle avait vue dans la chambre de Frank Phillips. Il décrocha immédiatement le téléphone pour contacter ses collègues espagnols. Le soulagement l'envahit lorsqu'elle entra dans le bureau.

— Nous avons trois victimes de meurtre et deux filles disparues, Maeve Phillips et Mimoza Barbatovci. Les seuls éléments qui semblent les relier sont le centre de prise en charge directe, Dan Russell et Andri Petrovci. Nous allons tout examiner depuis le premier jour jusqu'à aujourd'hui.

Kirby et Lynch s'agitèrent dans tous les sens. Boyd entra avec deux gobelets de café en polystyrène et en tendit un à Lottie. Elle le posa sur une pile de dossiers.

— Nous allons résoudre cette enquête aujourd'hui. Aujourd'hui, vous m'entendez ! dit-elle.

Elle sortit une feuille de papier de son sac et l'étala devant elle. Elle avait travaillé pendant des heures la nuit dernière, listant les choses à faire, se documentant sur le Kosovo, envoyant des courriels.

— Où est le mandat pour le centre ? demanda-t-elle.

— Il est devant le juge ce matin, répondit Boyd.

Lottie raconta à l'équipe les révélations de Chloé sur l'homme qui se faisait appeler « Lipjan ».

— J'ai fait des recherches sur le Kosovo hier soir. Pendant la guerre, dans les années quatre-vingt-dix, le prélèvement illégal d'organes humains était endémique. Des organes étaient prélevés sur les corps vivants de soldats captifs et de civils ordinaires. Les personnes étaient amenées chez un médecin à Pristina par l'UCK et par d'autres. Une affaire de gros sous. Ce médecin en disgrâce, Gjon Jashari, a été jugé, il y a quelques années, pour crimes contre l'humanité, mais il a été victime d'une crise cardiaque et est décédé avant que quiconque ne puisse témoigner.

— Une justice brutale, dit Boyd.

— J'ai envoyé un courriel au procureur pour obtenir des détails sur les personnes impliquées. Ce n'est pas gagné, mais vu que nous avons deux filles mortes avec des organes prélevés et des liens avec le Kosovo en ville, ça vaut la peine d'essayer.

— C'est un vrai coup de poker, dit Kirby.

— Prenez tout ce que nous avons jusqu'à présent et passez-le au peigne fin. Allez, les gars. Aujourd'hui !

Après une heure passée à éplucher les rapports, les transcriptions et les preuves, Lottie s'assit de nouveau.

— Quelque chose sur la cryptographie et les rapports de tirs illégaux sur les lacs ? demanda-t-elle à Lynch.

— Je suis en train de travailler sur les rapports. Je vous préparerai une liste plus tard.

— Soyez aussi rapide que possible. La rive d'un lac pourrait être notre première scène de crime. Kirby, si vous ne l'avez pas encore fait, cherchez les contacts téléphoniques de Jack Dermody. Lottie cocha la liste qu'elle avait dressée la veille au soir. Voyez si quelqu'un, pouvant être impliqué dans tout ça, apparaît.

— Oui, patronne. Je fais la même chose pour Petrovci ?

— On a vérifié son téléphone le premier jour, alors maintenant je veux que vous croisiez ses contacts avec ceux de Dermody. Appels et textos également.

— Oui, patronne.

— Et vérifiez si une unité s'occupant de crime organisé ou de trafic d'êtres humains connaît ce Fatjon dont Frank Phillips a parlé.

— Bon sang, patronne, j'ai tout ce travail à faire et…

— Je ne veux rien entendre. Je vais aller voir Dan Russell.

Elle cocha un autre point sur sa liste.

— Je t'accompagne.

Boyd se leva.

— Bien sûr.

— Bon flic, mauvais flic ?

— Je suis le mauvais cette fois.

Lottie prit son sac et se dirigea vers la porte.

— Tu es toujours le mauvais flic.

— Qui est un mauvais flic ?

Le commissaire Corrigan remplit l'embrasure de la porte de sa masse démesurée. Sous ses lunettes, l'un de ses yeux était caché par un tissu noir.

Lottie s'échappa sous son bras avant qu'elle ne dise quoi que ce soit sur les pirates.

Chapitre 73

— Alors, vous n'avez pas encore trouvé Mimoza ? dit Dan Russell.

Ils refusèrent son invitation à s'asseoir. Boyd s'appuya contre le mur à gauche de l'ancien militaire. Lottie se tint à droite, dos à lui, et regarda la rangée de photos suspendues. Elle se retourna.

— Je veux connaître la vérité.

— Je ne sais pas de quoi vous parlez.

Russell passa un doigt à l'intérieur de son col.

Elle sentit un frisson parcourir ses os.

— Faites-vous du trafic illégal pour le commerce du sexe ?

— Je vais vous dénoncer pour diffamation, rétorqua-t-il.

— Reportez ça à plus tard. C'était juste une question.

Lottie fit une pause, mettant de l'ordre dans ses idées.

— J'ai parlé à Frank Phillips. Vous le connaissez ?

— J'ai entendu parler de lui. Rien à voir avec moi.

— Connaissez-vous quelqu'un du nom de « Fatjon » ?

Elle l'observa attentivement. Ses yeux papillonnèrent, rien de plus.

— Je ne peux pas dire que je le connaisse. Pourquoi ?

— Il est impliqué dans un trafic de filles et de femmes à des fins sexuelles. Je soupçonne votre société de gestion de le faciliter. Il est aisé pour vous de les cacher parmi de véritables demandeurs d'asile afin qu'elles restent sans papiers. Elles n'apparaissent jamais dans aucun registre officiel. Ce que je ne comprends pas, c'est pourquoi. Pourquoi le feriez-vous ? C'est une opération tellement risquée. L'argent ? Combien gagnez-vous ? C'est par fille ou par heure ?

Russell souleva le téléphone posé sur son bureau.

— Pas la peine d'appeler mon patron. Il sait que je suis ici, dit Lottie.

Le doigt de Russell survola le clavier.

— Lipjan, lança Lottie. Qu'est-ce que cela signifie pour vous ?

Russell bascula sa chaise en arrière et posa ses mains derrière sa tête. Elle pouvait voir des poils gris dépasser là où sa chemise s'étirait sur son abdomen. Sa fine moustache oscilla sur sa lèvre supérieure tandis qu'il rit.

— Qu'y a-t-il de si drôle, M. Russell ?

— Vous avez fait des recherches, vous savez donc que Lipjan est une ville du Kosovo où des troupes de maintien de la paix, sous le drapeau de l'OTAN, étaient basées. Le camp a été construit à côté d'une ancienne ferme d'élevage de poulets. Votre mari y était basé. Pas très loin de Pristina.

— Vous avez raison. J'ai fait des recherches. N'est-ce pas à Pristina qu'un médecin a prélevé illégalement des organes humains ?

Elle repensa à sa nuit passée sur l'ordinateur. C'était plutôt une boucherie barbare. Et laissez-moi vous dire, M. Russell, que cela n'a rien à voir avec Adam Parker. Elle lui jeta un regard significatif. Mais le fait que vous ayez insinué qu'il était impliqué me laisse penser que vous-même y étiez pour quelque chose.

Elle n'avait aucune preuve qu'il l'avait fait ou non, mais elle avait besoin de voir sa réaction.

— Comment en êtes-vous arrivée à cette conclusion ? Vos talents de détective ? Ne me faites pas rire à nouveau, je vous en conjure. Son visage resta neutre.

Lottie fit les cent pas pendant un moment avant de s'arrêter derrière lui. Elle lutta contre l'envie de renverser sa chaise. Se penchant si près de son oreille qu'elle pouvait voir des poils pousser à l'intérieur, elle murmura : « Gjon Jashari. »

L'effet de ses mots fut immédiat. Russell retira ses mains de derrière sa tête, manquant de la heurter, et se leva d'un bond. Elle recula contre le mur. Il se retourna et approcha son visage du sien.

— Vous n'avez aucune idée de ce dont vous parlez.

Des postillons atterrirent sur son visage. Lottie s'écarta, jeta un regard à Boyd pour lui dire de ne pas bouger et fit face à Russell.

— Gjon Jashari, répéta-t-elle. Il a vécu et travaillé à Pristina pendant et après la guerre, à l'époque où vous étiez en mission. Intéressant, vous ne trouvez pas ?

Russell ouvrit et ferma la bouche. Boyd fit de même. Lottie se força à sourire faiblement. Elle espérait avoir bientôt une réponse à l'e-mail qu'elle avait envoyé au petit matin. En attendant, tout n'était que spéculation.

— Sortez ! Sortez de mon bureau, ordonna Russell en montrant la porte. Sa moustache était maintenant couverte de sueur et de salive. Ses cheveux lisses tombaient sur son front. Il avait l'air dément.

— Frank Phillips m'a dit qu'il vous connaissait.

Continue tant que tu as la main, pensa Lottie.

— Ce salaud.

— Alors vous le connaissez ?

— Je connais son nom. Russell recula. Avant que vous ne m'accusiez, j'ai lu un article sur la disparition de sa fille et cela n'a rien à voir avec moi.

— Intéressant.

Lottie s'éloigna, ignorant le regard interrogateur de Boyd. Elle regarda la rangée de photos pour la deuxième fois depuis son arrivée.

— Est-il sur l'une de ces photos ?

— Phillips n'a jamais fait partie de l'armée.

Russell croisa les bras.

— Pas Phillips. Votre ami. Celui qui a les dents de travers.

— Vous êtes folle. Une expédition de pêche, voilà ce que vous êtes en train de faire.

Il avait raison, mais elle n'allait pas l'admettre. Elle continua à le déstabiliser, en espérant qu'il allait déraper.

— J'ai des victimes de meurtres avec de graves marques de morsures. Ce Fatjon a les dents tordues. Nous pouvons faire correspondre les morsures avec les analyses médico-légales. Parlez-moi de lui.

— Je vous dis de sortir. Tout de suite.

Cette fois, lorsqu'il décrocha le téléphone, il composa un numéro.

— Allons-y, sergent détective Boyd. J'ai ce qu'il me faut pour l'instant.

— Vous n'avez rien obtenu de moi, dit Russell en ricanant.

Lottie hissa son sac sur son épaule et se dirigea vers la porte.

— C'est ce que vous pensez. Mais ne quittez pas la ville. Je reviendrai vous chercher.

* * * * *

Gardant sa main autour de la gueule du chien pour l'empêcher d'aboyer, l'homme se fondit dans l'ombre sur le côté de la cuisine. Il regarda les deux détectives sortir rapidement du bloc A, emprunter le chemin et franchir la grille.

Il leva les yeux vers la fenêtre du premier étage. Dan Russell se tenait là, le regard fixé sur l'extérieur, un téléphone à la main. Qu'avait-il dit aux inspecteurs ? Il était temps de le découvrir.

Il se pencha sur le chien.

— Désolé pour ça, cabot, dit-il.

D'un geste de la main, il brisa le cou du chien. Il rit. Le chien lui avait servi d'accessoire, l'aidant à se fondre dans la normalité. Le temps de se fondre dans la masse était désormais révolu.

Relâchant le petit corps poilu, il détacha la laisse et l'enroula autour de sa main. Il envoya le chien dans le ravin, à côté d'un piège à nuisibles, et traversa la place en direction du bloc A.

* * * * *

— Je fumerais bien une cigarette, dit Lottie en s'arrêtant sur la passerelle. Le soleil brillait dans le ciel du matin. Les cerisiers en fleurs étaient presque nus, leurs pétales se noyant dans les eaux troubles du canal. Contrairement à son esprit, qui commençait enfin à s'éclaircir.

Boyd alluma deux cigarettes et lui en tendit une en silence.

Elle tira fortement dessus et souffla une bouffée de fumée.

— Je dois parler à Andri Petrovci.

Boyd ne dit rien.

— Je dois découvrir comment il s'insère dans tout ça. Et nous devons trouver Maeve Phillips.

— Pour être réaliste, je dirais qu'elle est morte.

— N'abandonne jamais. Ne perds jamais espoir, Boyd. Sinon, tu pourrais tout aussi bien rendre ton badge.

— Je disais seulement…

— Eh bien, ne le fais pas. Je vais parler à Petrovci. Après la débâcle avec Russell, je soupçonne Petrovci d'être le personnage de Lipjan sur Twitter, donc il doit savoir quelque chose sur Maeve.

— Corrigan va s'en donner à cœur joie s'il découvre tout ça. Je suppose que tu penses que Petrovci est aussi impliqué dans la contrebande d'organes humains.

— Il n'était qu'un enfant lorsque la guerre faisait rage au Kosovo. Il ne pouvait pas être impliqué à l'époque, n'est-ce pas ? Je ne sais pas ce qu'il en est aujourd'hui. Elle jeta sa cigarette dans l'eau. Tu viens ?

— Je suppose que je n'ai pas le choix ? dit-il en soupirant.

— Je savais que je pouvais compter sur toi.

Ils coupèrent par le chemin de halage du canal et rejoignirent Main Street, où l'air chaud était encombré de poussière et du bruit des pelleteuses. Les voitures avançaient aussi lentement que des vieilles dames.

— Nous avons fait suivre Petrovci après l'avoir relâché samedi soir, dit Boyd.

— Je sais. Il faut voir s'il est au travail en ce moment.

Contournant le coin du café Malloca, Lottie descendit Columb Street. Les restes de ruban de scène de crime pendaient des lampadaires, mais la police scientifique s'était déplacée jusqu'à l'ancienne station de pompage. Les grilles de Bob Weir étaient ouvertes et les affaires semblaient reprendre leur cours normal. Une tôle recouvrait le cratère où le deuxième corps avait été trouvé. Les voitures qui évitaient les embouteillages sur Main Street passaient dessus, sans aucune connaissance de ce qui se tramait.

Boyd parla avec véhémence dans son téléphone tout en marchant. Il mit fin à l'appel et Lottie le regarda sans s'arrêter.

— Ils l'ont perdu ? dit-elle.

— Comment as-tu... commença-t-il.

Lottie secoua la tête, de dépit.

— Comment ont-ils pu le perdre ? C'est un homme seul, pas une armée. Maintenant, Corrigan va pouvoir s'en donner à cœur joie, comme tu le disais.

— Merde, je ne sais pas. La voiture de police est restée devant son appartement samedi soir, et toute la journée et la nuit de dimanche. Ils ont dit qu'il n'est jamais sorti, même pas pour aller travailler ce matin. Ils viennent de frapper à sa porte. Pas de réponse. Il fit une pause pour reprendre son souffle.

— Nous ferions mieux d'y aller.

Elle se retourna et reprit à grands pas le chemin qu'ils avaient emprunté.

— Peut-être qu'il est mort. Elle se mit à courir.

— Ralentis. S'il est mort, il n'ira nulle part, souffla Boyd.

Elle continua à courir.

Chapitre 74

Dan Russell entendit la porte s'ouvrir et se détourna de la fenêtre. Le téléphone glissa de ses doigts lorsqu'il vit l'homme qui entrait dans son bureau en faisant tourner une laisse de chien en cuir autour de sa main.

Figé sur place, Dan Russel marmonna :

— Comment…

Les mots s'éteignirent sur ses lèvres lorsque Fatjon entra dans le bureau derrière le premier homme.

— Que… Qu'est-ce qu'il se passe ? demanda Russell en reculant contre le mur, faisant tomber deux de ses précieuses photographies.

L'homme à la laisse de chien prit la parole.

— J'espérais que vous pourriez me le dire, Dan…

Il s'avança dans la pièce jusqu'à ce qu'il se tienne sous le ventilateur immobile du plafond.

— Asseyez-vous et mettez-vous à l'aise. Il déroula la laisse et la plaqua contre sa cuisse. Ce ne sera pas long, n'est-ce pas ?

— Je n'ai rien dit à la police. Vous entendez ? Rien. Ce n'est pas la peine de me menacer…

— Je pensais pouvoir vous faire confiance, dit l'homme. Au lieu de cela, vous amenez des porcs qui reniflent et grognent dans nos affaires. Et vous savez que je n'aime pas les cochons.

— Je jure devant Dieu que je n'ai rien dit. Cette fille, Mimoza, les a impliqués. Tout est de sa faute.

— Allons. Vous m'aviez promis de faire ce qu'on vous avait dit de faire. La seule chose que vous deviez exécuter, c'était d'assurer la sécurité de cette fille et de ce garçon pour moi. L'avez-vous fait ? Il se tourna vers Fatjon. L'a-t-il fait ?

Russell n'aimait pas ce ton narquois. Il avala sa salive, essaya de parler, mais les mots ne se formaient pas.

— C'est sa faute. Il pointa Fatjon du doigt.

— Fatjon est un détraqué sexuel. Il ne pourrait même pas organiser… Comment vous appelez ça, vous les Irlandais ? Une beuverie dans une brasserie.

Russell se targuait de ne jamais rien demander, mais c'était le moment de plaider.

— Je trouverai le garçon. Je le promets. Laissez moi encore aujourd'hui et je vous le ramènerai.

— Trop tard, mon ami. Je sais déjà où il se trouve et je m'en occuperai moi-même. Et comme vous avez renié notre accord, je vais devoir vous traiter comme j'ai traité les autres fauteurs de troubles.

— Vous ne pouvez pas faire ça. Nous étions d'accord…

— Le marché est rompu. Vous avez perdu le garçon.

— J'ai eu sa mère pour vous et cette autre salope. Je n'ai fait appel à l'inspectrice que pour essayer de retrouver le garçon pour vous. Elle ne sait pas que vous avez sa mère.

— Trop peu, trop tard, mon ami.

— Mais vous avez promis que si je vous laissais prendre qui vous vouliez, vous ne diriez jamais à personne ce que j'ai fait à Pristina. Je vous en prie. La seule chose qui me reste, c'est ma réputation.

— La réputation ? À l'époque, vous ne vous souciez pas de pouvoir traîner le nom des soldats de la paix dans la boue. Vous ne voyiez que la couleur du dollar qui défilait devant vos yeux. Je me fiche de votre réputation, capitaine, c'est votre vie que je veux. L'homme rit bruyamment, le son sinistre traversant l'air.

Russell entendit le claquement de la lame avant de la sentir frapper son visage, la pointe du cran d'arrêt transperçant son œil. Il sentit le deuxième coup sans l'entendre. S'affaissant sur le sol, les jambes comme des anguilles en gelée, il leva une main pour se protéger le visage. En touchant son œil, il le sentit pendre de son orbite comme une balle de ping-pong écrasée.

Chapitre 75

— Ouvrez ! Allez, Petrovci. Je sais que vous êtes là.

Lottie frappa fort à la porte. Les voisins regardaient fixement la scène. Boyd se balançait d'un pied sur l'autre à côté d'elle. Deux gardes en uniforme se tenaient sur la dernière marche pour éloigner les badauds.

— C'est votre dernière chance. Je compte jusqu'à trois et j'enfonce la porte.

— Tu n'enfonceras rien du tout, dit Boyd.

— Non, mais toi oui, petit malin. Va chercher le bélier dans le coffre de la voiture de patrouille. Dépêche-toi.

Lottie continua de frapper à la porte. Elle resta fermement fermée. *Merde, j'espère qu'il n'est pas mort.* Non pas parce qu'elle ressentait quelque chose pour l'étranger aux yeux douloureux. Elle avait besoin de lui vivant pour obtenir des informations. Et éventuellement l'inculper pour trois meurtres, deux enlèvements et l'agression de sa fille. *Salaud.*

Boyd revint avec un bélier.

Lottie cria à la porte :

— Andri Petrovci, c'est votre dernier avertissement ! Nous entrons à trois.

Elle compta bruyamment, puis s'écarta et fit signe à Boyd d'avancer.

La porte se brisa sous la force de son coup. Lottie enfila des gants, passa sa main à travers le bois fragmenté et déverrouilla la serrure. Boyd laissa tomber le bélier, prit ses gants et la suivit dans le silence de l'appartement composé d'une pièce et d'une chambre.

* * * * *

Katie ouvrit la porte d'entrée.

— Bonjour, Eamon, dit-elle. Vous êtes là pour Milot ?

— J'ai bien peur que oui.

— Maman n'est pas là. Je ne peux pas vous laisser entrer avant qu'elle ne revienne du travail. Je suis désolée.

Il jeta un coup d'œil nerveux autour de lui.

— J'ai des documents qui me permettent d'emmener le garçon. Nous avons trouvé un bon foyer pour lui. Il pourra y vivre jusqu'à ce que sa mère soit retrouvée.

Katie lui adressa son plus beau sourire.

— Malgré tout, je ne peux pas vous laisser entrer. Revenez plus tard, quand maman sera rentrée. Il y a une voiture de police qui patrouille dans le quartier, je pense que vous devriez y aller.

Le travailleur social regarda par-dessus son épaule. Katie suivit son regard, mais ne vit pas de voiture de police. Il n'y avait pas non plus de voiture garée devant la maison.

— Vous avez marché jusqu'ici ? demanda-t-elle avec surprise.

— Euh, non. Oui.

— Vous ne pouvez pas emmener Milot avec vous. Ce n'est qu'un enfant. Il ne peut pas marcher loin. Il fait trop chaud. Il va attraper un coup de chaleur. Elle poussa la porte, mais un pied l'empêcha de se refermer complètement.

— Qu'est-ce que vous faites ? demanda Katie, sa peau se hérissant.

— Il faut que je le prenne avec moi, tout de suite.

— Je suis désolée, mais…

Elle fut projetée dans le couloir lorsque Eamon Carter poussa la porte vers l'intérieur. Atterrissant sur le côté, elle poussa un grand cri.

— Qu'est-ce que…

Une main se referma sur sa bouche.

— Chut. Je ne veux pas vous faire de mal.

Elle avait les yeux exorbités.

— Je vais retirer ma main et fermer la porte. Ne criez pas. C'est compris ?

Elle acquiesça.

— Gentille fille.

Lorsqu'il retira sa main, Katie aspira l'air qui lui manquait et cria aussi fort que ses poumons le lui permettaient. Un poing s'écrasa sur le côté de sa tête et des étoiles flottèrent devant ses yeux.

Il claqua la porte et tira la chaîne de sécurité.

— Je vous ai demandé de vous taire. Il s'agenouilla à côté d'elle. Je n'aurais pas dû vous frapper. Mais ce n'est pas ma faute. Je dois aller chercher le garçon. Laissez-moi vous aider à vous relever et je vous expliquerai.

— Qui êtes-vous, putain ? Chloé hurla du haut de l'escalier, brandissant la crosse de hurley de Sean comme une épée. Ne t'avise pas de toucher à ma sœur ou je te tue, putain !

Elle descendit les marches trois par trois et fit claquer le bâton sur les genoux de l'homme, qui porta les mains à son visage pour se protéger.

— Chloé ! Arrête, tu vas le tuer, hurla Katie.

Eamon Carter tituba contre le mur.

— Putain de salopes enragées !

— Et encore, tu n'as rien vu, dit Chloé. Qu'est-ce que tu fous ici ? Dis-le-moi avant que je ne te frappe à nouveau.

* * * * *

La pièce était propre et bien rangée. Deux chaises en bois poussées contre la table. Le sol était balayé. Une tasse, un bol et une cuillère séchant sur l'égouttoir. Un canapé avec des couvertures soigneusement pliées. Une table basse libre de tout encombrement.

Personne dans l'appartement. Aucun signe de lutte. Rien d'anormal.

Lottie regarda dans la poubelle. Quelques canettes de Coca vides, un emballage de pain de mie et un morceau de fromage à pâte dure dans du film alimentaire. Elle ouvrit le réfrigérateur. Du lait daté, des tomates, du jambon et du beurre. Le refermant, elle se rendit dans la chambre à coucher.

Un lit d'une place. Pas un pli sur les draps. À la militaire. Armoire et tiroirs de la commode ouverts. Tous vides.

— Pas même une boule de naphtaline, dit-elle.

Boyd passa la tête dans la petite salle de bains.

— De même ici.

— Où est-il allé?

— Eh bien, il n'a pas été traîné dehors contre son gré, dit Boyd.

— Pas par la porte d'entrée en tout cas, à moins que ces deux salopards ne se soient endormis pendant le travail.

Lottie écarta Boyd de son chemin et entra dans la petite salle de bains.

— Ici, dit-elle en montrant la fenêtre ouverte.

— Elle fait soixante centimètres sur un mètre. Il y a assez de place pour se glisser dehors.

— C'est le premier étage. Qu'est-ce qu'il a fait? Il s'est fait pousser des ailes? Boyd se passa une main dans les cheveux et l'autre le long du menton.

Lottie rabattit la lunette des toilettes, grimpa dessus et regarda dehors.

— Il n'avait pas besoin d'être Superman. Il y a des escaliers de secours juste à l'extérieur.

— Merde.

Boyd se hissa à côté d'elle.

— Tu as raison. Merde.

— Ils n'ont pas pensé à surveiller l'arrière du bâtiment? Lottie secoua la tête et fit tomber Boyd involontairement.

Il se cogna le coude contre le mur.

— Ils ont probablement pensé qu'il n'y avait pas de sortie.

— On ne leur demande pas de penser, mais de vérifier. Elle s'installa à côté de Boyd dans l'espace confiné. Quelle connerie!

— Il pourrait être à Tombouctou à l'heure qu'il est, enragea Boyd.

Lottie le dépassa et entra dans le salon cuisine.

— Il n'est pas allé bien loin. Il doit finir ce pour quoi il est venu ici.

Elle prit un livre sur les étagères et en feuilleta les pages.

— Et de quoi pourrait-il s'agir?

— Si je le savais, je serais Dieu. Demande à la police scientifique d'inspecter l'endroit. Il se peut qu'il ait détenu les filles ici. Elle remit le livre en place. Voyons si Kirby a trouvé quelque chose dans les relevés téléphoniques et si Lynch nous a trouvé une scène de crime.

* * * * *

Katie courut à l'étage pour aller voir Milot, laissant Chloé surveiller Eamon Carter. Lorsqu'elle était allée ouvrir la porte, elle avait laissé le garçon dans la chambre de Sean, en train de jouer à un jeu sur l'ordinateur. Sean aurait été très contrarié en rentrant de l'école, mais cela occupait le jeune garçon. En regardant à l'intérieur, elle vit que Milot avait maîtrisé le clavier et qu'il était absorbé par *Minecraft*.

Elle referma la porte en douceur et retourna en courant dans la cuisine. Eamon était assis à la table. Chloé avait placé un verre d'eau devant lui et se tenait debout, la crosse de hurley sur la poitrine, comme un soldat en faction.

— Je vous dis la vérité, dit-il. Je crois que vous m'avez cassé la rotule.

— Tu as appelé maman ? demanda Katie à Chloé.

— Elle ne répond pas.

— Probablement occupée par son travail. Qu'est-ce qu'il dit ?

— Je suis là, dit Eamon Carter en se frottant furieusement le genou.

— Oui, vous l'êtes. Pourquoi m'avez-vous frappée ?

— J'ai dit que j'étais désolé. Je ne voulais pas faire ça. On m'a dit d'aller chercher le garçon.

— De quoi vous parlez ? Chloé fait claquer la crosse contre le côté de la table.

Carter sursauta et se cogna l'autre genou contre le dessous de la table.

— Ouch. Allez-vous arrêter ?

— Chloé, calme-toi, supplia Katie.

— Il raconte des mensonges. Je ne sais pas ce qu'il prépare. Il va probablement prendre Milot et le vendre à un gang de pédophiles.

— Quels pédophiles ? dirent ensemble Katie et Carter.

— Je dis ça comme ça.

Eamon Carter se leva. Katie lui posa la main sur l'épaule pour qu'il s'assoit de nouveau.

— Je suis désolé. Honnêtement. Je n'en ai plus pour longtemps dans ce travail. Je n'ai jamais demandé à faire tout ça, moi.

— Dites-nous ce que vous n'avez pas demandé. Katie tira une chaise et s'assit en face de lui.

Il regarda autour de lui.

— Nous ne sommes que trois. Allez-y, l'encouragea Chloé.

Il n'avait pas l'air très sûr de lui, mais il dit :

— D'accord. Je pense qu'il devait y avoir quelqu'un qui surveillait votre maison ou qui me suivait, parce qu'au milieu de la nuit de samedi à dimanche, j'ai reçu un coup de téléphone de quelqu'un. Il nous a menacés, ma mère et moi.

— Quoi ? dit Chloé. Qui ?

— Je ne sais pas. Il se tordit les mains l'une contre l'autre. Ma mère vit avec moi depuis que mon père est mort. À Rathfarnham.

Je fais la navette jusqu'à Ragmullin pour travailler. Je ne sais pas comment ils ont eu mon numéro de téléphone et encore moins mon adresse.

— Qu'est-ce que ce mystérieux interlocuteur vous a dit? Chloé demeurait debout, la crosse de hurley serré dans les deux mains.

— Il m'a dit de venir ici aujourd'hui, quand votre mère serait au travail, et de prendre Milot.

— Si je croyais ça, je croirais au Père Noël, dit Chloé.

— Tais-toi et écoute.

Katie regarda sa sœur d'un air renfrogné.

— Je lui ai dit d'aller se faire voir. Il était très en colère. Il a commencé à jurer et à me crier dessus. Je n'arrivais pas à le comprendre. Puis il a dit… il a dit qu'il ferait du mal à ma mère pour me montrer à quel point il était sérieux. J'étais tellement terrifié que je lui ai raccroché au nez.

— Avez-vous appelé la police? demanda Katie.

Il secoua la tête.

— Qu'est-ce que j'aurais bien pu leur dire?

— Il y a eu trois meurtres à Ragmullin et deux filles ont disparu, dont la mère de Milot. Pourquoi n'avez-vous pas appelé la police? Espèce d'imbécile. Chloé frappa à nouveau la crosse contre la table.

— Je dois emmener le garçon. Je n'ai pas le choix. S'il vous plaît, écoutez-moi.

— Je suis tout ouïe, dit Chloé.

— Hier après-midi, j'étais assis avec ma mère pour regarder un match de football à la télévision et ces deux types sont entrés.

— Quels deux types ?

— Je ne sais pas qui c'était. Ils étaient vêtus de jeans et de T-shirts noirs. Ils sont entrés par la porte arrière, ont traversé la cuisine et ils se sont introduits dans le salon. Ma pauvre mère a failli avoir une crise cardiaque. Ils m'ont traîné hors de la pièce et m'ont dit que je devais aller chercher le garçon. Ils m'ont dit que je ne devais pas éveiller les soupçons parce que c'était mon travail et que je ne devais en parler à personne. Sinon…

— Sinon quoi ?

— Ils reviendraient et tueraient ma mère.

— Seigneur. Katie sentit le sang déserter son visage. Et vous n'avez toujours pas contacté la police ?

— Non. Je ne peux pas, c'est ce qu'ils ont dit. Pas de police ou ma mère est tuée.

— Que s'est-il passé ensuite ?, demanda Chloé.

— C'est tout. Ils sont sortis par la porte de derrière et ont franchi le mur.

— Qu'étiez-vous supposé faire après avoir eu Milot ?

— Ils m'ont donné un numéro. Je dois envoyer un SMS quand je l'aurai et je recevrai d'autres instructions.

— Ils pensent que vous êtes Superman ou quoi ? Chloé se heurta à un regard d'acier. Je ne peux pas croire que vous fassiez ça à un enfant innocent, vous qui êtes travailleur social.

— Quel choix ai-je ?

Katie alla à la porte. Elle écouta. Elle pouvait entendre Milot crier après son jeu. Tout comme Sean.

— Laissez-moi le prendre ou ma mère aura de gros problèmes…

Chloé fit le tour de la table, la crosse sous le bras. Elle essaya de rappeler sa mère. Occupée. Autant dire qu'elle ne pouvait pas la contacter quand elle en avait besoin.

— Je ne comprends pas comment ils ont pu savoir qui vous étiez. Ils vous ont même suivi jusqu'à Dublin ? Ça me semble être une invention.

— Il faut me croire. Cet homme, quand il m'a appelé, avait l'air d'un type qui sait tout et sur tout le monde. Il doit tirer des informations de quelque part.

— Malgré tout, vous n'aurez pas Milot. Faites comme si vous l'aviez. Envoyez un SMS et voyez quelles instructions vous recevez.

— Vous êtes folle ? Je ne veux pas que ma mère meure.

Il se passa les mains dans les cheveux, tremblant d'angoisse.

— Nous ne voulons pas que Milot meure non plus. J'ai peur, mais il faut qu'on réfléchisse à quelque chose, dit Chloé, pensant qu'il devait y avoir un moyen d'arranger les choses.

— Appelle Boyd, dit Katie.

Chloé tapota ses contacts, les doigts tremblants, trouva le numéro de Boyd et appela. Cette fois, on lui répondit.

— Boyd, Dieu merci. C'est Chloé. Je n'arrive pas à joindre Mam. Dis-lui de rentrer rapidement. C'est urgent. Carter est là. J'ai peur.

Elle entendit Boyd discuter avec sa mère.

— Qu'est-ce que c'est ? demande Katie.

Chloé vérifia.

— Merde, je croyais avoir supprimé cette application. C'est juste une notification de Twitter.

Elle tendit la crosse à Katie.

— Voilà, tiens-la et ne le perds pas de vue. Je vais aller voir Milot.

Elle se précipita dans les escaliers, rangeant le téléphone dans la poche de son jean.

Chapitre 76

En attendant l'arrivée de la police scientifique sur les marches de l'immeuble d'Andri Petrovci, Lottie sortit son téléphone de son sac pour appeler Kirby. L'écran afficha deux appels manqués de Chloé. Avant qu'elle ne puisse rappeler sa fille, son téléphone émit un bip. Kirby.

— Qu'est-ce qu'il y a ?

Lottie se protégea le visage du soleil d'une main. Boyd descendit les marches en courant pour parler aux deux policiers en uniforme.

— L'appel au patron de Petrovci, Dermody, lui disant de se rendre à la station de pompage, a été passé via un téléphone à carte, dit Kirby.

— Impossible à tracer. Quelles sont les bonnes nouvelles ?

— J'ai vérifié les contacts de Petrovci avec ceux de Dermody. Aucune correspondance.

— C'est une bonne nouvelle ?

— Non, mais j'ai recoupé leurs appels, entrants et sortants.

— Lottie ! cria Boyd en montant les marches et en lui tendant son téléphone.

— Pas maintenant, Boyd. Elle se retourna dans l'embrasure de la porte. Désolée, allez-y, Kirby.

— Qu'est-ce que vous voulez que je fasse? demanda Kirby.

— Il va falloir répéter. Quelqu'un sans manières m'a crié dessus.

Boyd atteignit la dernière marche et lui glissa son téléphone dans la main.

— C'est Chloé et c'est urgent.

Lottie prit son téléphone. S'était-il passé quelque chose? Ses enfants n'avaient le numéro de Boyd que pour les urgences. *Oh, mon Dieu*, pensa-t-elle. Elle n'avait pas eu le temps d'organiser le système de patrouille pour surveiller sa maison.

— Chloé, chérie, qu'est-ce qu'il y a?

Personne ne répondit.

— Elle avait l'air affolé. Connais-tu quelqu'un qui s'appelle Carter?, demanda Boyd.

— C'est le travailleur social. J'espère qu'il n'est pas déjà venu chercher Milot. J'ai prévenu Katie de ne pas laisser partir le garçon.

— Elle a dit qu'elle avait peur. Je vais passer chez toi maintenant.

— Non, j'y vais. Vois ce que Kirby voulait dire. Puis, prends ta voiture et suis-moi.

— Tu n'as pas de voiture non plus.

— Je vais demander à Mutt ou à Jeff de me conduire. Je suis sûre que l'un des deux peut surveiller une porte d'entrée cassée jusqu'à ce que la police scientifique arrive. Oh, et quand tu parleras à Kirby, demande-lui de vérifier l'historique en ligne de Petrovci. Il n'y a pas d'ordinateur portable là-dedans. Elle montra l'appartement du doigt. Il l'a peut-être emporté avec lui ou il a peut-être utilisé son téléphone.

— Pour quoi faire ? Twitter ?

— Ça et les vols à l'étranger. Il faut qu'on trouve où il peut bien être.

Lottie s'assit dans la voiture de police, criant des instructions au policier en uniforme.

Boyd cria :

— Et montre à Chloé une photo de Petrovci, si tu en as une !

Elle referma la portière. *Pourquoi n'y avait-elle pas pensé plus tôt ?*

* * * * *

Après avoir sauté de la voiture, Lottie courut jusque chez elle et s'efforça d'introduire sa clé dans la porte au moment où Katie l'ouvrit.

— Qu'est-ce qui ne va pas, Katie ? Milot est là ? Où est Chloé ? Seigneur, qu'est-ce que tu fais avec la crosse de hurley de Sean ?

— Mam, calme-toi. Viens à l'intérieur.

— Et qu'est-il arrivé à ton visage ? Lottie la suivit dans la cuisine et vit Carter. Qu'est-ce que vous faites là ?

Eamon Carter se leva, tendit la main, puis sembla se raviser. Il la glissa dans la poche de son jean.

— Je suis désolé, Mme Parker. Inspectrice.

— Asseyez-vous et dites-moi ce qui se passe. Je suis très occupée, alors faites vite.

* * * * *

Après avoir parlé au téléphone avec Kirby, Boyd retourna en courant au parking du commissariat. Alors qu'il s'asseyait dans sa voiture, il vit Lynch courir sur le côté du bâtiment.

— Il est impossible de vous attraper, vous ou la patronne, dit-elle en se penchant vers la fenêtre ouverte.

— Je suis là maintenant, dit Boyd.

— À propos de ces rapports concernant une activité inhabituelle autour des lacs. Elle lui présenta une page imprimée. Vous voyez, là. Lough Cullion. Elle le pointa du doigt.

— Je sais lire, Lynch. Qu'est-ce que vous voulez que je regarde ?

— Tout d'abord, le lac fournit l'eau de la ville. Le conseil a confirmé que des échantillons récents contenaient des traces de Cryptosporidium et que si la situation s'aggravait, il publierait un avis de faire bouillir l'eau.

— D'accord. Et ?

— Ce n'est pas encore la saison de la chasse, mais il y a eu trois signalements de coups de feu la nuit. Deux signalements sur des lumières. Sur l'île Monk.

— Je n'en ai jamais entendu parler.

— Peu de gens en ont entendu parler. C'est l'une des deux îles du lac. L'île Church est plus fréquentée, car elle possède un petit port pour les bateaux de pêche. Mais l'île Monk est plus éloignée et beaucoup moins accessible. Au Moyen Âge, elle était utilisée pour incarcérer les gens…

— D'accord, d'accord, Lynch. Autre chose que je dois savoir ?

— Kirby veut parler au patron au sujet des relevés téléphoniques. Oh, et votre ex-femme était là tout à l'heure, elle vous demandait.

— Elle n'est pas encore mon ex. Qu'est-ce qu'elle voulait ?

— Quelque chose à propos de Jamie McNally. Elle n'a pas pu vous joindre sur votre téléphone. Il faut que vous l'appeliez. Ça avait l'air urgent.

— D'accord. Je serai bientôt de retour. Dites à Kirby de continuer à creuser.

— Qu'est-ce que je dois faire ?

— Trouvez tout ce que vous pouvez sur l'île de Monk.

* * * * *

Lottie mit fin à son appel avec la police de Rathfarnham et fit face au travailleur social.

— Maintenant, Eamon, votre mère est en sécurité. Mes collègues de Rathfarnham ont envoyé un officier pour rester avec elle.

— Mais s'ils voient une voiture de police, ils sauront que je vous l'ai dit ! s'écria-t-il.

— Accordez-nous un peu de crédit. Ce sera une voiture banalisée. Quoi qu'il en soit, votre mère est en sécurité. Milot est en sécurité.

Et je vais vous arrêter pour tentative d'enlèvement et agression sur ma fille.

— C'est bon, maman, c'était juste un malentendu. Je ne veux pas porter plainte, répondit Katie.

— Vous allez chez Mamie, et cette fois je vais m'assurer qu'il y a un officier avec vous. Je n'aime pas l'idée que quelqu'un surveille le départ de cet imbécile avec Milot.

— Et Sean ? demanda Katie.

— Boyd peut aller le chercher à l'école.

— Je vais le chercher maintenant ? demanda Boyd qui venait d'arriver.

— Une minute, dit Lottie. Katie, va chercher Chloé et Milot.

— Et moi ? Eamon Carter s'appuya sur la porte de derrière.

— Vous venez au commissariat. Nous devons retrouver le numéro de la personne qui vous a contacté. Elle le poussa vers la porte. Vous devez faire une déclaration. Et une description des deux hommes. Ensuite, nous verrons s'il est possible de vous laisser rentrer chez votre maman.

Katie se précipita dans la cuisine.

— Je ne les trouve pas !

— Quoi ?

— Ils sont partis. Je ne les trouve nulle part.

Lottie dépassa sa fille et se précipita dans le couloir.

— Ce n'est pas un putain de manoir. Chloé ! Viens ici tout de suite.

— Maman, dit Katie en se frottant les mains de haut en bas. Je crois que Chloé est un peu dérangée. Elle était comme une folle avec cette crosse de hurley. J'ai cru qu'elle allait tuer Eamon.

— Elle pensait qu'il allait te tuer. Lottie monta les escaliers deux par deux. Chloé ?

Minecraft clignotait sur l'ordinateur de Sean. Pas de Milot. Elle jeta un coup d'œil dans la chambre de Chloé. Vide. La chambre de Katie aussi, tout comme la sienne. En retournant dans la chambre de Chloé, elle remarqua que le lit était poussé jusqu'à la fenêtre ouverte. Le rideau pendait mollement, aucune brise ne le faisait bouger.

Elle se pencha à l'extérieur et cria :

— Chloé ? Chloé, où es-tu ?

* * * * *

— Chut, Milot. Je ne laisserai pas le méchant homme t'emmener.

Chloé ne faisait pas confiance à Eamon Carter. Elle n'avait pas cru un seul mot sortant de sa bouche. Elle avait vu ce qui avait failli arriver à Sean en janvier aux mains d'un fou. Elle savait ce qui était arrivé à Jason, le petit ami de Katie. Elle ne prendrait aucun risque avec le petit Milot. Elle avait été tellement prise par sa propre misère, se coupant, se faisant souffrir, qu'elle avait ignoré le petit garçon depuis qu'il était arrivé chez elle. C'était maintenant qu'elle avait la chance d'être courageuse et de le mettre en sécurité. Sa mère était trop occupée, elle devait le faire elle-même.

Sa plus grande crainte était l'homme qui se faisait appeler Lipjan. Elle avait ressenti un terrible sentiment d'impuissance lorsqu'il l'avait clouée à l'arbre et elle pensait qu'il savait où se trouvait Maeve. Il l'avait peut-être kidnappée et peut-être l'avait-il déjà tuée. Elle étouffa un cri. Non, elle ne pouvait pas prendre de risques avec Milot. Le message qu'elle avait reçu sur son téléphone quelques instants plus tôt le confirmait.

Une poussée de peur alimentée par l'adrénaline avait intensifié son besoin de sortir de sa chambre, et pas par la porte d'entrée. Attrapant Milot dans la chambre de Sean, elle l'avait fait entrer dans la sienne et avait poussé son lit jusqu'à la fenêtre. Enroulant les bras du garçon autour de son cou et ses jambes autour de sa taille, elle s'était mise debout sur le lit, s'était glissée par la fenêtre et s'était laissé tomber sur le toit de l'abri de jardin. Ses chevilles avaient encaissé le choc. Au moins, elle n'était pas tombée à travers. Faisant fi de la légère douleur, elle s'était approchée de l'avant-toit, s'était hissée dessus et avait glissé jusqu'au sol. Elle s'était réfugiée dans un espace étroit derrière la cuve à mazout et s'était recroquevillée, Milot serré contre son corps. Au-dessus de sa tête, elle avait entendu le grondement de la voie ferrée et avait su qu'un train ralentissait pour entrer en gare.

Milot gémit. Chloé le serra contre elle. Le pauvre enfant. Qu'est-ce qu'il avait dû endurer dans sa courte vie ? *Trop*, pensa-t-elle. Alors qu'elle n'avait fait que s'apitoyer sur son sort. Elle se secoua physiquement et le garçon poussa un petit cri.

— Tout va bien, petit homme. Je ne laisserai personne te prendre.

Une voix retentit dans l'air du soir.

— Chloé ? Chloé, où es-tu ?

Elle leva les yeux pour voir sa mère penchée à moitié à la fenêtre de sa chambre. Devait-elle retourner en arrière ? Devait-elle rester cachée ? Qu'est-ce qui était le mieux pour Milot ?

Aucun bruit de sirène. Pas de policiers se précipitant autour de sa maison pour les protéger. Que pouvait faire sa mère ? Elle se mit à pleurer et Milot la regarda, ses yeux marron foncé s'embuant.

— Tout va bien, mon chéri. Je m'occuperai de toi. Personne ne te fera plus jamais de mal.

Reniflant ses larmes, elle souhaita momentanément avoir sa petite lame. Juste une coupure. Pour sentir le sang s'écouler lentement de sa chair. Pour la soulager de son angoisse. Mais le petit garçon avait plus besoin d'elle qu'elle de sa lame.

Chloé sortit son téléphone de la poche de son jean. Elle vérifia le texte une fois de plus et prit sa décision.

— Nous allons dans un endroit sûr et j'ai besoin que tu fasses ce que je te dis.

Elle mit le garçon sur son dos. Enroulant ses bras et ses jambes autour de son corps, elle grimpa le long du talus à l'arrière de la maison et traversa la haie de ronces. Une fois sur la voie ferrée, elle se mit à courir.

Chapitre 77

— Boyd ! Boyd ! Lottie descendit les escaliers en courant. Ils sont partis. Où ont-ils pu aller ? Oh, mon Dieu. Chloé.

Boyd la saisit par les bras et la secoua.

— Respire, Lottie. Regarde-moi dans les yeux. Maintenant, des respirations lentes.

Lottie fixa les yeux de Boyd. Elle prit ses respirations et les compta toutes. Se sentant un peu plus calme, elle dit :

— Nous devons les trouver. Vite. Regarde par-derrière. Elle a dû sauter sur l'abri depuis la fenêtre de sa chambre. Ce n'est pas si haut, n'est-ce pas ? J'espère qu'elle n'est pas blessée quelque part. Oh, mon Dieu.

— Attends ici. Boyd se précipita vers la porte. Il revint quelques minutes plus tard. Aucun signe. Elle a pu passer par le côté de la maison ou par le jardin du voisin. J'ai contacté le commissariat. Toutes les forces de l'ordre seront à leur recherche. Nous les trouverons.

— Mais pourquoi a-t-elle fait une chose pareille ?

— Peut-être qu'elle craignait pour la sécurité de Milot. Elle n'a pas réfléchi.

— C'est plus que ça. Tout ce que j'ai vécu à cause de mon frère, tout ce qui s'est passé avec Sean, même Maeve… Je pense que ça a eu un impact important sur Chloé.

— Ne fais pas ça, Lottie. Ce n'est pas le moment de faire des analyses. Nous devons d'abord les trouver. Tu vas bien?

Elle haussa les épaules et expira bruyamment.

— Je vais bien. Honnêtement. Elle réfléchit un instant. Il faut aller chercher Sean à l'école. Il faut l'emmener chez ma mère avec Katie. Demande à quelqu'un de surveiller sa maison, au moins je saurai qu'ils y sont en sécurité.

Boyd passa un autre coup de fil. Quand il raccrocha, il dit:

— Lynch est en route pour l'école. Lottie, je crois que tu as besoin d'une tasse de thé.

— Pour l'amour du ciel, Boyd. Je ne veux pas de thé. Tu es fou?

Elle se retourna pour voir le policier Gillian O'Donoghue qui se tenait à côté de la table avec Carter.

— Comment avez-vous fait pour venir si vite?

— Vous m'avez téléphoné en chemin, dit le policier, pour que je vienne surveiller Milot pendant que vous vous occupiez de ce pour quoi Chloé vous avait appelée.

— C'est exact. Elle ne savait plus ce qu'elle faisait.

Elle avait besoin de sortir et de chercher sa fille.

— Boyd, tu conduis. Ma voiture est au commissariat. Je dois réfléchir à l'endroit où Chloé irait.

— Peut-être que Katie sait, dit Boyd.

Katie était à la table, affalée, la tête reposant sur ses bras.

— Katie, tu vas bien ? Lottie se précipita vers sa fille.

— Je vais bien. Elle releva la tête. Va chercher Milot et Chloé, Mam. S'il te plaît.

— As-tu une idée de l'endroit où elle pourrait se trouver ? Lottie prit une chaise et s'assit à côté de Katie, prenant la main de la jeune fille dans la sienne. Elle était moite de sueur.

— Tu sais que Chloé ne me parle pas, maman. Elle se contente de crier la plupart du temps.

Lottie remarqua l'épuisement dans les yeux de sa fille.

— Katie, je suis désolée de m'être reposée sur toi pour Milot.

— Ne sois pas désolée pour moi, l'interrompit Katie. J'ai adoré m'occuper de ce petit bonhomme. Sean s'est même pris d'affection pour lui. Il a été une bonne thérapie pour nous. Il nous a aidés à nous oublier pendant un moment. Oh, maman, où est-il ? Chloé ne lui ferait pas de mal, non ?

— Chloé est une bonne fille. Elle pense qu'elle le protège. Je dois découvrir où elle est allée.

— Mme Parker. Carter prit la parole. Avant de monter à l'étage, Chloé a parlé de Twitter.

Katie se leva et attrapa le bras de Lottie.

— J'avais oublié ça. Son téléphone a sonné, je lui ai demandé ce que c'était et elle m'a dit que c'était une notification de Twitter.

— Tu as Twitter ? demanda Lottie.

Katie ouvrit l'application.

— Qu'est-ce que je dois chercher ?

— Regarde s'il y a quelque chose sous les pseudos @Lipjan ou de @ADAM99. Regarde aussi le #cutforlife.

Katie tapa plusieurs fois sur l'application.

— Rien aujourd'hui. De quoi s'agit-il ?

— Je ne sais pas. Tu peux voir le compte de Chloé ?

— Elle n'a rien posté.

Lottie fit les cent pas, se passant les mains dans les cheveux. Elle n'arrivait pas à réfléchir correctement. Elle s'arrêta devant l'agent O'Donoghue.

— Retournez au poste avec Carter et trouvez le numéro de la personne qui l'a contacté. Elle s'empressa de griffonner sur une page du carnet de O'Donoghue. C'est le numéro de téléphone de Chloé. Je veux une transcription de toutes les activités sur ce numéro, ainsi que sur Twitter, Facebook et sur tous les sites sur lesquels elle pourrait être.

Elle poussa O'Donoghue et Carter vers la sortie.

* * * * *

— Une tasse de thé, dit Boyd en posant deux tasses fumantes sur la table.

— Je ne veux pas de ce putain de thé, dit Lottie.

Elle entendit O'Donoghue parler dans le couloir avant que le commissaire Corrigan n'entre par la porte ouverte.

— Qu'est-ce que j'entends dire à propos d'un garçon qui n'aurait pas dû se trouver dans votre maison et qui en a disparu ? Pour l'amour du ciel.

— Oh, merde, dit Lottie.

— Voulez-vous une tasse de thé, Monsieur ? demanda Boyd.

* * * * *

L'homme laissa Fatjon nettoyer le désordre.

Dans la salle de bains du rez-de-chaussée, il enleva sa chemise et ouvrit le robinet d'eau chaude. Il n'y avait pas de savon. Il sortit de sa poche un pain de savon offert par l'hôtel, le déballa et se savonna sous l'eau. Il se frotta les mains jusqu'aux coudes pendant deux minutes avant de les sécher avec du papier provenant d'un rouleau posé sur les toilettes. Il vérifia que sa chemise n'était pas tachée de sang et remarqua quelques éclaboussures. Il la mit à l'envers et la laissa ouverte par-dessus sa veste blanche, puis il sortit sans fermer le robinet. Jetant un coup d'œil à son téléphone, il remarqua qu'il n'y avait toujours pas de message du travailleur social, Carter. Il avait bien fait de prendre des précautions supplémentaires au cas où le jeune merdeux rechignerait à la tâche qu'on lui avait confiée.

Il sortit par la porte principale et se sourit à lui-même. Le soleil commençait à baisser. Un ciel impressionniste, pourpre et orange, colorait l'horizon, mais la chaleur de la journée flottait encore dans l'air. Au bord du canal, il remarqua qu'une brume nocturne se formait sur l'eau verte. Il devait se dépêcher d'aller chercher sa camionnette. La nuit tomberait dans quelques heures et il pourrait alors commencer le final tant attendu.

Chapitre 78

Lorsque Boyd partit emmener Katie chez sa grand-mère, Lottie alla jusqu'à un de ses placards et compta les tasses pendant que Corrigan commençait à l'engueuler.

— Je vous l'avais dit. Ne vous avais-je pas dit de confier ce garçon au service de placement ? Et qu'est-ce que vous avez fait ? Ce que vous avez voulu, comme d'habitude. Un électron libre. Voilà ce que vous êtes. Vous me désespérez. Il marqua une pause pour reprendre son souffle. Des nouvelles de votre fille ?

Elle sentit sa main sur son bras alors qu'il la conduisait vers une chaise.

— Pourquoi êtes-vous venu ici ?

Lottie s'assit et regarda son supérieur.

— Je n'ai peut-être qu'un œil en ce moment, mais je ne suis pas aveugle. Et je ne suis pas sourd non plus. L'enfer faisait rage au commissariat et je voulais vous en parler. Il s'essuya l'œil et grimaça. Alors, votre fille et le garçon. Racontez-moi.

Lottie expliqua ce qui s'était passé.

— Ce Eamon Carter, c'est notre tueur ?

— Non, Monsieur. Je pense que ma maison était surveillée. Ils savaient que le garçon, Milot, était ici. Je dirais que c'est l'amie de Mimoza qui l'a amené ici et qu'ils l'ont torturée pour le découvrir.

— La fille retrouvée morte à la station de pompage ?

— Oui, Monsieur. Je pense qu'ils ont ensuite ciblé Carter pour pouvoir prendre Milot sans éveiller les soupçons.

— Alors, qui sont ces « ils » ?

— Je n'en suis pas sûre.

Elle se leva. Comment pouvait-elle rester assise ici à parler si calmement alors qu'elle devrait être à la recherche de sa fille ? Il fallait qu'elle sorte.

— Asseyez-vous, Lottie.

— Écoutez, Monsieur, avec tout le respect que je vous dois, ma fille est quelque part avec le petit garçon que ces hommes recherchent. Quelqu'un la harcèle sur Twitter. Je pense que c'est lié aux filles disparues. Elle est traumatisée et terrifiée. Puis-je, s'il vous plaît, aller faire mon travail ?

— J'ai mobilisé tous les officiers du district. Ils mettent la ville sens dessus dessous pour retrouver votre fille et le petit garçon. Vous venez au commissariat avec moi. Quand nous les aurons trouvés, je déciderai de ce que nous ferons de vous.

— Monsieur...

— Arrêtez de dire « Monsieur ». Pas de discussion. Je ne vous perdrai plus de vue. Laissez l'enquête aux autres. Vous n'êtes pas en état de faire autre chose que de vous asseoir sous mon regard vigilant.

Elle n'avait pas vraiment le choix. Lottie soupira, attrapa son sac et le suivit, refermant la porte derrière elle.

* * * * *

Le commissariat était en effervescence. Le commissaire Corrigan s'activait, donnant des ordres à tout le monde, et claquait des doigts. Lottie se réfugia dans son propre bureau.

Boyd sortait des dossiers d'une armoire. Il referma le tiroir brutalement et s'appuya dessus en la regardant fixement.

Lottie lui rendit son regard.

— Quoi ?

— On m'a confié le boulot merdique de te garder pendant que tous les autres sont à la recherche de Chloé et Milot. Tu peux donc soit t'asseoir et essayer de résoudre ce problème avec moi, soit rester là à gémir.

— Si je voulais un sermon…

— Tu en aurais un de ta mère. Oui, je sais. J'ai dû l'écouter quand j'ai déposé Katie.

— Sean était là aussi, n'est-ce pas ?

— Oui, ils sont tous les deux en sécurité avec deux policiers qui veillent sur eux.

— Bien. Merci.

— Assieds-toi.

— Je ne peux pas, Boyd. Je dois trouver…

— Tu dois faire ce qu'on te dit.

Lottie soupira et s'assit à son bureau. Bien sûr, il avait raison. Mais comment pouvait-elle se concentrer alors qu'elle ne savait pas où Chloé était partie ?

— Chloé est une fille sage. Elle fait ce qu'elle pense être le mieux pour Milot. Elle est…

— Effrayée. Elle est terrifiée. Où est-elle, Boyd ? Lottie étouffa un sanglot.

— Nous avons vérifié auprès de son amie Emily Coyne et elle ne l'a pas vue.

— Et la mère de Maeve ? Tracy Phillips. Chloé est peut-être allée la voir.

— J'ai vérifié aussi. Elle n'est pas là. Cette femme est un désastre. Pourquoi Chloé irait-elle la voir de toute façon ? Boyd soupira. Elle va s'en sortir. Il faut que tu te le répètes. D'accord ?

Il lui serra la main.

Lottie acquiesça et retira sa main. Elle ne se sentait pas capable de parler.

— Écoute. As-tu déjà entendu parler de Monk Island ? demanda Boyd.

— Chloé s'y trouve-t-elle ?

Elle se leva d'un bond. Il la repoussa doucement vers son siège.

— À moins qu'elle ne soit une nageuse olympique ou qu'elle sache manœuvrer un bateau, non.

Lynch examinait les rapports d'activité inhabituelle autour des lacs. Il y en avait quelques-uns concernant l'île de Monk.

— Quel lac ?

— Lough Cullion. Quoi qu'il en soit, des plaintes ont été déposées concernant des coups de feu tirés en dehors de la saison de chasse.

— Quelqu'un a-t-il donné suite à ces plaintes?

— Nous étions à la limite de nos capacités et cela ne semblait pas être une priorité à l'époque, donc non.

— Y a-t-il quelqu'un sur le terrain en ce moment?

— Tous les effectifs sont affectés à la recherche de ta fille.

Elle réfléchit un instant.

— Le téléphone de Chloé! Son GPS a-t-il été repéré?

Tirant son téléphone de bureau vers elle, elle décrocha le combiné.

Boyd l'en empêcha.

— C'est en cours. Et nous vérifierons l'île de Monk dès que les ressources seront libérées.

— Mais il faut vérifier tout de suite!

— Nous allons d'abord essayer de trouver Chloé et Milot.

— Pourquoi n'ai-je pas reçu de transcription du téléphone de Chloé? Qu'est-ce qu'ils font là-haut?

— Ça prend du temps.

— Et le téléphone du travailleur social? Des traces du numéro qu'il était censé utiliser pour envoyer un SMS après avoir récupéré Milot?

— Les techniciens travaillent là-dessus aussi.

— Il faut que je sorte d'ici. Je ne peux pas rester assise sans rien faire.

Elle cligna des yeux lorsque son ordinateur l'informa de l'arrivée d'un nouveau mail. Elle jeta un coup d'œil à sa boîte de réception.

— Je n'ai pas besoin de ça maintenant.

— Qu'est-ce que c'est?

— C'est juste une réponse à l'e-mail que j'ai envoyé hier soir à Besim Mehmedi.

— Qui?

— Le procureur chargé, il y a environ cinq ans, de l'affaire du prélèvement illégal d'organes humains à Pristina. Je t'en ai parlé.

— En rapport avec nos affaires?

— Peut-être.

— Ouvre-le.

Alors qu'elle cliquait sur l'e-mail, l'agent Gillian O'Donoghue passa la tête par la porte.

— Inspectrice? Eamon Carter est en train de faire des siennes dans la salle d'interrogatoire. Il insiste pour envoyer un SMS à l'homme qui l'a forcé à enlever le jeune garçon. Il ne croit pas que sa mère sera en sécurité s'il ne le fait pas.

Lottie leva les yeux vers Boyd.

— Qu'en penses-tu ? On fait sortir ce bâtard ?

Boyd se leva.

— Exactement.

Ignorant l'e-mail du procureur de Pristina, elle appuya sur le bouton de veille de l'écran.

Je verrais ça plus tard, pensa-t-elle.

* * * * *

La chaleur dans la salle d'interrogatoire n° 1 était habituellement oppressante. Ce soir, elle était écrasante. La transpiration avait taché la chemise de Carter de gris foncé entre ses omoplates et sous ses aisselles. Boyd semblait calme, mais Lottie savait qu'il était aussi anxieux qu'elle. Elle devait retrouver Chloé et le garçon. Et le seul moyen d'y parvenir était peut-être d'attraper l'homme en contact avec Carter.

Elle sortit le téléphone du sac de preuves en plastique et dicta le message à Carter pour qu'il l'écrive avec ses propres mots. Inutile d'effrayer le destinataire. Elle sentait maintenant le téléphone glisser dans sa main alors qu'il attendait une réponse.

Elle reçut un message :

St Declan's. Dix minutes. Attendez derrière la guérite.

— Allons-y.

Lottie se précipita vers la porte.

— Ça ne nous laisse pas le temps de former une équipe, dit Boyd.

— Toi et moi. C'est une équipe suffisante.

— Et moi ? dit Carter.

Lottie pensa un instant à l'emmener pour attirer les ravisseurs, mais elle ne pouvait pas risquer sa vie.

— Restez ici, là où vous ne risquez pas d'avoir d'autres ennuis, dit-elle par-dessus son épaule.

— Surveillez-le, dit Boyd à O'Donoghue.

Lottie traversa la réception en courant et franchit la porte du commissariat.

— Où est ta voiture ?

— À l'arrière.

— Dépêche-toi.

Elle contourna le bâtiment en courant.

— Dix minutes avec ce trafic, c'est de la folie.

Boyd déverrouilla la voiture et ils montèrent à bord.

— Lumière bleue et sirène ?

— Oui… Non. Lottie s'agrippa au tableau de bord tandis qu'il prenait un virage serré. Nous ne savons pas où il est. Il pourrait être en train de nous observer sans même que nous le sachions. Mieux vaut ne pas l'avertir.

* * * * *

Il avait garé sa camionnette sur le parking de la cathédrale. Juste sous le nez des « Keystone Cops » de l'autre côté de la rue. Il avait vécu dangereusement toute sa vie. Pas besoin de changer maintenant.

Il enleva ses chaussures en cuir souple et enfonça ses pieds dans des bottes à embout d'acier. Alors qu'il tournait la clé pour faire démarrer la camionnette, il entendit le message vibrer dans son téléphone. Jetant un coup d'œil à l'écran, il frappa le volant. *Oui!*

Il relut le texte :

J'ai le gamin. Qu'est-ce que je fais maintenant?
Ne faites pas de mal à ma mère.

Il réfléchit un instant avant de taper sa réponse.

Alors qu'il franchissait les grilles de la cathédrale, il jeta un coup d'œil vers le poste de police. Pourquoi Lottie Parker et son acolyte couraient-ils si vite ?

Il se posa la question en descendant la rue. Ça lui rongeait le cerveau. Savaient-ils quelque chose ? Impossible.

Il réfléchit aux moyens de gérer la situation s'ils étaient sur lui. Il avait été prudent, mais avait-il oublié quelque chose ? Russell avait-il parlé aux flics ? Il avait dit que non et maintenant il n'était plus en état de répondre aux questions. C'était dommage.

Il allait devoir réfléchir à tête reposée. Comme tout bon chirurgien qui se respecte.

* * * * *

Le trafic n'était pas le problème. C'était le brouillard. Sorti de nulle part, il semblait tomber comme un voile lourd sur la ville.

Il enserrait tout dans sa toile. Le soleil s'était caché et l'obscurité s'était installée.

— C'est comme si c'était la fin du monde, putain, dit Boyd en tournant sur le pont de Dublin.

— Où diable sont Kirby et Lynch? dit Lottie, tendue.

— Aucune nouvelle.

Lottie tapota le nom de Kirby sur son numéro abrégé.

— Allez, mon grand, réponds.

— Patronne?

— Dieu merci. Où en êtes-vous? Aucun signe de Chloé?

— Nous avons terminé les recherches sur la voie ferrée à l'arrière de votre maison. Nous pensons qu'elle a grimpé là-haut et qu'elle a marché le long des voies. Nous ne l'avons pas encore trouvée. Ni le petit garçon.

— Pourquoi serait-elle montée là-haut? Lottie écarquilla les yeux. Pourquoi y êtes-vous, d'ailleurs?

— J'ai tracé son téléphone. Elle l'avait laissé tomber juste à la sortie de la gare.

— Où?

— La petite passerelle. Celle qui enjambe le canal jusqu'à Hill Point. Nous fouillons la zone en ce moment.

— C'est là que Petrovci habite. Lottie secoua la tête, essayant d'introduire un peu de logique dans l'équation. Pourquoi son téléphone était-il là?

— Sais pas. Peut-être qu'elle courait et qu'il est tombé de sa poche. Je vous le dirai dès que possible. Cependant, le brouillard nous ralentit.

— Lynch est avec vous ?

— Oui, patronne.

Lottie soupira longuement.

— Continuez.

Elle raccrocha.

— Continue à rouler, dit-elle à Boyd.

— Je ne vois rien.

— Il suffit de suivre les feux arrière de la camionnette devant.

— C'est ce que je fais.

— Plus vite, Boyd. Tu ne peux pas aller plus vite ?

— Non, à moins qu'il ne me pousse des ailes.

* * * * *

Il pouvait voir la police derrière lui. S'arrêtant devant une petite épicerie, à huit cent mètres de St Declan's, il les laissa passer.

Où allaient-ils ? Sûrement pas à l'hôpital St Declan's, autrefois un asile pour les malades mentaux. Ils n'avaient aucune raison d'y aller, n'est-ce pas ? Fermé depuis dix ans, d'après ce qu'il en savait. S'effondrant sur lui-même jusqu'à ce qu'il tombe dessus par hasard, un an auparavant et, qu'il redonne vie à sa salle d'opération. Il ne pouvait pas les laisser la trouver. Pas encore. Pas avant d'avoir terminé. Il avait un travail à accomplir.

Remettant la camionnette dans la circulation, il poursuivit son court trajet. Il devait se concentrer sur son travail. Il devait prendre livraison du garçon. Et s'occuper d'Eamon Carter. Aucun détail n'était laissé au hasard.

Passant les grilles rouillées de St Declan's, il ne vit aucun signe de la voiture banalisée de la police. Il se gara derrière la guérite, éteignit le moteur et resta assis pour attendre la plus grande des récompenses : le fils de Mimoza, Milot.

Chapitre 79

Boyd contourna le rond-point qui menait à l'autoroute et revint sur le côté opposé de la route.

— Stop ! s'écria Lottie. Là-dedans.

— Quelqu'un va me percuter à l'arrière dans ce brouillard, protesta-t-il.

— Gare cette putain de voiture, Boyd !

D'un coup de volant, il fit monter la voiture sur l'accotement.

— Et éteins les phares. Tu as une veste que je pourrais porter ?

Boyd se pencha sur la banquette arrière et trouva une polaire noire.

— Est-ce que ça te convient ?

— Ça fera l'affaire.

Lottie détacha sa ceinture de sécurité et remonta la fermeture Éclair de la polaire.

— Tu ne vas pas y aller seule.

— Reste ici. Tu dois rester en contact avec Kirby, dit-elle tout ignorant son inquiétude.

— Je viens avec toi.

Il ouvrit sa porte.

Lottie lui saisit le bras et l'attira près d'elle.

— Écoute, Boyd. J'ai besoin que tu surveilles le téléphone et la radio. J'ai mon arme.

— C'est ce que je crains. Je ne veux pas que ça finisse comme à O.K. Corral.

— Je ne suis pas aussi stupide.

Il gémit.

— C'est toi la patronne.

— Ce type a peut-être Chloé ou du moins peut-être qu'il sait où elle est.

— Il pourrait aussi être le même homme qui a tué trois filles et en a enlevé deux autres.

— Tu crois que je ne le sais pas ?

Boyd lui tint la main.

— Sois prudente, s'il te plaît.

Lottie ouvrit la porte et sortit dans le brouillard humide.

— Je viens te chercher, espèce de salaud, murmura-t-elle dans la brume.

* * * * *

La sensation d'étouffer. Lottie ne pouvait pas respirer dans le brouillard et ne pouvait pas voir dans l'obscurité. Elle agita ses bras autour d'elle comme une folle dans une cellule capitonnée.

C'est le bon endroit pour ça, pensa-t-elle. Ses mains touchèrent l'air. Pas de murs. La seule chose qu'elle sentait, c'était le sol sous ses pieds.

À petits pas, elle avança. Quatre pas. Rien. Pourquoi faisait-il si sombre ? Une panne d'électricité ? Il n'y avait aucune trace de l'ombre jaune des lampadaires au loin. Elle savait qu'on pouvait normalement les voir à près de cinq kilomètres de distance. Mais maintenant, c'était comme si la ville avait été arrachée à ses fondations et emportée dans une brume éthérée. Ses mains effleurèrent une toile d'araignée dont la traînée de soie pendait de la poubelle à roulettes à sa droite. Du bout des doigts, elle compta trois bacs de taille industrielle.

Sentant une présence derrière elle, elle s'arrêta. Retint son souffle. Écouta. Le lent bourdonnement de la circulation sur la N4. Aucun autre son. *Je suis vraiment folle à lier*, se dit-elle.

En avançant doucement, elle n'arriva pas à se débarrasser de l'impression que quelqu'un était juste derrière elle.

Où était-il ?

* * * * *

Il aperçut l'inspectrice à travers le brouillard. Elle n'était pas loin. Que faire ? Il ne pouvait pas la laisser trouver quoi que ce soit. Ce serait la fin de la partie, c'est sûr. Il la suivit en contournant le bâtiment. Elle ne pouvait pas l'empêcher de terminer sa quête. Une promesse était une promesse. Peu importait qu'il se la soit faite à lui-même. Il avait commencé et il allait finir.

Il était maintenant si près qu'il pouvait sentir son odeur. Il se rapprocha. Il entendit sa respiration, basse et rapide. Avait-elle peur ? Il n'y croyait pas un seul instant. Elle était une bonne adversaire. Mais ce n'était pas le moment de tester sa force d'âme. Il devait agir.

Furtivement, il se rapprocha, retenant son souffle pour qu'elle ne le sente pas. Avec précision et exactitude, il glissa son bras autour de sa gorge, l'attira contre sa poitrine et serra.

Ses bras s'agitèrent dans tous les sens, essayant de déloger les siens, avant de retomber lentement sur ses côtés sans avoir trouvé de cible. Sentant sa tête s'affaisser contre son épaule, il la relâcha et elle tomba à ses pieds. Il s'éloigna rapidement des poubelles et retourna à sa camionnette.

Ce salaud de Carter avait finalement tout avoué.

*****

Lottie ne savait pas combien de temps elle était restée inconsciente. Elle ouvrit les yeux et se frotta la gorge, essayant de respirer malgré l'oppression et la douleur. En serrant son étui sous le bras, elle sentit son arme. Au moins, elle était toujours là. Il ne s'était pas enfui avec son arme. Il lui avait volé sa fierté, mais l'avait remplacée par une résolution inébranlable de l'attraper.

Faisant glisser son téléphone de la poche arrière de son jean, elle vit que l'écran était fissuré, mais qu'elle pouvait encore passer un appel.

Chapitre 80

— Bon sang, Boyd, plus vite ! Lottie tapa du pied sur le sol comme si l'accélérateur était de son côté.

— Tais-toi. Je me concentre sur la route. Je ne vois rien.

Il enclencha les essuie-glaces pour faire disparaître la buée du pare-brise.

Elle déglutit difficilement. Elle avait l'impression que quelqu'un lui avait enfoncé du verre brisé dans la gorge. Boyd avait vu la camionnette sortir en trombe de l'enceinte de l'hôpital et s'engager sur la voie rapide. Il avait remis le moteur en marche et s'était précipité pour trouver Lottie en train de chercher son téléphone au milieu des poubelles. Elle avait insisté pour qu'ils suivent la camionnette.

— Je ne sais pas où je vais, dit-il. Je l'ai perdue.

Le brouillard était dense, la route sinueuse, elle ne pouvait guère le blâmer.

— S'il a tourné à gauche sur la N4, il pourrait se diriger vers Lough Cullion et Monk Island. C'est peut-être là qu'il a emmené Chloé.

— Tu ne sais pas si Monk Island a quelque chose à voir avec avec tout ça.

— Dans quel autre endroit pourrait-il se rendre ? dit Lottie. C'est forcément Petrovci.

— Il pourrait s'agir de n'importe qui.

Elle réfléchit un instant. Elle se souvenait de la force du bras qui lui avait coupé le souffle.

— Je ne sais pas qui c'était, admit-elle.

Mais elle savait qu'elle ne pouvait pas le laisser s'échapper.

La voiture quitta la route principale en dérapant et s'engagea sur la bretelle d'accès.

— C'est la mauvaise sortie, Boyd ! cria Lottie.

Ouch. Sa gorge s'enflamma de douleur.

— Merde ! Il continua de rouler. Je ne peux pas revenir en arrière. Je vais couper à travers la route de liaison.

Le feu bleu clignotant et la sirène hurlante, Boyd traversa le périphérique à toute allure. Lottie planta fermement ses pieds dans le plancher et s'accrocha au tableau de bord. Il passa un virage, dépassa le cimetière et s'engagea sur une route étroite. Il redressa le véhicule et ses feux rebondirent sur le brouillard, les aveuglant. Des feux arrière rouges devant eux.

— Le voilà, dit Lottie.

Les feux disparurent.

— Cela pourrait être n'importe qui, dit Boyd, et la voiture fit une embardée au centre de la route. Désolé.

— Suis le bas-côté ! cria Lottie.

Il ne dit rien, ses mains blanches s'agrippant au volant.

— Je vous salue Marie, pleine de grâce, chuchota Lottie.

Elle croisa son regard et cria lorsque la voiture monta sur l'herbe avant de glisser à nouveau sur la route.

— Bon sang, Boyd, regarde où tu vas !

— Il s'enfuit.

Au virage suivant, Lottie savait que le passage à niveau se profilait à l'horizon.

Cher Dieu du ciel, en qui je ne crois pas toujours, faites qu'il n'y ait pas de train. Je vous en supplie.

Des lumières clignotantes dans le brouillard. Boyd freina à fond. Sous l'impact, la ceinture de sécurité lacéra l'épaule et la poitrine de Lottie. Les barrières glissèrent vers le bas avec un bruit sourd dans l'air de la nuit. Elle bondit hors de la voiture pour voir les feux arrière de la camionnette franchir la colline et disparaître.

— Putain de merde ! Qu'est-ce qu'on fait maintenant ?

— On demande des renforts par radio et on attend que le train passe.

Cinq minutes. C'est le temps qu'il faut. Elle était incapable d'arrêter ses larmes. Cinq putains de minutes avant que le train ne passe.

Elle sentit Boyd passer son bras autour de ses épaules. Il la raccompagna jusqu'à la voiture.

— J'espère qu'il ne fera rien pendant que nous sommes coincés ici, dit-il en posant sa tête sur le volant.

— L'espoir est une belle chose, dit Lottie. Il pourrait avoir Milot ou Chloé, n'est-ce pas ?

— Il ne les a pas, Lottie. Il a rencontré Carter pour récupérer le garçon, dit Boyd avec un sang-froid qu'elle n'arrivait pas à avoir en ce moment.

Elle se retourna pour le regarder.

— Alors, où sont-ils ?

* * * * *

Il déplaça ses mains le long des avirons, resserrant sa prise tout en ramant. Il n'avait jamais pris le risque d'utiliser un moteur, mais il savait que cette fois-ci, il en aurait bien eu besoin. De douces ondulations s'éloignaient du bateau, emportant le clapotis de l'eau dans leur sillage. Les muscles de ses bras tremblaient à chaque mouvement tandis que la traversée progressait. Le brouillard commença à se dissiper et il put voir l'éclat orangé du soleil couchant se refléter sur les petites vagues. Il était conscient des arbres entourant le rivage, qui apparaissaient noirs dans l'ombre, et du quai caché dans une rivière de roseaux. Il visa droit devant lui.

Il l'avait échappé belle avec la police. Le train l'avait sauvé. Il avait eu de la chance. Cette fois-ci. Mais maintenant, il était sûr qu'ils connaissaient son terrain de jeu. Alors qu'il scrutait le brouillard en train de se lever, des éclaboussures d'eau tourbillonnèrent sous ses pieds. L'île Monk. Il frissonna d'impatience. Peut-être que cette fois-ci, il parviendrait à accomplir son destin. Mais sans le garçon. Dommage.

En amarrant le bateau quelques minutes plus tard, il pensa à de l'eau claire. L'eau qu'il avait utilisée pour laver les corps de leurs impuretés. Il lui en restait deux à nettoyer. Il espérait qu'elles n'étaient pas mortes de faim. Cela faisait quelques jours qu'il n'était pas venu ici. Il serait dommage qu'elles meurent avant qu'il puisse les envoyer sur le chemin de la rédemption. Il éclata de rire. La rédemption ? Lui seul pouvait y parvenir.

Il sauta sur la courte jetée de bois protégée par des arbustes sauvages et tira le bateau vers lui à l'aide d'une grosse corde. Il l'enroula soigneusement autour d'un bâton qui dépassait du bord des lattes usées et la serra dans un double nœud. Il remplit ses poumons d'air frais, expira et répéta l'exercice trois fois.

Se glissant sous les arbres feuillus, il suivit un sentier d'herbe foulée. Il avait fait ce trajet à plusieurs reprises et savait que l'herbe ne souffrait que du piétinement de ses propres pieds. Personne d'autre ne s'aventurait sur cette île. Il la connaissait bien. L'île Church, à deux kilomètres sur sa droite, était le lieu des escapades indécentes, laissant son île aux oiseaux et aux blaireaux. Sanctuaire non officiel pour la faune, il en était le seul intrus, avec, bien sûr, ses propres proies.

Il y était presque et il ne pouvait calmer l'excitation qui palpitait dans ses veines, des follicules de ses cheveux à la pointe de ses orteils. Et pour une fois, le gonflement de son entrejambe le rassurait.

Enfin, la clairière s'ouvrit devant lui, éclairée par la lune montante et entourée d'une brume bleue. Un oiseau s'envola d'un arbre en battant bruyamment des ailes. Il s'affaissa sur les genoux. Les deux paquets étaient là où il les avait laissés. Immobiles. Non, il se trompait. Il vérifia l'un, puis l'autre. Des respirations douces et laborieuses. Elles étaient encore vivantes. Il regarda le ciel et rendit grâce. Lentement, il déroula le ruban adhésif du premier paquet, ouvrit les plis frangés de la laine tissée. Enfin, elle était allongée devant lui.

Une ecchymose s'était formée sur son front à l'endroit où il lui avait donné un coup de pied. Il passa son doigt sur son visage, s'arrêtant lorsqu'il sentit les marques des blessures sur sa joue.

— Oiseau blessé, tes ailes sont brisées, mais je peux te libérer et te permettre de voler à nouveau, murmura-t-il.

Il retira la couverture et s'émerveilla de sa nudité. Laissant son doigt s'attarder sur sa cicatrice la plus profonde, ses larmes salées tombèrent silencieusement sur la plaie. C'était lui qui avait causé cette blessure et maintenant, il allait la guérir. Pour toujours. Il la libérerait de sa douleur et lui apporterait la paix et le salut éternel. Dommage qu'elle ne puisse pas le remercier. Il les avait sacrifiées pour en sauver d'autres qui l'avaient bien payé pour cela. Mais ce n'était pas pour cela qu'il avait fait ce qu'il a fait. N'est-ce pas ? Il suivait des traces. C'était dans l'ordre des choses. Et avec sa mort, le mal payerait pour avoir causé celle de son père. Il se releva et traversa le sous-bois et sortit sa boîte à outils en acier. Il sortit une clé de la poche intérieure de sa veste, déverrouilla le couvercle et l'ouvrit. Sous un tissu doux, il en sortit l'arme enveloppée de cuir. Après avoir vérifié que le chargeur était vide, il compta les balles dans une boîte en carton et les chargea avec soin. Ensuite, il enclencha le chargeur dans le semi-automatique et chambra la première balle. Une seule lui suffisait, mais il aimait la sensation d'une arme complètement chargée. La puissance et le contrôle. Les nuages se déplaçaient rapidement dans le ciel et une brise chaude caressa sa peau. L'arme dans une main et le silencieux dans l'autre, il se retourna.

Chapitre 81

Lorsque le train fut finalement passé et la barrière levée, Boyd enclencha la vitesse et repartit.

— Où est-il allé ? demanda Lottie. A-t-il continué à rouler ? Ou a-t-il bifurqué vers Monk Island ?

— J'aimerais bien le savoir.

Boyd soupira d'exaspération.

— Stop ! hurla Lottie.

Les pneus de la voiture crissèrent et Boyd la stabilisa sur le bas-côté.

— Qu'est-ce qu'on fait maintenant ?

Elle lui indiqua l'étroite voie d'accès qui longeait la voie ferrée. Au-delà, le brouillard s'étant levé, le lac scintillait comme du verre en fusion. Sautant de la voiture, elle disparut dans la végétation.

— Attends ! cria Boyd en claquant la portière.

— Sa camionnette.

Lottie se tenait à côté d'un petit véhicule blanc. Elle essaya la portière. Verrouillée.

Boyd arriva à ses côtés et, les mains sur les hanches, regarda le lac.

— Il y a l'île Monk, dit-il.

— Comment allons-nous y aller ? demanda-t-elle. Le bip de son téléphone se fit entendre. Kirby. Vous l'avez trouvée ?

— Pas encore, patronne. Mais il faut que vous retourniez au commissariat.

— Je suis à la poursuite d'un suspect. Je pense qu'il s'agit d'Andri Petrovci.

— Ce n'est pas possible.

— Pourquoi ?

— Nous venons de trouver Petrovci en train d'essayer d'entrer dans son appartement.

Lottie se tourna vers Boyd, puis laissa son regard se poser sur le lac.

— Alors, qui diable est là-bas ?

* * * * *

Mimoza entendit le clic du chargeur dans le pistolet. Elle savait ce que cela signifiait. Elle sentit qu'il bougeait, qu'il se penchait sur elle, qu'il la touchait.

— Ah, petite Mimoza. J'ai attendu ce moment pour te libérer.

— Milot ? chuchota-t-elle, sa voix n'étant plus qu'un souffle mince.

— Je voulais l'emmener te rejoindre, mais le destin s'en est mêlé. Ou devrais-je dire un flic du nom de Lottie Parker. Elle est sur ma liste une fois que j'aurai terminé ici.

La dame détective ne l'avait pas oubliée, après tout. Mimoza essaya de sourire. Ses lèvres se fendirent et sa gorge se noua. *Ne me laissez pas encore mourir*, pensa-t-elle. *Laissez-moi voir mon petit garçon une dernière fois.* Était-ce son shampoing à la pomme qu'elle sentait ? L'homme mentait. Il était certainement assez cruel. Milot était là.

— Milot ? S'il vous plaît, supplia-t-elle.

— Tais-toi. Je t'ai dit que je ne l'avais pas.

Elle devait faire quelque chose. Milot avait besoin d'elle. Elle avait besoin de lui. Elle voulut insuffler de la force à son corps. Le fait d'ouvrir les yeux était une torture. Mais elle devait le faire. Elle devait se forcer à agir. Sinon, elle allait mourir. Plaçant ses coudes sous elle, elle tenta de se redresser.

— S'il vous plaît…

— Oh, vas-tu te taire ?

Elle plissa ses yeux à moitié ouverts. Il était juste là. Sur un genou. La regardant de haut. Un pistolet à la main. Elle avait vu beaucoup d'armes dans sa courte vie. Cela ne l'effrayait pas. Ce qui l'effrayait, c'était l'idée de ne plus jamais revoir son fils.

Cette pensée insuffla une énergie surhumaine dans son corps. Enfin, elle se redressa à moitié, en s'appuyant sur ses coudes. Il sembla trouver cela amusant et se mit à rire. Pourquoi trouverait-il cela drôle ? *Parce qu'il est fou*, lui dit une voix dans sa tête. Fou. Et comment combattre la folie ? *Par la folie*, pensa-t-elle.

— Je… Je connais vous… commença-t-elle.

— Bien sûr que oui.

Il rit à nouveau. Un son démoniaque.

Bien, pensa-t-elle. *Maintenant, je peux agir. Pour Milot.* Elle jeta un dernier coup d'œil aux étoiles dans le ciel. Elle ne vit que le sourire de son fils et la lumière de ses yeux lorsqu'elle leva la jambe et donna un coup de pied aussi fort que possible avec le peu d'énergie qu'il lui restait. Et l'image de son fils souriant et riant brilla devant elle comme une icône miraculeuse.

Maman t'aime, Milot.

* * * * *

Le bruit d'un coup de feu fendit le silence de la nuit.

— Qu'est-ce que… Lottie s'abaissa et attrapa automatiquement son arme.

Les arbres au-dessus de sa tête tremblaient sous l'effet de l'envol des oiseaux. Boyd la remit debout.

— Là-bas, dit-il, sur l'île.

Elle leva les bras en l'air, impuissante.

— Il est là-bas et nous sommes ici. Fais hurler la sirène. Rapidement. Aussi fort que possible. Et où sont nos renforts ?

Elle regarda fixement l'eau tandis que Boyd courait vers la voiture et mettait la sirène en marche.

Le brouillard revint aussi vite qu'il avait disparu, tombant en un doux chatoiement autour d'eux. Seule la lumière clignotante de la voiture lui indiquait où elle se trouvait. Elle tendit l'oreille au-dessus du bruit strident. Pas d'autres coups de feu. L'avaient-ils fait fuir ?

— Nous avons besoin d'un bateau ! cria-t-elle au-dessus du vacarme.

— Quoi ?

— Un bateau. Où pouvons-nous en trouver un ? Sur la rive. Je vais essayer le long de la rive.

Sans attendre Boyd, elle enjamba les rails et descendit de l'autre côté. En glissant, elle se retrouva sur la rive rocheuse. Dans le brouillard épais, elle ne voyait pas plus loin que sa main. Elle sortit son téléphone pour allumer sa lampe et se rendit compte que Kirby était toujours en ligne.

— Kirby. Il nous faut un bateau. Vite.

* * * * *

Ils coupèrent le moteur et le bateau glissa jusqu'au rivage de l'île. Une demi-heure s'était écoulée depuis qu'ils avaient entendu le coup de feu. Un homme, vivant à proximité, était sorti de sa maison intrigué par le bruit de la sirène au moment où deux voitures de police s'arrêtaient. Lottie lui avait dit ce dont ils avaient besoin et il était revenu immédiatement avec un moteur qu'il avait rapidement fixé à l'un des bateaux qui se trouvaient sur le rivage.

Il sauta hors du bateau et l'attacha.

— C'est un quai caché, dit-il. Peu de gens le savent. C'est mieux ainsi. Assez d'intrusions de bâtards…

— Merci, l'interrompit Lottie. Attendez ici.

Prenant la main de Boyd, elle grimpa sur la terre ferme. Leurs armes prêtes à l'emploi, ils passèrent sous des branches basses et se frayèrent un chemin dans l'herbe.

— Ce gilet est sacrément lourd.

Lottie détestait porter le gilet pare-balles que Boyd avait pris dans le coffre de la voiture, mais elle savait qu'il n'était d'aucune utilité pour les morts.

— Comment a-t-il trouvé cet endroit ? dit Boyd.

— Chut, je n'en sais rien.

— Pourquoi n'y a-t-il eu qu'un seul coup de feu ?

— Tu vas te taire ? Écoute. Elle tendit la main et le tira vers elle par la ceinture de son pantalon. Tu as entendu ça ?

— Ce ne sont que des foutus oiseaux.

— Non, arrête. On dirait que quelqu'un pleure. Mon Dieu. Chloé ?

— Attends, dit Boyd.

Mais Lottie le dépassa en courant, trébuchant dans le sous-bois.

— Chloé !, cria-t-elle, toute sa formation s'évanouissant avec la nuit. Chloé ?

Faisant irruption dans une clairière, elle s'arrêta soudainement, obligeant Boyd à la percuter.

— Seigneur, dit-il.

Il alluma sa lampe de poche et balaya la clairière du regard. La lumière rebondit sur le brouillard, mais Lottie put voir trois corps allongés devant elle. Ses mains et ses jambes tremblèrent de façon incontrôlée.

— S'il vous plaît, Seigneur, non. Non !

Elle se détourna. Elle ne pouvait pas regarder.

— Dis-moi, Boyd. Est-ce que c'est Chloé ?

Elle pensa que son silence durait une éternité.

Il finit par dire :

— Ce n'est pas Chloé. Aucune d'entre elle n'est Chloé. Mais je sais qui elles sont.

Soufflant de l'air par le nez, elle essaya de reprendre le contrôle. Elle se dirigea vers lui à quatre pattes.

— Qui sont ces personnes ? Sont-elles vivantes ? J'ai entendu quelqu'un pleurer. En écartant une couverture en lambeaux, elle découvrit un jeune visage. Maeve Phillips. Elle est vivante, Boyd, mais inconsciente. Nous avons besoin d'aide. Il pourrait être ici.

— Il est là. Boyd pointa son doigt. Une balle dans le ventre.

Lottie serra Maeve contre sa poitrine.

— Il est mort ? Et l'autre ?

Boyd s'éloigna de l'homme et s'approcha de l'autre personne.

— Je ne vois pas de blessure par balle.

Lottie allongea doucement Maeve et regarda le corps nu de la jeune fille aux pieds de Boyd. Dans sa main inerte, elle tenait un pistolet semi-automatique.

— C'est Mimoza, murmura-t-elle. Elle tâta le pouls. Oh, mon Dieu, Boyd, elle est morte.

Un gémissement s'éleva de l'homme étendu sur le sol. Boyd se tourna vers lui.

— Il est toujours vivant. Il l'examina à nouveau, puis lui passa les menottes. Tu n'iras nulle part, salaud, si ce n'est en prison pour le reste de ta vie.

— Je le reconnais, dit Lottie.

— Tu le reconnais ? Qui c'est, bordel ?

— George O'Hara, le professeur du centre de prise en charge directe, dit Lottie en détournant la tête.

Enlevant sa lourde veste et la polaire de Boyd, elle enveloppa Maeve du vêtement chaud et la serra contre elle.

— Tu es en sécurité maintenant, lui dit-elle à travers ses larmes. Mais où est ma Chloé ?

Chapitre 82

— Cela va prendre un peu de temps avant que McGlynn et sa police scientifique ne se mettent au travail sur l'île Monk, dit Lottie.

Elle regarda les lumières bleues de l'ambulance tourbillonner dans la brume. Maeve Phillips était en route pour l'hôpital. Lottie savait que la jeune fille survivrait à ses blessures physiques, mais elle n'était pas sûre que ses cicatrices psychologiques guériraient un jour. Une deuxième ambulance transporta George O'Hara, accompagné de deux policiers armés. Le corps de Mimoza était resté sur l'île. Seul.

Boyd alluma deux cigarettes. Il en tendit une à Lottie et s'appuya sur le capot de la voiture.

Inspirant profondément, elle dit :

— Nous devons retourner au commissariat et voir ce qu'il en est de Petrovci. Et j'ai besoin de savoir s'il y a le moindre signe de Chloé et Milot.

— Fume ta clope d'abord.

— Mais…

— Pas de « mais ». Il la rapprocha de lui. Trente secondes de repos. Mes ordres.

Appuyant sa tête sur sa poitrine, Lottie lutta contre la fatigue intense qui l'envahissait.

Le téléphone de Boyd sonna.

— C'est Jackie. J'avais oublié qu'elle essayait de me contacter.

— Il vaut mieux lui répondre.

Lottie jeta sa cigarette et l'écrasa avec le talon de sa botte.

Boyd se détourna.

— Jackie, tu me cherchais. Qu'est-ce qu'il y a ?

S'asseyant dans la voiture, Lottie fit démarrer le moteur. Elle ne voulait pas entendre ce que Boyd disait. Elle devait retrouver sa fille.

* * * * *

De retour au commissariat, elle fonça vers les escaliers. Il était presque minuit. Elle avait l'impression qu'elle allait vomir si elle n'avait pas bientôt des nouvelles de Chloé. Boyd garait la voiture. Le silence s'était installé pendant le trajet de retour. La communication avec Jackie avait été coupée et il n'avait aucune idée de ce qu'elle voulait.

Corrigan déboula dans le couloir.

— Je ne vous avais pas donné l'ordre de rester ici ?

Elle n'avait pas le temps pour ça. Elle le dépassa et entra dans la salle des enquêtes sans rien dire. C'était aussi silencieux que la Maison des Morts. Corrigan la suivit.

— Oh, mon Dieu, dit Lottie. En regardant le tableau d'enquête, ses yeux s'étaient posés sur la photo de Mimoza tenant Milot dans ses bras.

Un petit garçon sans mère. Qu'allait-il lui arriver maintenant ?

— Qu'est-ce que vous cherchez, Parker ?

Lottie indiqua le tableau.

— Monsieur, nous avons épinglé tout le monde ici, sauf George O'Hara, notre tueur. Il n'a jamais franchi notre radar.

— Un renard intelligent, alors.

Elle appela Kirby.

— Effectuez une vérification approfondie des antécédents de George O'Hara. Je veux tout savoir sur lui. Dans cinq minutes.

Sentant une poussée d'adrénaline, elle se tourna à nouveau vers Corrigan.

— Je pense qu'il avait d'autres personnes qui travaillaient avec lui. Il avait besoin de quelqu'un pour trouver les filles pour lui. Elle montra d'abord la photo de Dan Russell, puis celle de Petrovci.

— Ces deux-là. L'un d'eux ou les deux ont Chloé et Milot.

— Petrovci est en cellule, dit Corrigan.

— Je dois le voir, Monsieur. Tout de suite. Il pourrait savoir où se trouve Chloé.

Elle attendit, comptant dans sa tête. Elle arriva à cinq quand il se poussa sur le côté. Elle sortit avant qu'il ne change d'avis.

— Inspectrice Parker ! Dans les règles. Vous m'entendez ? Dans les règles.

— Oui, Monsieur, promit Lottie tout en croisant les doigts.

* * * * *

La porte en acier de sept centimètres d'épaisseur se referma derrière Lottie.

Petrovci se leva de son lit de béton.

— Restez où vous êtes.

Elle s'appuya contre le mur et croisa les pieds. Pas de chaise.

— Je désolé. Je fais rien.

Il bascula ses jambes sur le côté et se redressa.

En feuilletant les pages que Kirby lui avait données sur le chemin des cellules, Lottie dit, sans lever les yeux :

— Le type qui a appelé votre patron Jack Dermody pour lui dire de se rendre à la station de pompage où vous avez trouvé le troisième corps, son numéro est apparu sur votre liste d'appels. Expliquez-moi.

— Je vois pas ce que vous dire.

— Nous pensons qu'il s'appelle George O'Hara. Vous le connaissez ?

Petrovci secoua la tête.

— Je connais pas.

Elle plia les pages et les glissa dans la poche arrière de son jean.

— Vous voulez me faire croire cela ?

— Je connais pas.

— Votre ami George O'Hara est à l'hôpital. Blessure par balle.

Il haussa un sourcil et passa une main sur son crâne rasé.

— Je connais pas quelqu'un par ce nom.

— Oh, voyons. Nous avons trouvé deux téléphones sur lui. L'un de vous a appelé samedi soir. Pourquoi vous a-t-il contacté?

Petrovci, l'air perplexe, resta muet.

Lottie continua:

— Je vais vous expliquer. Vous travaillez avec cet homme, George O' Hara. Vous ramenez des filles du Kosovo, d'Afrique et de Dieu sait d'où, pour qu'il les opère et les balance dans le commerce du sexe. Vous les prépariez?

— Je sais pas… préparer.

En deux pas, Lottie était proche de lui, le tirant par le coude pour le mettre debout. Il dégagea facilement son bras et se dirigea vers le mur.

— Vous en colère. Pourquoi? demanda-t-il.

— Je n'ai pas le temps pour ça. Ma fille a disparu. Je crois que vous savez où elle est. Alors finissons-en.

Avec sa main, elle frappa le mur à côté de sa tête.

Il ne broncha pas.

— Fille? Il se tourna vers elle.

— Pour l'amour du ciel. Ce n'est pas possible. Lottie s'assit sur le lit. S'il vous plaît. Vous n'avez plus rien à perdre. Vous irez en prison pour avoir aidé ce meurtrier. Quelle que soit la façon dont vous vous y êtes pris tous les deux, je trouverai. Mais vous pouvez vous aider vous-même. Une peine plus courte. Je vais voir ce que je peux faire. S'il vous plaît, dites-moi où elle est.

— Je tué personne. Je pas pris votre fille.

Avec un soupir exaspéré, Lottie comprit qu'elle n'obtiendrait rien de lui. Elle se leva et fit signe d'ouvrir la porte.

— Quel gâchis de vies. Mais au moins, Maeve a survécu. Elle me racontera tout.

— Maeve? Je perdu.

— Vous avez reconnu sa photo.

Il secoua la tête.

— Je connais pas nom.

— Vous ne savez pas grand-chose.

— Qui… Maeve?

Elle savait qu'elle ne devait pas jouer ce jeu, mais elle sortit son téléphone et fit défiler les photos. Tournant le téléphone vers lui, elle dit:

— C'est Maeve.

Il la fixa un instant, puis leva les yeux pour rencontrer les siens.

— Je souviens vous montrer à moi. Elle ressemble à une fille que je connais un jour. Ça fait peur à moi. Je peur pour elle. Je pense elle l'une d'entre elles. Dans le sol.

— Je n'ai pas le temps pour vos mensonges.

Lottie rangea son téléphone.

Il tendit la main et attrapa son bras. Ses doigts épais, imprégnés de la saleté de son travail, s'enfoncèrent dans sa peau.

— Je mens pas. Je mens jamais. Je tue pas les filles. Je viens à Ragmullin. Je travaille et je cherche ma fille. Tous les jours. Mais je trouve pas.

Retirant son bras, Lottie dit :

— Quelle fille ? Pourquoi avez-vous quitté votre appartement ? Vous aviez pris vos affaires.

Elle avait besoin de s'éloigner de lui. De sortir et de partir à la recherche de Chloé et de Milot.

— Je garçon dans guerre. Il remonta son T-shirt. C'est la guerre fait ça à moi.

Lottie sursauta. Une cicatrice nette s'étendait de son abdomen à sa hanche et à son dos. Une cicatrice semblable à celles des deux premières victimes.

— Qui ? Qui vous a fait ça ?

— De nombreuses années. Pendant la guerre. Ça plus important maintenant. Blesser mon cerveau. Ma tête. Il frappa son crâne avec son poing. Trois fois. Durement. Tellement de choses arriver. Je souviens pas. Vous comprenez? Comment vous appeler… black-out. Je souviens pas.

Elle se passa les mains dans les cheveux.

— Cela n'explique toujours pas pourquoi vous avez quitté votre appartement et êtes revenu.

Il se traîna dans la petite cellule, se tapotant et se frottant constamment la tête, laissant des traces sombres de saleté et de sueur. Dans cet espace confiné, il apparaissait comme un géant solitaire et triste. Lottie se secoua. Elle ne devait pas se sentir désolée pour lui. Dieu sait ce qu'il avait fait.

Face au mur, il dit:

— Je trouve cette petite fille morte au bord de l'eau et vous enfermer moi. Votre inspecteur, il pose beaucoup de questions à moi. Il laisse partir moi. Je peur. Je pas vouloir être enfermé encore. Je reçois appel téléphonique. Cet homme, il dit ma fille en ville. Il dit il tue, elle et moi. Il dit que ça. Je fais valises et je pars. Je dois chercher elle.

— Où êtes-vous allé?

Petrovci haussa les épaules.

— Je fais un tour. Je dors près de la voie ferrée. Mais j'ai nulle part pour aller. Je reviens à mon appartement. Seul endroit je connais. J'ai nulle part pour aller.

Il frappa le mur avec ses articulations.

— Je reviens. Je sais que ça.

Il se mit à sangloter.

— Elle est proche.

— Qui est proche ? De quoi parlez-vous ?

— Il dit à moi elle est proche. C'est pourquoi je cherche elle. L'homme au téléphone. Mais il dit pas à moi où elle est.

Donnez-moi la force de continuer, pensa Lottie.

— Quand vous serez prêt à parler sans énigmes, je reviendrai. Elle ouvrit la porte.

Alors qu'elle sortait dans le couloir très éclairé, elle entendit Andri Petrovci crier.

— Un jour. Un jour, je vois ma Mimoza encore.

* * * * *

Boyd, le téléphone à l'oreille, arpenta la cour du commissariat.

— Reprends depuis le début, Jackie, cela n'a aucun sens.

— Je n'ai pas vu Jamie depuis des heures. Il est parti précipitamment après avoir reçu un appel téléphonique. Après son départ, j'ai trouvé ce téléphone sur le canapé. Pas son iPhone habituel. Un Nokia volumineux. Il était déverrouillé. J'ai pensé qu'il l'utilisait peut-être pour une autre femme, tu sais…

— Alors tu l'as vérifié. C'est ça ?

— C'est ça. Le seul message envoyé disait :

Le garçon n'est pas en sécurité chez toi. Pars. Rendez-vous à la passerelle du canal.

C'est tout.

— Tu es sûr ? Pas de nom ? Rien ?

— Juste le numéro.

Elle le lui lit.

Boyd le reconnut.

— J'envoie quelqu'un chercher le téléphone chez toi. Ne bouge pas.

— D'accord. Et une autre chose...

— Quoi ?

— Il n'y a que deux noms dans la liste des contacts. L'un est Tracy Phillips et l'autre George O'H. Ça te dit quelque chose ?

— J'ai besoin de ce téléphone, dit Boyd.

Chapitre 83

— Boyd ! Boyd ! Lottie se précipita dans l'escalier et dans la salle des enquêtes. Avez-vous vu Boyd ?

Lynch et Kirby étaient là, des cercles aussi noirs que des pépites de charbon entourant leurs yeux.

— Chloé ? haleta Lottie.

— Non, patronne, dit Kirby. Nous avons cherché partout.

— Son téléphone. Il y a quelque chose dedans ?

— On a un numéro, mais c'est encore une de ces cartes jetables.

— Prépayé, dit Lynch.

— Oui, et ce n'est pas le même numéro que celui qui a contacté Dermody ou Carter, dit Kirby avec un bâillement.

— Les gars, je suis vraiment désolée, dit Lottie. Vous avez travaillé jour et nuit. J'ai besoin de Boyd.

— Je suis là.

Il entra.

Lottie trouva qu'il avait l'air plus mal en point que ses deux autres inspecteurs. Elle dit :

— C'est Petrovci. Tu ne croiras pas ce qu'il vient de me dire.

— Cela peut-il attendre ? J'ai quelque chose d'important à te dire.

— Tu as l'air très sérieux. C'est Chloé. Dis-moi ! Aspirant de l'air pour ne pas sombrer dans l'hystérie, Lottie l'implora des yeux. Je peux y faire face.

Boyd s'affaissa sur la chaise la plus proche et se gratta la barbe naissante sur son menton.

— C'est Jackie… commença-t-il.

— Boyd ! Ma fille et un enfant ont disparu et tu parles de Jackie. Accorde-moi un répit.

— Tu vas te calmer…

— Ne me dis pas de me calmer. Lottie renversa la chaise la plus proche d'un coup de pied. C'est de la merde. Tout ça, c'est de la merde.

Au bord des larmes, elle ramassa la chaise et s'assit.

— Je suis désolée. Continue.

— Il s'avère que Jamie McNally est impliqué jusqu'au bout de sa queue-de-cheval graisseuse.

— Quoi ? Lottie se leva à nouveau d'un bond.

— Le petit enculé visqueux, dit Kirby en enfonçant un cigare non allumé dans sa bouche.

Boyd leur parla du téléphone que Jackie avait trouvé.

Lottie compta en silence, essayant d'apaiser la tension qui montait dans sa poitrine. Elle dit :

— McNally a Chloé et Milot.

— Comment a-t-il eu le numéro de Chloé ? demanda Kirby.

— Les jeunes ont leurs numéros sur Facebook et Twitter et tout ça, dit Lynch. Ils n'ont jamais conscience que ça les rend vulnérable. Au tableau d'enquête, elle enfonça une punaise en plein milieu du visage de McNally.

— J'aurais dû être plus prudente. Je me doutais que quelqu'un me surveillait, surveillait ma maison, dit Lottie. Pourquoi Chloé aurait-elle répondu à ce message si elle ne savait pas de qui il provenait ?

— À moins qu'il ne s'agisse de Lipjan, dit Boyd.

— Où est McNally maintenant ? dit Lynch.

— Jackie est avec lui ? dit Lottie. Pourquoi sommes-nous encore là ? Allons-y.

Boyd l'arrêta à la porte.

— Je ne sais pas où est McNally. Jackie est seule. J'ai envoyé des agents pour prendre le téléphone et rester avec elle.

— McNally pourrait-il être avec Russell ? Au centre ? demanda Lynch.

— Je pensais avoir dit à quelqu'un d'aller chercher Russell, dit Lottie.

— Nous y sommes allés avec le mandat, dit Kirby. J'ai laissé une équipe d'inspecteurs faire des recherches. Elles se poursuivent à l'heure où nous parlons. Mais Russell n'était pas là. Il a été vu pour la dernière fois en début d'après-midi.

— Vérifiez à son domicile.

— C'est fait. Il n'y est pas non plus. Sa voiture est toujours au centre.

Lottie marqua une pause, se frappant le front avec les phalanges.

— Pourrait-il être à St Declan's ? C'est là qu'O'Hara voulait récupérer le garçon ramené par Carter. Et Jackie a dit que le nom d'O'Hara était dans le téléphone de McNally.

— Tu as raison. Boyd la dépassa à la porte. Deux voitures. Pas de sirènes. Allez, viens.

— D'accord. Lottie se demanda où elle puisait son énergie. Elle n'avait pas mangé de la journée et elle continuait à avancer.

La peur, pensa-t-elle.

La peur pour sa fille et ce petit garçon.

* * * * *

L'asile victorien de trois étages pour malades mentaux se dressait devant eux comme un monstre dans le brouillard alors qu'ils garaient les voitures devant la porte d'entrée. Ils ne voyaient aucune lumière dans le bâtiment.

En rejoignant l'équipe, Lottie réprima une bouffée d'anxiété.

— C'est un endroit horrible, dit-elle.

— Il y a un bâtiment annexe à l'arrière. Il a été construit au début des années 1900, dit Lynch.

Lottie, Boyd et Kirby la regardèrent fixement.

— J'ai passé un diplôme d'histoire locale il y a quelques années, expliqua-t-elle. Autant que je me souvienne, l'annexe abritait une salle d'opération.

Ils contournèrent le bâtiment en restant près du mur.

— Tu vas bien ? Boyd demanda à Lottie.

— Non.

Elle s'arrêta brusquement alors qu'ils tournaient au coin du mur. Un long bâtiment d'un seul étage se détachait de l'hôpital principal. Une lumière jaillit d'une fenêtre à son extrémité.

— On dirait qu'elle brille à travers du plastique ou quelque chose comme ça, dit Kirby.

— C'est le brouillard, dit Lynch.

— Non, je pense que Kirby a raison, dit Boyd.

— Silence, avertit Lottie. Soyez prêts avec vos armes.

Elle glissa son arme dans sa main.

La porte s'ouvrit sans bruit. Pas de craquement.

— Pas un bruit, chuchota Lottie. Pas de lampe de poche. Suivez-moi.

— On ne devrait pas prendre les gilets pare-balles ? demanda Kirby.

— J'ai dit : pas un bruit.

Elle entra dans un couloir étroit.

Des plafonds hauts. Des tuyaux épais serpentant le long des murs à ses pieds. Un sol en béton. S'arrêtant devant une haute porte qui semblait couper le couloir en deux, elle leva les yeux vers la bande de verre teinté qui se trouvait en haut. À sa gauche, le sol s'enfonçait dans un trou sombre et caverneux. Elle l'ignora et posa la main sur le bois dur de la porte. Celle-ci s'ouvrit sans résistance.

Elle entra et se laissa guider par le mur, sentant les trois détectives derrière elle. En laissant traîner sa main, elle sentit un renfoncement. Une porte. Elle continua à marcher. Vingt-sept pas. Une autre porte haute et vitrée. La lumière qu'ils avaient vue à l'extérieur venait d'ici. Cette porte était-elle verrouillée ? Elle espéra que non.

— À trois, murmura-t-elle.

Boyd dit :

— Et merde ! et enfonça la porte à coups de pied. Police ! cria-t-il et il entra en courant.

Il s'arrêta immédiatement. Ils s'arrêtèrent tous.

— Seigneur, dit Kirby.

— Qu'est-ce que... Lynch relâcha son bras, laissant tomber son arme par terre.

Lottie regarda fixement, sa bouche s'ouvrant et se fermant, sans qu'aucun mot ne sorte. Tournoyant vers Boyd, elle essaya de comprendre ce dont elle était témoin.

Des fenêtres recouvertes de Perspex, du sang solidifié comme des jets de Jackson Pollock. Des carreaux de céramique blancs recouverts de sang. Les plaques du plafond constellées de rouge. Elle souleva son pied du sol recouvert de plastique, des restes sombres collés à ses bottes. Du sang et encore du sang.

Au bout de la pièce en forme de L se trouvaient deux lits d'hôpital à armature en fer. L'un d'eux était vide. Pas même un matelas. Les ressorts du sommier rouillaient, verdâtres, sous la lumière fluorescente. Dans l'autre lit, des draps saturés laissaient couler du sang sur le sol. Des flaques.

Elle avança lentement pour ne pas glisser. Lentement. Lentement. Plus lentement. Elle atteignit le lit. Elle haleta. Avala la bile qui remontait de son estomac.

Dan Russell.

Nu, à l'exception de chaussettes bleu marine avec des logos dorés. Prostré sur le lit, une large sangle de toile en travers de la poitrine. Il n'avait pas besoin d'être attaché. Plus maintenant. Un de ses globes oculaires s'enfonçait, flasque, dans son orbite. Elle déplaça son regard jusqu'à la source du sang. L'estomac était ouvert, les entrailles et les intestins pendaient sur la chair grasse.

Elle entendit Lynch vomir derrière elle.

— Ne contaminez pas la scène, dit-elle, sa voix ressemblant à celle de quelqu'un d'autre.

— C'est comme un… comme un…, balbutia Kirby.

— Un abattoir, dit Boyd.

Respire, Lottie, respire, se dit-elle. La puanteur fétide de la pièce lui obstruait la gorge et elle crut un instant qu'elle allait imiter Lynch. Mais elle n'avait rien dans l'estomac à régurgiter. Longeant les lits, arme au poing, évitant soigneusement les viscères, elle tourna le coin au bout de la pièce.

— Boyd ! cria-t-elle. Vite, vite ici.

Il la rejoignit. Lottie tendit un bras pour le retenir. Ils se dévisagèrent.

— McNally ? appela-t-elle.

Jamie McNally était affalé sur le sol, les genoux sur la poitrine. Ses cheveux noirs graisseux dégoulinaient autour de son cou. Le visage couvert d'éclaboussures de sang, il brandit un scalpel.

— Fous-moi la paix, salope, grogna-t-il.

Lottie se pencha d'aussi loin qu'elle le pouvait.

— Où est ma fille ? Qu'est-ce que tu as fait d'elle, espèce de merde ? Dis-le-moi. Maintenant !

— Qui ?

— Chloé.

— Elle ? Je n'ai pas touché cette petite salope.

— Je sais que tu lui as envoyé un texto. Tu lui as demandé de t'amener Milot.

— C'est le nom de cette petite merde ? Il rit. J'ai eu un chat qui s'appelait comme ça. Je l'ai étripé, ce petit con.

— Comme tu l'as fait à Russell ?

— Je n'ai pas fait ça, dit-il en ricanant. Pour un détective, vous êtes vraiment stupide, femme.

Une de ses mains tenant son arme, Lottie enfonça ses ongles dans la paume de l'autre. Elle voulait s'élancer, enfoncer l'arme dans la gorge de McNally et appuyer sur la gâchette. Mais elle resta calme, en apparence. Professionnelle.

— Où sont-ils? Sont-ils en sécurité? C'est tout ce que je veux savoir. Que ma fille soit en sécurité.

— Je ne sais pas où elle est allée. Elle a flippé quand je l'ai amenée ici. Fatjon l'a un peu fait flipper aussi.

— Fatjon? Lottie regarde Boyd.

— Le bras droit de Russell et d'O'Hara. Un grand type avec une bouche pleine de dents tordues. Ce salaud m'a attaqué après avoir étripé Russell.

— Où est Fatjon maintenant? demanda-t-elle le plus calmement possible. *Mon Dieu*, pria-t-elle, *ne lui laissez pas Chloé.*

— Vous n'abandonnez pas, n'est-ce pas?

MacNally tira sur son menton avec la main qui tenait le scalpel. S'entailla tout seul. Sourit de travers.

— Je surveillais votre maison et, quand il n'y a eu aucun signe de Carter sortant avec le garçon, j'ai su que vos enfants avaient probablement appelé la police. Je ne pouvais pas dire à O'Hara que j'avais merdé, et ma dernière chance d'obtenir le garçon pour lui, c'était par l'intermédiaire de votre fille.

— Je ne comprends toujours pas pourquoi O'Hara voulait Milot, murmura Lottie.

McNally parlait toujours.

— Quand O'Hara ne s'est pas présenté, Fatjon a commencé à s'occuper de Dan. D'après Fatjon, O'Hara disait toujours, lorsqu'il tranchait et découpait, que le temps était un facteur essentiel. McNally geignit.

— Il m'a tendu un scalpel. Je n'ai pas pu le faire. Il a dit qu'il ne pouvait pas gâcher une bonne paire de reins.

— Ce Fatjon a donc tué Russell, dit Lottie. *Reste calme. Je veux lui arracher le cœur.*

— Il a sorti les reins et les a mis dans une des glacières. Il l'a refermée et a attendu le bon docteur, mais comme il ne venait pas, Fatjon a eu d'autres idées.

— Comme quoi ?

— Il m'a battu, a pris le produit et est parti.

— Où est-il allé avec le… produit ?

— Dublin. Il l'emmène en jet privé en Grèce ou en Italie. Là où se trouve le plus offrant.

— Je pense que tu devrais venir avec nous maintenant, dit Boyd, sa voix égale, plus calme que celle de Lottie. Tu n'as plus besoin de ce scalpel. Il s'approcha de McNally et lui arracha le couteau. Il lui tordit le bras dans le dos, le souleva et le plaqua contre le mur. Tu es la lie de l'humanité. Tu le sais ?

— Ta femme est un bon cheval. Tu sais ça ?

McNally rit.

— Ferme ta sale gueule.

Boyd frappa le visage de McNally contre le mur.

— Arrête, Boyd. Arrête.

Lottie l'entraîna en arrière.

McNally tomba sur le sol, le sang jaillissant de son nez cassé.

Il se recroquevilla comme un bébé, les mains serrant sa tête pour se protéger.

— Lâche. Boyd lui donna un coup de pied.

— Attends, Boyd. Regarde. Lottie se pencha et ramassa un morceau de tissu sur lequel McNally était assis.

— La robe bleue de Maeve Phillips. Qu'est-ce que vous faites avec ça ?

— Une motivation. Pour l'amadouer.

— Mais vous l'avez prise chez elle. Pourquoi ?

— J'ai pensé que vous pourriez remonter jusqu'à moi.

— Pourquoi Tracy vous a-t-elle laissé entrer chez elle ?

— Vous feriez mieux de parler à Tracy, n'est-ce pas ?

Lottie le regarda d'un air perplexe.

— Qu'est-ce que vous voulez dire ?

McNally secoua la tête.

— Vous n'avez toujours pas compris, inspectrice maligne.

Elle remarqua alors ses bras. De longues et fines entailles. Des coupures de couteau.

— J'ai compris que tu es Lipjan, dit-elle, platement.

— Une idée d'O'Hara. Il m'a donné le nom. Je devais faire preuve de solidarité avec les petites poules mouillées. C'est ce que Tracy a dit. Elle voulait baiser son mari pour de l'argent. Elle vendrait son âme au diable, celle-là, sans parler de sa propre fille.

Lottie et Boyd échangèrent un regard.

McNally rit.

— Ah, vous n'en aviez aucune idée, n'est-ce pas ? Maeve racontait à sa mère, ivre, tout ce qu'elle faisait pour s'automutiler. Elle cherchait à attirer l'attention. Elle lui a aussi parlé de votre précieuse fille. Et…

— Patronne, venez vite. Je les ai trouvées. Chloé et Milot.

La voix de Lynch traversa la pièce.

Lottie se figea.

— Vivantes ? murmura-t-elle.

— Oui ! s'écria Lynch. Tous les deux.

Lottie sentit ses genoux céder et alors qu'elle sombrait de soulagement, Boyd la rattrapa avant qu'elle ne tombe.

Chapitre 84

— Je vais bien. Laisse-moi y aller.

Lottie se détacha de Boyd et courut. Elle glissa sur le sol mouillé.

— Arrêtez ce salaud de McNally. Mettez-lui les menottes.

Elle suivit Lynch dans le couloir, désormais éclairé par les tubes fluorescents suspendus au plafond par des chaînes. Elle descendit la pente qu'elle avait remarquée plus tôt. Elle traversa un passage bas et étroit et entra dans une pièce. Des chaises renversées sur des tables. Des lits empilés le long des murs. Des boîtes et des caisses. Une rangée d'armoires le long du mur le plus éloigné. Et assise sur le sol, Chloé, Milot endormi sur sa poitrine.

Des yeux bleus. Les yeux d'Adam. Elle sourit tristement.

— Bonjour, maman. Désolée pour tout ce remue-ménage…

— Je vais te tuer ! s'écria Lottie en se jetant par terre et en prenant sa fille dans ses bras. Es-tu blessée ? Il t'a fait quelque chose ? Tu vas bien ?

— Je vais bien et Milot aussi. Nous avons eu un peu peur.

— Ne refais plus jamais ce genre de chose. Tu entends ?

— J'entends.

Lynch se pencha sur eux.

— J'ai appelé une ambulance. Elle sera là dans quelques minutes.

— Je n'ai pas besoin d'aller à l'hôpital. Chloé regarda Lottie dans les yeux. Je veux rentrer à la maison.

— Tu devras être examinée par un médecin. Milot aussi.

— Je l'ai sauvé, maman, j'ai sauvé Milot. J'ai essayé de réparer. J'aime réparer les choses, mais je suis désolée si je me suis trompée. Je suis…

— C'est bon, ma chérie. Tu as fait ce que tu pensais être juste.

Mais Lottie savait que Chloé avait foncé tête baissée dans les bras de la mort plutôt que de s'en éloigner. Ce qui comptait maintenant, c'était qu'ils soient tous les deux en vie et physiquement indemnes. Elle ne voulait pas penser au dur chemin qui attendait Chloé. Pas maintenant. Pas encore. Et qu'adviendrait-il de Milot ? Trop de questions pour le milieu de la nuit.

— Il est temps d'y aller, dit Kirby. L'ambulance est là.

Il chuchota à l'oreille de Lottie.

— Et Corrigan aussi.

— Seigneur, dit Lottie.

Kosovo, 2010

Il vivait avec l'image de sa mère et de sa sœur. Avec l'image de la scène sanglante de leur assassinat. Mais il n'avait jamais essayé de venger leur mort.

Il se souvenait du jour où il s'était réveillé, de ce que le médecin fou, Gjon Jashari, et son fils, Gjergi, lui avaient fait subir. Il avait tout détruit dans la clinique. Les objets mobiles et immobiles. À mains nues, il avait tout démoli. Il avait trouvé ses vêtements, s'était habillé et avait franchi la porte. Seul.

Dans sa poche, il avait le badge de son ami soldat. Il ne savait pas combien de temps s'était écoulé, mais il supposait que le soldat était rentré chez lui, auprès de sa famille.

Au fil des ans, il avait travaillé dur. Il avait reconstruit son beau pays. Et puis, un jour d'été, il l'avait vue à la sortie d'un bordel de Pristina. De longs cheveux noirs qui scintillaient au soleil. De grands yeux bruns. Et il s'était souvenu d'elle. Il l'avait déjà vue. Le soir où le soldat lui avait demandé de prendre la photo de la famille. La petite fille assise par terre.

Il lui avait parlé et ils étaient devenus amis, puis amants.

Il l'aimait plus que tout ce qu'il pouvait imaginer aimer. Elle était son monde. Il avait travaillé encore plus dur après l'avoir sauvée de la maison close. Elle était la lumière à la fin de chaque journée difficile.

Et puis un jour: «Je suis rentré», dit-il en entrant dans leur appartement.

Il était vide. Il vérifia partout.

Il courut jusqu'à l'escalier. Trois marches à la fois, il descendit les quatre étages et sortit par la porte d'entrée.

— Vous l'avez vue? cria-t-il aux filles qui se trouvaient sur les marches extérieures.

— Votre petite concubine?

— Elle s'est enfuie, c'est ça?

Ignorant une accusation d'abus, il s'élança dans la rue. Les voitures klaxonnèrent et firent des embardées. Frénétiquement, il regarda tout autour de lui. Où avait-elle pu aller ?

Au coin de la rue, il s'engouffra dans une ruelle sombre. Des ombres émergèrent au bout et il se précipita vers elles. Il avait tellement envie de la retrouver qu'il en oublia sa prudence.

Le premier coup l'envoya directement au sol. Le suivant l'atteignit sur le côté de la tête. Il reçut ensuite une lourde botte au visage. Il vit l'éclat d'une lame mince se diriger vers lui.

Avant de perdre connaissance, il les entendit dire : « Elle est partie. Envoyée au loin pour gagner beaucoup d'argent. Ne témoigne pas au procès. »

Il ne savait pas combien de temps il était resté allongé. En gémissant, il se redressa et s'appuya contre le mur. Le calme de la nuit lui serra le cœur, même la circulation semblait s'être évaporée. Il revint sur ses pas en suivant le chemin qu'il avait emprunté.

Il se traîna jusqu'au quatrième étage. Sa porte était ouverte.

Le vide sortit des coins de la pièce et s'installa dans son cœur.

On ne se servirait plus de lui.

Il témoignerait.

Et puis il la retrouverait.

Neuvième jour

Mardi 19 mai 2015

Chapitre 85

Après avoir fait un rapport au commissaire Corrigan et une fois que Chloé et Milot avaient été examinés à l'hôpital, Lottie se rendit à la maison de sa mère. Elle allongea Milot à côté de Katie endormie dans son vieux lit. Sean dormait sur le sol, enveloppé dans une couette. Chloé était allée directement dans la chambre d'amis et s'était endormie en quelques secondes.

— Je reviendrai plus tard, maman, dit Lottie. Je laisse les policiers monter la garde pour la nuit jusqu'à ce que tout soit résolu.

— Lottie, il faut que je te parle.

Sa mère se tenait dans le hall, bloquant la sortie.

— Ça ne peut pas attendre?

— C'est à propos de Katie. Elle m'a parlé ce soir. Elle m'a dit qu'elle n'allait pas très bien ces derniers mois.

— J'ai remarqué, dit Lottie. Elle fait le deuil de Jason.

— C'est plus que ça.

Rose ramena sa robe de chambre sur sa poitrine.

— Je vais l'emmener chez le médecin pour qu'il l'examine. Lottie tripota anxieusement ses clés.

— Elle est déjà allée chez le médecin.

— Quoi ? Lottie fixa sa mère.

— Katie est enceinte. De Jason. Elle est enceinte de plus de quatre mois et n'a pas osé te le dire. Elle…

— Oh, mon Dieu. Non ! s'écria Lottie en laissant tomber ses clés. Elle se pencha pour les ramasser et sa mère lui prit le coude et la rapprocha d'elle.

— Elle m'a demandé de te le dire. Va faire ton travail maintenant. Je veillerai sur tes enfants et toi et Katie pourrez avoir une longue discussion demain. D'accord ?

— Je… Je… D'accord. J'y vais. Je ne peux pas m'occuper de ça maintenant.

— Et tu as besoin de dormir, dit Rose.

— Je dormirai, quand tout cela sera terminé. Merci de prendre soin de mes enfants et de Milot. Je ne sais pas ce que je ferais sans toi.

Lottie se pencha et embrassa le front de sa mère. Rose tendit la main pour serrer sa fille dans ses bras, mais Lottie était déjà sortie.

Ils frappèrent à la porte du 251 Mellow Grove. Et frappèrent encore. Une lumière jaillit du couloir, mais le reste de la maison était plongé dans l'obscurité.

— Essayez encore, dit Lottie, et elle retourna à la voiture où deux policiers en uniforme et Kirby se tenaient en sentinelle.

— Le bélier, s'il vous plaît, dit-elle.

Boyd traîna le bélier jusqu'à la porte.

— Mme Phillips ? Tracy ? Si vous ne répondez pas, nous devrons enfoncer la porte.

— J'arrive. Pour l'amour du ciel, c'est quoi tout ce raffut ?

— Ah, enfin, dit Lottie. Pouvons-nous entrer ? Pourquoi n'êtes-vous pas à l'hôpital pour veiller sur votre fille ?

— J'ai appelé pour avoir de ses nouvelles. Elle est inconsciente. Pas très utile pour elle que j'aille là-bas, alors je suis restée à la maison.

— Vous ne pouviez pas laisser votre bouteille ?

Lottie s'appuya contre le cadre de la porte pendant que Kirby ramenait le bélier à la voiture. Boyd semblait sur le point de s'écrouler. Mais Lottie était soudain remplie d'adrénaline et voulait écraser son poing sur le visage ivre de Tracy Phillips.

— Pas besoin d'être comme ça maintenant. Merci de l'avoir trouvée. Je peux retourner au lit maintenant ?

— Prenez votre manteau. J'aimerais vous poser quelques questions. Au commissariat.

— Va te faire foutre, espèce de gros tas de misère, cracha Tracy.

Lottie la saisit par l'épaule et lui tordit le bras dans le dos.

— Tracy Phillips, je vous arrête pour suspicion d'enlèvement. Vous n'avez pas à dire quoi que ce soit…

— Va te faire foutre, salope ! hurla Tracy. Qu'est-ce que tu racontes ? Laisse-moi partir.

Lottie termina son discours et Boyd passa les menottes à la femme. Alors qu'il l'emmenait vers la voiture, Lottie la regarda en secouant la tête. Kirby ouvrit la portière et ils poussèrent Tracy sur le siège arrière.

La voiture démarra en trombe et Boyd rejoignit Lottie qui referma la porte d'entrée de la maison.

— Comment a-t-elle eu l'idée de ce plan ? demanda-t-il.

— Elle a vu une occasion de faire payer son mari pour les années de « difficultés » qu'elle a subies.

— Je ne comprends toujours pas comment elle a fait.

— Nous lui demanderons demain matin.

Lottie s'engagea sur le chemin, guidée par le cône de lumière jaune du réverbère.

— C'est le matin, dit Boyd.

— Le vrai matin, après quelques heures de sommeil.

* * * * *

Refusant l'offre de Rose de prendre son lit, Lottie s'allongea sur le canapé et sombra dans un sommeil agité de cauchemars jusqu'à ce qu'elle soit réveillée par un bol de porridge et une tasse de café et, par le visage triste de sa mère. Ni l'une ni l'autre ne parlèrent de la grossesse de Katie.

Rafraîchie mais épuisée après seulement trois heures de repos, Lottie s'échappa pour se rendre au travail. Arrivée à son bureau, elle sortit l'ordinateur de son mode veille. Le courriel du procureur du Kosovo, Besim Mehmedi, était ouvert et attendait. Elle le lut.

— Tu as l'air d'avoir été réchauffée par la mort, ce matin, dit Boyd en posant un Coca light sur son bureau.

— Pas de café?

— Tu as de la chance d'avoir ça. De la chance que je sois là.

— Pourquoi? Lottie s'étira sur sa chaise, n'écoutant qu'à moitié Boyd.

Son esprit était en surcharge, après avoir lu le contenu de l'e-mail. Elle essayait désespérément de rester occuper, de se concentrer sur son travail. Ainsi, elle n'avait pas à penser à sa fille enceinte.

Boyd dit:

— Je viens de ramener McNally. Les médecins l'ont confié à mes bons soins, il y a une heure. Mes soins? J'ai envie d'écraser le visage de ce salaud sous ma chaussure. Et sauter dessus jusqu'à ce que…

— Ça suffit. J'ai compris. Où est-il maintenant?

— Cellule 2. À côté de notre ami.

— Petrovci ? Merde, Boyd, il doit être libéré.

— Et comment en es-tu arrivée à cette conclusion ?

Lottie se leva et lui fit signe de s'asseoir.

— Lis ça.

Boyd s'assit et regarda l'écran.

— Qui est Gjergi Jashari ?

— Le fils d'un médecin appelé Gjon Jashari. Célèbre préleveur et trafiquant illégal d'organes au Kosovo. Il dirigeait une clinique à Pristina. Une façade pour sa boucherie. Pendant et après la guerre. Regarde la photo jointe.

Elle cliqua sur la souris et attendit que le déclic se produise. Lorsque ce fut le cas, Boyd se leva de sa chaise.

— George O'Hara ? C'est Gjergi. Je ne comprends pas.

— Utilise ton cerveau.

Lottie ouvrit la canette et but.

— Dis-moi ce qu'il en est. J'ai la tête trop fatiguée pour réfléchir, dit Boyd en retroussant ses manches de chemise jusqu'aux coudes.

Lottie s'assit sur le bord du bureau et croisa les jambes au niveau des chevilles.

— Gjergi Jashari était un chirurgien qualifié, comme son père. Il ressort de cet e-mail qu'Andri Petrovci était l'un des enfants à qui l'on a prélevé un rein. Je ne sais pas ce qui s'est passé dans les années qui ont précédé le procès. Mais Petrovci était le témoin clé de l'État contre Jashari senior, probablement le seul témoin vivant et, le vieil homme s'est effondré et est mort le jour où le procès devait commencer.

Boyd dit :

— Mais qu'est-ce qui a amené le fils du médecin à Ragmullin ?

— Je crois que Dan Russell était de mèche avec le vieux Jashari dans les années qui ont suivi la guerre du Kosovo. Ce salaud a essayé de noircir le nom d'Adam avec ses propres actes ignobles. Elle grimaça à l'idée de ce que Russell avait insinué. Lorsque Russell a repris le centre de prise en charge directe, Gjergi, qui avait probablement gardé contact avec Russell au fil des ans, a vu l'occasion de poursuivre le travail de son père. Je suis sûre qu'il confirmera tout cela lorsqu'il se sera remis du tir de Mimoza.

— Je ne vois pas un homme comme Russell accepter d'être à nouveau impliqué dans cette affaire.

— Il y a des millions de dollars disponibles sur le marché noir pour tout ce qui peut être vendu. C'était donc soit l'argent, soit la peur. Peut-être que Gjergi a menacé de le dénoncer pour ce qu'il avait fait au Kosovo. Ou bien c'était juste un salaud avide. Dans tous les cas, il a eu sa part du gâteau. George O'Hara peut-il parler ?

— Il est en soins intensifs, aux dernières nouvelles. Mais explique-moi encore comment Frank Phillips est lié à tout cela.

— Le commissaire Corrigan m'a dit que Phillips coopérait avec la police espagnole. Phillips fournissait des filles, d'abord pour le commerce du sexe, puis pour le prélèvement d'organes. Il a fait passer certaines d'entre elles de Melilla à Malaga. D'autres ont été acheminées par voie terrestre depuis les Balkans et l'Europe de l'Est.

Lorsque les filles sont arrivées, Russell les a mêlées à de véritables demandeurs d'asile. Une belle couverture.

— Mais qu'est-ce qui a amené Gjergi O'Hara à…

— Gjergi Jashari, corrigea Lottie.

— Qu'est-ce qui a amené ce salaud de boucher à Ragmullin en premier lieu ?

— La vengeance.

— Sur Russell ?

— Non. Je crois que Gjergi était impliqué dans le passage clandestin de Mimoza et de son fils vers Ragmullin. Elle était la petite amie d'Andri Petrovci. Petrovci a découvert qu'elle se trouvait en Irlande et l'a suivie, mais ne l'a pas retrouvée. Petrovci souffre de trous de mémoire à cause du traumatisme causé par l'ablation de son rein et je ne pense pas qu'il sache ce qui est réel et ce qui ne l'est pas la moitié du temps. Je pense que Gjergi a voulu lui faire perdre la tête parce qu'il était sur le point de témoigner contre son père lors de son procès. Il allait torturer et tuer Mimoza et faire porter le chapeau à Andri. Il l'avait déjà piégé pour les meurtres des autres filles.

— Mais McNally voulait sa part du gâteau, dit Boyd. Il savait que Frank Phillips se retirait de l'affaire et il s'est donc engouffré dans la brèche. C'est logique.

— Aidé par Tracy Phillips. Elle avait prévu que McNally kidnappe Maeve et demande de l'argent à Frank en échange de sa fille. Lorsque nous étions à Malaga, Frank nous a dit que sa famille avait été menacée. Nous aurions dû lui demander plus d'informations.

— Si Maeve était en danger, il n'allait rien nous dire, déclara Boyd. Mais je me demande ce qui a mal tourné.

— Tracy avait tout bien préparé, mais McNally est devenu trop gourmand. A vendu Maeve au médecin pour se venger de Frank Phillips et entrer dans les petits papiers de Gjergi.

— C'est pour cela qu'elle est venue au commissariat pour te demander de la retrouver.

— Elle savait que McNally l'avait doublée, mais elle ne pouvait rien dire sans s'impliquer elle-même.

— Et McNally est devenu le Lipjan de Twitter, dit Boyd. Pour piéger Maeve.

— Oui. Je pense que les agissements de McNally ont motivé Gjergi à commencer à tuer les filles à qui il volait des organes. C'était un moyen idéal pour piéger Andri Petrovci pour meurtre. Son coup de grâce devait être que Petrovci trouve Mimoza et Milot morts dans une tranchée sous une rue.

— Un bâtard fou dans son propre monde d'aliénés.

— Et Chloé est entrée directement dans ce monde. Elle s'est confiée à Maeve sur son automutilation et a été prise pour cible après l'enlèvement de Maeve. Je pense que dans l'esprit tordu de Gjergi, il croyait sauver les filles qu'il tuait. Mais tout cela était motivé par la vengeance.

— Contre Petrovci.

— Oui. Est-il toujours là ?

— Avec tout ce qui se passe, nous ne l'avons pas libéré.

— Nous devons lui parler à nouveau, dit-elle.

— Je pense que oui, acquiesça Boyd.

Chapitre 86

— Je souviens maintenant. Parfois c'est comme ça. Le black-out d'abord, puis la mémoire revient.

— De quoi vous souvenez-vous, Andri ?

Lottie sirotait une tasse de café apportée par Boyd. Andri Petrovci avait décliné l'offre. Ils étaient tous les trois assis à la table en acier, dans la chaleur suffocante de la salle d'interrogatoire.

Andri dit :

— Je mal à la tête. Je quitte appartement parce que l'homme appelle moi. Vous demandez ce qu'il dit.

— Nous avons vérifié tous les relevés téléphoniques et vous avez été appelé par le même numéro que celui qui a contacté Jack Dermody et Eamon Carter.

— Il dit je jamais voir ma Mimoza.

— Andri. Je suis désolée de vous l'annoncer, mais Mimoza est morte. Elle est morte en combattant un homme très dangereux.

Il se mit à trembler. Ses mains s'agitèrent et il secoua la tête.

— Non, pas vrai.

— Je suis désolée.

— Pourquoi ? Pourquoi cela arrive ? Cet homme, il dit… Je jamais voir mon fils encore. Des larmes s'accumulèrent aux coins de ses yeux douloureux. Il les essuya précipitamment et renifla. Je pas avoir fils. Levant les mains, suppliant, il dit : Pourquoi il ment ? Pourquoi ?

Lottie regarda Boyd.

— Mais Andri… commença-t-elle.

Boyd secoua la tête et dit à voix basse :

— Dehors.

Ils se tenaient dans le couloir.

— Je dois lui parler de Milot.

Lottie croisa les bras et s'appuya contre le mur.

— Il faut au moins attendre que l'ADN le confirme ou non. Boyd faisait les cent pas devant elle.

— Mais c'est le père du garçon. Il doit savoir.

— C'est une épave mentale, Lottie. Comment va-t-il s'occuper d'un petit garçon ? Sois réaliste.

— Nous ne pouvons pas ne pas lui dire.

De retour dans la salle d'interrogatoire, Lottie prit son sac. Elle en sortit la photo qu'elle avait trouvée dans les affaires d'Adam et la posa sur la table.

Andri la prit.

— Où vous trouver ça ? Je prends cette photo. Quand je un enfant. Je souviens. Pourquoi je jamais vue elle avant ?

— Je ne suis pas sûre, Andri, dit doucement Lottie. Elle lui tendit le badge que Mimoza lui avait apporté il y a une semaine.

Andri le tourna et le retourna dans sa main, effleurant les points verts serrés qui marquaient le nom sur la toile. Il leva les yeux vers Lottie et sourit malgré sa douleur.

— Ami. Ami soldat. Il homme bon.

Les larmes coulèrent des yeux de Lottie.

— Vous connaissiez Adam ?

— Soldat ami, il donne ça à moi. Il dit si des problèmes, venir chercher lui. Je donne à ma Mimoza. Je dis chercher lui si quelque chose arrive à moi. Un jour, rentrer du travail, elle partie. Maintenant, elle vraiment partie. Il sourit tristement. Ami soldat, je oublie pas.

— Adam est mort il y a presque quatre ans, chuchota Lottie. Mais il vous aurait aidé.

— Vous aidez. Vous croyez quand je dis pas tuer les filles. Vous aidez ma Mimoza ?

Lottie secoua la tête. Des larmes coulaient du bout de son nez à son menton et sur sa poitrine.

— J'ai essayé, Andri, mais pas assez fort. Je n'ai pas pu la sauver. Elle jeta un coup d'œil à Boyd, qui acquiesça. Andri, j'ai quelque chose à vous dire. Quelque chose qui vous rendra très heureux.

— Rien rendre heureux moi. Ma Mimoza partie.

Elle étouffa un sanglot.

— Écoutez-moi, Andri. Vous avez un fils. C'est un beau petit garçon. Il s'appelle Milot.

Andri tendit la main et lui essuya les larmes sur sa joue.

— Vous dites vérité ? J'ai un fils ?

— Oui, Andri, vous avez un fils.

Et lorsque Lottie le regarda, toute la douleur noire avait quitté ses yeux et il sourit.

— J'ai un fils.

Kosovo, mai 2011

Le simple costume noir d'Andri avait été loué. Le col de sa chemise lui entaillait le cou. Bien que son crâne soit rasé depuis peu et qu'il brilla sous les lumières artificielles, ses yeux étaient sombres de douleur. Il se déplaça sur la chaise et se frotta les mains. Il sentait que quelqu'un l'observait. Sans se retourner, il savait que Gjergi Jashari le fixait du fond de la salle d'audience bondée. Cherchant à percer son âme.

Un silence s'installa lorsque l'accusé fut conduit au banc des accusés, suivi par les juges qui prirent place. Tout le monde se leva et s'assit selon les instructions.

Se préparant au traumatisme qu'il allait devoir revivre, Andri ferma les paupières et se souvint de ses yeux. La fille qu'il avait rencontrée et aimée. La fille que quelqu'un lui avait enlevée. Il la chercherait dans le monde entier. Une fois le procès terminé.

Mais avant que le procès ne puisse commencer, une perturbation provenant du banc des accusés provoqua un flottement dans le déroulé des actions. Andri regarda. Le vieux Gjon Jashari s'était effondré sur lui-même, sa tête heurtant le sol. Ses deux mains s'agrippaient à sa poitrine tandis que la vie s'échappait de lui dans un long gémissement rauque. L'homme qui avait ôté la vie à d'autres pour des dollars avariés quitta le monde sans payer pour ses actes.

Tandis que les gens couraient, cherchaient, portaient et criaient, Andri resta assis, immobile et sans émotion. Il n'aurait pas à témoigner. Peut-être qu'il pouvait maintenant commencer à chercher sa Mimoza bien-aimée.

Alors qu'il était assis là, au-dessus du tumulte, il entendit une porte se refermer avec fracas. Il se retourna.

Gjergi n'était plus là. Il n'avait pas attendu de voir si son père était vivant ou mort.

Andri comprit que Gjergi n'avait que deux objectifs dans la vie. L'un était de suivre les traces de son père en gagnant de l'argent grâce au prélèvement illégal d'organes humains, l'autre était de faire souffrir Andri Petrovci.

Épilogue
31 mai 2015

Quatre cercueils blancs se tenaient derrière les grilles en laiton de l'autel de la cathédrale de Ragmullin pour l'office de prières.

Trois d'entre eux portaient des noms sur des plaques de cuivre. *Kaltrina. Sara. Mimoza.* Le quatrième contenait une femme non identifiée et son enfant à naître. Un ange argenté tenant une colombe blanche trônait sur le bois à l'endroit où leurs noms auraient dû être inscrits.

Dans le premier rang, Andri Petrovci avait Milot sur ses genoux. Le petit garçon tenait un nouveau lapin blanc aux oreilles décollées. D'une main, il tripotait l'étiquette du jouet, encore et encore. Ses yeux sombres cherchaient sa mère dans la foule derrière lui.

Lottie et ses enfants se trouvaient dans la rangée suivante. Katie tendit la main à Milot qui lui sourit. Lottie avait le cœur brisé pour sa fille, mais Katie était heureuse que sa grossesse ait été révélée au grand jour. Chloé gardait la tête baissée. Milot tendit la main et lui frotta les cheveux jusqu'à ce qu'elle lève les yeux vers lui. Il dit quelque chose à son père, et Andri se retourna pour saluer Chloé d'un signe de tête.

Au moins, Milot est avec son père maintenant, pensa Lottie. Le bébé de Katie n'aurait pas de père. Ses propres enfants n'avaient plus de père, mais son cœur se gonfla de fierté en se rappelant les histoires qu'Andri lui avait racontées sur le temps qu'il avait passé avec Adam à la ferme d'élevage de poulets.

Des murmures se répandirent dans l'assemblée tandis qu'un bruit de béquilles résonnait sur le sol en marbre.

Maeve Phillips se tenait à côté du banc de Lottie.

— Merci, inspectrice, dit-elle. Merci de m'avoir sauvé la vie.

Lottie se leva et toucha le coude de la jeune fille qui se glissait sur son siège.

— Je ne sais pas ce que tu vas faire, Maeve, murmura-t-elle, mais quand ton père sortira de prison, ne va pas vivre avec lui. Crois-moi, ce n'est pas un homme bien, même s'il a beaucoup d'argent.

— Je croyais qu'il m'avait envoyé cette robe coûteuse. Regardez comme je me suis trompée. *Elle se déplaça lentement le long de* la rangée.

Lottie sentit Boyd glisser sa main dans la sienne.

En jetant un coup d'œil de l'autre côté de l'allée, elle vit Jackie qui les regardait fixement.

Elle serra la main de Boyd.

Pour l'instant, c'était un réconfort suffisant.

Demain, ce serait peut-être différent.

Imprimé en France par CPI Firmin-Didot
en octobre 2025
N° d'impression : 185780
ISBN : 978-2-38671-036-0
Dépôt légal : octobre 2025